I0694261

MEGAN HART

Editado por Harlequin Ibérica.
Una división de HarperCollins Ibérica, S.A.
Núñez de Balboa, 56
28001 Madrid

© 2011 Megan Hart
© 2014 Harlequin Ibérica, S.A.
Viaje al pasado, n.º 62 - 1.7.14
Título original: Collide
Publicada originalmente por Spice

I.S.B.N.: 978-84-687-4468-1
Depósito legal: M-10625-2014

Como no podía ser de otra manera, *Viaje al pasado* es una novela llena de erotismo y sensualidad, pero, en esta ocasión, Megan Hart ha introducido un elemento de misterio paranormal que atrapa al lector desde el principio hasta el final del libro.

El amor es una conexión entre dos personas, y nuestra protagonista, Emm, está fuertemente unida a Johnny, un actor porno de los años setenta. Por eso se desliza en el tiempo para disfrutar de un sexo explosivo con él, y, aunque estos episodios la debilitan cada vez más, es incapaz de detenerlos. Si tuviera que elegir entre el placer y la vida, elegiría sin duda el placer que le proporciona Johnny.

Una historia diferente y original que queremos recomendar encarecidamente a nuestros lectores.

Feliz y apasionada lectura.

Los editores

Gracias por los maratones de programas nocturnos en directo y la mutua apreciación de todas esas cosas que nos convierten en un par de entregadas admiradoras.

Para DPF, por aguantarme.

Y, por supuesto, para Joe. Sin ti, este libro no existiría.

Capítulo 1

Naranjas.

El olor a naranja fluyó hacia mí. Apoyé la mano en el respaldo de la silla que tenía más cerca y busqué una cesta de fruta en el mostrador. Algo, cualquier cosa que pudiera justificar un olor que estaba tan fuera de lugar en aquella cafetería como un traje de Santa Claus sobre la arena de la playa. No vi nada que pudiera explicar aquel olor y respiré hondo. Había aprendido mucho tiempo atrás que no tenía sentido intentar contener la respiración o taparme la nariz. Era preferible respirar. Acabar con ello cuanto antes.

El olor desapareció rápidamente con un par de parpadeos para ser reemplazado por el olor más fuerte del café y los dulces. Había tensado la mano sobre el respaldo de la silla, pero ni siquiera me hizo falta aquel apoyo. Recobré la compostura antes de soltar la silla y me dirigí hacia el mostrador para buscar el azúcar y la crema para el café.

Habían pasado casi dos años desde que había sufrido mi último desvanecimiento, mi última fuga. Había sido igualmente comedida, pero el hecho de que la más reciente apenas hubiera durado un parpadeo no me servía de consuelo. En otras épocas de mi vida, aquellos momentos de amnesia habían sido tan fuertes y frecuentes que me impedían llevar una vida normal. Era demasiado esperar que pudieran desaparecer para siempre, pero lo que no quería era volver al pasado.

–¡Eh, chica! ¡Eh! –me llamó Jen desde la mesa que acababa de encontrar justo detrás de la puerta del Mocha. Me hizo un gesto con la mano–. ¡Aquí!

Yo también le hice un gesto con la mano, añadí azúcar y crema al café y fui zigzagueando entre las sillas y las mesas hasta llegar a donde estaba Jen.

–¡Hola! –la saludé.

–¡Oh! ¿Qué te has pedido?

Jen se inclinó hacia delante para inspeccionar el interior de mi taza, como si de esa forma pudiera tener alguna idea de lo que contenía. Olfateó con fuerza.

–¿Chocolate Alemán?

–Casi.

–Delicia de Chocolate –mencioné uno de los dos cafés destacados del día–. Con un poco de jarabe de vainilla.

–Mm, suena bien. Voy a buscar el mío. ¡Eh! ¿Y qué te has pedido de comer?

–Una magdalena de mantequilla. Debería haberla pedido de chocolate, pero he pensado que sería demasiado chocolate –le enseñé el plato con la magdalena.

–¿Demasiado chocolate? Como si eso fuera posible.

Removí el café para distribuir el jarabe de vainilla, la ración extra de azúcar y la crema y bebí un sorbo, disfrutando de aquella extremada dulzura que pocos apreciarían. Jen tenía razón. Debería haber pedido la magdalena de chocolate.

Jen eligió el peor momento para ir a pedir. Había comenzado la hora punta de la mañana. Los clientes hacían cola en filas de a cuatro hasta la puerta de la entrada. Jen me miró enfadada y se encogió de hombros. Lo único que pude hacer por ella fue sonreír y mirarla con compasión.

Cuando yo había entrado, la cafetería estaba prácticamente vacía. Los clientes que se veían obligados a esperar habían empezado a apropiarse de las mesas mientras esperaban su turno. Saludé a Carlos, que estaba sentado en una esquina, pero llevaba puestos los cascos y tenía el portátil encendido. Carlos estaba escribiendo una novela. Antes de ir a trabajar, se sentaba en el Mocha de diez a once de la mañana y los sábados como aquel, a veces se quedaba unas horas más.

Lisa, con una abultada mochila llena de libros de texto a la espalda, ocupó una mesa situada a varios asientos de distancia y me saludó sin fijarse en los gestos que me hacía Jen para obligarme a ignorarla. Lisa vendía productos de la firma Spicefully Tasty para pagarse la carrera de Derecho y aunque a mí nunca me habían molestado sus peroratas de vendedora, Jen no las soportaba. Sin embargo, aquel día Lisa parecía ocupada. Se concentró en colocar los libros y la libreta e incluso abrió el bolígrafo mientras se quitaba el abrigo.

Jen y yo éramos clientes habituales del Mocha. Para nosotras era como una especie de club. Quedábamos allí por las mañanas antes de ir al trabajo, por las tardes antes de volver a casa y durante los fines de semana con los ojos todavía medio cerrados por culpa de la noche del viernes. El Mocha era una de las mejores cosas que tenía el vivir en este barrio y aunque yo solo llevaba varios meses formando parte de aquel club, lo adoraba.

Para cuando Jen llegó a nuestra mesa con una taza de algo que olía a chocolate y menta y con algo rezumante y pegajoso en su plato, la gente parecía haberse tranquilizado. Los clientes habituales habían ocupado sus sitios de siempre y aquellos que pasaban únicamente para comprar algo que llevarse, se habían marchado. En ese momento, el Mocha estaba lleno y vibrando con el murmullo de las conversaciones y el teclear de los ordenadores de la gente que aprovechaba el hecho de que fuera un espacio con Wi-Fi gratuita. Me gustaba aquel murmullo. Me hacía ser más consciente de que estaba allí en aquel preciso momento. Viviendo el presente.

–¿No ha intentado venderte una especie de crema de queso para untar? A lo mejor es que ha entendido la indirecta –Jen me ofreció un tenedor y aunque yo quería resistirme, no pude evitar probar aquel pedacito de bizcocho de chocolate.

–En realidad, a mí me gustan los productos de Spicefully Tasty –comenté.

–¡Bah! –Jen se echó a reír–. Venga, hombre.

–No, lo digo en serio –insistí–. Son caros, pero muy útiles. Y si cocinara de verdad, lo serían más.

–Estás de broma. Por todo el dinero que cuesta un puñado de especias, puedo comprar cuatro veces más en cualquier tienda de todo a un dólar y mezclarlas yo misma. No es que lo haya hecho, pero podría.

–A lo mejor le compro algo el mes que viene –comencé a beber más rápidamente el café que ya estaba enfriándose, saboreando la intensidad de la crema–. En cuanto haya pagado algunas facturas.

–Seguro que encuentras mejores cosas en las que... ¡Oh, qué guapo! ¡Por fin aparece! –Jen fue bajando la voz hasta convertirla en un susurro.

Me volví para ver hacia dónde estaba mirando y vislumbré apenas un abrigo negro y una bufanda de rayas negras y rojas. El hombre al que Jen se refería llevaba un periódico bajo el brazo, lo cual, en una época de smartphones y webs resultaba suficientemente extraño como para obligarme a mirarle dos veces. Le dijo algo a la chica de la máquina registradora, que parecía conocerle, y se acercó con la taza vacía hacia el largo mostrador en el que estaban las jarras de café para que la gente repitiera a su antojo.

De perfil, era maravilloso. Tenía el pelo rubio y revuelto, una nariz pronunciada que, sin embargo, no resultaba exagerada, y arrugas alrededor de unos ojos que, aunque no podía verlos, sospechaba que eran azules. Los labios, apretados en aquel momento en un gesto de concentración mientras se servía el café y añadía crema y azúcar, eran suficientemente llenos sin ser demasiado exuberantes.

–¿Quién es? –pregunté.

–¡Pero bueno! –exclamó Jen en un susurro–. ¿No lo sabes?

–Si lo supiera, no lo preguntaría.

El hombre del abrigo pasó suficientemente cerca de nosotras como para que pudiera percibir su fragancia.

Naranjas.

Cerré los ojos ante aquella segunda vaharada de perfume. El sabor del café era tan fuerte que debería haber bloqueado cualquier otro aroma, pero no fue así. Percibía el olor del café y del chocolate, pero también el de las naranjas. Una vez más, incliné la cabeza y presioné con los dedos ese punto mágico que tengo entre los ojos y que tan bien funciona para el dolor de cabeza, aunque no sirva de nada cuando tengo una fuga.

Pero no comenzaron a girar espirales de colores en mi línea de visión cuando abrió los ojos, y el olor a naranjas fue evaporándose a medida que aquel hombre se alejaba. Le vi sentarse en una mesa alejada de la nuestra. Desdobló el periódico, lo extendió sobre una pequeña mesa para dos, dejó la taza en la mesa y se quitó el abrigo.

–¿Estás bien? –Jen se inclinó hacia delante para entrar en mi línea de visión–. Ya sé que está muy bueno y todo eso, pero maldita sea, Emm, parece como si estuvieras a punto de desmayarte.

-Es el síndrome premenstrual. Siempre estoy un poco atontada en esta época del mes.

Jen frunció el ceño con expresión escéptica.

-Sí, qué rollo.

-Y que lo digas -sonreí para demostrarle que estaba bien y, gracias a Dios, lo estaba.

No había el menor síntoma de que aquel fuera el principio de uno de aquellos episodios que había sufrido en otras ocasiones. Olía a naranjas porque aquel hombre olía a naranjas, no porque ninguna lesión estuviera activando mi cerebro.

-De todas formas, ¿quién es ese hombre?

-Es Johnny Dellasandro.

Mi expresión debió de ser de absoluto desconocimiento, porque Jen se echó a reír.

-¿*Basura*? ¿*La piel*? ¿*El convento embrujado*? Vamos, ¿ni siquiera esas películas te suenan?

Negué con la cabeza.

-¿Eh?

-¡Pero bueno, muchacha! ¿Tú dónde has estado viviendo? Las han puesto muchas veces en esos programas nocturnos como *Después de la medianoche*. Eran un clásico en las fiestas de pijamas.

A mi madre siempre le había dado miedo que pasara la noche en otras casas. Me habían dejado salir de fiesta siempre que le permitiera ir a recogerme a la hora de irme a la cama. Pero había celebrado fiestas de pijamas en mi propia casa.

-Sí, claro que me acuerdo de las películas. Pero eso fue hace mucho tiempo.

-¿*Espacios en blanco*?

Esa me sonaba más, pero no mucho. Me encogí de hombros y volví a mirar al hombre en cuestión.

-En mi vida he oído hablar de esa película.

Jen suspiró y le miró por encima del hombro. Después, se inclinó hacia delante, bajó la voz y me hizo un gesto para que me acercara a ella.

–¿Tampoco conoces a Johnny Dellasandro como pintor? *Espacios en blanco* es una serie de retratos que llegaron a ser muy famosos en los años ochenta. Es como la *Mona Lisa* de la época de Andy Warhol.

Yo habría podido reconocer un cuadro de Warhol en un museo si apareciera junto un Van Gogh, un Dalí o un Matisse, pero más allá de eso...

–¿Te refieres a ese tipo que pintó las latas de sopa? ¿El del retrato de Marilyn Monroe?

–Sí, ese era Warhol. El trabajo de Dellasandro no era tan kitsch como el de Warhol. *Espacios en blanco* fue su primera obra de éxito.

–Has dicho «era». ¿Es que ya no se dedica a la pintura?

Jen se inclinó un poco más y yo la imité.

–Bueno, ahora tiene una galería en Front Street. Se llama The Tin Angel, ¿la conoces?

–He pasado por allí, sí, pero nunca he entrado.

–La galería es suya. Él continúa pintando y allí exponen muchos artistas locales también.

Señaló alrededor del Mocha, repleto de obras de artistas locales, entre ellas, algunas fotografías de la propia Jen.

–Y mejores que estos. De vez en cuando expone algún artista famoso. Pero él mantiene un muy bajo perfil, por lo menos cuando está por aquí. Y supongo que no puedo culparle.

–No –le estudié con atención. Pasaba las páginas del periódico tan lentamente que daba la sensación de estar leyendo hasta la última palabra–. Me pregunto cómo debe de ser.

–¿El qué?

–Eso de ser famoso y después... dejar de serlo.

–Continúa siendo famoso, aunque no de la misma manera. Me parece increíble que nunca hayas oído hablar de él. Vive en esa casa de ladrillo rojo que hay al final de la calle, por cierto.

Desvié la mirada de Johnny Dellasandro y miré a mi amiga.

—¿En cuál?

—En la única que hay —Jen elevó los ojos al cielo—. En esa tan bonita.

—¡Oh, mierda! ¿De verdad? Vaya —volví a mirarle otra vez.

Yo también había comprado una de esas casas de ladrillo rojo. La mía estaba situada en Second Street, y aunque había sido rehabilitada por su propietario anterior, todavía necesitaba mucho trabajo. La casa de la que mi amiga estaba hablando era maravillosa. El ladrillo había sido completamente restaurado, habían puesto canalones de bronce y tenía un jardín rodeado de setos.

—¿Esa es su casa?

—Prácticamente sois vecinos. No me puedo creer que no lo supieras.

—¡Pero si ni siquiera sé quién es! —contesté, aunque después de estar hablando de ello, lo de *Espacios en blanco* me resultaba más familiar—. Y no creo que el agente que me vendió la casa lo mencionara como uno de los atractivos del barrio.

Jen se echó a reír.

—Probablemente no. Es un hombre muy reservado. Viene mucho por aquí, aunque últimamente no le había visto. No habla mucho y siempre va solo.

Bebí el café que me quedaba y consideré la posibilidad de levantarme y aprovechar la posibilidad de rellenar la taza cuantas veces quisiera. De esa forma tendría que pasar justo por delante de él y, al volver, podría verle del todo la cara. Jen pareció leerme el pensamiento.

–Merece la pena verle de cerca –me dijo–. Todas las chicas que venimos por aquí hemos pasado por delante de él varias veces. Y también Carlos. En realidad, creo que Carlos es el único con el que ha hablado.

Me eché a reír.

–¿Ah, sí? ¿Y por qué? ¿Le gustan los chicos?

–¿A quién? ¿A Carlos?

Yo estaba convencida de que Carlos era heterosexual, al menos al juzgar por la manera en la que examinaba el trasero de todas y cada una de las mujeres que veía cuando pensaba que nadie le estaba mirando.

–No, Dellasandro.

–¡Pero chica! –volvió a decir Jen.

Me gustaba que me hablara con tanta familiaridad, como si fuéramos amigas desde hacía mucho tiempo y no solo desde hacía un par de meses. Me había resultado difícil trasladarme a vivir a Harrisburg. Un trabajo nuevo, una nueva casa, una nueva vida... Se suponía que había dejado el pasado atrás, pero nunca terminaba de alejarse una del todo. Jen era una de las primeras personas que había conocido en Harrisburg, en el Mocha, y nos habíamos hecho amigas casi inmediatamente.

–¿Sí? –volví a mirarle con atención.

Dellasandro estaba humedeciéndose el dedo índice antes de pasar la siguiente hoja del periódico. No tendría por qué haberme parecido un gesto tan sexy. Estaba dejando que la opinión de Jen influyera en la impresión que aquel hombre tenía en mí, que había sido demasiado breve como para resultar tan intensa. Al fin y al cabo, apenas le había visto la cara y llevaba mirándole la espalda cerca de quince minutos.

–Tienes que ver todas sus películas. Así entenderás lo que quiero decir. Johnny Dellasandro es como... como una leyenda.

—No creo que sea una leyenda si nunca había oído hablar de él.

—De acuerdo —se corrigió Jen—. Una leyenda en determinados círculos. En círculos artísticos sobre todo.

—Supongo que no soy suficientemente artística —me eché a reír sin sentirme en absoluto ofendida.

Había estado varias veces en el Museo de Arte Moderno de Nueva York y, desde luego, no me consideraba la clase de público al que iban dirigidas las obras que allí se exponían.

—Pues es una pena, una verdadera pena. De verdad, estoy segura de que el haber visto las películas de Johnny Dellasandro ha arruinado para siempre la posibilidad de que me gusten los chicos normales.

—No creo que eso sea precisamente un cumplido —le dije—. Sobre todo en el caso de que hubiera algo que pudiera llamarse un «chico normal», cosa que, francamente, estoy empezando a dudar.

Jen soltó una carcajada y volvió a atacar su bizcocho de chocolate tras mirar una vez más por encima del hombro. Levantó el tenedor cargado de chocolate y señaló en mi dirección.

—Pásate esta noche por mi casa. Tengo la última selección de DVDs de sus películas, además de las películas anteriores. Y las que no tenga, las podemos bajar de Interflix.

—¡Genial!

Jen sonrió y mordisqueó un trozo del bizcocho del tenedor.

—Emm, voy a darte a conocer algo verdaderamente bueno.

—Y vive justo aquí, ¿verdad?

—Exacto —Jen miró por encima del hombro una vez más.

Si Dellasandro tenía idea de que le estábamos sometiendo a semejante escrutinio, no lo demostró. De hecho, no parecía prestar atención a nadie. Leía el periódico y tomaba el café. Volvía las páginas de una en una y a veces seguía la lectura de la letra guiándose con el dedo.

—No estaba segura de que fuera él, ¿sabes? Llegué aquí una mañana y allí estaba. ¡Nada menos que Johnny Dellasandro! —Jen dejó escapar un suspiro propio de alguien completamente enamorado—. Chica, en serio, la sensación fue tan orgásmica que podría haber salido de aquí navegando sobre mi propio flujo.

Yo, que en ese momento estaba bebiendo un sorbo de café, comencé a reír. Y segundo después, cuando el café se desvió hacia mis pulmones en vez de hacia mi estómago, comencé a toser. Tosiendo, jadeando y con los ojos llenos de lágrimas, me tapé la boca con las manos e intenté protegerme la nariz, pero era imposible no hacer ruido.

Jen también se echó reír.

—¡Levanta los brazos! ¡Pon los brazos en alto! Así dejarás de toser.

Mi madre siempre me había dicho lo mismo. Conseguí levantar el brazo y la tos cedió. Me había ganado varias miradas de curiosidad, pero, gracias a Dios, ninguna de Dellasandro.

—Cuando vayas a hacer un comentario de ese tipo, avísame antes.

Jen parpadeó con expresión de inocencia.

—¿De qué tipo? ¿Te refieres a lo de salir navegando en mi propio flujo?

Volví a echarme a reír, y en aquella ocasión sin atragantarme.

—¡Sí, a eso!

—Créeme, después de ver sus películas, entenderás lo que quiero decir.

—Muy bien, de acuerdo. Por patético que suene, no tengo planes para esta noche.

—Si no tener planes para la noche del sábado te convierte en alguien patético, entonces yo también lo soy. Podemos regodearnos juntas en nuestro fracaso, comer helado y babear mientras vemos películas artísticas de porno blando.

—¿Porno blando? —miré hacia Dellasandro, que casi había terminado ya el periódico.

—Espera y verás —me dijo Jen—. ¡Panorámicas completas, nena!

—Vaya. No me extraña que no quiera hablar con nadie. Si yo me hubiera hecho famosa por ir enseñando el trasero, seguramente tampoco querría que nadie se fijara en mí.

En aquella ocasión, fue Jen la que estalló en carcajadas. Las suyas hicieron que se volvieran más cabezas que las mías, aunque no la de Dellasandro. Jen arrastró el dedo por los restos del chocolate del plato y los lamió.

—No creo que sea eso. Quiero decir, tampoco es que le guste alardear de lo que hizo ni nada parecido, pero no creo que esté avergonzado. En cualquier caso, no debería estarlo. Ha hecho arte —se puso seria—. Lo digo de verdad. Sus amigos y él formaban un grupo que era conocido como El enclave. Se les atribuye el mérito de haber transformado la visión que el público general tiene del cine independiente. Hicieron películas que se proyectaron en cines convencionales y hasta en salas X.

—Vaya.

Yo no tenía la menor idea ni de arte ni de cine, pero parecía impresionante.

Y había algo especial en aquel hombre. A lo mejor era el abrigo negro, o la bufanda, o el hecho de que me encanten los hombres que saben vestirse de manera que parece no preocuparles en absoluto su aspecto y, aun así, consiguen estar increíblemente atractivos. A lo mejor era el olor a naranjas que había dejado al pasar. No era un olor que normalmente me gustara, de hecho, lo rechazaba porque normalmente precedía a mis fugas amnésicas. Hasta era posible que estuviera sufriendo los efectos de una fuga, aunque hubiera sido particularmente pequeña. A menudo, tras experimentarlas, el mundo «real» me parecía mucho más brillante durante algún tiempo. Era como si todo fuera más intenso. Y cuando las fugas iban acompañadas de alucinaciones, la intensidad era aún mayor. Hacía mucho tiempo que no había sufrido un episodio de ese tipo, ni siquiera había tenido la más mínima insinuación de que pudiera tener una alucinación durante la última fuga, pero la sensación era muy parecida.

—¿Emm?

Me di cuenta, sobresaltada, de que Jen había estado hablando conmigo. Y no tenía ninguna fuga a la que culpar de mi falta de atención.

—Lo siento.

—¿Entonces, vendrás esta noche? Prepararé unas margaritas. Y podemos comprar pizzas —se interrumpió. Parecía de pronto desolada—. Es patético, ¿verdad?

—¿Sabes lo que es patético? Arreglarse de arriba abajo para salir a un bar con la esperanza de encontrar a algún fracasado con camisa a rayas y olor a Polo.

—Tienes razón. Las camisas a rayas son tan del dos mil seis.

Nos echamos las dos a reír. Había salido con Jen por los bares de la zona en un par de ocasiones. Las camisas a rayas continuaban siendo muy populares por allí, especialmente entre jóvenes universitarios a los que les encantaba invitar a chupitos de Jell-O a jóvenes escasamente vestidas con la esperanza de que las chicas en cuestión les encontraran irresistibles.

Jen miró el reloj.

—¡Mierda! Tengo que darme prisa. He quedado con mi

hermano para llevar a mi abuela al supermercado. Tiene ochenta y dos años y no ve suficientemente bien como para conducir. A mi madre la está volviendo loca.

Yo volví a reír.

–Buena suerte.

–La adoro, pero es una mujer difícil. Por eso tengo que decirle a mi hermano que nos acompañe. Te veré esta noche en mi casa. ¿Te parece bien alrededor de las siete? Es mejor no empezar demasiado tarde. ¡Tenemos muchas películas que ver!

En realidad, no podía imaginarme viendo más de una o dos películas, pero asentí de todas formas.

–Claro, ahí estaré. Yo llevaré algo para picar.

–Genial. ¡Hasta luego! –Jen se levantó y se acercó a mí para decirme–: ¡Vete a llenar ahora mismo la taza de café! ¡Rápido, antes de que se vaya!

Dellasandro acababa de doblar el periódico y de levantarse. Se estaba poniendo el abrigo. Yo no podía verle la cara.

–¿Por qué no esperas a que se vaya y sales justo detrás de él para que tenga que sujetarte la puerta? –le dije.

–Buen plan –contestó–. Es una pena que no pueda esperarle. Tengo prisa. Hazlo tú.

Las dos nos echamos a reír y Jen se dirigió hacia la puerta. La observé marcharse. Después, vi cómo Dellasandro regresaba con la taza vacía hasta el mostrador. Con el periódico bajo el brazo, se dirigió al cuarto de baño, situado en la parte trasera del Mocha. Aquel era un buen momento para volver a llenar la taza de café, puesto que había pagado por ello, pero, en realidad, no estaba de humor para tomar otro café. No tenía planes. El día se alargaba sin nada que me tentara fuera del Mocha y, para colmo, había olvidado llevar algo de lectura, o incluso el ordenador para navegar por la red. No tenía ningún motivo para quedarme y tenía una casa llena de cajas sin abrir y con una limpieza pendiente. Y, probablemente, también con un mensaje telefónico de mi madre que tendría que contestar.

Así que llevé la taza al mostrador y dejé que mi ávida mirada vagara por los pasteles del mostrador. Hornearía unos bizcochos de chocolate en mi casa. Estarían infinitamente mejores que los del Mocha, aunque los de la cafetería tuvieran una capa de azúcar glaseada con mantequilla que no tenía idea de cómo imitar. El estómago comenzó a sonarme a pesar de la magdalena que acababa de comer. No era una buena cosa.

—¿Quieres algo? —era Joy, una de las camareras más secas que había conocido nunca.

Desde luego, no hacía honor a su nombre.

—No, gracias.

Me coloqué el asa del bolso en el hombro pensando que sería mejor que me dirigiera a mi casa y me preparara un sándwich de ensalada de huevo o algo parecido antes de sufrir un ataque de hipoglucemia. Tener el estómago vacío no solo me ponía de mal humor, sino que podía provocar una de mis fugas. Después del episodio de aquella mañana, no quería hacer nada que pudiera causarme otra. La cafeína y el azúcar ayudaban a ahuyentarlas, pero el estómago vacío estaba contrarrestando lo empalagoso del café.

Dellasandro llegó a la puerta del Mocha segundos después que yo. Yo acababa de abrir la puerta de cristal haciendo tintinear la campanilla de bronce cuando sentí algo tras de mí. Me volví con una mano todavía en la puerta para evitar que se cerrara y allí estaba él: abrigo negro, bufanda a rayas y el pelo de color trigo.

Los ojos no eran azules.

Eran de un intenso verde castaño. Y su rostro era perfecto, incluso con las arrugas que rodeaban las comisuras de sus ojos y el destello plateado que clareaba sus sienes. La primera vez que le había visto, le había echado menos de cuarenta años, pensaba que solo era unos cuantos años mayor que yo. Evidentemente, el hecho de que hubiera trabajado en los setenta implicaba que tenía que ser mayor. Pero incluso sabiéndolo, me costaba creérmelo. Tenía un rostro bellísimo.

El rostro de Johnny Dellasandro era una obra de arte.

Y yo solté la puerta justo ante aquella obra de arte.

—¡Dios mío! —exclamó él, y retrocedió.

Tenía un acento inconfundible de Nueva York.

La puerta se cerró entre nosotros. El sol se reflejaba sobre el cristal, ocultando a Dellasandro en el interior de la cafetería. Ya no podía ver su rostro, pero estaba bastante segura de que había conseguido enfadarle.

Puse la mano en el tirador de la puerta mientras él empujaba para abrir. La puerta se abrió de pronto, haciéndome trastabillar un par de pasos.

—¡Oh, lo siento!

No me miró, se limitó a pasar por delante de mí mientras soltaba una maldición que ni siquiera entendí. Me rozó con el borde del periódico al pasar sin prestarme la menor atención. El dobladillo del abrigo revoloteó ante un repentino golpe de viento y yo solté un grito ahogado y respiré hondo...

Notando de nuevo la fragancia de las naranjas.

—Mamá, de verdad, estoy bien —tenía que decírselo no para que se preocupara menos, sino porque si no se lo decía, se preocupaba mucho más—. Te lo prometo, todo va a salir bien.

—Me gustaría que no te hubieras ido a vivir tan lejos.

La voz de mi madre al otro lado del teléfono sonaba inquieta. Era lo normal. No tenía que comenzar a preocuparme hasta que mi madre se mostraba ansiosa.

–Estar a cuarenta minutos de distancia no es estar lejos. Ahora vivo más cerca del trabajo y tengo una casa magnífica.

–¡En la gran ciudad!

–¡Dios mío, mamá! –me eché a reír, aun a sabiendas de que no serviría para hacerla sentir mejor–. Harrisburg solo es una ciudad técnicamente.

–Y vives justo en el centro. Ya sabes que he oído en las noticias que hubo un tiroteo justo a unas cuantas calles de la tuya.

–¿Ah, sí? Y la semana pasada hubo un asesinato y un suicidio en Lebannon –contesté–. ¿Y a cuánto está de tu casa?

Mi madre suspiró.

–Emm, intenta tomártelo en serio.

–Mamá, estoy hablando en serio. Tengo treinta y un años. Ya era hora de que me fuera de casa.

Mi madre suspiró.

–Supongo que tienes razón. No puedes seguir siendo siempre mi niñita.

–Hace mucho tiempo que dejé de ser tu niñita.

–Me sentiría mucho mejor si no estuvieras sola. Todo era mucho mejor cuando Tony y tú...

–Mamá –la interrumpí con voz tensa–. Tony y yo rompimos por una larga lista de muy buenas razones, ¿de acuerdo? Por favor, deja de hablarme de él. Si ni siquiera te caía bien.

–Solo porque pensaba que no te cuidaba suficientemente bien.

En eso tenía razón, desde luego. Y no porque yo necesitara tantos cuidados como mi madre pensaba. Pero no quería hablar de mi exnovio con ella. Ni en aquel momento ni nunca.

–¿Cómo está papá? –le pregunté en cambio, para que

así pudiera hablar sobre la otra persona de su vida por la que se preocupaba más de lo que debía.

–Bueno, ya conoces a tu padre. No paro de decirle que tiene que ir al médico a hacerse un chequeo, pero él no piensa ir. Ya tiene cincuenta y nueve años, ¿sabes?

–Le tratas como si fuera un anciano.

–No es ningún jovencito –dijo mi madre.

Me eché a reír y me coloqué el teléfono en el hombro mientras abría una de las muchas cajas que había guardado en uno de los dormitorios que tenía sin utilizar. Estaba desempaquetando libros. Quería convertir aquella habitación en una biblioteca y había montado y limpiado todas las estanterías. Ya solo tenía que llenarlas. Sabía que me alegraría cuando terminara aquella tarea, pero la había estado retrasando durante semanas.

–¿Qué estás haciendo?

–Sacando los libros de las cajas.

–¡Oh, ten mucho cuidado, Emm! Ya sabes que se levanta mucho polvo.

–No tengo asma, mamá –quité la capa de periódicos que había colocado sobre los libros.

No los había colocado en el orden que tendrían después en las estanterías, sino de manera que cupieran en las cajas. Aquella parecía estar llena de libros ilustrados de gran formato que había comprado en tiendas de segunda mano o que había recibido como regalos. Eran libros que siempre pretendía leer, aunque nunca encontrara el momento de hacerlo.

–No, pero sabes que tienes que tener cuidado.

–Vamos, mamá, ya basta –ya estaba comenzando a enfadarme.

Mi madre siempre había sido excesivamente protectora conmigo. Cuando tenía seis años, me caí de uno de los columpios del parque. Era una época anterior a aquella en la que en las escuelas utilizaban neumáticos reciclados para amortiguar el impacto de las caídas o cualquier material blando. Otros niños se rompían los brazos o las piernas. Yo me rompí la cabeza.

Estuve en coma durante casi una semana por culpa de un edema cerebral o una inflamación que los médicos no habían sido capaces de aliviar con los métodos tradicionales. Mis padres estaban a punto de aceptar que me sometieran a una operación cuando abrí los ojos y pedí un helado.

No sufrí nunca los problemas de coordinación o la imposibilidad de utilizar brazos o piernas que predijeron los médicos. Tampoco las pérdidas de memoria ni ningún otro daño material manifiesto. De hecho, tenía más problemas para olvidar que para recordar. No había sufrido ninguna lesión a largo plazo, por lo menos física. Y, por otra parte, había llegado a acostumbrarme a las fugas.

Mis padres pensaban que iban a perderme y nada de lo que yo pudiera decir sobre aquella época de oscuridad podría convencer a mi madre de que ni siquiera había estado cerca de la muerte. Había intentado hablar sobre ello en un par de ocasiones cuando era más joven para conseguir que se relajara aunque solo fuera un poco. Pero mi madre se negaba a escuchar. Supongo que no podía culparla. Yo no sabía lo que era querer a un hijo, y, mucho menos, soportar el miedo a perderlo.

—Lo siento —me dijo.

Afortunadamente, mi madre era consciente de cuándo perdía el control. Había hecho todo lo posible para asegurarse de que no creciera como una niña insegura y miedosa, aunque para ello hubiera tenido que morderse las uñas hasta la raíz y terminar con el pelo gris antes de los cuarenta años. Aunque lo odiaba, me había permitido hacer cuanto necesitaba para ganar mi independencia.

—Podrías venir alguna vez, ¿sabes? En realidad no estoy

tan lejos. Podríamos comer juntas o hacer algo. Tú y yo solas, un día de chicas.

–Sí, claro que podríamos –se mostró un poco más animada por la invitación.

Sabía que, en realidad, no se lo estaba tomando en serio. A mi madre no le gustaba conducir sola. Si venía a verme, lo haría con mi padre. Y no era que yo no quisiera a mi padre o que no quisiera verle. En cierto modo, me resultaba más fácil tratar con él que con mi madre porque, por muy preocupado que estuviera, lo reservaba para sí. Pero si estaba él, no sería un día de chicas y mi padre tendía a ponerse de mal humor cuando quería estar en casa, sentado en su butaca y viendo los deportes en la televisión. Yo ni siquiera tenía televisión por cable todavía.

–Emm, le vi hace un par de días.

Me detuve con un enorme libro sobre catedrales en la mano. Si quería que el libro se mantuviera derecho, tendría que recolocar una de las baldas de la estantería. Era un libro de mesa, hecho para estar expuesto. Lo hojeé, considerando si debería venderlo.

–¿A quién?

–A Tony –contestó mi madre con impaciencia.

–¡Oh, por el amor de Dios, mamá!

–Tenía buen aspecto. Me preguntó por ti.

–Estoy segura –respondí con ironía.

–Tuve la sensación de que quería saber... si habías conocido a alguien.

Me detuve con otro libro entre las manos, en aquella ocasión, sobre cine americano. Otra compra de segunda mano. Los libros eran mi perdición. Incluso aquellos que trataban sobre temas que no me interesaban. Supongo que siempre tenía la idea de que podía cortar las ilustraciones, enmarcarlas y colgarlas. Una prueba más de que, en realidad, no tenía gran interés por el arte.

–¿Por qué iba a preguntarse una cosa así?

–No lo sé, Emm –se interrumpió–. ¿Has conocido a alguien?

Estuve a punto de contestar que no, pero entonces me asaltó el recuerdo de una bufanda a rayas y un abrigo negro. El suelo tembló bajo mis pies y me aferré al teléfono. De pronto, el peso del libro resultó excesivo para mi mano sudorosa. Se me cayó al suelo.

–¿Emm?

–Estoy bien, mamá, solo se me acaba de caer un libro.

Ni remolinos de colores ni olor a cítrico en mis fosas nasales. Se me revolvió un poco el estómago, pero eso pudo ser por los restos de comida italiana que había comido. Llevaban demasiado tiempo en la nevera.

–No estaría mal que conocieras a alguien. De hecho, creo que deberías.

–Sí, y yo me aseguraré de que todos los tipos que conozca sepan que mi madre cree que no debería continuar soltera. Es la mejor manera de triunfar en una cita.

–No me gusta tu sarcasmo, Emmaline.

Me eché a reír.

–Mamá, tengo que colgar, ¿de acuerdo? Quiero terminar de desempaquetar las cajas y hacer la colada antes de ira a casa de mi amiga Jen esta noche.

–¡Ah, así que tienes una amiga!

Adoraba a mi madre, de verdad. Pero a veces me entraban ganas de estrangularla.

–Sí, mamá. Tengo una verdadera amiga.

Mi madre se echó a reír en aquella ocasión. Parecía mucho más contenta que cuando había empezado la conversación. Por lo menos eso ya era algo.

–Muy bien, me alegro de que vayas a pasar la velada con una amiga en vez de quedarte sentada en casa. Yo solo... me preocupo por ti, cariño. Eso es todo.

—Lo sé. Y también sé que siempre lo harás.

Nos despedimos e intercambiamos los correspondientes «te quiero». Tenía amigos que nunca les decían a sus padres que les querían, que no habían vuelto a repetir aquellas palabras desde que habían dejado la escuela elemental. Era algo que me alegraba de no haber perdido al crecer y de que mi madre hubiera insistido en mantenerlo. Aunque supiera que era porque temía que si no lo decía, de alguna manera, significaría que había perdido la posibilidad de decírmelo una vez más, me gustaba.

El libro que se me había caído al suelo se había abierto por el centro, resquebrajando la encuadernación de una forma que me hizo suspirar con tristeza. Me incliné para recogerlo y me detuve. Había quedado abierto por un capítulo sobre el cine independiente de los años setenta, mostrando una fotografía en blanco y negro en la que un rostro maravilloso miraba fijamente a la cámara.

Johnny Dellasandro.

Capítulo 2

—¿Cuál quieres ver primero? ¿De qué humor estás?

Jen abrió la puerta del que resultó ser un armario lleno de DVDs. Deslizó el dedo por las fundas de plástico haciéndolas sonar al chocar las unas contra las otras y se detuvo en una de ellas.

—¿Quieres algo más flojo o vamos directamente al grano?

Yo me había llevado el libro sobre cine americano para enseñárselo y lo tenía en la mesa del café, delante de mí, abierto en la página en la que aparecía el maravilloso rostro de Johnny.

—¿De qué película es esta fotografía?

Jen la miró.

—De *El tren de los condenados*.

Yo también la miré.

—¿Esa fotografía es de una película de terror?

—Sí, no es mi favorita, desde luego. No da mucho miedo —añadió—. Pero sale desnudo.

Arqueé entonces ambas cejas.

—¿De verdad?

—Sí, aunque no es un plano frontal —dijo con una sonrisa mientras se agachaba y sacaba una película de la estantería–. En cualquier caso, esas películas de los setenta son bastante gráficas. Hay abundancia de sangre y entrañas. ¿Eso te molesta?

Había pasado tanto tiempo en hospitales y urgencias que ya nada de eso me molestaba particularmente.

–No, qué va.

–En ese caso, *El tren de los condenados*.

Jen sacó el DVD de la caja y lo deslizó en la ranura del aparato reproductor. Después, encendió la televisión en el canal indicado y tomó el mando a distancia antes de sentarse a mi lado en el sofá.

–La calidad no es buena, lo siento. La encontré en la basura de una tienda de todo a un dólar.

–Eres una gran admiradora de Dellasandro, ¿verdad? –cambié de postura para evitar que se cayera el cuenco de palomitas y me incliné para volver a mirar la foto.

No le había contado a Jen que había estado a punto de darle con la puerta en las narices a Johnny, ni que había pasado casi una hora con la mirada fija en su fotografía, memorizando cada línea y cada curva de su rostro. En la fotografía llevaba el pelo hacia atrás, recogido en una cola de caballo en la base del cuello y más largo que aquella mañana. Parecía más joven, por supuesto, puesto que había sido tomada más de treinta años atrás. Pero no mucho más.

–Ha envejecido bien –Jen miró por encima de mi hombro en cuanto se filtraron los primeros sonidos por los altavoces de la televisión–. Ha ganado algo de peso y tiene más arrugas alrededor de los ojos. Pero, básicamente, está igual. Y deberías verle en verano, cuando no va con ese abrigo tan largo.

Me recosté en el sofá y estiré los pies.

–¿Has hablado con él alguna vez?

–¡Dios mío, no! Me da mucho miedo.

Me eché a reír.

–¿Miedo de qué?

Jen utilizó el mando a distancia para subir el volumen. Hasta ese momento, lo único que había salido en la pantalla era el título goteando sangre y la imagen fugaz de un tren resoplando sobre una vía serpenteante a través de unas altas y abruptas montañas.

–De soltarle lo primero que se me pase por la cabeza.

–¿En serio? Qué tontería.

Jen se echó a reír, dejó el mando a distancia y agarró un puñado de palomitas.

–En serio. En una ocasión, conocí a Shan Easton, ¿sabes quién es? Es el cantante de Lipstick Guerrillas.

–Eh, no, no sé quién es.

–Estaban tocando en IndiePalooza hace un año en Hersey, y una amiga mía había conseguido pases para estar detrás del escenario. Tocaban unos diez o quince grupos. Hacía un calor infernal y habíamos estado bebiendo copas porque las vendían a un dólar cincuenta y el agua estaba a cuatro dólares la botella. Digamos que estaba un poco bebida.

–¿Y qué le dijiste?

–Creo que le dije que quería montarle como si fuera una montaña rusa. O algo parecido.

–¡Vaya!

–Sí, lo sé –suspiró dramáticamente y abrió una lata de un refresco de cola–. No fue mi mejor momento.

–Estoy segura de que podría haber sido peor.

–De acuerdo, pero, ¿qué podría haber peor que encontrarme con él en la cafetería o en el supermercado después de haberle dicho una cosa así? Por eso procuro mantener la boca cerrada cuando Johnny Dellasandro anda cerca.

El tren, que asumí era el de los condenados, dejó escapar un silbido agudo y la película dio paso a una escena rodada en el interior del tren en la que aparecía gente vestida a la moda de los setenta. Una mujer con un traje pantalón, el pelo abultado y unas gafas de sol enormes cubriendo su rostro hizo un gesto con una mano cargada de anillos al camarero que le estaba sirviendo una copa de vino. El tren vibró y el camarero derramó el vino. El camarero era Johnny.

—¡Fíjate en lo que haces, maldito estúpido! —la mujer hablaba con un marcado acento ¿italiano, quizá? No estaba segura—. ¡Me has tirado el vino en mi blusa favorita!

—Lo siento, señora —Johnny tenía una voz oscura, rica y aterciopelada... y totalmente fuera de lugar con aquel acento tan de neoyorquino.

Me eché a reír y Jen me dirigió una mirada fugaz.

—La película mejora cuando se la lleva al coche cama y se acuesta con ella.

Las dos nos reímos entonces y seguimos comiendo palomitas, bebiendo refrescos de cola y divirtiéndonos con la película. Por lo que pude deducir, el tren se convirtió en un tren maldito en el instante en el que entró en un túnel que estaba conectado con las puertas del infierno. No explicaban por qué, o por lo menos, yo no lo entendí, pero como de vez en cuando hablaban en un italiano pésimamente traducido en los subtítulos en inglés, con la voz de Johnny extrañamente doblada por una voz más aguda y silbante, era bastante probable que me hubiera perdido algo importante.

De todas formas, tampoco importaba. Era una película muy entretenida, con montones de sangre, tal y como Jen había prometido. También salían muchos hombres extraordinarios. Johnny terminaba quitándose la camisa de camarero para terminar luchando contra demonios de gomaespuma y látex. Sin camisa y cubierto de sangre, con el pelo grasiento y echado hacia atrás, continuaba estando arrebatador.

—¡Que el infierno vuelva al infierno!

Era una frase clásica, dicha por Johnny con un marcado acento y acompañada por un disparo que hizo explotar a los demonios en infinitas y goteantes piezas. Y fue seguida, con total incongruencia, por una larga y explícita escena de amor entre él y la mujer del traje pantalón acompañada de música de película porno. La película terminaba con la mujer embarazada, llevando en sus entrañas al hijo de un demonio que la desgarraba por dentro e intentaba atacar a su padre.

–Entonces, ¿Johnny era el demonio?

Jen se echó a reír y buscó las sobras del cuenco de palomitas.

–¡Eso creo! O el hijo del demonio o algo parecido.

Comenzaron a salir los créditos de la película. Yo me terminé el refresco.

–No ha sido una película muy buena, la verdad.

–Sí, es mala, pero la escena de sexo es de lo más caliente, ¿verdad?

Sí, era una gran escena. Incluso con la música porno y esos estúpidos efectos especiales, e incluso con aquel cojín discretamente colocado que impedía ver el miembro de Johnny, pero dejaba una vista completa del vello púbico de la mujer. Johnny la había besado como si fuera una auténtica delicia.

–Muy buena actuación –dije despreocupadamente.

Jen soltó un sonido burlón y se levantó para sacar el DVD del aparato.

–No creo que sea una gran actuación. En realidad, creo que es mucho mejor pintor que lo que fue nunca como actor. Y su forma de besar... En realidad, se acuesta con alguien en casi todas las películas en las que sale. No creo que esté actuando. Es el auténtico Johnny.

–¿Cuándo rodó todas esas películas? –me levanté para estirarme.

La película había durado poco más de una hora, pero se me había hecho mucho más larga.

–No lo sé –Jen se encogió de hombros–. Hizo un puñado de películas en los años setenta y después paró durante una temporada. Desapareció de la faz de la tierra. Regresó convertido en pintor y, por lo que yo sé, solo actuó en una o dos películas más. Ha aparecido en muchas ocasiones en programas de televisión y también salió en un episodio de *Lazos de familia*, por increíble que te pueda parecer.

–¿Y también se acostaba con alguien?

–¡Pues sí! –Jen se echó a reír–. Pero no creo que lo enseñara todo. Para verlo todo tendrás que ver... esta.

Sacó un DVD con una carátula en rojo y negro y una sola palabra al frente. *Basura*, se titulaba la película. Jen comenzó a ponerla mientras hablaba.

–Muy bien. Voy a advertirte algo sobre esa película por adelantado. No quiero que me la estropees.

–Eso da más miedo que *El tren de los condenados*.

Jen negó con la cabeza.

–No. Tú mira y verás.

Así que miré.

Aquella segunda película tenía menos argumento que la primera. Por lo que pude deducir, trataba de un grupo de inadaptados que vivían en una urbanización como la que salía en Melrose Place. Era el tipo de urbanización que con tanta frecuencia salía en películas rodadas en California: unos cuantos edificios pintados en color teja o en color verde y alrededor de una piscina. En aquella película, la urbanización se llamaba La cueva. Estaba dirigida por una gerente que parecía una *drag queen*. Los residentes eran Sheila, una mujer adicta a la heroína, Henry, coleccionista de figuritas de porcelana que sufría un trastorno mental. Becky, una madre soltera y un puñado de personajes más que no parecían tener siquiera nombre que entraban y aparecían en escena con independencia de lo que estuviera pasando.

Y, por supuesto, también estaba Johnny. Que hacía el papel de Johnny, un gigoló. El tatuaje que llevaba en el brazo había sido rudamente tatuado, probablemente con instrumental casero. Era una sola palabra: «Johnny».

–¿Se llama Johnny en todas las películas? –pregunté.

Jen me silenció inmediatamente.

No era una buena película, al menos a juzgar por las actuaciones y el guion. De hecho, no podía estar segura de que tuviera guion. Parecían casi todas improvisaciones, lo que significaba que tampoco hacía falta actuar. Era como si se hubieran reunido un grupo de amigos un sábado por la noche con una cámara y un poco de hierba y se hubieran decidido a hacer una película.

–Creo que eso es, básicamente, lo que ocurrió –me aclaró Jen cuando expuse mi teoría–. Pero fíjate, no me digas que ese trasero no es épico.

Johnny aparecía desnudo durante la mayor parte de la película. Ocurría algún incidente: una sobredosis, un aborto. Aparecía un cadáver en la piscina y lo tiraban a la basura. No habría sido capaz de explicar el argumento ni aunque me hubieran amenazado con una tarántula viva.

Lo único que veía yo era a Johnny Dellasandro. Su trasero. Sus abdominales. Sus pectorales. Sus deliciosos pezones. Aquel hombre tenía la constitución de un Adonis: musculoso, esbelto, dorado. ¡Dios! Estaba desnudo y bronceado por el sol, y tenía suficiente pelo como para parecer viril, pero no tanto como para hacerla a una pensar que necesitaría una máquina cortacéspedes para acceder a su miembro.

Y, sí, al parecer se acostaba con alguien en todas y cada una de las películas.

Incliné la cabeza para poder verle desde un ángulo mejor.

–Creo que... ¡Caramba! ¿Tiene una erección? ¡Se está excitando! ¡Mira eso!

–Sí, ya lo sé –Jen gritó y se aferró a mí.

No me había afectado tanto una erección desde mi primera fiesta con chicos en octavo grado, cuando jugando a las prendas, me tocó encerrarme en el armario con Kent Zimmerman. Sentí un vacío en el estómago como el que sentía justo antes de descender por la primera cuesta de una montaña rusa. El calor me subía por el pecho y la garganta y me llegaba hasta las mejillas.

–Es... sencillamente, increíble.

–Chica, ¿no te parece alucinante? Y espera un momento y... ¡mira! ¡Sííí! –exclamó Jen, recostándose sobre los cojines–. ¡Un plano frontal!

Fue solo un instante, pero allí estaba, el miembro de Johnny en toda su gloria. Johnny paseaba y hablaba al mismo tiempo y yo no podía decidir si quería intentar escuchar lo que estaba diciendo o, sencillamente, aceptar mi completa y absoluta perversión y clavar la mirada en su miembro. Al final, ganó el pene.

–Eso sí que es un pene –lo dije con la voz cargada de admiración.

–Desde luego –Jen suspiró feliz–. Ese hombre es condenadamente bello.

Aparté la mirada del televisor para mirarla a ella.

–No me puedo creer que te guste tanto y no hayas hablado con él. Le digas lo que le digas. Creo que merece la pena intentarlo.

Jen sacudió la cabeza. Johnny no aparecía en la pantalla en aquel momento, así que no se estaba perdiendo nada importante. Señaló hacia la televisión.

–¿Y qué podría decirle? «¡Eh, Johnny, soy Jen y, por cierto, me gusta tanto tu cola que la he puesto en mi lista de regalos navideños!».

Me eché a reír.

—¿Y tú crees que le importaría?

Me dirigió una dura mirada.

—¿Está casado? —me decidí por una pregunta más práctica.

—No, no creo. Sinceramente, dejando de lado las películas, apenas sé nada sobre él —Jen esbozó una mueca.

Yo me eché a reír.

—Menuda acosadora estás hecha.

—No soy ninguna acosadora —me lanzó un cojín—. Solo soy una persona capaz de apreciar un cuerpo bonito. ¿Acaso tiene algo de malo? Y me gustan mucho sus obras. Compré uno de sus cuadros —añadió, como si estuviera compartiendo un secreto.

—¿De verdad?

Jen asintió.

—Sí. Su galería es realmente buena. Hay montones de obras pequeñas y nada es demasiado caro. Y en la parte de atrás, tiene diferentes colecciones. Hace un par de años, expuso sus obras. No siempre lo hace. Lo que quiero decir es que normalmente incluye sus obras entre otras muchas piezas, nunca las expone como si tuvieran una gran importancia, ¿sabes?

Yo nunca había estado en una galería de arte, así que no tenía la menor idea. Pero de todas formas, asentí.

—¿Puedo verlo?

—Claro. Yo... eh, lo tengo en el dormitorio.

Me eché a reír otra vez.

—¿Por qué? ¿Es algo verde?

No conocía a Jen desde hacía mucho tiempo, solo desde que me había mudado a Second Street. Pero todavía no la había visto avergonzarse por nada ni mostrarse tímida. Estaba siempre dispuesta a enfrentarse a cualquier cosa y esa era una de las razones por las que la adoraba. Así que, cuando vi que no me sostenía la mirada y reía avergonzada, estuve a punto de decirle que no tenía por qué enseñármela si no quería compartirla conmigo.

–No, no es nada verde –contestó.

–De acuerdo.

Me levanté y la seguí por el pasillo hasta su dormitorio.

El apartamento de Jen estaba decorado al estilo IKEA. Numerosos muebles, todos a juego, y optimizando el espacio. El dormitorio era igual. Estaba pintado en blanco y decorado en tonos verde azulado y verde lima. El apartamento estaba en un edificio antiguo, lo que significaba que las paredes no siempre eran rectas. Una de hecho, era una pared curva con enormes ventanales desde el suelo hasta el techo y vistas a la calle. En otra de las paredes había colgado sus cuadros. En la de enfrente tenía reproducciones enmarcadas de cuadros que hasta yo, una auténtica ignorante, reconocí, como *El grito* o *La noche estrellada*.

En el centro había una fotografía en blanco y negro de unos veinte por veinticinco centímetros y enmarcado con un estrecho marco rojo. El artista había pintado sobre la fotografía con gruesas pinceladas realzando el perfil de un edificio que reconocí como la Mansión John Harris, situada al final de Front Street. Había pasado mucho tiempo mirando lo que la gente había decidido que era una obra de arte y preguntándome por qué demonios se lo parecía, pero no tuve que invertir ni un segundo en pensar sobre ello cuando vi aquel cuadro.

–¡Es increíble!

–Lo sé, ¿verdad? –Jen se acercó a la pared y se colocó delante de ella–. Es genial, ¿verdad? Lo miras y no le encuentras nada especial. Y, sin embargo, tiene algo...

–Sí –definitivamente, tenía algo–. Y ni siquiera es sucio.

Jen se echó a reír.

–Me gusta tenerlo aquí y poder verlo a primera hora de la mañana. ¿Suena patético? Sí, ¡Dios mío! Es absolutamente patético.

–No, no lo es. ¿Es el único cuadro que tienes de él?

–Sí. Los cuadros originales siempre son caros, aunque Johnny los venda a unos precios bastante razonables.

Yo no sabía lo que se consideraba razonable y me parecía una indiscreción preguntarlo.

–Es muy bonito, Jen. Me parece un pintor muy bueno.

–Sí, así que, ya ves, esa es otra de las razones por las que no hablo con él.

La miré y sonreí.

–¿Por qué? ¿Porque te gusta tu obra y no solo su trasero?

Jen soltó una risita.

–Sí, bueno, algo así.

–No te comprendo. Te parece un hombre atractivo, eres una gran admiradora de su obra, ¿por qué no le dices algo?

–Porque supongo que preferiría que viera alguna de mis obras y le parecieran buenas sin tener que adularle. Me gustaría que me respetara como artista y eso es algo que no va a suceder nunca.

Me acerqué a la pared en la que estaban sus cuadros.

–¿Por qué no? Tú también eres buena.

–Y tú no sabes nada de arte, ¿recuerdas? –lo dijo sin ninguna malicia mientras me seguía para mirar sus propios cuadros–. Nunca colgarán mi obra en un museo. No creo que nadie escriba nunca una entrada en Wikipedia sobre mí.

–Eso nunca se sabe –respondí–. ¿Tú crees que cuando Johnny Dellasandro hacía todas esas películas sabía que algún día sería famoso por enseñar su trasero?

–Es un trasero épico.

–Vamos a ver otra película –propuse.

Para las dos de la mañana solo habíamos podido ver una película más porque habíamos detenido y vuelto a ver numerosas escenas en repetidas ocasiones.

–¿Por qué no ponemos esta? –pregunté después de haber visto por tercera vez a Johnny recorriendo con la boca el cuerpo de una mujer desnuda.

Jen me señaló con el mando a distancia.

–Chica, tienes que intentar ir poco a poco. No puedes meterte de golpe en toda esta historia, podrías terminar provocándote un infarto cerebral.

Me eché a reír, aunque el hecho de que en la infancia hubiera sufrido una lesión cerebral que podría haberme matado, al margen de lo que dijeron los médicos, le quitaba gracia a aquella broma.

–Ponla otra vez.

Jen volvió a poner el DVD. Johnny la llamaba a la mujer prostituta guarra, pero con su acento apenas se le entendía. Aquello debería haberme hecho reír.

–¡Es horrible! –dije, completamente arrebatada mientras el Johnny de la pantalla movía su boca una vez más por el cuerpo desnudo de la mujer, le besaba el muslo y ascendía otra vez para agarrarla del pelo y obligarla a darse la vuelta–. No debería gustarme esto, ¿verdad?

–Tú déjate llevar –dijo Jen con aire soñador.

En la película, volvía a insultar a la mujer. Le decía que era una guarra, una asquerosa. Que se merecía que la follara como lo que era. Y que le encantaba que lo hiciera.

–¡Dios! –musité, retorciéndome un poco–. Eso es...

–Excitante, ¿verdad? –Jen suspiró–. Incluso con las patillas que estaban tan de moda en los años setenta.

–Desde luego.

Llegamos al final de la película y yo continuaba sin tener ni idea de lo que iba el argumento. Lo único que sabía era que Johnny aparecía desnudo durante más de la mitad de la película y se acostaba con la mayoría de los actores que aparecían en ella, hombres y mujeres. ¡Ah! Y que me había dejado con la necesidad desesperada y urgente de pasar algún tiempo a solas.

—¿Otra? —Jen ya se estaba incorporando, pero yo me levanté.

—Necesito volver a casa, se está haciendo tarde. Y si nos acostamos demasiado tarde, mañana no podremos ir a la cafetería y podríamos perdérnoslo.

—¡Oh, Emm! —Jen parpadeó y me miró muy seria—. Te he contagiado, ¿verdad?

—Si esto es una enfermedad, yo no quiero curarme.

Jen vivía suficientemente cerca de mi casa como para que el hecho de volver andando no me supusiera ningún problema, por lo menos de día y con buen tiempo. Pero en medio de un invierno particularmente gélido en Pennsylvania y en un barrio que era ligeramente peligroso, había preferido recorrer en coche aquellas dos manzanas. Encontré ocupado el sitio en el que normalmente aparcaba, probablemente por la novia del tipo que vivía enfrente de la calle. Gruñendo y con los ojos cargados, conduje hasta la siguiente manzana para ocupar el hueco de otro de mis vecinos, esperando no encontrarme al día siguiente con una nota desagradable en el parabrisas.

Como había poco espacio para aparcar, la competición por encontrar un sitio podía llegar a ser brutal.

Y debió de ser por casualidad, pero el caso fue que, cuando salí del coche, me di cuenta de que había aparcado delante de la casa de Johnny Dellasandro. Había luz en el tercer piso. La mayor parte de las casas de la calle eran idénticas, de modo que, a menos que Johnny hubiera remodelado la suya, la luz que se veía era la del dormitorio.

Yo pretendía que en mi casa, algún día llegara a ser la del dormitorio principal con un cuarto de baño anexo. Y Dellasandro tenía la casa suficientemente arreglada como para hacerme sospechar que, en su caso, ya lo era.

Johnny Dellasandro en su dormitorio. Me pregunté si dormiría desnudo. No estaba segura de si había llegado ya al nivel de Jen y sería capaz de cruzar la calle flotando en mi propio flujo, pero estaba a punto de llegar al orgasmo. Definitivamente, sentía ya el palpitar del clítoris. Estuve fantaseando felizmente durante todo el camino hasta mi casa.

Nunca había habido ningún motivo ni razón para que se produjeran las fugas. Las causas que provocaban migrañas, ataques de epilepsia o brotes de narcolepsia en otras personas eran solo posibles catalizadores para mí. Eso era bueno porque así no tenía que evitar los sentimientos intensos o el chocolate, ni otros muchos otros catalizadores habituales de esos procesos. Pero también era malo, por supuesto, porque fuera lo que fuera lo que provocaba esas fugas, se producían de forma azarosa y sin previa advertencia y aunque hubiera querido evitar aquello que las provocaba, no habría podido.

No había vuelto a tener una fuga desde hacía dos años, pero el olor a naranjas me decía en aquel momento que estaba a punto de sufrir una tercera fuga en menos de veinticuatro horas. Y la iba a tener en el cuarto de baño, lavándome los dientes, mirando mi reflejo en el espejo, pero viendo el rostro de Johnny mientras hacía el amor con una mujer que tenía el pelo del mismo color que el mío. Mis ojos. Mis senos bajo sus manos, mi clítoris bajo su lengua.

Tenía la mirada fija en el espejo y, de pronto, como Alicia, lo atravesé.

—¡Ten cuidado con lo que haces! Me has tirado el café —dije con un marcado acento.

No era mi propia voz, pero no la sentía como una voz extraña. Me parecía la voz adecuada, la sentía en mi lengua, en mis labios y en mis dientes. Y me parecía sexy.

–Lo siento, señora –el camarero comenzó a limpiarme los muslos con un trapo blanco. Rozó mi vientre con los dedos, deteniéndose durante más tiempo del necesario–. Déjeme limpiarla.

–Creo que deberías compensarme –lo dije con el rostro serio y echando hacia atrás mi negra melena.

–¿Señora? –no era ningún estúpido ese joven con camisa blanca de camarero.

El tren traqueteaba bajo nuestros pies.

–Venga esta noche a mi compartimento y asegúrese de que está preparado para compensarme por haberme destrozado los pantalones.

Su única respuesta fue una sonrisa. Terminé de comer sonriendo yo también, lo que me dificultaba disfrutar de la comida. En cualquier caso, ya no tenía hambre. Por lo menos de comida.

Una vez en mi compartimento, esperé la llamada a la puerta y cuando la abrí, allí estaba él. No con el uniforme de camarero, sino con un par de pantalones oscuros y una camisa amarillenta con el cuello mao. Una indumentaria de campesino, pero no me importó. Los campesinos podían ser grandes amantes.

–¡Mira! –le dije, señalando la mancha oscura en los pantalones blancos. No había hecho nada para quitarla–. ¿Ves lo que has hecho, torpe?

–Puedo pagarle por lo que he hecho.

–Eso no servirá de nada. Estos pantalones son de pura seda, hechos por un diseñador personal. Son irremplazables.

–¿Entonces qué puedo hacer? –me preguntó desafiante.

Tenía el pelo largo y tupido y lo llevaba recogido en

una cola de caballo en la nuca. Cuando le quité la goma, la melena cayó sobre mis manos. Es una melena gruesa y sedosa.

—Límpialo.

Con mirada sombría, sacó el pañuelo del bolsillo trasero del pantalón y me empujó, haciéndome retroceder hasta el borde de la cama, que habían preparado ya para la noche. Me limpió la mancha de los pantalones sin apartar la mirada de mis ojos. Yo me estremecí ante aquel contacto.

—No —le detuve con voz grave y ronca—. Utiliza la boca.

Se arrodilló ante mí tan lentamente que fue como estar viendo la mantequilla derretirse. Sonreía, pero su mirada era dura. Cerró los ojos justo antes de posar los labios sobre el satén.

Sentí el calor de su respiración a través de la delgada tela del pantalón y volví a estremecerme. Me flojeaban las rodillas, pero posé la mano en la pared para mantenerme en pie. Podía sentir la vibración del tren en los dedos y en las palmas de las manos.

Él alzó la mano para agarrar mi trasero y ayudarme a permanecer quieta. Alzó la mirada hacia mí con el rostro a solo unos centímetros de mi sexo. Me pregunté si podría olerme.

—¿Eso le parece suficiente? —me preguntó él.

—No, en absoluto.

Me apretó con fuerza y tiró, desgarrando la tela del pantalón. De pronto, me descubrí desnuda de cintura para abajo con los pantalones rotos y colgando de sus puños. Apenas tuve un segundo para reaccionar antes de volver a sentir su boca sobre mí. Sobre mi piel desnuda en aquella ocasión. Sobre mi sexo. Me succionó el clítoris, me hociqueó, y yo grité. Me golpeó ligeramente las nalgas y no supe si lo hacía para que me quedara quieta o para hacerme gritar. De pronto estaba tumbada. Él estaba encima de mí, presionando su miembro contra mis labios.

–Tómalo –me ordenó, brusco y cruel.

Con el sexo palpitante, volví la cara. Me agarró del pelo, obligándome a permanecer quieta. Después, con delicadeza, frotó mis labios cerrados con el pene.

–Tómalo.

Y yo lo tomé.

Entero. Grueso, caliente, duro. Lo introdujo hasta mi garganta. Succioné, hambrienta de él. Succioné, lo lamí, lo acaricié. Él utilizó mi boca como si fuera mi vagina y yo juro que me causó el mismo placer.

Ni siquiera me tocó el clítoris y ya sentía crecer el placer. Era una sensación eléctrica. Era fuego. Alcé las caderas y gemí alrededor de su sexo. Tenía el pelo sobre la cara y él me lo apartó con una caricia. Después, agarró un mechón para hacerme ir más despacio.

Quería que me acariciara, pero no lo necesitaba. Iba a correrme en menos de un minuto. Lo sentía. Pero justo en ese momento, se apartó, arrebatándome ese delicioso placer, y yo, en vez de gemir, grité.

–Mírate –me ordenó con voz triunfal, pero tierna a la vez– Mírate, suplicando como una zorra.

Me encantaba cómo lo pronunciaba, la fuerza que imprimía a cada sílaba. De pronto, no sabía por qué estábamos en un tren, ni por qué él era un camarero y yo una especie de... ¿condesa? ¿O duquesa? Alguna clase de rica con demasiado dinero y un deseo insaciable. Todo lo que tenía sentido cuando aquello había empezado se tornó de pronto confuso.

De lo único que estaba segura era de que no quería que terminara. Me acarició la mejilla con la mano. Hundió el pulgar entre mis labios y yo se lo succioné con delicadeza antes de morderlo. Se rio, me levantó y me colocó sobre su miembro como si yo no pesara nada. En ese momento, nada se interponía entre nosotros y él estaba dentro de mí.

El tren nos mecía. Él nos mecía. Me agarró el trasero con sus fuertes manos y me movió. Tomó mis labios. Nos besamos y yo quise ahogarme en su sabor. Me acarició la lengua con su lengua. Chocaron nuestros dientes. Y él volvió a reír.

–¿Eso te gusta?

–Eso me gusta –le dije.

Ya no hablaba con acento italiano. Cuando me miré al espejo, no vi mi rostro. Ni siquiera vi nuestro reflejo, el de los dos haciendo el amor tan maravillosamente en aquel coche cama. El espejo parecía una ventana, pero a través de ella, no contemplaba el paisaje que atravesábamos. En vez de montañas, vi paredes. Vi a una mujer.

La mujer era yo.

Ella estaba allí, yo al otro lado. Éramos la misma mujer. Miré a los ojos de mi amante, ese camarero cuyo nombre era...

–Johnny.

Salí de la fuga con su nombre en los labios y un intenso olor a naranjas saturando mi nariz y mi boca. Me incliné sobre el lavabo para beber agua directamente del grifo. Me levanté con el corazón palpitante, mirada salvaje y el rostro empapado. Volví a mirarme en el espejo. Ya solo me veía a mí.

Capítulo 3

Las alucinaciones no eran una novedad. Cuando era pequeña, durante el primer año posterior al accidente, tenía serias dificultades para diferenciar entre el mundo de las fugas y el mundo real. Era capaz de discernir cuándo estaba soñando, pero no cuándo estaba sufriendo una fuga.

No ayudaba mucho el hecho de que los médicos a los que mis padres me llevaban tampoco fueran capaces de averiguarlo. El cerebro continúa siendo un vasto territorio sin explorar. No sufría ataques epilépticos, aunque en las peores fugas, a veces perdía el control motor además de la conciencia. Y no sentía dolor, excepto en las raras ocasiones en las que, durante uno de aquellos ataques, me caía y terminaba haciéndome daño.

A medida que fui creciendo, aprendí a adivinar cuándo iba a sufrir una fuga. Nunca conseguí ser consciente de estar dentro de una alucinación, aunque sí aprendí a discernir lo que había sido una alucinación una vez superado el ataque. Y siempre superaba esos ataques, aunque no siempre sufría alucinaciones. A veces, solamente me quedaba en blanco. Permanecía sin pestañear y sin moverme durante varios segundos mientras el mundo continuaba girando a mi alrededor y la persona con la que estaba hablando pensaba que estaba distraída, pensando en cualquier otra cosa.

Y, en realidad, era así como me sentía. Tenía la sensación de que mi mente se iba y dejaba mi cuerpo detrás. Había aprendido a recuperar rápidamente el hilo de una conversación con personas que no me conocían suficientemente bien como para darse cuenta de que me había quedado durante varios minutos en blanco. Había conseguido adaptarme.

La mayor parte de las veces, las alucinaciones eran en colores y sonidos intensos. En muchas ocasiones eran como una continuación de lo que había estado haciendo justo antes de sufrir la fuga, aunque ligeramente distinto. Podía pasar lo que me parecían horas en el interior de una fuga y salir en menos de un minuto o pasar mucho más tiempo en aquella oscuridad y tener la sensación de no haber pasado más de unos cuantos segundos en aquel estado de ensoñación.

Pero nunca, hasta aquella madrugada, había tenido una alucinación tan vívida, tan intensa, de carácter sexual.

Y me estaba llevando algún tiempo recuperarme. Quedarme en la cama holgazaneando un domingo por la mañana no tenía nada de extraordinario, pero sí el hecho de que me hubiera metido el portátil en la cama. Normalmente, mantenía la cama como un santuario, como un lugar para dormir, no para trabajar, y aunque adoraba mi portátil como si fuera un gemelo siamés al que transportaba metido en una cesta después de nuestra cruel separación, prefería utilizarlo en el escritorio o en el sofá. En aquel momento, sin embargo, lo estaba utilizando para revisar una lista de resultados de búsqueda por Internet.

Sobre Johnny Dellasandro, por supuesto. Había contraído la fiebre. Era una lástima.

Tenía una página web sobre la galería. La única mención a su pasado como actor se reducía a cuatro palabras:

«actor de cine independiente» en una biografía con una extensa lista de sus más recientes logros profesionales. Había también una lista de los próximos acontecimientos que iban a tener lugar en la galería. Una fotografía de Johnny sonriendo a la cámara con todo el aspecto de quererse acostar con quienquiera que estuviera al otro lado de la pantalla... ¡Bum! Tuve que pedirle a mi pobre y excitado corazón que se tranquilizara.

Había otras fotografías de él, casi todas ellas de actos protocolarios: Johnny con el alcalde, Johnny con un DJ de la radio local o con el director de algún museo. Y de repente, algo más sorprendente: Johnny con famosos. Filas y filas de fotografías en miniatura que, una vez convenientemente activadas, permitían ver numerosas fotografías de Johnny al lado de las más importantes estrellas de cine de los años sesenta y setenta. Estrellas de rock. Poetas, novelistas. Muchos rostros conocidos al lado del suyo. En la mayor parte de ellas, los protagonistas aparecían mirando a la cámara, pero había algunas fotografías más naturales en las cuales, invariablemente, quienquiera que estuviera con él le miraba como si quisiera devorarlo. O acostarse con él. Y no podía culparles.

A lo mejor no estaba avergonzado de su pasado como actor porno, después de todo. Posteriores búsquedas me llevaron a media docena de entrevistas en diferentes blogs que no parecían haber tenido muchos lectores. Y tampoco me sorprendió. Hasta un mono con un ordenador podía hacer un blog, y aunque Johnny podía haber conseguido cierto nivel de notoriedad, su fama se limitaba a un pequeño mundo. No parecía arrepentido de nada de lo que había hecho, por lo menos por lo que reflejaban las entrevistas. Unas entrevistas que, aunque estaban dedicadas a su faceta de pintor, inevitablemente incluían algunas fotografías sobre su pasado como actor.

–«No me arrepiento de nada de lo que he hecho» –me decía Johnny desde un vídeo tomado de un programa que yo no había visto.

La imagen temblaba, el sonido era malo y la gente que aparecía al fondo resultaba un poco siniestra. Quienquiera que estuviera rodando y haciendo la pregunta, tenía la voz andrógina y hablaba demasiado alto. Johnny no mostraba un interés particular en ser entrevistado, aunque contestaba la mayor parte de las preguntas.

Me recosté en la almohada con el portátil en las rodillas. Incluso en Wikipedia había una entrada sobre Johnny con vínculos a docenas de artículos de revistas y periódicos. Artículos sobre sus películas y páginas webs dedicadas a debatir sobre ellas. Vínculos a lugares en los que su obra estaba siendo expuesta o se había exhibido. Solo en aquella página había suficiente información como para dedicarle todo un día. Si alguien tecleaba mi nombre en Google, y yo lo hacía varias veces al mes para ver lo que salía, lo único que encontraría sería una lista de logros pertenecientes a otra mujer con mi nombre. Pero la cuestión no era por qué había tanta información sobre él, sino cómo era posible que yo hubiera vivido durante más de treinta años sin ser consciente de la existencia de Johnny.

Cerré el ordenador y lo dejé a un lado, después, me tumbé en la cama a pensar en todo aquello. Estaba locamente enamorada, y peor que cuando en sexto grado había descubierto por primera vez a los chicos. Peor incluso que cuando me había enamorado de John Cusack y había disfrutado de un amor secreto en el interior de mi cabeza después de ver por primera vez *Un gran amor*. Mis sentimientos hacia Johnny eran una combinación de ambos: era un hombre al que había visto en películas, por lo tanto, no era real, y, sin embargo, vivía al final de la calle. Tomaba café y vestía bufandas a rayas. Eso quería decir que era un hombre accesible.

–¡Espabílate, Emm! –me regañé a mí misma.

Y pensé en levantarme de la cama y meterme temblando en la ducha. Pero no fui capaz de convencerme.

No quería pensar en las tres fugas que había tenido el día anterior, pero al pensar en la alucinación en la que había visto el trasero desnudo de Johnny en todo su esplendor, me veía obligada a pensar también en las fugas. Dos cortas y una un poco más larga. Ninguna de ellas había durado mucho, pero era su frecuencia la que me preocupaba.

Tenía treinta y un años y no había vivido sola hasta hacía unos meses. Siempre había trabajado suficientemente cerca de casa para poder ir andando, porque, o bien todavía no tenía la edad legal para conducir o me daba miedo conducir largas distancias. Había pasado la mayor parte de mi vida tratando con las repercusiones de aquella caída en el parque, pero por fin estaba comenzando a disfrutar de la independencia que todas mis amigas habían asumido como garantizada.

Y me aterrorizaba perderla.

Sabía que debería llamar a mi médica de cabecera, la doctora Gordon, y contarle lo que estaba pasando. Me conocía desde la infancia y a ella le había confiado absolutamente todo: mis dudas sobre mi primer periodo, mis primeras incursiones en los métodos de control anticonceptivo... Pero aquello era algo que no podía confiarle. Se vería obligada a informar de la posibilidad de que sufriera un ataque, ¿y entonces qué? Me retirarían el carné de conducir y eso era algo que no podía permitirme. Sencillamente, no podía.

Llamé a mi madre, en cambio. Aunque había hablado con ella el día anterior, y aunque estaba encantada de irme de casa para poder dejar de necesitarla tanto, ella fue la primera persona a la que recurrí. El teléfono de casa de mis padres sonó y sonó, hasta que al final saltó el contestador. No dejé mensaje. A mi madre le habría entrado un ataque de pánico si lo hubiera hecho, y, probablemente, le bastaría ver mi número de teléfono en el identificador de llamadas para llamarme. Me pregunté dónde estaría un domingo antes de las doce. No solía salir de casa los domingos. A mí me gustaba dormir los domingos. A mi madre le gustaba hornear, cuidar el jardín y ver películas antiguas en la televisión mientras mi padre se entretenía en el garaje.

Yo había pasado muchas horas soñando con domingos como aquel: con poder despertarme en mi propia cama, en mi propia casa, sin nadie alrededor. Solo yo, sin ningún lugar al que ir y sin nadie a quien contestar. Sin nada que hacer, salvo la colada, utilizando mi propio detergente, doblando la ropa o dejándola en el cesto si era eso lo que me apetecía. Había soñado muchas veces en ser adulta, en vivir sola, y cuando por fin lo había conseguido, de pronto se me hacía insoportable la soledad.

Comenzar la mañana en el Mocha me ayudaría. Allí formaba parte de una comunidad. Tenía amigos. No había quedado específicamente con Jen, pero sabía que bastaría enviarle un mensaje de móvil para saber si pensaba pasarse por la cafetería. Y aunque ella no fuera, podía llevarme el portátil y sentarme allí con una taza de café, o con un té y una magdalena. Podría conectarme con alguna red social, o ponerme en contacto con algún amigo que estuviera también con el ordenador.

¡Ah! Y podía espiar un poco a Johnny Dellasandro.

Bastó un rápido mensaje de texto para quedar con Jen. Nos encontraríamos al cabo de media hora, tiempo suficiente para ducharme, vestirme e ir andando a la cafetería, incluyendo lo que tardaría en depilarme las piernas y las cejas y decidir lo que me iba a poner. Porque sí, era importante.

—¡Eh, chica, eh! —el grito de Jen me hizo reír. La vi mover los brazos para saludarme en el abarrotado Mocha—. Te he guardado un sitio. ¿Por qué has tardado tanto? ¿No encontrabas sitio para aparcar?

–No, no ha sido eso. He venido andando –todavía me castañeteaban los dientes.

El mes de enero en Harrisburg no era tan frío como en el Ártico, pero sí lo suficiente como para helarle sus partes a un oso polar.

–¿Qué? ¿Por qué? ¡Ah, sí! ¿Ha sido por las quitanieves?

Por si aparcar no fuera suficientemente complicado en mi calle, tras pasar las máquinas quitanieves, cubriendo a su paso los coches de nieve, cuando la gente tenía que sacarlos, dejando tras ellos algún lugar vacío, las cosas podían ponerse muy feas en el momento en que alguien intentaba ocupar uno de aquellos sitios. Pero no era esa la razón por la que había ido andando. Me quité el abrigo y lo dejé en el respaldo de la silla mientras recorría la cafetería con la mirada en busca del delicioso y exquisito Dellasandro.

–No, sencillamente, me apetecía venir andando.

–He oído hablar de las duchas frías, pero eso ya me parece exagerar un poco.

Me soplé las manos para calentármelas un poco y me senté en la silla.

–Necesito mover un poco el trasero si quiero poder seguir desayunando magdalenas.

–Tienes razón –Jen suspiró.

Nos compadecimos en silencio del tamaño de nuestros traseros, aunque, francamente, a mí me parecía que Jen tenía una figura envidiable y no tenía por qué preocuparse, y sabía que ella pensaba lo mismo de mí.

–Me encanta tu jersey –dijo Jen al cabo de un momento. Después se echó a reír y bajó la voz–. Apuesto a que a él también le gustaría.

–¿A quién?

–No finjas que no sabes a quién me refiero.

Bajé la mirada hacia mi jersey, un jersey de lana sencillo con un bonito escote redondo.

–Me gusta cómo me queda el escote. Y no parece muy descarado.

–No, en absoluto –se mostró de acuerdo Jen–. Y ese color te sienta muy bien.

Sonreí radiante.

–A mí me encantan tus pendientes.

Jen me miró batiendo las pestañas.

–¿Vamos a dejar de hacernos las lesbianas? Porque si no, estaba a punto de decir que llevas una gargantilla preciosa.

–¿Esta?

En realidad, me había olvidado ya de lo que llevaba al cuello. Normalmente no utilizaba ese tipo de adornos. Mi trabajo en una cooperativa de ahorro y crédito me obligaba a vestir a diario siguiendo un estricto código y había terminado cansada de tener que elegir ropa cada día. Al tirar del colgante para ver qué llevaba, la cadena se rompió y se deslizó entre mis dedos.

–¡Ay!

–¡Oh, mierda! –Jen agarró el colgante antes de que cayera sobre la mesa y me lo tendió.

–Maldita sea.

Lo miré con atención. No era nada especial, solo una pequeña espiral de diseño. La había encontrado en la mesa de las ofertas de mi tienda favorita de segunda mano. La agarré y, curiosamente, sentí que el metal me calentaba la mano.

–¿Podrás arreglarla? –me preguntó Jen.

–No creo que merezca la pena. Creo que ni siquiera es de oro.

–Pues es una lástima –contestó Jen radiante–. Si fuera de oro, podrías llevarla a uno de esos sitios en los que las cambian por dinero. A mí me han invitado a una fiesta de venta e intercambio que va a celebrar una vecina de mi madre. Por lo visto llevarán hasta fundas de oro para los dientes.

–¡Qué asco! –me guardé la gargantilla en el bolsillo del abrigo.

Jen se echó a reír. Parecía a punto de decir algo más, pero se interrumpió de pronto. Miró por encima de mi hombro con los ojos abiertos como platos y comprendí al instante que no debía volverme.

Y tampoco tuve que hacerlo para saber que era Johnny. Podía sentirle. Podía olerle.

Naranjas.

Pasó al lado de nuestra mesa. El borde del abrigo me rozó el brazo y yo me convertí en una adolescente de quince años. La única razón por la que no me eché a reír como una estúpida fue que la garganta se me había quedado tan seca que no podía decir ni pío. Jen no dijo una sola palabra, se limitó a mirarme fijamente con las cejas arqueadas hasta que Johnny pasó.

–¿Estás bien? –susurró, inclinándose hacia mí–. Parece como si estuvieras a punto de desmayarte. ¡Estás muy pálida!

No me sentía como si fuera a desmayarme. No me sentía pálida. Me sentía ardiendo y sonrojada. Tragué el algodón que sentía en la lengua y sacudí la cabeza sin atreverme a mirar por encima del hombro para verle en el mostrador.

–No, estoy bien.

–¿Estás segura? –Jen puso la mano sobre la mía y me la apretó–. De verdad, Emm, pareces...

Justo en ese momento, Johnny se volvió para mirarme. Me miró de verdad. No fue una mirada fugaz ni una mirada desinteresada que pasara por encima de mí como si yo no existiera. Ni tampoco fue una mirada de extrañeza, como si mi visión le hubiera asustado. Johnny Dellasandro me miró, y yo estuve a punto de levantarme de la silla antes de darme cuenta de que no podía levantarme y acercarme a él.

Jen miró por encima del hombro, pero Johnny se había girado de nuevo hacia el mostrador para tomar un plato con una magdalena que le tendía la camarera. Ya no me estaba mirando y yo no sabía cómo decirle a Jen que me había mirado. En el caso de que lo hubiera hecho, porque bastaron unos segundos para que comenzara a pensar que habían sido imaginaciones mías.

–¿Emm?

–Es tan condenadamente guapo.

Mi voz no parecía la mía. Sonaba más ronca, más dura y cargada de deseo.

–Sí –Jen frunció el ceño y volvió a mirarle.

Johnny se había dirigido hacia una mesa situada en la parte de atrás y alzó la mirada al oír la campanilla de la puerta. Jen y yo también miramos. Una mujer de mi edad, quizá un año o dos mayor, se dirigió directamente hacia la parte de atrás de la cafetería sin detenerse siquiera en el mostrador. Desde el lugar en el que yo estaba sentada, pude verla deslizarse en la silla, enfrente de Johnny, e inclinarse hacia delante para saludarle con un beso. El estómago se me cayó hasta la punta de las botas que había tardado más de veinte minutos en decidir ponerme.

–Qué mierda –dije con tristeza.

Jen me devolvió la mirada.

–No la conozco.

–Yo tampoco.

–No es una clienta habitual –continuó Jen, ofendida–. Dios mío, ¡por lo menos podía haber quedado con alguna de las clientas habituales!

No tenía ganas de reír, pero no pude evitar una carcajada ante una lógica tan absurda.

–¿Por qué no te acercas y la retas a una competición de baile o algo parecido?

Jen negó con la cabeza y me miró muy seria.

–No creo que sea una buena idea.

Abrí la boca para contestar que estaba de broma, pero por la forma en la que Jen miró a Johnny y a la mujer y después a mí, me detuve. Mi amiga no estaba sonriendo. De pronto, me sentí estudiada. Una clase diferente de calor comenzó a ascender por mi cuello y mis mejillas. En aquella ocasión, era un rubor culpable.

–No –añadió–, creo que no.

En ese momento, comenzó a vibrarme el móvil en el bolsillo.

–Adelante, contesta –me dijo Jen–. Yo voy a por un café y algo de comer. Tú quieres una magdalena y un café, ¿verdad?

–Sí, gracias –hundí la mano en el bolso para sacar un billete de diez dólares, pero Jen no lo aceptó. No protesté porque estaba ya pulsando un botón para contestar a la llamada–. ¡Hola, mamá!

–¿Qué ha pasado?

–No ha pasado nada. ¿Por qué siempre piensas que tiene que pasar algo?

Debería haberme enfadado más por la pregunta, pero la verdad era que me alegraba saber que mi madre estaba preocupada por mí. Me gustaba sentirme tan querida.

–Me has llamado antes de las doce un domingo por la mañana, por eso he pensado que te pasaba algo. No le puedes mentir a tu madre, Emmaline.

–¡Mamá!

A veces parecía más vieja de lo que era. Hablaba como una abuela en vez de como una madre, y, aun así, yo sabía, por las fotografías que había visto, que había sido una auténtica hija de los sesenta. A lo mejor incluso más que mi padre, al que no le importaba achisparse un poco en Navidad y que me había confesado en una ocasión que pensaba que la marihuana debería ser legal.

—Bueno, dime lo que te ha pasado.

—No me ha pasado nada —le aseguré.

Miré a Johnny por el rabillo del ojo, pero ya no miraba hacia mí. Estaba enfrascado en una intensa conversación con aquella mujer. Los dos se inclinaban hacia delante de una forma que solo podía significar intimidad. Arranqué la mirada de aquella imagen y me concentré en la llamada.

—Solo quería saber lo que estabas haciendo.

—¡Ah! —mi madre parecía desconcertada—. Bueno, tu padre y yo hemos ido a desayunar al Old Country Buffet.

—¿Habéis... salido a desayunar?

En el mostrador, Jen estaba a solo unos metros de distancia de Johnny, pero ni siquiera parecía que estuviera intentando cotillear ni, mucho menos, prestar atención a la conversación. Una conversación que, a juzgar por la expresión de Johnny y la posición de los hombros de su compañera, continuaba siendo de lo más apasionada. A ella no podía verle la cara, pero su lenguaje corporal me decía todo lo que necesitaba saber.

—Claro, ¿por qué no vamos a poder salir a desayunar? —sonaba un poco rara, un poco más seca de lo que solía ser conmigo.

—Claro que podéis salir a desayunar. Mamá, ¿estás bien?

—Se supone que soy yo la que te lo está preguntando.

Ahí estaba, el tema que jamás se olvidaba. Y no era justo considerarlo un tema que no se pudiera obviar. Se suponía que una tenía que ser capaz de ignorarlo.

Por un momento, pensé en contárselo. No lo del sexo en el tren, y tampoco lo de que me había visto a mí misma en una especie de película italiana de los setenta. Pero sí podía hablarle de esos momentos en blanco y del olor a naranjas. Pero no lo hice. Y no solo porque no quería preocuparla, sino porque no quería demostrarle que tenía razón.

—Estoy bien, mamá, de verdad.

La garganta se me cerró ante aquella mentira y los ojos se me humedecieron. Me alegré de que estuviéramos a distancia. Jamás habría conseguido mentirle cara a cara.

—¿Dónde estás? Oigo ruido.

—En la cafetería.

—¿Otra vez? Como sigas así, vas a terminar convirtiéndote en una taza de café.

—Mejor que convertirme en una calabaza —contesté mientras Jen regresaba a la mesa balanceando dos platos y dos tazas de café vacías—. La gente a la que le gusta el café dice que no podría vivir sin él. Las calabazas siempre terminan convertidas en tartas.

—Hija, estás completamente loca —dijo mi madre con cariño—. ¿Me llamarás mañana?

—Claro, mamá.

Colgamos justo en el momento en el que Jen se sentaba y empujaba el plato y la taza hacia mí.

—Tu madre debe de ser un encanto.

—Sí, cuando quiere. ¡Dios mío! ¿Virutas de chocolate con salsa de caramelo? ¡Eso no es una magdalena! Son un par de pantalones nuevos con una talla más.

Jen se lamió el dedo.

—Eso es lo que le gusta a él.

No tuve que preguntar quién era «él». Me pregunté si alguna vez tendría que volver a hacerlo.

—¿Ah, sí?

Jen sonrió.

—Menuda acosadora estás hecha.

Abandonamos el tentador tema de Johnny Dellasandro, quizá porque realmente estaba allí y había alguna posibilidad de que pudiera oírnos. O porque estaba con una mujer y, por lo tanto, fantasear sobre él era algo patético y sin sentido. O a lo mejor porque Jen y yo teníamos muchas cosas de las que hablar: de nuestros programas de televisión y nuestros libros favoritos, o sobre el chico tan guapo que repartía las pizzas en nuestro barrio. O de todas esas cosas de las que hablan las buenas amigas mientras comparten dulces y café.

—Tengo que marcharme —dije con un suspiro cuando terminé aquel pecado de magdalena y mi tercera taza de café. Me palmeé el estómago—. Voy a explotar, además, tengo que hacer la colada y pagar algunas facturas pendientes.

—Una agradable y tranquila tarde de domingo —Jen suspiró feliz—. No hay nada mejor. ¿Te veré mañana?

—Probablemente. Estoy segura de que pasaré a comprar un café para llevar. Sé que debería hacérmelo yo en casa, pero nunca consigo el sabor que busco. Y me parece un derroche hacer toda una cafetera cuando solo quiero una taza.

Jen sonrió y me guiñó el ojo.

—Y aquí las vistas son mucho mejores.

Eso también.

Salió antes que yo, y no porque yo estuviera retrasando el momento de irme para continuar viendo a Johnny. Le dirigí una última mirada por encima del hombro y empujé la puerta, haciendo sonar la campanilla. Tenía la esperanza de que Johnny alzara la mirada, pero continuaba enfrascado en la conversación con aquella mujer, quienquiera que fuera.

No fue hasta mucho más tarde, una vez pagadas las facturas y lavada, secada, doblada y guardada la colada, cuando se me ocurrió sacar la gargantilla del bolsillo del abrigo. La busqué por todas partes, incluso en los bolsillos del vaquero, aunque sabía que no la había puesto allí. Pero la gargantilla no aparecía por ninguna parte. No sabía cómo, pero la había perdido.

Como le había dicho a Jen, no era una gran pérdida. No era un objeto con el que tuviera ninguna atadura sentimental y estaba segura de que no había sido caro. Aun así, el hecho de perder cosas me causaba desasosiego. No era la primera vez que perdía algo. Guardaba las cosas cuando estaba en estado de fuga y después no me acordaba de dónde las había dejado. Y también encontraba cosas de ese modo. En una ocasión, salí de una tienda con la mano llena de bálsamos para los labios que debía haber agarrado de un expositor. Me dio tanta vergüenza que no fui capaz de decirle a mi madre que los había robado. Cada cierto tiempo, encontraba uno en el bolsillo del abrigo o el bolso. Me duraron años.

No había perdido la gargantilla en una fuga, de eso estaba prácticamente segura. Había vuelto a casa caminando desde el Mocha bajo un viento tan frío que se me congelaban los pelos de las fosas nasales. Por otra parte, era posible que hubiera tenido una fuga sin haber tenido ninguna señal de advertencia. Muchas personas que sufrían ataques epilépticos nunca tenían un aviso previo, ni siquiera recuerdos de lo que les había pasado.

Aquellos pensamientos me hicieron ponerme seria más rápidamente que un sheriff parando a un adolescente al salir del baile de promoción.

Parpadeé con fuerza para evitar que se me escaparan las lágrimas que ardían en mis ojos y tomé aire lentamente. Volví a respirar por segunda vez y para cuando inhalé y exhalé por tercera vez, comencé a sentirme un poco más tranquila. No mucho, pero sí lo suficiente como para detener los latidos acelerados de mi corazón y sofocar el calor que bullía en mis entrañas.

Había descubierto las medicinas alternativas varios años

atrás, cuando las técnicas tradicionales habían fracasado a la hora de diagnosticar los daños que aquella caída de la infancia había dejado en mi cerebro. Estaba cansada de que me pusieran inyecciones y de tomar medicinas que a menudo tenían efectos secundarios mucho peores que los beneficios que provocaban. No merecía la pena tanto sacrificio. La acupuntura no tuvo más éxito que la medicina occidental a la hora de hacer un diagnóstico sobre mi problema, pero prefería recurrir a ella a llenar mi cuerpo de potenciales venenos químicos día tras día. Las visualizaciones guiadas y la meditación tampoco me habían servido para eliminar la ansiedad, pero la práctica de ambas me ayudó a mejorar considerablemente el humor. Y como tras numerosas pruebas de ensayo y error, había descubierto que tenía más probabilidades de experimentar una fuga desagradable cuando estaba excesivamente cansada, excesivamente estimulada, excesivamente estresada o excesivamente cualquier otra cosa, había incorporado la meditación a mi rutina diaria como una medida preventiva.

Y yo creía que funcionaba. Al menos, así me lo había parecido. Llevaba dos años sin sufrir ningún tipo de fuga, hasta el día anterior. E, incluso aquellas fugas, habían sido minúsculas y no habían tenido consecuencia alguna.

—¡Ah, mierda! —dije en voz alta, con voz tensa.

Mi reflejo en el espejo mostraba unas mejillas pálidas, ojeras y los labios estirados por el esfuerzo de contener un sollozo. Las fugas nunca habían sido dolorosas, pero padecerlas me había causado más dolor que ninguna otra cosa en la vida.

Volví a respirar lentamente, concentrándome mientras me ponía rápidamente unos pantalones de pijama y una camiseta con la imagen de Epi y Blas. La había comprado en Sésamo Place cuando estaba en los primeros años de instituto y había vuelto a descubrirla al hacer la mudanza para cambiarme de casa. Me quedaba un poco más estrecha que antes, pero me resultaba muy confortable independientemente de su talla. Era como tener un pedacito de hogar.

Cuando me cambié, me senté en la cama con las piernas cruzadas. No tenía ni colchoneta ni ninguna especie de altar, así que no encendí ninguna varita de incienso. Para mí, la meditación era algo más físico que espiritual. Había leído mucho sobre biorretroalimentación durante años y aunque no creía que fuera a ser nunca capaz de controlar conscientemente mi ritmo cardiaco o mis ondas cerebrales como hacían algunos yoguis, creía que la meditación me ayudaba. Y, de hecho, podía sentirlo.

Posé las manos en las rodillas con las palmas hacia arriba y uniendo el pulgar con el índice. Cerré los ojos. Cuando meditaba, yo no reproducía el tradicional *Om Mani Padme Om* ni ninguna de las frases tradicionales de la meditación. Había encontrado algo que era mucho mejor para mí.

—Salsa, salchichas y bizcochos. Salsa, salchichas y bizcochos. Mm.

Dejaba que aquellas palabras fluyeran de mi cuerpo con cada exhalación. Y con cada inhalación, reprimía mi necesidad de buscar en el ambiente el olor a naranjas. Me llevó más tiempo del habitual conseguir un estado de calma. Pero por lo menos conseguí relajar los músculos y que el corazón recobrara su ritmo habitual.

Después me dejé caer contra la almohada. Una almohada completamente nueva. También el edredón lo era, y el colchón y la cama. Mi cama nueva, una cama que nunca había compartido. Descrucé las piernas y me estiré sin abrir los ojos. Protegida por la suavidad de la cama, distendida y relajada, fue algo natural que las manos comenzaran a moverse hacia mi vientre y mis muslos. Hacia mis senos.

Pensé en Johnny. Había memorizado cada detalle de su

rostro en el Mocha, y cada detalle del resto de su cuerpo en las películas de Jen y en las fotografías que había visto en Internet. Tenía hoyuelos en la base de la espalda y un hoyuelo más en la mejilla izquierda, justo al lado de la boca. Me encantaría lamer esos hoyuelos.

Suspiré mientras deslizaba los dedos por la piel desnuda de mi vientre que la camiseta había dejado al descubierto. Normalmente no necesitaba ninguna ayuda visual para darme placer. El porno estaba bien, no tenía ningún problema con ese tipo de cine, pero me parecía algo sin sentido. Ni siquiera le encontraba sentido al porno hecho para mujeres. Me excitaba más leyendo novelas con sexo explícito o escuchando música que viendo películas porno o mirando fotografías.

En aquel momento, sin embargo, recreé el rostro de Johnny. Sus cejas castañas arqueadas sobre unos maravillosos ojos de color castaño verdoso. La boca delgada, pero de pronta sonrisa, por lo menos en las películas. Porque la verdad era que no le había visto sonreír mucho en la vida real.

—Johnny —susurré.

Pensé que debería sentirme avergonzada o mortificada por estar diciendo su nombre en voz alta para mí, pero sentí, en cambio, un agradable calor. Hasta su nombre era sexy. Un nombre de chico, no el nombre del hombre que era. Un hombre que, probablemente, tenía la edad de mi padre. Gemí y me llevé la mano a los ojos.

Pero eso no impidió que continuara pensando en él. Podía tener la edad de mis padres, pero no tenía ningún problema a la hora de imaginármelo como amante. Yo nunca había tenido ninguna clase de fetichismo relacionado con los hombres maduros. Lo más que podía admitir era alguna mirada lujuriosa a hombres más jóvenes a diario. Mi oficina daba al campus de la universidad local, así que mis compañeras de trabajo y yo a menudo disfrutábamos de nuestros almuerzos mientras veíamos a los chicos de camino a clase. Pero la edad de Johnny no importaba. Racionalmente, yo sabía que era demasiado viejo para mí. Mi cabeza lo sabía.

Pero mi cuerpo pensaba otra cosa.

Me acaricié el vientre y deslicé la mano entre mis piernas, presionando el clítoris. Suspiré y utilicé el dedo para acariciarme a través de la fina tela del pijama. Después, metí la mano por el elástico de la cintura.

Aquel era mi placer solitario. Pero pensaba en Johnny, por supuesto. Las escenas de sus películas se entremezclaban con sus fotografías y el sonido de su voz. Me pregunté cómo sonaría mi nombre pronunciado por él. ¿Lo gemiría como había hecho en aquella película en la que se acostaba con la actriz con la que había tenido una hija? ¿Lo susurraría contra mi piel mientras iba abriéndose camino con la lengua hasta el centro de mi clítoris, tal y como estaba haciendo yo con la yema de mi dedo en aquel momento?

Quería desnudarle. Quitarle el abrigo negro y la bufanda. Utilizar la bufanda para vendarle los ojos mientras él reía con paciencia y me permitía desabrocharle los botones de la camisa y deslizar las mangas por sus brazos. Bajarle la cremallera del pantalón, desabrochárselos y deslizarlos por aquellos muslos largos y musculosos. Quería arrodillarme delante de él y hundir la cabeza en la suavidad de su vello púbico, sentir su gruesa erección en mi boca y succionar con fuerza excitándole de tal manera que no me cupiera su sexo en la boca.

Aceleré los movimientos de la mano. Tenía el sexo húmedo. Deslicé el dedo por él para lubricarlo y volví a subir la mano mientras con la otra me acariciaba el seno y me pellizcaba el pezón. Pensé en Johnny mientras hacía el amor conmigo misma. En sus ojos, en su nariz, en sus orejas, en su boca. En sus deliciosos pezones. Quería oírle decir mi nombre, quería oírle suplicarme que le follara.

—Sí —musité.

Arqueé la espalda y alcé las caderas contra la dulce presión de mi mano. No fue un ascenso dulce hacia el clímax, sino, más bien, me precipité hacia él. Hacía mucho tiempo que no disfrutaba de un orgasmo. De hecho, no había vuelto a hacerlo desde la última vez que me había acostado con alguien, y eso había sido tres meses atrás. Pero no quería pensar en ello en aquel momento. Quería pensar en Johnny.

—Emm —me susurró Johnny al oído, y yo no me sobresalté.

No abrí los ojos. Respiré su fragancia y me entregué a su contacto.

Tanteé con las manos el cabecero y me agarré con tanta fuerza que hice crujir la madera. La madera se deslizaba bajo las palmas de mis manos, bajo mis dedos, pero continué aferrada a ella. La cama se hundió bajo el peso de Johnny.

Johnny me besó.

Lo hizo lentamente, con la boca abierta en un beso tórrido y dulce, tal y como lo había imaginado. Johnny sabía distinto a todo y, al mismo tiempo, como todo lo que amaba o deseaba. Respiré su fragancia y le succioné delicadamente la lengua. Nuestros dientes chocaron, haciendo saltar chispas de sensaciones y reí feliz.

Comencé a abrir los ojos, pero Johnny me hizo un sonido de advertencia.

—¡No! —dijo Johnny, y yo cerré los ojos con fuerza.

Cuando el calor comenzó a acumularse en el centro del clítoris, fui yo la que hizo un sonido. Fue un ruido grave y urgente. Dije su nombre. Johnny rio contra mí, tal y como había imaginado. Presionó los labios contra el clítoris a través de la tela del pijama. Lo acariciaba con la boca y la barrera de algodón intensificaba aquel placer.

Quería sentirle sobre mí, piel contra piel. Quería sentirle dentro de mí. Quería que me hiciera el amor mientras yo le clavaba las uñas en la espalda y le urgía a continuar.

Pero nada de eso ocurrió. Johnny utilizó la boca y los dedos para llevarme hasta el orgasmo, un orgasmo que resultó ser condenadamente bueno. El placer me inundó. Se derramó sobre mí. Fue un placer eléctrico.

Me estremecí y solté el cabecero para buscar la espesa y hermosa melena de Johnny y hundir mis manos en ella.

Johnny me hizo correrme con las manos y la boca mientras susurraba palabras de aliento, pero cuando alargué la mano hacia él, no encontré nada, salvo mi propio cuerpo. Fue un orgasmo incontrolable. Abrí los ojos, grité sin pronunciar palabra alguna, y mi voz se convirtió en un gemido.

Saboreé su sabor.

Estaba sola.

Capítulo 4

Tenía un aspecto deplorable. El pelo lacio, ojeras bajo los ojos y la piel con manchas rojizas. Había dormido fatal, había pasado la noche con sueños que habían sido una sucesión de fugas.

Me senté en el escritorio agarrada a una taza de café que ya estaba empezando a enfriarse y fijé la mirada en la pantalla del ordenador sin hacer nada. Tenía una cita con una acupuntora después del trabajo y no le veía mucho sentido a fingir que estaba trabajando durante la hora que me quedaba. Afortunadamente, no tenía ningún trabajo demasiado urgente esperándome. Cuando había aceptado aquel puesto de trabajo en una cooperativa de ahorro y crédito, esperaba mucha más carga laboral, pero comparado con mis días de cajera y, posteriormente, como asistente de director de un banco, mi trabajo nuevo era coser y cantar.

Conseguí reunir suficiente energía como para consultar mi correo personal. Entre las numerosas bromas estúpidas y las fotografías que me enviaban, había un mensaje de Jen. El asunto era sencillo, decía simplemente: *lee esto*.

Y yo, como Alicia cuando la oruga le ofreció un pedazo de seta, obedecí.

Era el vínculo de un blog especializado en reseñas de

películas de terror. Había una sección entera dedicada a las películas de Johnny, incluso a aquellas que no eran de terror. Me sorprendió ver que, en total, solo había hecho quince películas, aunque el volumen de información que había sobre él en Internet hacía parecer que fueran muchas más. Leyendo las descripciones, me di cuenta de que era porque habían sido estrenadas con otros títulos o en versiones extranjeras. Había una lista de las películas y en cada uno de los títulos se podía acceder a una página por separado con fotografías, vídeos e información sobre ella. Además, también explicaban cómo se podían adquirir las películas. Algunas de ellas se podían comprar, si uno sabía mirar, en tiendas de todo a dólar.

–¡Hala! –exclamé con respeto y admiración al ver una de las películas que podían comprarse.

Ciento setenta y cinco dólares por un DVD de una película de la que ni siquiera había oído hablar. Más gastos de envío. Me pasé la lengua por los dientes mientras leía aquella información, y después observaba el triple dígito, no incluía ningún decimal, de mi cuenta corriente.

–*Ciento setenta y cinco dólares por una película de J.D* –le escribí un mensaje de móvil a Jen–. *¿Te lo puedes creer?*

–*Sí, claro que me lo creo. ¿Qué película es?* –contestó ella, casi inmediatamente.

–*La noche de las cien lunas.*

–*¡Dios mío! Cómprala inmediatamente, ¡nadie tiene esa película!*

Me llevó un minuto averiguar el argumento de la película, pero cuando lo comprendí, me eché a reír. Las lunas a las que se refería el título no eran cuerpos celestes, sino que tenían que ver con los diferentes tipos de trasero. Muy bonito.

–*¿La has visto?* –tecleé.

–*Nunca. Ni siquiera en versión pirata.*

–*¿Te gustaría verla?*

–*¿Estás de broma? ¡Claro que sí!*

Ciento setenta y cinco dólares podían ser mucho o poco dinero, dependiendo de lo que se estuviera hablando. No era mucho para una reparación de coche, por ejemplo, aunque no era poco. Era el precio adecuado para un aparato de televisión pequeño, pero un precio un poco excesivo para un par de botas y un precio ridículamente razonable para una semana de vacaciones en la playa.

Y era una cantidad desorbitada para un DVD.

Pero yo estaba ya seleccionándolo para añadirlo a mi lista de compra. El corazón se me paró en el pecho cuando la página se quedó colgada. La pequeña barra de desplazamiento situada al final apenas tenía la anchura de una pestaña. Intenté activarla varias veces, pero no pasó nada.

Tardé dos o tres frenéticos y sudorosos segundos en darme cuenta de que tenía que hacer clic en la ventana de las compras para asegurarme de que sí, de que había conseguido añadir la película. Sumé los costes de envío, que eran, francamente, exorbitantes, además de algunos otros gastos añadidos. Ni siquiera fui capaz de mirar el total mientras tecleaba el número de mi tarjeta de crédito en una página web definitivamente insegura, poniendo en riesgo todos los datos sobre mi identidad para conseguir tener entre mis manos lo que seguramente resultaría ser una pésima copia de una mala película.

Imprimí el recibo e hice una copia del acuse de compra antes de atreverme a salir de la web. Después, me recliné en la silla de mi escritorio con las manos sudorosas. Me sentía como si acabara de correr más de un kilómetro perseguida por una jauría de perros. O de zombies. O peor aún, de perros zombies. Me sentía como si acabaran de exprimirme, y ansiosa, y también algo más. Inexplicablemente excitada. Le escribí a Jen.

—Comprada.

—¡Anda ya!

—Sí. ¿Hacemos una noche de chicas cuando llegue?

—No será lo único que llegue... Llámame cuando la recibas.

Le dije que lo haría y guardé el teléfono en el bolso para así poder dirigirme hacia mi cita. Tardé diez minutos en llegar al centro de medicina alternativa desde mi oficina, un recorrido que me llevaba cuarenta y cinco minutos cuando vivía con mis padres. En otros cinco minutos, ya estaba tumbada en una habitación en silencio con una almohada bajo la cabeza.

Yo tengo gustos musicales muy eclécticos, pero la música spa no estaba hecha para mí. Sí, no podía negar que eran relajantes con sus campanitas y sus instrumentos de viento de madera. Al fin y al cabo, esa era precisamente la cuestión, relajar a los pacientes. Y lo intenté, de verdad que lo intenté, pero cuanto más intentaba sacar todo aquello de mi mente, más pensaba en ello.

Sabía que el tratamiento me ayudaría, aunque no pudiera detener la rueda de hámster en la que se había convertido mi cerebro, que no dejaba de dar vueltas. Sencillamente, no quería estar allí, tensa, anhelante y ansiosa. Quería fundirme con la camilla y dejar que las agujas hicieran su trabajo como lo habían hecho durante los dos años anteriores. Pero allí estaba otra vez, preocupada ante la posibilidad de que pudiera fallar el tratamiento. Temerosa de volver a soportar los agravios de mi cerebro, que me hacía ver, sentir y tocar cosas que no estaban presentes. O, peor aún, que dejaba espacios en blanco en mi memoria, momentos durante los que podía pasar cualquier cosa. No estaba segura de qué era peor, si experimentar cosas que no pasaban o no recordar cosas que habían pasado.

La música cambió, del suave tintineo del agua y de la flauta pasó a convertirse en un sonido bajo, casi un gemido. Nunca me había fijado en los cantantes de las canciones que sonaban en aquella consulta. Sin embargo, en aquel momento, me resultó imposible ignorarlos.

Oí un violonchelo. Y una voz susurrante de mujer. El punteo de las cuerdas de la guitarra... Y de pronto, y aunque siempre había dejado especificado que no quería recibir ningún tratamiento de aromaterapia, el inevitable olor de las naranjas.

—No —susurré, y me aferré a mi conciencia con todas las neuronas de mi cerebro.

Al principio, cuando habían empezado las fugas, no sabía cómo determinar cuándo estaba a punto de sufrir una. A medida que habían ido pasando los años, había aprendido a predecir su comienzo con suficiente antelación, a veces por un margen muy escaso, pero siempre con suficiente tiempo como para prepararme. Pero nunca había aprendido a evitarlas. De hecho, lo que había aprendido era que era mejor no intentarlo, porque cuando luchaba contra ellas, eran más largas, más intensas, y requerían más tiempo de recuperación. Sin embargo, en aquel momento, no pude evitar el luchar contra ellas. Me parecía la mayor de las traiciones el apagarme estando allí tumbada, con las agujas en la espinilla y el escote, supuestamente alineando mi *qi* y manteniéndome centrada en el mundo. Mis músculos se tensaron, derrotando a todos los propósitos que me habían llevado hasta allí.

No podía hacer nada. El olor a naranja me envolvía. Cerré los ojos muy tensa y esperé a que mi mundo cambiara o, sencillamente, a quedarme en blanco. Me aferré a la camilla y sentí que las agujas que tenía en el costado me pinchaban.

No ocurrió nada.

Cerré los ojos con más fuerza todavía, con todos los sentidos aguzados. Oí el chirrido de las ruedas y el clic de la puerta al abrirse. Abrí los ojos y volví la cabeza al oír aquel sonido.

Era la doctora Gupta, que me saludó con una sonrisa y una palmadita en el hombro.

–Siento haber tardado un poco en quitarte las agujas –me dijo–. Hemos tenido un pequeño accidente en el pasillo. Han venido a limpiarlo, pero todavía está bastante mal. Ten cuidado al salir.

Iba quitándome las agujas mientras hablaba y las iba metiendo en unos recipientes puntiagudos con el símbolo de peligro biológico. Después, me agarró del brazo, me ayudó a sentarme y me tendió un vaso de agua.

–¿Cómo te encuentras?

No quería hablarle de la fuga que no sabía si había conseguido o no detener. El olor a naranjas había disminuido, pero no había desaparecido. La boca se me hizo agua y apreté los labios ante el recuerdo de aquel gusto a cítricos. No había comido naranjas desde hacía años, era incapaz de digerirlas, pero aquella ilusión gustativa era anormal. Normalmente, olía a naranjas. No las saboreaba.

–Cansada –contesté.

–Es lógico. ¿Estás mareada? ¿Quieres más agua?

Volví a beber, pero no porque estuviera mareada, sino para quitarme el sabor a naranjas de la boca. La doctora me quitó el vaso vacío y lo tiró a la papelera. Después, me agarró del codo para ayudarme a bajar de la camilla. Esperé medio minuto, acostumbrada a la forma en la que sentía que se inclinaba el suelo cuando acababa de empezar el tratamiento. No ocurrió aquel día, pero, aun así, estuve esperando más tiempo del habitual.

–Emm, ¿estás segura de que estás bien? –preguntó la doctora Gupta.

Era una mujer pequeña, de pelo negro y enormes ojos oscuros. Me recordaba a Dondi, el personaje de una antigua tira cómica que publicaban los periódicos.

—Sí, claro —le dirigí la más radiante de mis sonrisas para convencerla.

Pero la doctora Gupta no parecía muy convencida. Me llenó otro vaso en el dispensador de agua y me lo tendió.

—Bébetelo. Estás un poco pálida. Creo que la próxima vez nos concentraremos en un super Ming Men en vez de en Shen Men. Además de relajarte, haremos algo energizante.

Llevaba tres años sometiéndome a sesiones de acupuntura, pero eso no me convertía en ninguna experta. De hecho, era más de la escuela «no necesito saber cómo funciona». Jamás se me había ocurrido estudiar los mecanismos o la filosofía de la acupuntura.

—¡Claro! —contesté.

Se echó a reír.

—No sabes de qué te estoy hablando. Tú, con que funcione, tienes bastante, ¿verdad?

—Sí —bebí el agua, aunque para ese momento, mis muelas ya debían de estar nadando.

La doctora volvió a palmearme el hombro.

—Te veré dentro de un mes, a no ser que tengas algo de lo que quieras que me ocupe hasta entonces.

Me dejó para que me vistiera a solas. De pie, en aquella sala y con aquella música relajante, debería de haber estado mucho más tranquila que al empezar el tratamiento, pero no era así. Me sentía eléctrica, vibrante. No era un sentimiento desagradable, en realidad. Y no se parecía a lo que solía sentir después de una fuga, una especie de mareo y desorientación que duraba varios minutos.

Lo que sentía en aquel momento era como un dolor en el pecho. Era un sentimiento de anticipación, más que de ansiedad. No había dolor. Nunca había dolor asociado a mis fugas.

Al salir de la habitación, volvió a asaltarme el olor a naranjas. Me detuve en el marco de la puerta apretando la mandíbula... Hasta que vi el carrito de la limpieza y un bote de limpiador con olor a naranja abierto y el suelo resplandeciente delante de él. La mujer de la limpieza me dirigió una mirada de disculpa.

—Se nos ha caído casi todo —me explicó con la fregona en la mano—. Pero no pasa nada, ya puede pasar.

No podía tener la menor idea del motivo de mis carcajadas, pero también ella se echó a reír. Quise chocar la mano con ella, pero me reprimí. Sin embargo, no podía borrar la sonrisa de mi rostro cuando paré en el mostrador para pagar y concertar la próxima cita.

—Eso es lo que me gusta de mi trabajo —dijo Peta, la recepcionista.

—¿Quitarme el dinero?

—No —sacudió la cabeza—. Ver cómo la gente entra aquí sufriendo y sale llena de paz.

Me detuve con la chequera todavía en la mano.

—Esa es una buena forma de decirlo.

Sonrió.

—A lo mejor debería ponerla en un póster, ¿eh?

—A lo mejor. Pero es verdad, ¿no?

Me sentía más en paz, desde luego, desde que me había enterado de que el olor no era el presagio de una fuga.

—Sí, claro que lo es. Cuídate, Emm. Te veré el mes que viene.

Me despedí de ella con la mano y salí. Mis pasos eran más enérgicos y sentía el corazón más ligero. Tras el volante de mi coche, tomé aire varias veces, algo que hacía ya por la fuerza de la costumbre. Cuando te han retirado el carné de conducir por temor a que puedas sufrir un ataque y provoques un accidente mientras conduces, tiendes a apreciar más la posibilidad conducir cuando te lo devuelven. Mientras sacaba el coche del aparcamiento, fui consciente de que la inquietud que sentía en el pecho no había desaparecido del todo. Solo había disminuido.

A lo mejor era culpa de los tacos que había cenado la noche anterior. O del exceso de café en un estómago vacío. Me aferré al volante y comprobé el estado de mis ojos en el espejo retrovisor. A lo mejor los tenía más abiertos de lo habitual, pero no había nada extraño en mis pupilas y tampoco tenía la visión borrosa. No olía a nada, salvo a la colonia con la que había rociado mi bufanda.

Aun así, conduje lentamente. Con mucho cuidado. Sin arriesgarme en los semáforos en amarillo ni en las intersecciones. Para cuando llegué a mi calle, tenía los dedos doloridos por la fuerza con la que me aferraba al volante. La espalda también me molestaba por haber conducido con tanta tensión.

—Mierda —musité cuando vi que alguien me había vuelto a quitar el sitio.

Al final iba a tener que conseguir una tumbona y dejarla allí cuando me fuera, como hacían mis vecinos.

Avancé hasta el final de la calle y encontré un sitio vacío. La última vez que había pasado la máquina quitanieves había dejado una enorme pila de nieve en aquel lugar. El vehículo que aparcaba normalmente allí, un todoterreno azul, ya no cabía. Así que aparqué un poco más abajo sin sentirme en absoluto culpable por poder encajar mi coche, mucho más pequeño que el todoterreno, en aquel hueco. Lo consideré como un karma.

El hecho de aparcar otra vez delante de casa de Johnny era un premio añadido, una suerte que me hizo canturrear en silencio mientras sentía agitarse mi pecho de una forma muy diferente. Tras cerrar la puerta del coche, permanecí un momento estudiando su casa. ¿Cuándo me había sentido así anteriormente?

La respuesta era nunca. Me había enamorado antes, muchas veces. Cuando estaba en séptimo grado, estaba segura de que moriría a menos que un alumno de bachillerato, Steve Houseman, correspondiera a mi amor. Pero no había muerto. Y ni siquiera entonces, cuando me acostaba por las noches pidiéndole a todas y cada una de las estrellas que veía desde la cama que Steven me viera como si fuera una chica de verdad y no una novata en el instituto, me había sentido así.

La carretera estaba helada, pero la acera de delante de casa de Johnny estaba limpia de nieve y cubierta de sal. Desgraciadamente, sus vecinos no eran tan considerados como él. Y yo estaba tan ocupada intentando curiosear en el interior de las ventanas de la casa de Johnny sin que resultara demasiado obvio que era una pervertida, que no presté atención a dónde ponía el pie. Así que pisé una zona escurridiza, resbalé y comencé a mover los brazos en molinillo. Nunca había sido una gran gimnasta, pero conseguí una muy decente apertura de piernas que me hizo agradecer el hecho de llevar falda, aunque acababa de destrozarme las medias.

Estaba tan concentrada en evitar caer del todo y terminar aterrizando sobre un montón de nieve sucia que no presté atención al hombre que acababa de cruzar la calle y estaba en el bordillo, justo delante de mí. Apenas vi el destello de un abrigo negro y una bufanda a rayas. Tuve tiempo de pensar «¡mierda, es él!», justo antes de dar otro paso y resbalar también con el otro pie.

El encontronazo fue suficientemente fuerte como para hacer que me chocaran las mandíbulas. Me mordí la lengua, que quedó atrapada entre mis dientes, y sentí el sabor de la sangre. Miré hacia el rostro de Johnny. Aquellos ojos castaños verdosos estaban tan cerca que podía contarle las pestañas. Tenía un lunar en la comisura de un ojo en el que no me había fijado hasta entonces. Me agarró por los brazos.

Sentí el olor a naranjas.

Me estaba cayendo.

Capítulo 5

–¡Eh, guapa!

El hombre que tenía delante de mí me agarró de la parte superior de los brazos para impedir que continuara cayendo. Yo acababa de tropezar con una baldosa suelta de la acera. Me le quedé mirando fijamente, pensando que allí pasaba algo extraño.

E inmediatamente supe lo que era.

¡Dios santo! Estábamos en verano. Y el hombre que tenía delante de mí era Johnny. Y estaba... mucho más joven.

–¿Estás bien? ¿Tienes un mal viaje o algo parecido? –se echó a reír y se apartó el pelo de los ojos con un movimiento de cabeza.

El momento en el que Dorothy sale de su casa en blanco y negro para salir a la gloria del color de Munchkinland es uno de los más geniales de la historia del cine. En aquel momento, yo era Dorothy, con los ojos abiertos como platos y las piernas temblorosas. Miré a mi alrededor buscando los cambios que había sufrido mi mundo e incliné la cabeza instintivamente, por si acaso hubiera una casa a punto de caer sobre mí. Si Johnny no me hubiera sujetado, habría terminado en el suelo.

–Tranquila, hermanita –me dijo con amabilidad, y me

condujo hacia las escaleras de su casa, donde me ayudó a sentarme en el suelo y se sentó a mi lado, dándome la mano.

Los colores eran muy intensos. Oía música, el firme retumbar de una canción de música disco que mi madre solía cantarme cuando era niña. Una mujer con pantalones cortos y camiseta de escote amplio pasó delante de nosotros, salvando sin esfuerzo la baldosa con la que yo había tropezado. Su melena volaba tras ella como una ola resplandeciente.

Un camión de la basura se abría paso en una calle estrecha llena de coches aparcados, todos ellos en tonos castaños y marrones. En uno de los costados del camión aparecía el logo de los Servicios Municipales de la Ciudad de Nueva York. Tragué al sentir de pronto la boca llena de saliva. Siseé suavemente y cambié de postura.

—Relájate —volvió a decirme Johnny, intentando tranquilizarme.

Ya no olía a naranjas. Sentía el olor de los tubos de escape de los coches y un olor tenue a basura, probablemente procedente del callejón que había al lado de la casa, o de los contenedores alineados en la acera. Olía al cemento bañado por el sol. Y olía a Johnny.

Sin pensar en lo que hacía, me incliné hacia él y aspiré profundamente su cuello. El contacto con su pelo me hizo cosquillas en las mejillas. Olía como un hombre debería oler siempre, no a colonia, sino a limpio, a un ligero sudor de verano y a aire fresco. Olía mucho mejor de lo que había imaginado, y eso que había imaginado que olía condenadamente bien.

—¡Eh! —dijo Johnny suavemente.

Parpadeando, me aparté. El calor que sentía en el cuello y las mejillas no tenía nada que ver con el sol de verano, que caía a plomo a nuestro alrededor. Acababa de olfatear a Johnny como un perro husmeando una boca de incendios. Durante mis fugas, sucedían muchas cosas que no ocurrían nunca en la vida real. Me comportaba como no lo habría hecho nunca mientras era consciente y nunca sentía tanta vergüenza como la que estaba sintiendo en aquel momento.

–Lo siento –conseguí decir.

Intenté apartarme, pero Johnny me sujetaba la mano, anclándome al escalón en el que estábamos sentados.

–No tienes por qué. ¿Cómo te llamas?

Era incluso más guapo que como aparecía en las fotografías. No era justo comparar a aquella versión joven de Johnny con el Johnny real, pero no pude evitarlo. Aquel Johnny joven me sonreía, mientras que el otro no lo habría hecho jamás. Inclinó la cabeza ligeramente y me miró a través de sus sedosos mechones.

–Porque tienes un nombre, ¿verdad?

–Emm –le dije–. Me llamo Emm.

–Yo soy Johnny.

Alzó nuestras manos y las sacudió suavemente antes de dejarlas caer, aquella vez sobre su muslo.

Sentí su piel en el dorso de la mano y volví a estremecerme. Parpadeé y respiré. Aquello era una fuga. Estaba imaginando todo lo que ocurría. En algún otro lugar, yo había perdido la conciencia.

–¡Ah! –aquella exclamación fue apenas un gemido. Cerré los ojos–. Johnny.

Yo había conocido al Johnny del invierno, al del abrigo negro. Aquel con el que me había tropezado y delante del cual debía de estar haciendo el ridículo.

–Sí, ese soy yo –cambió ligeramente de postura y nuestros muslos se rozaron–. No te conozco, pero tú pareces conocerme. ¿Cómo es eso?

Aquello era una fuga, me recordé a mí misma. No era

real. Pero por mucho que lo intentara, no podía sentir nada, salvo lo que estaba viviendo en aquel momento. En aquel lugar. Solo podía pensar en el hombre que tenía delante de mí. No vislumbraba siquiera ninguna otra realidad, aunque sabía que tenía que estar allí, delante de mí, y podría volver a ella si mi cerebro me liberaba durante el tiempo suficiente como para permitirme recuperarla.

Pero yo todavía no quería volver, comprendí al ver a Johnny sonreír. Aquella sonrisa era para mí. Y también la mirada de admiración con la que me recorrió. Detuvo incluso la mirada en mis senos durante un instante antes de concentrarse en mi boca y humedecerse los labios.

Cuando volvió a mirarme a los ojos, yo sentí que me hundía en los suyos.

—No hablas mucho, ¿eh?

—Yo solo... Esto es un poco... —no podía explicarlo.

Se echó a reír y me acarició el dorso de la mano con el dedo pulgar.

—Supongo que te has metido algo fuerte. Pero deberías tener más cuidado. Este no es muy buen barrio. Bueno, yo vivo aquí y todo eso, pero tú no. No te había visto antes por aquí. ¿Eres nueva o estás de visita?

—Solo estaba dando un paseo —no era mentira.

—¿Quieres pasar a mi casa? Han venido algunos amigos. Estamos de fiesta. ¡Vamos! —me animó Johnny, como si necesitara que me convenciera—. Te lo pasarás muy bien, te lo prometo...

Se levantó y tiró de mí para que me pusiera de pie. La tierra no se movió bajo mis pies. Y yo no comencé a dar vueltas. Y con Johnny agarrando mi mano, no pensaba ir a ninguna parte, salvo a donde él me llevara.

La casa que Johnny tenía en el Nueva York de los setenta era una casa de ladrillo muy parecida a la que tenía en Harrisburg. Tendría que ser más nueva, pero por fuera no era tan bonita como la otra. Dejé escapar un pequeño murmullo de sorpresa al entrar en el vestíbulo. Teníamos frente a nosotros unas escaleras que conducían al piso de arriba, un pasillo estrecho y largo por el que se accedía a la cocina y una puerta con forma de arco que daba directamente al salón. Del arco de la puerta colgaba una cortina de cuentas.

Oí música, más alta allí, que llegaba desde la cocina. Se oían también voces. Y olía a marihuana.

—Vamos, pasa.

Johnny entrelazó los dedos con los míos y tiró de mí para llevarme a la cocina, donde había un grupo de hombres y mujeres sentados alrededor de una mesa de madera o apoyados contra el mostrador, contemplando todos ellos a un hombre que estaba cocinando.

—¿Tienes hambre? Candy está cocinando.

Al oír su nombre, el hombre que estaba en la cocina se volvió y me dirigió una sonrisa radiante, mostrando unos dientes completamente blancos. Inclinó la cabeza, cubierta de rizos, con la elegancia de un rey y blandió la cuchara como si fuera un cetro.

—Bienvenida, hermana. Si tienes hambre, tenemos suficiente comida.

Tenía hambre, un hambre intensa. Me sonó el estómago. Nunca había tenido tanta hambre en una fuga. Sí, había comido y bebido, pero no por necesidad. Posé la mano libre, la mano con la que no me estaba agarrando a Johnny, sobre mi estómago.

Mi ropa no había cambiado. Bajé la mirada al sentir el tacto familiar en las yemas de los dedos. Llevaba el abrigo de invierno, aunque se había desabrochado. No era extraño que tuviera tanto calor en la calle. Ni que todo el mundo me mirara de forma tan rara.

—Puedes quitarte el abrigo —me ofreció Johnny.

Asentí y dejé que me ayudara a quitármelo. Por fuerte que pudiera ser la libido de una mujer, Johnny continuaba siendo un caballero. Colgó el abrigo en un perchero que había en la puerta y posó la mano en mi espalda mientras yo permanecía bajo el escrutinio de todos los reunidos en la cocina.

—Esta es Emm —me presentó Johnny, como si llevara constantemente desconocidos a su casa. Cosa que, probablemente, hacía—. Estos son Wanda, Paul, Ed, Bellina y Candy. ¡A saludar todo el mundo!

Lo hicieron a coro mientras yo les miraba fijamente e intentaba mantener la boca cerrada. No reconocí a Wanda, ni tampoco su nombre, pero Bellina Cassidy era una dramaturga. Sus obras habían sido representadas en Broadway con repartos compuestos por los nombres más importantes del mundo del teatro. Edgar D'Onofrio era un celebrado poeta que se había suicidado en algún momento de los setenta. Paul era, probablemente, Paul Smith, fotógrafo y cineasta que había dirigido algunas de las primeras películas de Johnny. Y Candy...

—¿Candy Applegate?

Candy me miró con una sonrisa.

—Ese soy yo.

—Tienes un restaurante —dije—. Y un programa de cocina en televisión.

La habitación estalló en carcajadas. Estaba en medio de El enclave. Me humedecí los labios y sentí el sabor del sudor.

—No, muchacha, ese no soy yo —Candy sacudió la cabeza y hundió de nuevo la cuchara en lo que quiera que estuviera hirviendo a fuego lento en la cocina—. Debe de ser otro Candy.

—No, eres tú —repliqué.

Pero cerré la boca antes de decir nada más.

Las fugas nunca eran como los sueños, sobre los que uno podía tener algún control. Yo nunca había sido capaz de determinar lo que iba a pasar cuando estaba en uno de esos episodios. A veces eran más escalofriantes que cualquier pesadilla. Otras veces, como en aquel momento, me bastaba con recordar que no era real y que no podía hacer nada al respecto. Podía decirles que sabía lo que ocurriría en el futuro, pero eso solo serviría para que creyeran que estaba más loca todavía.

De hecho, Johnny me estaba mirando con particular atención.

–Dale algo de comer, Candy.

–Le daré algo de comer –respondió Candy.

Y así fue. Candy colocó en la mesa un magnífico guiso especiado y sin carne. Lo comimos sobre un perfumado arroz y empapamos la salsa en pedazos de pan hecho en casa. Tenía que detenerme para saborearlo todo dos veces, no porque estuviera demasiado hambrienta, sino por lo bien que sabía.

Todos comimos mucho. Riendo y bromeando. Hablando de políticos, de arte y de música y cosas de las que yo había oído hablar en las clases de Historia o en emisoras de rock clásico. Dejaban caer algunos nombres con toda naturalidad, Jagger, Bowie, Lennon... Metían los dedos en la olla comunal y comían con las manos. Me pasaron una pipa sin decirme lo que era y yo fumé porque, al fin y al cabo, nada de aquello era real.

Johnny, sentado frente a mí, me observaba en todo momento. Yo también le miraba. No tenía que preguntarle en qué año estábamos. Por la largura de su pelo, sabía que aquel Johnny tenía unos veinticuatro años. Eso significaba que yo tenía siete años más que él, pero no parecía importarle.

Definitivamente, a mí no me importaba.

Comimos, hablamos y nos reímos. Alguien llevó una guitarra y comenzó a tocar. Yo me sorprendí al darme cuenta de que me sabía la letra de aquella canción. Era una canción sobre flores y soldados y se preguntaba adónde habían ido. Después cantaron *Puff the Magic Dragon*. Yo no sabía que esa canción hacía referencia a la marihuana.

En medio de todo aquello, fuimos cambiando el lugar que ocupábamos en la mesa. Yo terminé al lado de Johnny, en vez de frente a él. Nuestros muslos se rozaban. Y también se rozaban nuestros hombros cuando se inclinaba para tomar un trozo del pan de Candy o para llenarme el vaso del vino tinto y sabroso que yo evitaba en la vida real.

Johnny volvió la cara y sonrió. Yo le besé. Fue un mero roce de labios que me permitió sentir su respiración suave y cálida contra mí. Él sonrió, alzó la mano y la posó en mi nuca, debajo de mi melena.

Nadie lo notó, o a nadie le importó. Creo que, para ese momento, ya estaban todos drogados o bebidos. Ed se había quedado dormido, apoyaba la cabeza en la mesa y roncaba suavemente. Johnny me apretó la mano por debajo de la mesa.

—Llévame a otro sitio —le susurré al oído.

Me miró a los ojos con curiosidad. Después, asintió. Me agarró de la mano y me apartó de la mesa. No nos despedimos de nadie, y yo no miré hacia atrás. Comenzamos a subir por las escaleras agarrados de la mano. Yo posé la otra mano en la barandilla y miré hacia abajo. Después, miré hacia el piso de arriba. Atrapada entre ambos, adormecida por la comida y por lo que quiera que contuviera aquella pipa, seguí a Johnny.

Al final de las escaleras, le besé. Le presioné contra la pared y coloqué la rodilla entre sus piernas, contra su sexo. La hebilla de su pantalón, enorme y de metal, me presionaba el vientre a través de la falda. Deslicé las manos por su pecho, sobre la tela resbaladiza de su camisa, una tela de feo diseño, y le besé. Fue un beso largo, duro, lento y profundo.

Cuando retrocedí, Johnny me miró con curiosidad.

–¿Quién eres?

–Emm.

No arrastraba las palabras, pero, definitivamente, mi voz sonaba más ronca de lo normal. Me humedecí los labios con la lengua y descubrí en ellos el sabor de sus labios.

–Emm –repitió Johnny, como si estuviera considerando algo importante–. Ese es tu nombre, ¿pero quién eres?

–Nadie –le contesté.

Nuestros cuerpos se presionaban. Johnny posaba las manos en mis caderas. Desde el piso de abajo nos llegaba el burbujeo de las risas y la música. Y el olor característico de la marihuana. En el piso de arriba todo estaba en silencio.

Llevaba demasiado tiempo en aquella fuga. En cualquier momento comenzarían a perder fuerza las alucinaciones y me despertaría. A lo mejor, simplemente, tras haber parpadeado varias veces. O quizá de rodillas, o, peor aún, con el rostro en el suelo. O, a lo mejor, no me despertaba en absoluto.

La primera puerta del pasillo, situada justo a la izquierda de Johnny, estaba suficientemente abierta como para permitirme ver que era un dormitorio. Agarré a Johnny de la mano y le conduje hacia él. Cruzamos la puerta para llegar hasta la cama, una cama perfectamente hecha con una colcha de color naranja. Mi abuela solía tener colchas de ese tipo. Me senté en la cama y abrí las piernas. La falda, demasiado larga para aquella época, se hundió entre mis muslos y yo fui subiéndola centímetro a centímetro y observando a Johnny mientras él me miraba.

Me subí la falda por encima de los restos de mis medias destrozadas y le hice un gesto con el dedo para pedirle que se acercara.

—Ven aquí.

Johnny, sonriendo, estaba ya desabrochándose la camisa. La arrojó al suelo y se acercó lentamente hasta mí. Nuestras bocas se encontraron. Me acarició la lengua con la suya. Le hice colocarse contra mi sexo y abrí las piernas todavía más para ayudarle a acomodarse. Comencé a trazar círculos con los dedos en su espalda desnuda.

Después le tumbé de espaldas y me senté a horcajadas sobre él. Metí los pulgares en mis medias y las desgarré para evitar que hubiera una barrera entre nosotros, pero los vaqueros estaban todavía allí.

—Pene bloqueado —musité, y comencé a bajarle la cremallera.

—¿Qué?

Johnny se echó a reír y posó la mano sobre la mía para ayudarme.

—Los vaqueros. Están bloqueándome el acceso a ti. Quítatelos.

Johnny volvió a reír y a mí me entraron ganas de devorar aquella risa. De devorar su boca. De devorarle entero. Me incliné para besarle, dejando que la melena cayera a nuestro alrededor y cuando Johnny estuvo desnudo debajo de mí, estando yo todavía vestida, cubrí su cuerpo de besos.

Johnny no protestó cuando le mordisqué, y tampoco cuando le lamí. No protestó cuando me levanté la falda y aparté la parte inferior de las bragas para poder deslizarme sobre él. Y no protestó tampoco cuando comencé a moverme. Los dos estábamos plenamente concentrados en el sexo, no hablábamos, ni siquiera nos besábamos, y el placer fue creciendo y creciendo hasta explotar sobre ambos.

Johnny solo protestó cuando me levanté, pero para entonces ya era demasiado tarde. Los contornos de aquella realidad comenzaban a hacerse borrosos. Estremecida con las secuelas del orgasmo, le besé. La falda comenzó a caer sobre mis rodillas. Johnny me agarró la mano y musitó un sonido de queja, pero yo le aparté delicadamente los dedos y retrocedí hasta la puerta, que cerré tras de mí.

Después, me desperté.

Capítulo 6

Me dolían las rodillas. Me palpitaban y me escocían. Salía sangre de algunos arañazos. Tenía las medias destrozadas, pero por culpa de la acera, no porque las hubiera desgarrado para poder acceder al cuerpo desnudo de Johnny.

Johnny me agarraba sujetándome por el codo con una mano y posando la otra en mi cadera.

–¿Estás bien?

Parpadeé rápidamente, intentando colocarme en mi lugar. Sabía dónde estaba. Sabía quién era. Y, lo más importante, sabía en qué época estaba.

–Sí, estoy bien. Me he resbalado en el hielo, ¿te he hecho daño?

Mi despreocupada explicación no parecía estar siendo muy convincente. ¿Cuánto tiempo habría durado aquel ataque? No había mirado el reloj antes de la fuga.

–Deberías tener más cuidado –me advirtió Johnny.

Todavía podía sentir su sabor. Tragué saliva, intentando olvidar el sabor de sus labios y su piel. Estábamos demasiado cerca para ser unos desconocidos, que era lo que realmente éramos. Johnny me soltó la cadera, pero continuó posando la mano en mi codo, y yo se lo agradecí, porque las piernas habían comenzado a temblarme.

–Tienes un aspecto pésimo. Será mejor que pases a mi casa –me dijo con un marcado acento neoyorquino.

Si hubiera oído a cualquier otra persona hablando con ese acento, me habría echado a reír, pero tratándose de Johnny, lo que hice fue salivar. No pude decir nada. Dejé que me condujera hacia el edificio de ladrillo y me metí en casa de Johnny.

Era una casa preciosa. Por supuesto, no esperaba menos.

Permanecí de pie sobre el suelo de madera, con las medias destrozadas y el borde del abrigo goteando. No me había fijado antes en que estaba mojado. Bajé la mirada hacia mis pies y hacia el charco de agua fría que los rodeaba y después la alcé hacia él.

–¡Oh, lo siento!

Johnny, que acababa de colgar el abrigo y la bufanda en un perchero de bronce que había justo al lado de la puerta, se volvió y me recorrió de arriba abajo con una mirada que me dejó sintiéndome completamente fuera de lugar.

–Deberías pasar a la cocina a tomar algo. Pareces a punto de desmayarte.

Me sentía pálida y temblorosa. Desde luego, me sentía tan mal como él acababa de decir.

–Gracias.

–Vamos –me hizo un gesto para invitarme a cruzar por el pasillo y después me siguió–. Te prepararé una taza de té, a no ser que prefieras algo más fuerte.

–Un té, gracias.

Me senté en la silla que me señaló, en una mesa que no podía ser la misma que mi cerebro había creado, por mucho que se pareciera a la que había visto en mi fuga.

A veces, no siempre, salía de las fugas en aquel estado, desorientada y un poco mareada. Normalmente, el malestar se pasaba rápido. Aquel día, sin embargo, tuve que respirar muy despacio para evitar que se me revolviera el estómago y la bilis me subiera a la garganta.

Johnny se movía en silencio alrededor de la cocina. Llenó la tetera y la puso sobre uno de los quemadores. El quemador siseó y chisporroteó sin encenderse, hasta que Johnny lo manipuló y la llama se alzó casi por encima de la tetera.

–Maldita sea –dijo John, pero no a mí.

Había soltado lo primero que se le había ocurrido, había dicho Jen. Yo me había reído de ella, pero en aquel momento la comprendí. Tuve que apretar la mandíbula para no comenzar a soltar los absurdos pensamientos que cruzaban mi mente en aquel momento, y, aun así, no pude contenerme del todo.

–Tienes una casa preciosa.

Johnny gruñó mientras sacaba un par de tazas de un armario y las dejaba sobre el mostrador. Abrió una lata de té y llenó un filtro redondo de hojas de té. De otro armario sacó una tetera metálica.

–Has hecho un gran trabajo con ella –continué diciendo.

Mi padre solía decir que solo un tonto habla para llenar el silencio. No creo que mi padre se hubiera sentido muy orgulloso de mí si me hubiera visto en aquel momento. Y tampoco Johnny parecía muy impresionado.

–¿Cuánto hace que vives aquí? –le pregunté.

–Quince años –contestó Johnny después de echar el agua hirviendo en la tetera de cerámica y de llevarla a la mesa.

La cubrió con una funda de lana y colocó un par de tazas a su lado. Hizo un viaje a la nevera y sacó la leche y la crema.

Johnny me estaba preparando un té. Aquello me resultaba más surrealista y difícil de creer que la posibilidad de encontrarme a finales de los setenta. Permanecí sentada con las manos cruzadas en el regazo mientras él se sentaba frente a mí y servía el té. Añadió tres cucharadas de azúcar y un generoso chorro de leche y crema y me los tendió. Rodeé la taza con las manos, pero no me atreví a probarlo por miedo a derramarlo.

—Es bonita. La casa, quiero decir.

Johnny me miró.

—Tómate el té.

Soplé para enfriarlo y bebí. Estaba perfecto, exactamente, tal y como yo me lo habría preparado. Me asentó el estómago. Que, entonces, comenzó a sonarme.

Johnny no había tomado nada. Se levantó, fue al mostrador, sacó un paquete de galletas de una caja y las puso también en la mesa.

—Necesitas más azúcar.

—Estoy bien, de verdad.

Sacó una galleta y me la tendió.

—Cómetela.

Si me lo hubiera dicho con una sonrisa, intentando convencerme, me la habría comido. Era mi galleta favorita, tenía hambre y necesitaba azúcar. Pero hubo algo en su tono y en su mirada que me puso de mal humor.

—No, gracias.

Johnny se encogió de hombros y agarró una galleta del paquete. La sostuvo entre el pulgar y el índice y la giró como si fuera un mago a punto de hacer un truco con una moneda. La estudió con atención y me miró. La galleta se desmigajó cuando la mordió y cuando Johnny se lamió los labios para recoger las migas, tuve que concentrarme en la taza de té y en mis manos. La superficie del líquido se movió, al igual que ocurría con el agua que temblaba en el vaso en *Parque Jurásico*, anunciando la presencia del tiranosaurio rex. Y estaba bastante segura de que por allí no había ningún dinosaurio.

—Tú misma.

Era una estupidez no comérsela, así que me la comí al cabo de un minuto. La dulzura explotó en mi lengua y aunque a lo mejor fue por el efecto placebo, el estómago se me serenó inmediatamente y la cabeza dejó de darme vueltas. Lamí el chocolate de mis dedos y bebí un largo sorbo de té.

La fuga estaba alejándose, el recuerdo del sabor de Johnny fue sustituido por el del té y el chocolate. No quería dejar que las sensaciones se desvanecieran, pero iban escurriéndose de entre mis dedos como un puñado de espaguetis que era imposible retener. Suspiré y agarré otra galleta cuando empujó el paquete hacia mí.

—No están muy buenas.

No lo dijo en tono de disculpa, sino como si fuera un hecho.

—Las caseras son mejores.

—Los productos caseros siempre son mejores —me mostré de acuerdo—. Pero supongo que hay que conformarse con lo que se tiene, ¿verdad?

—Sí.

Ni siquiera esbozó una sonrisa. Se reclinó en la silla con mirada insondable y la boca tensa sin insinuar siquiera un inicio de sonrisa.

—Parece que estás recuperando el color.

—Me encuentro mucho mejor, gracias. Esto era justo lo que necesitaba.

Alcé la taza y señalé las galletas, rezando para no haberme manchado ni los labios ni los dientes de chocolate.

—Sí, lo sé. ¿Te encuentras mejor?

Asentí.

—Sí, gracias. Muchas gracias.

Johnny dirigió una mirada en absoluto sutil hacia el reloj de la pared.

—¿Vives aquí en el barrio?

—Sí, me he mudado hace unos meses. Vivo al final de la calle —añadí—, en el número cuarenta y tres.

Estaba soltando lo primero que se me pasaba por la cabeza. Estaba a punto de caer presa de aquel defecto. Afortunadamente, Johnny me interrumpió antes de que hubiera podido decir algo realmente embarazoso, como una oferta para llevármelo a casa y hacer el amor con él hasta que ambos viéramos las estrellas. Desgraciadamente, también se levantó de una manera que dejaba muy claro que se suponía que debía marcharme. Salí de la cocina y me detuve en el porche.

—Gracias, Johnny.

En aquel momento, me besaría. O yo le besaría a él. Me presionaría contra la pared y metería la mano bajo la falda. Haríamos el amor allí mismo, en la escalera.

—Ahora ten más cuidado ahí fuera —me aconsejó Johnny y me cerró la puerta en la cara.

Ni siquiera me había preguntado mi nombre.

—No es posible —Jen parecía horrorizada y fascinada al mismo tiempo—. ¿Te ha llevado a su casa? ¿Y te ha dado una galleta? Maldita sea, ¿y te ha pedido que te sentaras en su regazo?

—No, claro que no. Es una pena.

—Desde luego —sacudió la cabeza y me mostró una de las faldas del expositor—. ¿Qué te parece esta?

—Terriblemente fea —señalé la tela, una mezcla de poliéster en tonos naranjas y verdes—. Pero me encanta.

—Sí, ¿verdad? ¿Y este? —me mostró un vestido confeccionado de manera que pareciera una falda y una camisa, aunque estaba hecho de una sola pieza—. Tiene un cinturón a juego.

—Y está a mitad de precio —comenté mientras miraba la etiqueta.

Los miércoles reducían los precios en la tienda de segunda mano del Ejército de Salvación. Jen y yo habíamos convertido aquel día en una cita semanal.

—¿Pero cuándo te lo pondrías?

—Para ir al trabajo, por ejemplo. Con un par de botas preciosas. Y a lo mejor le subo un poco el dobladillo a la falda. Las mangas me encantan.

Las mangas eran increíbles, abombadas y con los puños ajustados en las muñecas. Era un vestido que yo no me pondría, pero a Jen le quedaría muy bien.

—Es muy artístico.

—¿Tú crees? —lo sostuvo contra ella otra vez—. Sí, supongo que sí.

Lo metió en el carro y continuamos avanzando lentamente por el pasillo. Los miércoles, la tienda del Ejército de Salvación estaba tan abarrotada de clientes que era casi imposible moverse con un carrito a no ser que las dos lo maniobráramos. Saqué un vestido negro con escote de barco y falda acampanada. También llevaba un broche brillante. Lo metí en el carrito, aunque sabía que no encontraría ocasión para ponerme un vestido como aquel. Pero, por cinco dólares y a mitad de precio, no pude resistirme.

—Es muy bonito —comentó Jen—. Pero háblame más de Johnny. ¿Cómo es su casa? ¿Intentó seducirte?

—La casa es preciosa y, por supuesto que no. Al contrario, parecía estar deseando que me marchara.

—¡Qué mal rollo! —Jen sacó un vestido azul sin mangas—. El color es genial.

—Sí. Supongo que es normal, al fin y al cabo, estuve a punto de caer encima de él como una imbécil.

Jen se echó a reír.

–Pero conseguiste no preguntarle que si podías morderle su épico trasero, ¿verdad?

–Sí, por lo menos me controlé. ¡Eh, voy hacia la zona de las camisas!

No podía continuar mirando vestidos. Terminaría gastándome veinte dólares en ropas elegantes de estilo vintage que jamás me pondría.

Yo tengo una teoría sobre las compras de segunda mano. He pasado horas yendo de una tienda a otra buscando algo concreto, y, por alguna razón, nunca sales con las manos vacías. Por algún motivo, cuando entro en una tienda de segunda mano, sea lo que sea lo que busco, lo encuentro. Cuando quise un jersey de terciopelo de color esmeralda, una prenda que estaba fuera de temporada y en un color que no estaba de moda, encontré uno perfecto en el Ejército de Salvación. Cuando busqué una cazadora vaquera para sustituir a otra que me había dejado en un hotel, pude elegir entre más de diez en el mercadillo del sótano de la parroquia. Creo que es porque hay un nivel de conciencia mayor, o a lo mejor es una cuestión de percepción, que permite que tus ojos se abran en el momento indicado para ver cosas en las que anteriormente no te habías fijado.

Como en la camiseta que tenía en aquel momento en la mano. Una camiseta de color blanco envejecida por cientos de lavados. La había sacado del exhibidor por la suavidad de la tela, aunque no estaba buscando una camiseta, pero lo que me hizo retenerla fue el motivo de la parte delantera.

Era el cartel de una de las películas de Johnny. *Bailando con el demonio*, se titulaba, y había sido filmada en italiano. Reconocí el cartel por la búsqueda que había hecho por Internet. Johnny aparecía en una motocicleta, con una cazadora de cuero, un cigarro en la boca y la melena al viento. Muy al estilo James Dean. Muy sexy.

La etiqueta marcaba un dólar que, con el precio reducido, se convertía en cincuenta centavos. Sería una forma de compensar el precio desorbitado que había pagado por el DVD, pero, aun así, vacilé sin saber si debía dejar de nuevo la camiseta en la percha y alejarme de allí o agarrarla con las dos manos y correr hasta la caja registradora derrumbando a cuantos se interpusieran en mi camino.

¿Percepción o conciencia aguzada? ¿Qué me había hecho encontrar aquella camiseta justo en aquel momento? Si la hubiera visto varias semanas atrás, la habría dejado de lado y me habría quedado con la blusa que había justo detrás. La camiseta se arrugó entre mis dedos cuando la agarré.

El mundo pareció inclinarse bajo mis pies.

—¡Eh! ¿Qué has encontrado? —Jen miró por encima de mi hombro.

El mundo se detuvo. Ningún olor a naranjas, ni líneas ondulantes en mi línea de visión. Ni fugas. Solté el aire que estaba conteniendo y le mostré la camiseta.

Abrió los ojos como platos.

—¡No me fastidies! ¿Es el cartel de *Bailando con el diablo*? ¿En una camiseta?

—¡Sí! —miró la camiseta.

—Muchacha —dijo Jen muy seria—. No sé de dónde viene tu conexión con Johnny, pero, maldita sea. Esa camiseta parece auténtica. Quiero decir, no es como esas que se hacían en casa pegando una fotografía con la plancha. Nunca las he visto anunciadas en ningún lugar. Déjame ver la etiqueta...

Se la enseñé. Resopló y me la devolvió.

—La etiqueta también parece antigua. Creo que es una camiseta original de cuando promocionaron la película.

—Podría ser —sostuve la camiseta con las dos manos contra mi pecho—. Me la voy a comprar.

—Claro que te la vas a comprar. Más te vale. Probablemente esa camiseta valga un buen dinero —Jen asintió—. Pero supongo que no piensas venderla. Seguro que te la pones para irte a la cama.

Me eché a reír.

—Probablemente. Sí, definitivamente, creo que la utilizaré como pijama.

—Johnny sobre tus tetas —dijo con aire soñador—. No te puedo culpar por hacer algo así.

Después de aquel hallazgo, ya no había nada que pudiera igualarlo. Pagamos nuestras compras y nos dirigimos hacia el aparcamiento. Había caído la noche y el aire olía a nieve. Jen estaba diciendo algo sobre salir, quería que quedáramos el fin de semana para hacer algo, pero yo no podía concentrarme en lo que decía. Sentía en la muñeca el peso de la bolsa de plástico en la que guardaba la camiseta, pero aquella sensación no tenía nada que ver con el peso real.

Jen se despidió de mí con la mano y se montó en su coche. Yo me monté en el mío. Respiré una bocanada de aire glacial para asegurarme de que no detectaba en él el olor de las naranjas, y, sí, solo percibí el olor de las patatas fritas de la bolsa que llevaba en el asiento de atrás. Y nada enturbiaba mi visión, salvo la humedad que empañaba el parabrisas.

Para cuando llegué a casa, los dedos me dolían por la fuerza con la que me había aferrado al volante. También me dolía la cabeza por haber tenido que ir concentrada en la carretera. Para variar, el espacio para aparcar que había delante de mi casa estaba vacío. Lo ocupé, a pesar de que habría preferido aparcar delante de casa de Johnny.

Una vez en casa, eché todo lo que había comprado al cesto de la ropa sucia y separé las prendas que habría que lavar en seco. Sostuve la camiseta entre las manos durante mucho más tiempo del que habría sido necesario. La camiseta había sido lavada con anterioridad, de eso estaba segura, pero la fotografía no había perdido color. Probablemente era una impresión a prueba de lavadoras, pero, aun así, saqué un balde de debajo del fregadero, eché jabón para prendas delicadas, metí la camiseta en agua fría y la lavé con delicadeza antes de colgarla para que se secara.

Demasiado esfuerzo y cuidados para una camiseta, pensé. Todavía no era el momento de hacer la colada, así que me puse a comer algo. Cada vez que pasaba por la puerta de la cocina, podía ver la camiseta secándose, y no dejé de mirarla ni una sola vez.

Soñé con Johnny aquella noche, pero fueron sueños normales. Inconexos, confusos, con lagunas y saltos que no eran habituales en las fugas. Además, no sabía que estaba soñando, ni siquiera cuando me besó. Ni cuando me dijo que me perdiera. Después, Johnny fue desapareciendo gradualmente y fue sustituido en el sueño por un actor cuyo nombre desconozco, pero que salía en el último anuncio que había visto justo antes de acostarme.

Me desperté en medio de la oscuridad, inquieta y desvelada, y me dirigí al cuarto de la colada, donde encontré la camiseta seca, un poco tiesa y oliendo a limpio. Me la llevé a la cama y la sostuve con la misma fuerza con la que años atrás me aferraba a la mantita con la que dormía. Si volví a soñar, no lo recordé.

Capítulo 7

A la mañana siguiente no coincidí con Jen en el Mocha, aunque la cafetería estaba a rebosar incluso sin ella. Disponía solo de unos minutos para ir a buscar una magdalena y un café antes de ir a trabajar, e incluso reconsideré si debía parar cuando vi lo larga que era la cola. Para cuando decidí que corría el riesgo de llegar tarde al trabajo, estaba prácticamente en la cabecera de la cola. Así que crucé los dedos y recé para no encontrarme con mucho tráfico aquella mañana.

Y también pensé en él, por supuesto. Johnny se había infiltrado completamente en mi cerebro. De modo que cuando me volví con el café en una mano, la magdalena en la otra y las llaves tintineando, tuve que parpadear un par de veces antes de permitirme creer que estaba realmente allí. Johnny se había detenido al lado de los periódicos para echar un vistazo a un ejemplar del *New York Times* que se metió bajo el brazo justo en el momento en el que pasé por delante de él.

—¡Hola! —le saludé.

No estaba segura de lo que esperaba, pero, desde luego, era algo completamente distinto de aquella mirada de indiferencia y aquel manifiesto desaire. Johnny ni siquiera tuvo la deferencia de reconocerme con un asentimiento de cabeza. Pasó por delante de mí para pagar el periódico, dejándome detrás con el rostro virtualmente abofeteado.

Mi tristeza debió ser tan notoria como un anuncio de neón, porque Carlos me dirigió una compasiva mirada desde detrás de su portátil. Aquel día había llegado temprano.

—¡Eh, no te preocupes por eso! —me consoló con voz queda cuando Johnny cruzó entre los clientes y salió de la cafetería con el abrigo ondeando alrededor de sus tobillos—. Es así con casi todo el mundo. No le gusta que lo adulen.

—Yo no le estaba adulando —fruncí el ceño mientras observaba a Johnny a través del cristal—. Solo estaba siendo amable.

Carlos se encogió de hombros.

—Solo era un comentario. De vez en cuando aparecen por aquí admiradoras bastante chifladas. Supongo que prefiere ser prudente.

—Yo no soy una admiradora chiflada —repliqué muy tensa.

Carlos arqueó las cejas y sonrió.

—¿Ah, no? Pues Jen y tú le miráis como si quisierais que el Mocha le incluyera en el menú.

Sentí un calor intenso en las mejillas.

—¡Dios mío! ¿Es tan evidente?

—No, qué va. No creo que él lo haya notado, si es eso lo que te preocupa. Simplemente, es un poco desconfiado. He visto a algunas fans que prácticamente le han roto la camiseta y han intentado acostarse con él aquí mismo —Carlos sacudió la cabeza, como si no pudiera decidir si la idea le excitaba o le inquietaba—. Mujeres mayores, Emm, como de más de cincuenta años. Comparada con ellas, eres una admiradora mucho más joven y atractiva.

—Vaya, gracias.

Ya no se veía siquiera una insinuación del abrigo de Johnny. Bebí un sorbo de café y miré a Carlos.

—Jen dice que es amable contigo.

—A lo mejor porque sabe que no quiero acostarme con él. O, incluso en el caso de que quisiera, no es lo mismo que estar enamorado de él por lo que hizo en el pasado.

—¿Por qué no?

Yo sabía que Johnny había tenido una vida sexual muy activa en el pasado. Nunca había dicho que fuera homosexual o bisexual. En más de una entrevista se había definido como un hombre heterosexual, pero de mente abierta.

—¿Quién sabe? A lo mejor los tíos no le parecemos tan amenazadores en general. A lo mejor resulta más fácil desalentarnos. O, a lo mejor, ese día estaba de buen humor. No lo sé.

El análisis de Carlos, por muy cerca que estuviera de la verdad, dolía.

—Yo nunca he dicho que estuviera enamorada de él. Además, la semana pasada me choqué con él en la calle y me invitó a pasar a su casa para tomar un té.

—¿Un té? ¡Estás de broma! —Carlos sacudió la mano con un gesto de burla.

—En serio.

No había agarrado una servilleta de papel para protegerme la mano y la taza estaba comenzando a quemar. La cambié de mano y estuve a punto de destrozar la magdalena en el proceso.

—Estuve en su cocina tomándome un té y hoy ni siquiera me saluda. A mí me parece, bueno, un cretino.

Carlos se encogió de hombros y volvió a concentrarse en su ordenador.

—El hombre tiene sus cosas, ¿qué puedo decirte yo? Pero si eso te sirve para sentirte mejor, no es así solamente contigo.

Eso me hizo sentirme peor. Yo no quería que Johnny me tratara como trataba a todo el mundo. Yo quería ser especial.

–¡Eh! –Carlos me llamó al ver que me alejaba sin despedirme de él–. ¡No dejes que eso te afecte, Emm!

Pero me afectaba. El café me sabía amargo sin el azúcar extra y la crema que normalmente añadía, pero que aquel día había olvidado. La magdalena, cuando miré en el interior de la bolsa de papel, se había desmigajado. Y ya llegaba tarde al trabajo.

–Lo único que le he dicho ha sido «hola» –gruñí para mí.

Estuve pensando en ello durante todo el día, mientras estaba sentada frente al ordenador metiendo datos en hojas de cálculo y contestando llamadas y correos electrónicos. Intentando atajar problemas y, probablemente, provocando otros. Estaba demasiado distraída como para notarlo.

Había terminado trabajando en un banco por accidente. Había estudiado en Lebanon Valley College, en mi ciudad natal, para así no tener que irme de casa y poder ir andando a la universidad. Annville es una ciudad pequeña limítrofe con granjas en el norte y el sur, pero que en el este y el oeste prácticamente se funde con las ciudades que lindan con ella. A la hora de elegir trabajo había estado limitada por el hecho de que tenían que ser puestos de trabajo a los que pudiera ir caminando desde casa de mis padres. El banco tenía los mejores horarios y salarios y no tenía que depender de mis padres para que me llevaran en coche. Había trabajado allí mientras estudiaba y había seguido haciéndolo tras acabar mis estudios, en una época en la que me resultaba imposible conducir.

El trabajo me gustaba, me gustaban los números. Y también me gustaba mi nuevo trabajo. Trabajar para la Pennsylvania State Employee's Credit Union era incluso mejor.

Pero no en un día como aquel.

Aquel día estuve contando los minutos que faltaban para volver a casa, revisar el correo y comprobar si el DVD de *La noche de las cien lunas* había llegado. Desgraciadamente, volví a encontrar el buzón vacío. El alma se me cayó a los pies. Revisé dos veces el buzón, como si el paquete pudiera haberse perdido allí dentro. Después, desilusionada, entré en mi oscura y fría casa.

Ni siquiera tenía llamadas o mensajes en el contestador, aunque, en realidad, nunca tenía muchas. La mayor parte de las personas con las que estaba en contacto me llamaban al móvil si querían localizarme y no me encontraban en casa. Al parecer, aquel día ni siquiera era suficientemente popular para ello.

Me di una ducha larga y caliente, inclinando la cabeza para dejar que el agua me empapara los hombros y la espalda. La tensión me había provocado contracturas en los músculos. Necesitaba unas manos fuertes para deshacer los nudos. Desgraciadamente, a no ser que pagara por ello, no iba a estar de suerte. Y sentí un fuerte escozor en las rodillas heridas al pasarme la maquinilla de afeitar.

Y, por supuesto, volví a pensar en Johnny.

¿Dónde demonios estaba el problema? Muy bien, comprendía que podía ser irritante tener a un montón de desconocidas halagando su cuerpo. Porque, aunque no se avergonzara de su pasado como actor, desde entonces habían pasado más de treinta años. Podía respetarle el que no quisiera pasarse toda la vida aprovechando privilegios ganados con un trabajo que había hecho hacía tantos años, o con un cuerpo que había envejecido. Respetaba el que no quisiera ser idolatrado por su aspecto. Lo que no conseguía entender era que me hubiera despreciado como si nunca me hubiera invitado a un té que estaba exactamente como a mí me gustaba, o como si nunca me hubiera ofrecido una galleta. Eso era una cretinez del máximo grado y yo no quería creer que fuera tan estúpido. Estaba demasiado enamorada como para eso.

Johnny no podía tener ni idea de la maratón nocturna de películas que habíamos compartido Jen y yo. Y tampoco sabía nada de las fugas y los sueños. Y por mal que se hubieran portado otras personas con él, yo no había hecho nada. Al margen de lo que hubiera pensado o de las situaciones que hubiera vivido con mi subconsciente, no había actuado siguiendo sus dictados. Odiaba que me metiera en el mismo saco que a esas admiradoras chifladas que le asaltaban en el Mocha. ¡Eh! Que yo no me había cambiado de casa para estar cerca de él, por el amor de Dios. ¡Éramos vecinos!

Me sonó el estómago. ¿Qué había dicho Johnny? ¿Que las galletas caseras eran mucho mejores? ¿Y acaso no sería un gesto propio de una buena vecina el ofrecerle algunas?

En cuestión de minutos tenía todos los ingredientes para preparar unas galletas desplegados en la isleta de la cocina. En parte, había comprado aquella casa precisamente por la cocina, que los propietarios anteriores habían reformado y modernizado, aunque no con los colores ni la línea de electrodomésticos que yo hubiera elegido. Habían añadido la isleta que servía como espacio de trabajo y como mesa de comedor, ya que no había otra mesa en la cocina.

Tenía todos los ingredientes, sí, incluso un cuenco para mezclarlos y una taza con las medidas. Lo que no tenía era la receta. Ni una buena receta, ni la mejor receta. Tenía algunos fragmentos almacenados en mi agujereado cerebro, pero, en realidad, nunca había horneado yo sola las galletas de chocolate de mi abuela.

Tenía ya el teléfono al oído cuando me di cuenta de que hacía tres días que no hablaba con ella. ¡Tres! No podía recordar ni una sola vez que no hubiera hablado con mi madre durante más de tres días seguidos. Si no la llamaba yo, me llamaba ella a mí y me iba dejando mensajes hasta que le devolvía la llamada.

Contestó antes de que hubiera podido pensar mucho en ello.

—¿Diga?

—Mamá, soy yo, Emm —me sentí obligada a decir, como si mi madre tuviera más de una hija.

—Emmaline, hola, ¿qué tal te va?

No me había preguntado que si me pasaba algo. Aquello me produjo alivio y preocupación al mismo tiempo.

—Necesito la receta de las galletas de chocolate de la abuela.

—¿Estás horneando?

—Sí, bueno… —me eché a reír—. ¿Por qué otra razón podría necesitarla?

—Hace siglos que no hago galletas de chocolate —comentó mi madre.

Dejé de vaciar el paquete de harina en el cuenco metálico que hasta entonces no había utilizado.

—¿De verdad? ¿Y eso por qué?

—Bueno, tu padre y yo estamos intentando comer menos dulces. Nos gusta mantenernos en forma.

—¡Ah!

No me creí nada de lo que me decía. Mi madre ponía a mi padre a dieta un par de veces al año y a menudo prometía estar a punto de ponerse también ella a dieta, pero a los dos les gustaba comer y no hacían ejercicio, un rasgo de la familia que, desgraciadamente, yo había heredado.

—¿Y qué tal lo lleva?

—Ya conoces a tu padre. Dice que está siguiendo la dieta, pero yo sé que come hamburguesas y patatas a escondidas.

–A lo mejor, si le hicieras galletas de vez en cuando, no lo haría –respondí.

Las dos reímos a carcajadas, sabiendo que mi padre no sustituiría las hamburguesas y las patatas por galletas por muy buenas que estuvieran.

–¡La he encontrado! –dijo mi madre en tono triunfal–. Había guardado la receta en ese libro de cocina que me regaló tía Min hace varios años por Navidad.

–¿Cuál? ¿Ese de dulces bajos en calorías?

–Sí.

–Pero mamá, ¿por qué has guardado la receta de las galletas de chocolate en ese libro?

–Porque sabía que ese libro nunca lo consultaría –contestó mi madre como si pensara que era una estupidez tener que preguntarlo.

Las dos nos echamos a reír otra vez y me invadió la nostalgia. Había pasado muchas tardes haciendo galletas con mi madre, o estirando la masa para tartas y pasteles de carne. Mi madre era una excelente cocinera y me había enseñado a cocinar, pero yo rara vez cocinaba para mí sola. Lo echaba de menos. La echaba de menos a ella.

–Emm, no te estarás acatarrando, ¿verdad? O, que Dios no lo quiera, ¿no tendrás gripe? Deberías tomarte esa cosa de la que me habló tu prima. Oscilante o algo así.

Quería decir *oscillium*

–Estoy bien, mamá. ¿Qué es lo que pongo primero?

No siguió insistiendo, algo que volvió a extrañarme. Mi madre nunca dejaba un tema de conversación a medias. Y si sospechaba siquiera que yo podía estar mal, lo machacaba como un cachorro un calcetín.

–¿Tienes todos los ingredientes?

–Sí.

–¿La manteca? –parecía no fiarse–. ¿Huevos?

–Sí, mamá.

–Porque, Emmaline, ya sabes que no se pueden hacer galletas sin huevos.

En una ocasión lo había intentado.

–Nunca me dejarás olvidarlo, ¿verdad?

–Jamás –contestó mi madre.

Percibí su sonrisa. Y también su amor.

Sorbí la nariz, pero poniendo la mano sobre el auricular para que no pudiera oírme. No quería que se preocupara por mí. Pero, al mismo tiempo, tampoco quería que dejara de preocuparse.

Fue guiándome sobre mezclas y medidas al tiempo que me ponía al día sobre los cotilleos de la familia y las anécdotas de nuestros vecinos. Sus vecinos, porque ya no eran los míos. Me dijo que se había encontrado con algunos de mis antiguos compañeros de instituto, con los que no había hablado desde hacía años, dejando de lado algún encuentro casual.

–Pasas más tiempo con mis antiguos amigos que yo –le dije.

Terminé de echar el último pedacito de masa en una bandeja que metí después en un horno vergonzosamente limpio. Lamí la cuchara.

–Te vas a pillar una salmonela –me advirtió mi madre.

–¿Cómo sabías que estaba lamiendo la cuchara?

–Te conozco, Emmaline, soy tu madre. ¡Ay, tengo que colgar! Está a punto de empezar el programa. Adiós, Emm. Te quiero.

Colgó antes de que hubiera podido preguntarle siquiera a qué programa se refería. El hecho de que yo no tuviera la menor idea demostraba lo mucho que habían cambiado las cosas desde que me había ido de casa. Y eso era bueno, me recordé a mí misma mientras colgaba el teléfono y ponía el temporizador del horno. Los pocos meses que pasaron entre el momento en el que tomé la decisión de aceptar un trabajo en Harrisburg e irme a vivir sola y el día que me marché de casa fueron horribles.

La mayoría de las madres y las hijas que conocía habían soportado su buena dosis de discusiones. Las hijas tenían que crecer y separarse de sus madres. Ir a la universidad. Salir de casa. Convertirse en mujeres. Yo me había convertido en una mujer bajo la mirada vigilante y excesivamente protectora de mi madre y me había resultado irritante aun sabiendo que no tenía otra opción. Cuando mi médica había declarado que llevaba más de un año sin sufrir ninguna fuga y, por lo tanto, podía volver a conducir, en vez de disminuir, las preocupaciones de mi madre habían aumentado. Y yo no la culpaba. Comprendía que estuviera nerviosa. Me habían incapacitado por una lesión cerebral para la que no había cura. Solo había tratamiento. Y la posibilidad de cruzar los dedos y rezar para que no volviera a sufrir ningún ataque. Solo había esperanza.

Aun así, vivir en mi casa después de que hubiera aceptado aquel nuevo trabajo y antes de poder instalarme en mi casa nueva había sido insoportable. Mi madre estaba todo el día encima de mí, me regañaba y se preocupaba hasta volverme loca. Habíamos tenido discusiones mucho más duras y largas que las que habíamos soportado durante mi adolescencia. Más de una noche me había ido a la cama furiosa y me había despertado todavía enfadada, y estoy segura de que ella se había sentido igual. Tenía miedo de dejarme marchar y yo tenía miedo de no poder independizarme nunca.

En la nueva etapa de mi vida, viviendo en una casa que había podido comprarme gracias a todos los años que había vivido en casa de mis padres cuando mis amigas estaban pagando alquileres, me entraron ganas de volver a llamar a mi madre y decirle que sentía haber sido tan repelente cada vez que se preocupaba por mí.

Lo que hice en cambio fue lamer la masa de las galletas de la cuchara y arriesgarme a que la salmonela fuera a por mí. Y me supo mejor que nunca porque al estar lamiendo la cuchara estaba desafiando todo lo que mi madre me había enseñado, y porque sabía que no debería estar comiendo masa de galletas cuando los pantalones estaban comenzando a quedarme estrechos. Era una rebelde con una cuchara.

Para cuando terminaron de hacerse las galletas, la cocina olía maravillosamente y yo tenía el estómago un poco revuelto. Bebí un poco de ginger ale y coloqué las galletas en un bonito plato que había comprado en el Ejército de Salvación por solo diez centavos. Tenía un diseño de rosas y el borde dorado y podría haberlo vendido en eBay por el doble de lo que me había costado. Era otro ejemplo de mi teoría sobre las tiendas de segunda mano. Había ido buscando, específicamente, menaje para mi casa nueva y había encontrado toda una caja de platos desparejados, pero complementarios, a diez céntimos la pieza.

Tenía muchos platos. Podía renunciar a él. Por otra parte, era suficientemente bonito como para que cualquiera que lo recibiera lleno de galletas se sintiera obligado a devolvérmelo.

A veces yo también podía ser un poco taimada.

Capítulo 8

—¡Hola…!

Interrumpí el saludo cuando la puerta de la casa de Johnny se abrió y vi que no era él la persona que había al otro lado.

La mujer mayor que abrió me miró durante largo rato con expresión amarga. Cuando por fin abrió del todo la puerta, lo hizo sacudiendo la cabeza.

—Supongo que estás aquí por él.

—Eh… ¿se refiere a Johnny Dellasandro?

—Vive aquí, ¿no? —aquel marcado acento de Pennsylvania sonaba fuera de lugar en la gran ciudad, aunque yo lo había oído muchas veces en casa—. Será mejor que entres.

Crucé el umbral y me limpié las botas con mucho cuidado en el felpudo. No quería volver a mojar aquel bonito suelo con nieve sucia. Alcé la barbilla y el plato. Lo había cubierto con un alegre plástico rojo que había comprado a precio reducido después de Navidad.

La mujer miró el plato y después me miró a mí.

—¿Las has hecho para él?

—Sí, ¿está en casa?

—A Johnny le gustan las galletas de chocolate —sonrió entonces y su rostro de gnomo gruñón se transformó en el de una radiante hada madrina–. Está en el piso de arriba, trabajando en algún cuadro. Sígueme y ahora voy a buscarle.

–Gracias –con el estómago hecho un nudo, la seguí hasta la cocina.

La mujer abrió entonces lo que en mi casa era un armario, pero allí resultó ser un tramo de escaleras, y gritó:

–¡Johnny!

Se oyó el eco, pero nadie contestó. La mujer me miró. Yo continuaba de pie con el plato entre las manos y el abrigo abrochado hasta el último botón. Se encogió de hombros.

–¡Johnny Dellasandro!

No hubo respuesta. Suspiró, se inclinó hacia delante, apoyó la mano en el marco de la puerta y gritó su nombre con tanta fuerza que yo retrocedí un paso.

–Así me oirá –dijo con un asentimiento y una sonrisa. Se sacudió las manos como si acabara de terminar una tarea particularmente difícil–. Cuando está trabajando es como si tuviera los oídos llenos de algodón.

–No quiero molestarle.

Ya solía mirarme suficientemente mal, así que, podía imaginarme su reacción si le interrumpía mientras trabajaba.

Agitó las manos.

–¡Bah! Lleva todo el día trabajando. Necesita descansar. Y también unas galletas de una chica guapa.

–No quiero interrumpirle, eso es todo.

Las dos nos volvimos al oír el retumbar de unos pasos en la escalera. Lo primero que vi fueron sus pies, descalzos. Encogí los dedos de los míos. Después, el dobladillo de un par de vaqueros desteñidos, un dobladillo deshilachado. Y, a continuación, Johnny bajó los últimos escalones y se detuvo en la puerta. Parecía desconcertado.

–¿A qué viene tanto grito?

¡Dios mío, me encantaba su acento!

–Tienes compañía. ¡Por el amor de Dios, Johnny, ponte una chaqueta! –la mujer suspiró, puso los brazos en jarras y sacudió la cabeza.

«Por mí no lo hagas», pensé, intentando no clavar la mirada en su pecho y, al mismo tiempo, sin saber exactamente a dónde mirar, sino a aquellos deliciosos pezones.

Increíble, también tenía unos duros abdominales. Podía no ser joven, pero todavía estaba en forma, en mucha mejor forma, de hecho, que algunos de los hombres con los que yo había estado.

–¡Hola! –le saludé, aliviada al oír que mi voz no sonaba temblorosa o cohibida.

No pude evitar sonrojarme, pero esperaba que atribuyera mi rubor al frío y no a la vergüenza.

Johnny se me quedó mirando fijamente. La mujer desvió la mirada de Johnny hacia mí, miró de nuevo a Johnny y suspiró. Me quitó el plato de galletas y se lo tendió.

–Te ha traído galletas, estúpido. ¡Tú! –me dijo a mí–. Quítate el abrigo y siéntate.

Por su tono era evidente que estaba acostumbrada a que la obedecieran, pero yo esperé a que Johnny terminara de bajar la escalera y entrara a la cocina antes de sentarme. Sin embargo, no me quité el abrigo. Johnny me miró por encima del hombro, abrió otra puerta, que en aquella ocasión resultó ser de un armario, allí tenía una sudadera con capucha que se puso al instante. Lo lamenté, pero también fue un alivio. De esa forma no me distraería tanto.

–Ahora me voy. Tienes la cena en el horno y he recogido la compra. Te he dejado las facturas en el escritorio y el resto del correo en el cesto –dijo la mujer.

–Gracias, señora Espenshade.

La mujer volvió a agitar las manos.

–Para eso me pagas, ¿no? Ahora me voy. Volveré el viernes para ocuparme de la limpieza. No lo olvides.

–Aquí estaré –respondió Johnny, y me miró.

–No me importa que estés aquí o no. De hecho, casi preferiría que estuvieras fuera, así podría trabajar mejor –rio satisfecha y sacudió de nuevo la cabeza. Me palmeó el hombro al pasar delante de mí–. No dejes que se las coma todas.

–Buenas noches, señora Espenshade –gritó Johnny tras ella, pero su única respuesta fue un portazo.

–¡Hola! –volví a decir en el embarazoso silencio que siguió a su salida–. He traído galletas de chocolate. Son caseras.

–¿Por qué?

–Porque son mejores –sonreí.

Él no. Y tampoco le quitó el plástico al plato. Ni se sentó. Permanecía apoyado contra el mostrador con los brazos cruzados a la altura del pecho.

En la cocina hacía demasiado calor para estar con el abrigo puesto y la bufanda anudada al cuello. Sin embargo, no me atrevía a quitármelos. Aunque la señora Espenshade me hubiera dado la bienvenida a la casa, definitivamente, Johnny no lo estaba haciendo.

–Lo que quiero decir es, ¿por qué me has traído galletas?

–Para agradecerte la ayuda que me prestaste el otro día. Porque tenías unas galletas industriales bastante malas y yo sabía que podía ofrecerte unas mejores.

Elevaba la voz ligeramente con cada frase y tuve que controlarme para evitar que mis palabras sonaran demasiado estridentes.

Algo cambió en su mirada, una emoción casi indiscernible cruzó su inexpresivo rostro.

–Muy bien. Las comeré en otro momento.

Me estaba echando otra vez. Y, en aquella ocasión, me sentí incluso peor, porque había ido hasta allí llevándole un regalo. Y porque había pensado que, de alguna manera, aquello haría cambiar nuestra relación. Me levanté.

—Vivo justo al final de la calle —le informé con voz demasiado alta.

Una vez más, se produjo un cambio en la mirada de Johnny.

—¿Sí? Es una calle muy bonita. Hay mucha gente que vive en esta zona.

Tensé los labios.

—Sí, supongo que sí.

El silencio se alargaba entre nosotros, pero no era un silencio sin ruido. Estaba lleno de los latidos de mi corazón y de los sonidos que hacía al respirar. Era un silencio cargado de tensión que vibraba como el punteo de una cuerda de guitarra.

Salí de detrás de la mesa.

—En mi cocina hay una isleta —le expliqué, alzando la barbilla con un gesto que no significaba nada para él, pero que significaba todo para mí—. No hace falta que me acompañes.

—Iré contigo hasta la puerta.

—No tienes por qué hacerlo. Puedo encontrar el camino.

Giré sobre mis talones y comencé a cruzar el pasillo para dirigirme hasta la puerta de la calle.

Johnny caminaba tras de mí con los pies descalzos y llegó al mismo tiempo que yo. A lo mejor porque tenía las piernas más largas que las mías. O quizá, porque, a pesar de lo ofendida que estaba, todavía guardaba alguna esperanza de que Johnny mostrara un mínimo interés en mí. Aunque fuera minúsculo. Pero el darme cuenta de ello me enfadó de tal manera que agarré el pomo de la puerta y tiré de ella sin saber que estaba cerrada. Frustrada por mi gran éxito, dejé escapar un gruñido de enfado y me volví hacia él.

–He dicho que podía encontrar sola el camino.

Mirándome a los ojos, Johnny alargó la mano para abrir la puerta. Parpadeé ante aquella cercanía. Sentí el roce de su aliento en el pelo y el calor de su cuerpo. No estaba tan enfadada como para no experimentar una ligera emoción, aunque me odié a mí misma por ello. Y odiaba, sobre todo, que él pudiera leer el deseo en mi rostro. No me importaba que Johnny estuviera acostumbrado. Yo no lo estaba.

–Ya está.

Se oyó el clic de la puerta. Durante un segundo interminable, Johnny no se movió. Después, retrocedió, permitiéndome moverme libremente.

–Las galletas son buenas –dije con rotundidad–. Lo digo por si sirve de algo, aunque, por lo que veo, no lo parece.

Mi voz sonaba dura y Johnny parpadeó.

–Estoy seguro de que están buenísimas.

–De nada –abrí la puerta.

Me recibió una ráfaga de aire suficientemente gélido como para forzar a mi respiración a convertirse en un jadeo y llenarme los ojos de lágrimas. O a lo mejor no fue el aire frío el culpable. Recuperé la compostura y me obligué a caminar con la cabeza alta. Bajé los escalones de su casa y avancé por la acera, que Johnny se había asegurado de cubrir de sal para derretir el hielo.

Al no oír que la puerta se cerrara tras de mí, me volví para mirar. La silueta de Johnny continuaba recortada contra la puerta, ribeteada de oro por la luz del interior de la casa. Tenía una mano en el marco de la puerta y la otra en la cintura. Tenía que tener frío con los pies descalzos y sin nada debajo de la sudadera, que llevaba casi sin abrochar.

–¿Sabes? Pensaba que no te gustaba hablar con nadie porque eras tímido, o quizá, una persona demasiado recelosa.

Johnny inclinó la cabeza.

–¿Ah, sí?

Puse los brazos en jarras.

–Sí. Supongo que debe de ser muy molesto tener a la gente fastidiándote cuando lo único que te apetece hacer es tomarte un café y comer una magdalena.

–Sí, puede ser realmente molesto –confirmó Johnny lentamente.

Entrecerré los ojos, deseando poder interpretar su expresión.

–¿Pero sabes qué? –añadí.

–¿Qué? –preguntó Johnny.

Y, maldita fuera, parecía realmente divertido.

–No creo que sea porque seas tímido, o porque haya demasiada gente molestándote. Porque, afrontémoslo, la mayor parte de la gente ya no sabe ni siquiera quién eres. O si lo saben, les importa un comino.

Alzó los hombros y los dejó caer. No sabía si porque se había encogido de hombros o porque se estaba riendo. Con su rostro en sombras, era imposible decirlo.

–¿Y tú?

–Yo sé quién eres –confesé.

–Sí –contestó Johnny–, ¿pero a ti te importa?

–Sí, a mí me importa.

–¿Por qué?

No sabía por qué. Era algo más que su trasero, su rostro o su antigua fama. Y no era su faceta de pintor, ni su casa, ni su dinero. Ni siquiera la gabardina o la bufanda larga que me encantaba.

Era el calor del verano y era el sabor de sus labios, que conocía sin poder conocerlo. Era la sensación de su pelo entre mis dedos y de su sexo dentro de mí. Y el sonido de su voz diciendo mi nombre cuando se corría.

Era el olor a naranjas.

Capítulo 9

Conseguí llegar a casa antes de sufrir la fuga. Cuando llegué al porche, los dedos me temblaban mientras metía la llave en la cerradura. No era una persona que rezara a menudo, pero susurré a cualquier entidad superior que quisiera escucharme para que por lo menos me permitiera estar dentro de mi casa antes de sumirme en la oscuridad.

Abrí la puerta.

Y me recibió cualquier cosa, salvo la oscuridad.

Me cegó un sol radiante. Me protegí los ojos con la mano y caminé tambaleante por un suelo resbaladizo por la cera, no por el hielo. Respiré en medio de aquel calor y me asaltó una cacofonía de colores y olores.

El olor a marihuana y a tabaco había hecho desaparecer el olor a naranjas. Oí risas, música y el llanto de un niño. Parpadeé y me froté los ojos.

Había vuelto a cruzar el espejo y en aquella ocasión para entrar directamente en casa de Johnny. La puerta se quedó abierta tras de mí. ¿Había llamado siquiera? Nadie había contestado. Nadie parecía saber que estaba allí.

Cerré los ojos para orientarme, pero solo durante un segundo. Después, me quité el abrigo tan rápidamente como pude, lo colgué en un perchero junto a la bufanda y me ahuequé el pelo. Revisé mi indumentaria, un par de vaqueros de pernera ancha y una blusa.

No era una ropa que pudiera pasar como propia de los veranos de los setenta. Pero llevaba una camiseta debajo. Las voces de la cocina se elevaron y bajaron de nuevo mientras me quitaba la blusa rápidamente. Después, tras pensármelo durante unos segundos, me quité el sujetador y metí ambas prendas en la manga del abrigo.

Me sentía extraña al ir sin sujetador. Los pezones se marcaban bajo la tela de la camisola. Me sentía muy libre, pero era demasiado consciente de mí misma.

Un bebé, no podía decir si era una niña o un niño, llorando y vestido únicamente con un pañal, llegó gateando a toda velocidad. El niño fue seguido por una mujer con una melena negra que le llegaba hasta la cintura. Iba riéndose y llevaba un mono con los pantalones cortos hecho de un tejido de rizo de color amarillo brillante. Los ojos me dolían de solo mirarlo. Agarró al bebé y le hizo cosquillas hasta hacerle gritar de risa mientras yo permanecía donde estaba, avergonzada al sentirme pillada.

—Eh, hola —me saludó la mujer al verme—. ¿Quién eres?

—Emm.

—Yo soy Sandy —se colocó al bebé en la cadera y me tendió una mano flácida para que se la estrechara—. Genial.

No sabía si aquel era un saludo o, simplemente, una observación filosófica.

—Eh… Estoy buscando a Johnny.

—¡Ah, sí, es genial! Está en la cocina, ¿sabes? A no ser que te deba dinero o algo parecido.

Tenía una voz extraña, una voz nasal, y un acento como el de Johnny. Aunque el suyo no tenía tanto encanto.

—Gracias.

No quería empujarla para pasar por delante de ella, sobre todo porque me estaba recorriendo de arriba abajo con la mirada.

–¿Cómo has dicho que te llamabas?

–Emm.

–Emm –Sandy me miró un poco desconcertada–. No nos conocemos, ¿verdad?

–No, creo que no.

Se encogió de hombros y volvió a colocarse el bebé en la cadera. El olor del pañal sucio llegó hasta mí e, inconscientemente, retrocedí. Sandy arrugó la nariz.

–Caramba, lo único que hace esta criatura es comer, dormir y manchar pañales. Supongo que será mejor que vaya a darle un baño.

Sandy pasó por delante de mí y subió las escaleras con la niña balbuceando en sus brazos.

Fui a la cocina con el corazón palpitante y las palmas de las manos sudorosas. Ya estaba sonriendo de anticipación cuando le vi. Estaba sentado en un asiento bajo la ventana, llevándose una botella de cerveza a los labios con un cigarrillo en la mano. Aquel día se había retirado el pelo de la cara con un pañuelo de color rojo.

Estaba tan guapo que hacía daño mirarle.

Se interrumpió en medio de una risa y se levantó de un salto al verme entrar en la cocina. Dejó la cerveza y apagó el cigarrillo en el cuello de la botella. La habitación se quedó en silencio y todo el mundo se volvió para mirarme. Candy también estaba allí, pero en aquella ocasión no cocinaba. Y también estaba Bellina, además de un grupo de gente a la que yo no conocía. Ed me dirigió una mirada intensa y se interrumpió antes de volverse de nuevo hacia la mujer con la que estaba hablando. Fue una reacción extraña, pero yo no le estaba prestando demasiada atención.

–Johnny –pronuncié su nombre casi sin respiración.

–Emm.

Comenzó a caminar hacia mí como si no hubiera nadie más en la cocina.

Su mano encajaba perfectamente contra mi nuca. Cuando me besó, me supo a cerveza y a tabaco, pero no me disgustó, al contrario, me pareció perfecto. Me acarició la lengua con la suya y sentí que se me debilitaban las rodillas. No me importaba que no estuviéramos solos. No me importaba que estuviera masajeándome el trasero, ni que me estrechara contra él.

–Eh… –susurró.

Y también a él pareció faltarle la respiración cuando interrumpió el beso.

Nuestros rostros estaban muy juntos. Caí en las profundidades de sus ojos y nadé en ellos mientras todo parecía detenerse a nuestro alrededor. Johnny sonrió. Yo sonreí también.

–Has vuelto –me dijo–. Pensé que no volvería a verte nunca.

No tenía una buena respuesta para aquel comentario, así que volví a besarle.

–Entonces, ¿te alegras de verme?

–Diablos, sí. La última vez que estuviste aquí te fuiste tan rápido que no pude quedarme siquiera con tu número de teléfono.

–¡Oh! –vacilé un instante. Todo el mundo había vuelto a concentrarse en sus conversaciones y no nos prestaban ninguna atención a nosotros–. En realidad, no tengo teléfono.

Johnny es encogió de hombros.

–Vaya, es genial. El nuestro también nos lo cortaron hace algún tiempo. Paul dice que lo volverá a dar de alta la próxima vez que le paguen por una actuación.

–Si no tienes teléfono –le susurré al oído, aturdida por su cercanía–, ¿cómo pensabas llamarme?

Johnny me hociqueó el cuello.

—Hay una cabina de teléfono al final de la calle.

—¡Ah!

Por supuesto, cabinas de teléfono. Me sentí de pronto un poco mareada y me aferré a él para no perder el equilibrio. Me acordé entonces de un programa de televisión, *Vida en Marte*, sobre un policía que recibía un disparo y se despertaba en los años setenta mientras su cuerpo continuaba en coma.

Yo no estaba en coma… en absoluto. Pero no sabía de cuánto tiempo disponía. Miré por encima de su hombro, pero nadie estaba pendiente de nosotros. Ellos tenían que seguir con sus cosas. Pero yo no les necesitaba. Solo necesitaba a Johnny.

—¿Subimos al piso de arriba? —le pregunté al oído, y le mordisqueé suavemente el lóbulo de la oreja.

—¿Quieres que nos vayamos? Creo que me he coscado.

Me eché a reír. No pude evitarlo. «Coscado» sonaba tan pintoresco, tan propio de las series de los setenta. Y… tan sexy, en realidad, cuando él lo decía, no como si estuviera intentando utilizar aquella jerga para impresionar, sino, sencillamente, porque era así como le salía. Natural. Todo en él era natural.

—Estás tan distinto —le dije en el pasillo, cuando entrelazó los dedos con los míos.

Johnny me dirigió una mirada fugaz.

—¿Tan distinto en qué sentido?

—No importa —no podía explicarle que quería decir que no se parecía a él mismo—. Me gusta.

Una sonrisa iluminó su rostro. Posó la mano en el pilar de la barandilla y giró ligeramente con un pie ya en la escalera.

—¿Dónde has estado, por cierto? Te he buscado por todas partes. No vives por aquí, ¿verdad? ¿Estás otra vez de visita?

–Sí, solo estoy de visita –confirmé.

Nos detuvimos para besarnos al final de la escalera. Enredé los dedos en su pelo y tiré del pañuelo para que cayera la melena sobre sus ojos. Cuando le besé, la melena me cosquilleó el rostro.

–Eres increíble –me alabó Johnny en voz baja y con un tono de ligero desconcierto.

Recordaba dónde estaba su dormitorio, pero me detuve en el marco de la puerta al ver salir a Sandy con el bebé en la cadera. Se detuvo y nos miró a los dos con cara de póker. Después, se encogió de hombros y sostuvo al bebé frente a Johnny para que este la viera.

–Acabo de bañarla y cambiarla. Ahora voy a darle un biberón.

Johnny deslizó el brazo por mi cintura y me retuvo con fuerza contra él, cadera contra cadera.

–Me parece muy bien.

Sandy apretó los labios y sacudió ligeramente la cabeza.

–Bueno, hasta luego.

Una vez dentro del dormitorio, la puerta se cerró y nos dirigimos a la cama, donde le empujé para que cayera sobre el colchón. Rebotó un poco antes de incorporarse apoyándose sobre los codos para mirarme. Me quité la camisola por encima de la cabeza y me exhibí con los senos desnudos delante de él. Bajé la cremallera de los vaqueros, me quité los zapatos y me bajé los vaqueros junto a las bragas de algodón, quedándome completamente desnuda.

Jamás en mi vida me había sentido tan bella como en aquel momento, con Johnny recorriéndome con la mirada. Jamás, pero su mirada tenía ese efecto en mí. Cuando Johnny me miraba de aquella manera, no me importaba que algunas partes de mi cuerpo estuvieran más redondeadas de lo que me gustaría, o que mis senos no tuvieran las proporciones de los que aparecían en las películas pornográficas. Era por la época, pensé, posando mis manos sobre ellos y endureciendo con los pulgares los pezones. En el pasado, a las mujeres les permitían tener tallas normales.

Pero yo tenía algo diferente a las mujeres a las que Johnny estaba acostumbrado. Johnny tenía fija la mirada en mi pubis, que me había afeitado varias noches atrás. No del todo, odiaba parecer una niña. Soy una mujer y las mujeres tienen vello. Pero lo había afeitado convirtiéndolo en poco más que una línea, más por comodidad que por moda, porque faltaban pocos días para que tuviera la regla.

Johnny se pasó la mano por la boca, dejando sus labios brillantes por la saliva. Sentado en el borde de la cama, estaba a la altura perfecta cuando me coloqué entre sus piernas. Posó las manos en mi trasero mientras me miraba con unos ojos ligeramente vidriosos.

Estaba borracho, pensé. Pero no por la cerveza que estaba tomando cuando le había encontrado en la cocina. Estaba borracho de mí.

Deslicé la mano por su pelo, dejando que cayera por el dorso de mi mano. Tensé los dedos sobre su pelo y le hice echar la cabeza hacia atrás.

—Johnny —dije por el mero placer de pronunciar su nombre.

Por el mero hecho de que podía hacerlo.

—Sí, nena —susurró con una voz ronca y cargada de sensualidad.

—Johnny, Johnny, Johnny… —riendo, le incliné la cabeza hacia atrás un poco más.

Él también rio mientras me acariciaba el trasero, la parte baja de la espalda y la parte superior de los muslos.

—Sí, Emm, estoy aquí.

—Yo también.

—Ya lo veo.

Cuando le solté, hundió la cabeza en mis senos y buscó los pezones con la boca. Los succionó con delicadeza y alzó la mirada con una sonrisa cuando jadeé.

–Te gusta, ¿verdad?

–Sí.

Me asaltó entonces un repentino y vívido recuerdo de Johnny diciendo eso mismo en una de sus películas. Sentí que me palpitaba la vagina.

–¿Eso me convierte en una prostituta?

Lo dije con mi acento del centro de Pennsylvania, marcando las erres. No se parecía en nada a su forma de hablar. Johnny dejó de acariciarme para mirarme otra vez, en aquella ocasión con el ceño fruncido.

–¿Una qué?

–Una… prostituta –repetí con voz susurrante y dolorosa y urgente excitación.

–¿Una… prostituta?

Dios. Lo decía de tal forma que me hacía sentirme como si estuvieran explotando en mi interior todos los fuegos artificiales del Cuatro de Julio. Me mordí el labio, pero, aun así, no fui capaz de reprimir un jadeo.

–Dios.

Rio perplejo y, por un momento, sus manos dejaron de deambular sobre mi trasero.

–¿Crees que eres una prostituta?

¡Ahhh!

–¡Dios mío, esto no debería ser tan sexy! –exclamé.

Johnny parpadeó con fuerza, dejó caer la cabeza y se echó a reír.

–Eso te excita, ¿eh?

–Sí. Dilo otra vez.

Dejó de reír cuando me miró. Algo se reflejó en sus ojos. Se humedeció los labios y se los secó con el dorso de la mano. Bajó la voz.

–¿Quieres ser una prostituta para mí?

Yo no quería ser una prostituta para nadie. Yo solo quería oírselo decir. Y quería que me mirara de aquella manera. Tensé la mano sobre su pelo. En aquella ocasión, esbozó una mueca y me agarró con fuerza las caderas.

–¿Es eso? ¿Es eso lo que quieres?

–Eso es lo que me haces sentir.

Johnny resultó ser más fuerte de lo que yo esperaba. En cuestión de segundos, me vi tumbada de espaldas, con las manos por encima de la cabeza mientras Johnny me miraba a los ojos. Presionaba su pierna, enfundada en un vaquero desgastado, lentamente sobre mi sexo desnudo. La aspereza de la tela me hizo estremecerme de placer. O a lo mejor fueron sus ojos, o su boca. O su voz.

–Eso te gusta, ¿eh?

–Sí, me gusta.

Presionó algo más arriba con el muslo.

–¿Te estás calentando para mí?

–Sí –susurré.

Nunca había hablado de aquella manera, pero lo que estaba viviendo, me recordé, no era real. Era una fantasía. Todo era inventado. Todo aquello no era nada más que el producto de unas cuantas neuronas revolucionadas de mi machacado cerebro.

Johnny me soltó las muñecas y se quitó el cinturón. Cambió de postura. Yo arqueé la espalda y alcé las caderas, esperando que me penetrara, pero Johnny me sorprendió. Comenzó a recorrer mi cuerpo con la boca, sobre los montículos de mis senos, sobre mi vientre. Deslizó las manos bajo mi trasero y me alzó hasta su boca. Me acarició el clítoris con la lengua antes de posar los labios sobre él y succionar con suavidad.

Me estremecí y dije su nombre. Johnny no decía nada, continuaba en el asunto de devorarme.

No le había visto hacer aquello en ninguna de sus películas.

Por supuesto, en todas ellas se insinuaban sus habilidades orales. Se mostraban escenas en enfoque suave en las que se veía a mujeres retorciéndose mientras él las lamía. O planos de su cabeza a la altura de la cintura de una mujer seguidos del plano del rostro de sus amantes contorsionándose de placer y todas ellas gritando su nombre. Pero en ninguna de sus películas le había visto realmente lamiendo y succionando entre las piernas de las mujeres con las que se acostaba. No tenía ninguna imagen que evocar.

Aquello era todo mío.

Lo hacía con los ojos cerrados. Y dejaba escapar pequeños gemidos. Eran los ruidos propios de un hombre devorando algo delicioso, una comida que satisfacía por completo su hambre. Continuó ocupándose de mi clítoris mientras hundía un dedo en mi interior. Después dos. Y yo gemí.

—Estás muy caliente —musitó Johnny contra mí.

El placer se arremolinaba en mi vientre. El calor crecía, elevándose sobre mi pecho, mi garganta y mis mejillas. Sentía arder su boca sobre mi sexo. Era una sensación eléctrica. Me movía bajo su boca, incapaz de permanecer quieta.

No fui consciente del momento en el que se quitó los vaqueros, solo de que no los llevaba puestos. Saboreé el gusto de mi propio cuerpo cuando Johnny me miró. Jadeé cuando me penetró, respiré su aliento, haciéndolo mío.

Johnny enterró el rostro contra mi cuello mientras se hundía lentamente en mi interior. Se quedó quieto durante un par de segundos y después se elevó sobre las manos para mirarme a los ojos. Parecía asombrado por lo que estaba sintiendo. Le sonreí y le acerqué a mí para que volviera a besarme.

—Eres increíble —me dijo.

Después, comenzó a moverse. Aquella vez fue muy distinta de la primera, en la que estaba yo arriba y los dos nos movíamos a un ritmo frenético. Aquella vez fue todo más lento. Aquella vez duró una eternidad.

Nunca había sido capaz de llegar al orgasmo en la postura del misionero, al menos sin ayudarme con mi propia mano. Pero la verdad era que nunca había estado con un hombre que se moviera como lo hacía Johnny. Adentro, afuera… y en cada embestida giraba sutilmente las caderas, presionando justo en el lugar indicado. Y me besaba, ¡oh, Dios, cómo me besaba! Eran besos dulces y delicados que se sumaban a aquel placentero asalto. Y yo me entregué a él sin reprimirme en absoluto.

Llegué al orgasmo en una sucesión de lentas sacudidas. Y volví a alcanzarlo cuando Johnny me hizo tumbarme de lado, se tumbó frente a mí y me penetró desde aquel nuevo ángulo. Y disfruté de un tercero cuando giró, se sentó en la cama apoyado contra el cabecero y me sentó en su regazo. Le mordí el hombro, con todo el cuerpo en tensión. El sudor nos unía y el olor del sexo lo envolvía todo.

Se hundió en mí con un gruñido, me acarició la espalda, que tenía empapada en sudor y apartó los mechones que cubrían mi rostro. Suspiró y me sostuvo contra él.

–Johnny… ¡ay! –exclamó Sandy al entrar y vernos allí.

–Dios mío, Sandy –le espetó Johnny, sin molestarse en agarrar la sábana o hacer ningún intento de taparnos, a pesar de que yo me encogía contra él–. Te he dicho muchas veces que llames antes de entrar.

–¡Lo siento! Necesitaba mi bolso. Johnny, eres tú el que deberías cerrar la puerta. ¡Qué asco! –exclamó Sandy malhumorada.

Se dirigió al armario a agarrar un enorme bolso de paja con asas de bambú. Los contenidos tintinearon en su interior mientras se llevaba una mano a la cintura, con el bolso colgando de la muñeca.

—Me voy.

—¿Quién se va a ocupar de la niña? —preguntó Johnny, mirando por encima del hombro.

—He llamado a mi madre para que venga a buscarla —Sandy me miró entonces—. ¿Cómo me has dicho que te llamabas?

—Vete de una maldita vez, Sandy. Por Dios…

Johnny cambió de postura, como si estuviera a punto de apartarme de su regazo para levantarme. Sandy retrocedió con las manos en alto.

—¡Vale! ¡Vale! ¡Tranquilízate, hombre! No pasa nada. No voy a montarte una escena ni nada parecido.

—¡Fuera! —gritó Johnny.

Sandy salió cerrando la puerta tras ella. Yo no me moví. No estaba segura de que pudiera moverme. Johnny alzó la mirada.

—Lo siento —se disculpó—. Es idiota.

Me separé de él entonces, sintiéndome pegajosa y sudorosa. No habíamos utilizado preservativos, pero estaba más maravillada por los detalles que me proporcionaba mi mente que por el hecho de que nos hubiéramos acostado sin ningún tipo de protección. Me tumbé a su lado. No había prestado mucha atención a Sandy anteriormente, mientras Johnny me estaba acariciando. Pero la mirada que me había dirigido en aquel momento había sido de lo más elocuente.

—¿Qué pasa con Sandy?

Johnny alargó la mano para agarrar un paquete de tabaco de la mesilla de noche. Me ofreció un cigarrillo y se encogió de hombros cuando lo rechacé. Encendió el cigarrillo, dio una calada y soltó el humo mientras preguntaba a su vez.

—¿Qué pasa con Sandy?

—¿Tienes algún tipo de relación con ella?

–Es mi antigua chica –se encogió de hombros y se movió para besarme otra vez–. Pero es buena gente, no te preocupes.

–Espera un momento –fruncí el ceño y posé una mano en su pecho para apartarle–. ¿Quieres decir que era tu esposa?

–Sí, bueno. Nos separamos hace algún tiempo, aunque todavía no hemos firmado los papeles. Se pasa de vez en cuando por casa para traerme a la niña.

–Un momento –volví a decir.

Aquello estaba afectando a mi cerebro. En aquella ocasión, acepté el cigarrillo que me ofrecía y le di una calada. Solo había fumado un par de veces en mi vida, pero conseguí no toser.

–¿Así que Sandy es tu esposa y esa era tu hija?

–Sí, Kimmy es mi hija.

–Entonces no creo que os hayáis separado hace mucho tiempo –señalé–. La niña no puede tener más de diez meses.

–Algo así, sí –recuperó el cigarrillo y me miró a través de una nube de humo–. ¿Para ti eso representa algún problema? En realidad, Sandy es muy tolerante con todo lo que hago. Ella también tiene su vida.

No estaba segura de que fuera tan tolerante, ¿pero qué podía decir yo? Me había presentado de pronto y había hecho el amor con él en una casa llena de extraños y en una época en la que ni siquiera había nacido. Me estremecí al pensar en ello. Y en que mis padres ni siquiera se habrían conocido. Yo todavía no existía en un mundo en el que Johnny ya estaba casado y tenía una hija. ¡Una hija que era mayor que yo!

–¡Eh! ¿Estás bien?

Johnny apartó la melena de mi hombro, una melena de la que ya comenzaba a secarse el sudor.

–Sí, estoy bien. Todo es genial.

Ni siquiera podía estar celosa. Solo enfadada con mi propia mente por haberse inventado a una exesposa que no era capaz de ponerse un límite.

–Genial.

Aquello pareció bastarle. Desnudo, Johnny fumó y suspiró, apoyado contra el cabecero. Me miró de soslayo.

–Esta vez no te vas a ir.

Miré a mi alrededor y tomé una bocanada de aire, pero a lo único que olía era al humo de su cigarrillo.

–No, ¿debería marcharme?

Sonrió y me besó.

–Diablos, no. Quédate aquí. Podemos pedirle a Candy que nos prepare algo bueno de comer. Paul vendrá después para trabajar en un proyecto. Deberías quedarte.

Apiñé un puñado de almohadas y me tumbé a su lado.

–¿Qué clase de proyecto?

–Un proyecto artístico. ¿Te gusta el arte, Emm?

–Eh, sí, claro.

En realidad, no estaba mintiendo. Estaba convencida de que me gustaba el arte, aunque no supiera apreciarlo.

Johnny se echó a reír y apagó el cigarrillo en un cenicero que tenía en la mesilla de noche. Me rodeó los hombros con el brazo y me estrechó contra él, haciéndome apoyar la cabeza contra su pecho. Jamás en mi vida había tenido una almohada mejor.

–¿Qué clase de pintura te gusta?

–Eh, bueno, Van Gogh, supongo, Dalí…

Soltó un sonido burlón.

–Así que esos tipos.

Alcé la mirada hacia él.

–¿Y a ti qué clase de pintura te gusta?

Se encogió de hombros.

–Lo sé cuando lo veo. En cualquier caso, Paul no está

haciendo nada de eso. No se dedica a la pintura. Ha conseguido una cámara de cine. Supongo que quiere hacer otra de sus películas o algo así. No sé. Pero le dije que volvería a ayudarle.

Johnny y Paul habían filmado tres o cuatro de aquellas películas domésticas, todas ellas con menos argumento incluso que las películas de miedo que había rodado en el extranjero. Yo solo había visto algunos extractos en Internet, puesto que Jen no las tenía y yo todavía no había conseguido localizarlas en Interflix. Algunas ni siquiera estaban disponibles en DVD.

—Sí, las he visto.

Johnny inclinó la cabeza.

—¿Has participado en alguna de sus películas? ¿Vienes de ese mundo?

—No, no. Lo que quería decir era… No importa lo que quería decir.

—Eres increíble —dijo Johnny otra vez—. Pero no consigo recordar en qué escena apareces.

—No aparezco en ninguna escena.

Me besó y me miró a los ojos como si estuviera intentando adivinar todos mis secretos. Me separé de él.

—¿Y de qué trata esa película, Johnny?

Johnny se encogió de hombros y bostezó.

—¡Y yo que sé! Solo le dije que le ayudaría, ¿sabes? Que le ayudaría a hacer lo que fuera. Él ha conseguido la cámara y el dinero. Hay algún tipo rico detrás de este proyecto y Paul dice que las películas terminarán en todos los cines.

Por lo menos aquello me permitía hacerme una idea de en qué año estábamos. La primera película de Paul era de mil novecientos setenta y seis. Y por lo que podía recordar, todas habían sido rodadas en un período de un año y medio.

Johnny me pasó la mano por el pelo.

—Paul es todo un artista.

—¿Y tú?

—¿Yo? ¡Qué va! —se echó a reír—. No soy capaz de hacer nada que merezca la pena. No sé cantar y ni siquiera soy un buen actor. Supongo que lo único que hago bien es posar para que me fotografíen.

Su acento me hizo reír.

—Eres muy atractivo.

Johnny soltó un sonido burlón.

—El físico no lo es todo, ¿verdad? Pero supongo que de momento me sirve para pagar las facturas. Y es mejor que robar coches.

—No vas a pasarte la vida trabajando como modelo —le aseguré.

Se oía el tic-tac del reloj que había sobre la cómoda mientras el silencio caía sobre nosotros. Johnny me miró fijamente, como si estuviera absorbiendo cada detalle sobre mi rostro. Deslizó la mano bajo mi pelo y la posó en la nunca, pero no me atrajo hacia él.

—No —contestó—. Lo sé. No puedes pasarte la vida trabajando como modelo si no quieres terminar en la calle.

—Tú no vas a terminar en la calle.

—¿Qué eres? ¿Adivina?

—Algo así.

Le tomé la palma de la mano y dibujé sus líneas. No tenía la menor idea de cómo se leían las líneas de la mano, ni las cartas ni nada de eso. Pero conocía su futuro.

—Veo fama y fortuna en tu futuro.

—Eso es bueno.

Johnny se inclinó hacia delante para fijar la mirada en los misterios de su palma, como si así pudiera ver lo que, en realidad, yo no estaba viendo.

—Y amor —la palabra se deslizó de entre mis labios como un suspiro.

Me miró a los ojos.

–¿Sí? ¿Ves amor?

–Sí, veo amor para ti.

Mi voz se había tornado soñadora y espesa. Dibujé otra línea de su mano mientras seguía inventándome su futuro, pero, de alguna manera, sabía que estaba diciendo la absoluta verdad. Miré a Johnny a los ojos y, por un instante, me vi capturada por su mirada, aferrada a aquel lugar y aquella época, al menos de momento, que era, quizá, lo único que podía esperar.

Johnny me estrechó contra él y me dio un largo y tierno beso.

–Me gusta cómo suena eso.

Continuamos besándonos lentamente. Tumbada a su lado en aquella enorme cama, con las almohadas y las sábanas enredadas alrededor de nuestros cuerpos, todo fue adquiriendo el tono mágico de un enfoque suave, como en el que se rodaban sus películas. Su miembro se irguió entre nuestros cuerpos, pero Johnny no parecía tener prisa por hacer el amor otra vez, y a mí me gustó. Fue algo diferente, inesperado, pero me gustó. Era suficiente estar allí con él, como si no tuviéramos otro lugar en el que estar y dispusiéramos de todo el tiempo del mundo.

Lo cual, por supuesto, no era cierto. En primer lugar, comencé a sentir la presión de la vejiga, algo que no me había ocurrido en ninguna de mis fugas. Riendo, intenté zafarme del insistente abrazo de Johnny y fui descalza hasta el baño. Una vez en la puerta, me volví para mirarle y le tiré un beso. Y cuando giré de nuevo para cruzar la puerta, me tambaleé y terminé cayendo de brazos y pies en el vestíbulo de mi casa.

Todavía estaba desnuda.

Capítulo 10

El teléfono sonaba de forma estridente y con insistencia. Temblando con tanta fuerza que me castañeteaban los dientes y con la piel tan de gallina que parecía tatuada en *braille*, me levanté. Inmediatamente comenzó a moverse el suelo bajo mis pies. El estómago también se me revolvió.

Conseguí cruzar el pasillo y dirigirme a la cocina, donde agarré el auricular del teléfono y lo retuve temblorosa contra mi oído.

—¿Diga?

—Hola, cariño, soy mamá. Escucha, me estaba preguntando si tenías ese vestido negro que te pusiste el año pasado en Navidad, porque me gustaría que me lo prestaras.

Tragué la bilis que me subía a la boca. A veces, salía de las fugas con el estómago revuelto o con dolor de cabeza, pero aquella sensación era distinta. Lo que sentía era miedo.

—¿Mamá?

—Lo he buscado en tu armario, pero no lo he encontrado, así que he pensado que a lo mejor te lo habías llevado.

Me apoyé contra la pared y terminé sentada en el suelo de la cocina, con el trasero helado. Encogí las rodillas contra mi pecho, las rodeé con los brazos y hundí el rostro en ellas. Con el teléfono pegado a la oreja, volví a tragar varias veces antes de poder contestar.

–Sí, creo que lo tengo aquí. A lo mejor está en alguna de las cajas que todavía no he abierto.

–¿Te importaría mirarlo?

–¿Ahora?

–Bueno, cuando te venga bien –respondió.

–Claro –mi voz sonaba áspera, rasposa. Me aclaré la garganta–. Lo buscaré en cuanto tenga un momento.

–Estupendo. Y dime, ¿ha pasado algo emocionante en la gran ciudad?

Comenzaba a asentarse mi estómago y el dolor de cabeza a desaparecer. Continuaba aterida, pero no me atrevía a levantarme por si volvía a revolvérseme el estómago otra vez.

–Nada especial. Lo de siempre.

–Bueno, a lo mejor puedes venir a vernos la próxima semana –me propuso mi madre–. Puedes traerme el vestido y después saldremos a cenar. Podríamos ir a ver la última película de Ewan McGregor. He oído decir que enseña el trasero.

Mi risa sonó ligeramente estrangulada, pero era auténtica.

–Enseña el trasero en todas sus películas.

–Tengo que colgar, tu padre me está esperando. Adiós, cariño. Te quiero.

Y así, sin más, me colgó el teléfono. Mi madre nunca colgaba el teléfono sin haberme preguntado antes si algo andaba mal. Sin preocuparse por mí, aunque fuera solo un poco.

Me levanté del suelo y colgué. Subí al piso de arriba y abrí el grifo del agua caliente a la máxima temperatura que podía soportar. A principio, me escoció un poco, pero tenía tanto frío que necesitaba aquel calor. Me froté las manos bajo la ducha y dejé que el agua cayera sobre mi espalda hasta que cesaron los temblores. Permanecí en la ducha hasta que el agua comenzó a estar tibia.

Para cuando salí, estaba suficientemente bien como para envolverme en un albornoz grueso y bajar a la cocina a comer algo. Tostadas, jamón y té. La cena de una enferma. Había desaparecido la sensación de mareo y ya no me dolía nada. De hecho, apenas podía recordar cómo me sentía cuando me había encontrado desnuda en el suelo del vestíbulo de mi casa.

Con el estómago lleno, volví a la entrada. No había ni rastro de mi ropa. Vacilante, abrí la puerta de la calle y miré. Pero si había salido desnuda y había estado corriendo por el barrio, no se me había ocurrido dejar la ropa en el porche de mi casa.

Había salido de casa de Johnny poco después de las ocho. Mi madre me había llamado a las ocho y diecisiete. Teniendo en cuenta que el camino hasta mi casa no podía haberme llevado más de diez minutos, había estado inconsciente durante otros diez. No era tiempo suficiente como para ir muy lejos, y aun así, aunque miré detrás de los arbustos y por todo el porche, lo único que encontré fueron algunas hojas podridas que no habían quedado enterradas en la nieve.

Había cruzado la puerta de mi casa y lo que había sabido después era que estaba desnuda. Permanecí ante la puerta de mi casa, arrastrando el albornoz y mirando a mi alrededor. Tenía mi desaprovechado salón a la derecha y las escaleras a la izquierda. Y el pasillo que conducía a la cocina y al comedor justo a mi espalda. ¿Cuánto tiempo podría tardar en desnudarme, ir a cualquier otro lugar de mi casa y volver después a la puerta de la calle, ¿y por qué iba a hacer una cosa así?

En la universidad tenía un amigo que bebía demasiado. Él nunca se desmayaba, pero perdía la conciencia. Podía estar de pie, sosteniendo contigo una conversación completamente racional y al día siguiente no se acordaba de una sola palabra. Podía pasar del estado de conciencia a la inconsciencia en cuestión de segundos. Era algo parecido a lo que me pasaba a mí con las fugas, excepto que yo a menudo tenía vívidas fantasías durante ellas, sabía que podía reaccionar incluso cuando estaba en medio de una fuga y que duraban un tiempo muy limitado.

Jamás, a menos que pudiera recordar, había sufrido un ataque que durara más de un minuto o dos mientras mantenía la apariencia de conciencia. Y aunque en aquel estado podía ser capaz de contestar preguntas sencillas, de tal manera que la persona con la que estaba hablando no se diera cuenta de lo que me pasaba, cualquier pregunta que exigiera una respuesta más complicada que un «sí», un «no» o un «ajá», revelaba rápidamente la verdad. Desde luego, jamás había salido ni hecho nada durante aquellas fugas que duraban varios minutos. Como mucho, me había sentado o había dado unos cuantos pasos.

Conté los pasos y los minutos que separaban la puerta de la casa del cuarto de estar. De la cocina. De mi dormitorio. Y volví de nuevo a la puerta. La ropa seguía sin aparecer. Y no había nada que pudiera indicar que había estado deambulando por la casa y haciendo alguna trastada.

Salí de nuevo al porche y miré en la acera sin saber si esperaba encontrarme una pila de ropa bajo la farola o prefería no hacerlo. Al único que vi fue a Joe, un tipo que vivía con su mujer a una calle de la mía y al que le gustaba salir a pasear el perro alrededor de la manzana. Me saludó, bolsa de plástico en mano.

Yo me cerré la bata hasta el cuello y le devolví el saludo. El aire gélido estaba acabando con todo el calor de mi casa. Estaba descalza, así que no podía acercarme a él. Tuve que gritar.

—¡Hola!

—Hola, Emma, ¿qué tal estás?

Chuckles, su perro, se detuvo para olfatear el césped de mi casa y levantó la pata contra uno de los destrozados arbustos que con el tiempo tendría que arrancar. No me importó. Incluso cuando su perro defecaba en mi césped, Joe lo recogía.

—Bien, gracias. Eh… ¿has salido antes a la calle?

Joe bajó la mirada hacia el perro y después me miró a mí.

—¿Con Chuckles, quieres decir?

—Sí, ¿has dado la vuelta a la manzana?

—Sí, ahora mismo iba hacia mi casa. ¿Por qué?

—¿Me has visto?

Joe no dijo nada durante unos segundos y sentí que el rostro me ardía a pesar de lo helado del viento.

—¿Debería haberte visto?

Forcé una risa.

—No, no. Solo quería saber si me habías visto fuera de mi casa esta noche.

Joe volvió a vacilar.

—¿Estás bien?

—Sí, sí, claro.

Sacudí la mano, como si estar saludando a prácticamente un desconocido en bata y descalza en medio de un invierno glacial fuera lo más normal del mundo.

—Antes he salido a dar un paseo, eso es todo. Me ha parecido verte y he saludado a un hombre, pero no eras tú.

—¡Ah!

Joe tiró de la correa del perro para evitar que cruzara al jardín de la vecina, a la que le molestaba que salpicara su jardín hasta la más diminuta gota de orina.

—No, no era yo. Hace demasiado frío como para estar fuera mucho rato.

–Sí, bueno, supongo que me he confundido. ¡Lo siento!

–No te preocupes. Buenas noches –Joe se despidió con la mano y continuó avanzando por la acera.

–Buenas noches –me despedí con un hilo de voz, y cerré la puerta.

La cooperativa de crédito y ahorro tenía una generosa política que permitía cambiar días de vacaciones por días de baja por enfermedad, y aunque odiaba dedicar un tiempo que podía haber pasado tumbada en la playa quedándome en la cama, al día siguiente llamé al trabajo para decir que estaba con gripe. Me sentía dolorida y febril, pero, en realidad, no estaba enferma. El problema era que no podía dejar de pensar en lo que había ocurrido la noche anterior.

Incluso en los peores momentos, siempre me había considerado afortunada porque mis fugas no eran dañinas. Podrían haber sido peligrosas en el caso de que perdiera la conciencia mientras iba conduciendo o algo parecido, razón por la cual no había podido tener acceso al carné de conducir durante gran parte de mi vida adulta. Pero, por frecuentes que fueran mis fugas, ninguna prueba había demostrado que tuviera una lesión cerebral. Mis fugas continuaban siendo un misterio para los médicos. Tenía cientos de pruebas e informes, pero ninguna conclusión. Mi cerebro tenía una actividad intermitente, errática, irregular e impredecible que parecía ser controlable con medicación y tratamientos de medicina alternativa, pero nadie había encontrado ningún indicio de que pudiera estar peor.

¿Qué habría cambiado entonces? ¿El estrés de haberme ido a vivir sola habría elevado mi enfermedad a un nuevo nivel? ¿Habría sufrido una trombosis o un infarto cerebral? Me estremecí, acurrucada en la cama y aferrándome a las sábanas. Si me hubiera sucedido algo así, ¿lo sabría? ¿Me dolería?

A lo mejor estaba todavía en medio de una fuga y no conseguía salir nunca de ella.

O a lo mejor estaba exagerando, siguiendo el ejemplo de mi madre. Me obligué a levantarme de la cama y me metí en la ducha, donde volví a abrir el grifo del agua caliente. Después, me preparé una sopa y una tostada, otra vez comida de enferma, aunque no estaba realmente enferma. Cuando terminé, me calenté un plato de los macarrones caseros de mi madre, que tenía en uno de los muchos recipientes del congelador que me había traído de casa. Con el vientre lleno de hidratos de carbono, me sentí mucho mejor.

Sabía que debería llamar a la doctora Gordon para que me hicieran algunas pruebas, pero sabía también que, fueran cuales fueran los resultados, se vería obligada a enviar un informe a las autoridades. Y me quitarían el carné durante otro año. Y, sí, sabía que era una irresponsabilidad por mi parte no decírselo, pero, afortunadamente, tenía transporte público para ir al trabajo y a otros muchos lugares, gracias a San Vitus, el patrón de los epilépticos. Aunque yo no tenía epilepsia. En realidad, no sabía lo que tenía.

Casi nunca estaba en casa a esas horas durante los días de diario, así que me asusté al oír un golpe metálico en la puerta, hasta que me di cuenta de que había sido el buzón. Abrí la puerta y alcancé a la cartera en la acera. Agarré el papel amarillo que acababa de dejarme y la saludé con él, para llamar su atención.

—¡Hola!

Sonrió.

—¡Ah, estás en casa! Has tenido suerte. Tengo un paquete para ti que no cabe en el buzón. Pensaba volver más tarde.

–Pues sí, he tenido suerte.

Le tendí el impreso y me pasó un paquete. Un sobre de tarifa plana con un remitente desconocido.

–Gracias.

Una vez en el interior de mi casa, rasgué el sobre. Cayó un DVD en la palma de mi mano. *La noche de las cien lunas*. El estómago me dio un vuelco, fue como si estuviera en la cumbre de la primera caída en picado de una montaña rusa. Estudié la carátula. Parecía fotocopiada, y no una reproducción muy profesional. Lo abrí. En la parte de atrás, tanto el diseño como el texto estaban descoloridos y doblados. En el interior, encontré un DVD plateado con una pegatina.

¡Bah!

No había prestado demasiada atención antes de comprarla, pero Jen había dicho que era una película verdaderamente rara y difícil de encontrar. No me gustaba la idea de que alguien me hubiera vendido una copia pirata, pero ya era demasiado tarde. Lo único que podía esperar a esas alturas era que pudiera verla en mi reproductor de DVDs.

Debería llamar a Jen. Se lo había prometido. Pero Jen estaba trabajando y yo estaba en casa. Los días de baja debían dedicarse a ver películas en la cama. Con el DVD ardiéndome en la mano, no iba a ser capaz de esperar hasta la noche para ver la película. Además, estaba segura de que querría verla otra vez. Jen no tendría por qué enterarse de que era la segunda vez que la veía. Y, en cualquier caso, seguro que lo entendería. Ella había visto todas las películas de Johnny mucho antes de que yo me enganchara.

Una vez arriba, en mi dormitorio, encendí por fin el reproductor que me habían regalado mis padres la Navidad pasada, un regalo con el que pretendían celebrar el hecho de que me iba de casa y, por lo tanto, necesitaría mi propio equipo. Había terminado llevándome también el DVD de mi casa, porque yo les había comprado un Blue-ray. Desde que me había mudado a mi nueva casa, solo había visto películas en el cuarto de estar, decidida a vivir como una adulta, y no como una fracasada que estuviera viviendo todavía en el sótano de la casa de su sus padres.

Ya no me sentía una fracasada. Me sentía decadente, en realidad. Propietaria de dos reproductores de DVD y dos televisores, quedándome en casa en un día de diario y a punto de tumbarme en la cama a ver una película. Era una situación muy diferente a la del año pasado, cuando todavía tenía que entrar casi a hurtadillas a casa después de la medianoche, como si tuviera una hora de llegar y mi novio no pudiera quedarse a dormir en casa. Bueno, por fin tenía mi propia casa, y no tenía novio, pero pensaba que había salido ganando.

Me serví un helado con doble ración de chocolate fundido y me metí bajo el edredón con el mando a distancia en la mano.

Le di al *play*.

Conocía aquella casa. Conocía la cocina. Conocía a aquellas personas. Candy, Bellina, Ed, incluso Paul. Y Johnny. ¡Sí! Johnny con una camiseta y unos pantalones que deberían haber parecido desfasados y ridículos, pero que se ajustaban tan bien a su trasero que no pude menos que admirarlos.

Estaban sentados a la mesa de la cocina, riendo y hablando, mientras la cámara iba pasando de un rostro a otro. El sonido era malísimo, la música con sonidos metálicos y poco sincronizada. Tampoco había continuidad alguna entre escena y escena. Era como si hubieran rodado la misma escena desde diferentes ángulos y los protagonistas dejaran caer retazos de conversación mientras la cámara se movía. Había un argumento, o algo parecido a un argumento, aunque todos hablaban con frases muy forzadas, que no se parecían en nada a su verdadera conversación.

Paré la película. El helado se derretía en mi lengua. Coloqué el cuenco en la mesilla de noche y subí el volumen. Reconocía a aquella gente porque la había visto en Internet, ¿verdad? Había visto algunas secuencias de aquella película y mi mente había hecho todo lo demás. Así que no podía saber cómo hablaba ninguno de ellos, salvo Johnny, que era mejor actor que cualquiera de los otros y el único que podía sacar adelante la película.

Con la película detenida, pude estudiar la escena con más cuidado. No reconocí el reloj que había en la pared, ni sabía si había tantos armarios. Pero tampoco los había contado. Durante la fuga, no había prestado mucha atención a nada, salvo a Johnny, porque él era lo que mi cerebro quería recrear. El resto era todo…

–Mierda –musité en voz alta–. ¡Mierda, mierda, mierda! ¿Dónde he visto esto? ¿Dónde he podido verlo?

Dejé la película y me levanté de la cama para ir a buscar el ordenador. Busqué la película y encontré la web en la que la había comprado, además de otras páginas de un ínfimo nivel que no había leído tan concienzudamente la vez anterior. Con un ojo en la pantalla de la televisión, fui revisando páginas que tenían una iluminación horrible, textos ilegibles y animaciones que procuré no mirar durante demasiado tiempo. Podrían haberle provocado un ataque a cualquiera que no tuviera una lesión cerebral.

Según una de aquellas páginas, *La noche de las cien lunas* había formado parte esencial de la programación nocturna de las televisiones por cable, había sido particularmente popular en programas como *Después de la medianoche*, el cual recordaba haber visto cada vez que venían mis amigas a dormir a casa, aunque no me acordaba de haber visto ninguna de las películas de Johnny. Paré otra vez la película y la comparé con una de las imágenes que aparecía en la página. Conocía aquella mesa, la cocina, a aquellas personas, pero era lógico. Las había visto antes, en algún momento que no podía recordar.

Solté una bocanada de aire, que no sabía que estaba reteniendo, con sabor a helado de chocolate. Mi cerebro tomaba fragmentos de cualquier cosa que hubiera experimentado antes y tejía con ellos una nueva ficción. Eso era lo que había pasado. Aquella fuga no se diferenciaba en nada de las anteriores. Únicamente, había sido más vívida y realista porque estaba enamorada de Johnny. Quería más, eso era todo.

Aun así, eso no explicaba el que hubiera aparecido desnuda en el vestíbulo de mi casa. Pero no quería pensar en ello en aquel momento. Dejé el ordenador a un lado y me concentré en la película. En ella, Johnny había abandonado la cocina para dirigirse al que debía de ser el jardín trasero y a una piscina que yo no había conocido. Se desnudó e inclinó el rostro hacia el sol.

La cámara le adoraba. Todo el mundo le adoraba. Quienquiera que hubiera grabado a Johnny lo había hecho con la mirada de un amante. La cámara recorría su cuerpo entero y se detenía en todos aquellos rincones que yo quería besar, morder, succionar y lamer de verdad, no solo en mis fantasías. Johnny cruzó la piscina nadando. El agua cristalina no ocultaba sus piernas abriéndose y cerrándose, ni la flexión de los músculos.

Aquella parte de la película parecía la mejor editada. Los diferentes planos y frecuencias fluían. Johnny salió de la piscina con un movimiento lento y se apartó el pelo de la cara.

Yo sentí tal placer que solté un gemido del que me habría avergonzado si no hubiera estado sola.

Pero, al minuto siguiente, fruncí el ceño. Sandy, con

una camiseta diminuta y unas bragas, estaba esperando a Johnny cuando este salió del agua. Se había subido el dobladillo de la camiseta y lo había metido por el cuello, de manera que quedara al descubierto un vientre que, rencorosa de mí, enseguida advertí no era del todo firme y plano. Yo hacía eso mismo con mi camiseta cuando de niña salía a correr en verano, pero nunca lo había hecho siendo una mujer. Me recordé a mí misma que aquella película tenía cerca de treinta años y que ser tan mala con una mujer cuyos pechos debían estar en aquel momento a la altura de su ombligo, solo serviría para que el tiempo terminara vengándose de mí.

–¡Eh, Johnny! –gritó Sandy con aquella voz irritantemente nasal que tenía durante mi fuga.

Dios, era insoportable. De todas las cosas que había tenido que retener mi cerebro, ¿por qué se había quedado con aquella? Por otra parte, pensé mientras Johnny salía de la piscina, no siempre se podía separar lo bueno de lo malo.

–¡Eh! –dijo Johnny.

–Ven aquí, quiero hablar contigo.

Johnny no se movió. Se limitó a mirarla entrecerrando un ojo para protegerse del sol.

–¿Qué quieres?

–Ven aquí.

Alargó la mano para acariciarle el pelo, y aunque yo sabía que era una película, me alegré de que él la apartara.

–Déjame en paz –le pidió Johnny.

Johnny se apartó bruscamente cuando Sandy alargó la mano hacia él, pero cuando se colocó tras él, le envolvió en un abrazo con brazos y piernas y comenzó a acariciarle los pezones, Johnny no intentó escapar.

–He dicho que me dejes.

–No.

Forcejearon un poco, pero Sandy no le soltó y él no se

apartó. Sandy comenzó a bajar la mano, pero Johnny la detuvo dándole una palmada en la mano y reteniéndola contra su vientre. Sonriendo, Jen le mordisqueó el cuello. Él no sonreía. Su rostro parecía grabado en piedra. El agua descendía por su frente y sus pómulos hasta su barbilla en una sucesión de gotas resplandecientes.

—Estar cerca de ti me hace sentirme sexy, Johnny. Me siento muy sexy en este momento.

—Me alegro por ti —él no se movía.

Y tampoco se movió cuando ella le lamió, ni cuando le acarició los pezones. Ni siquiera cuando deslizó la mano más allá de lo que abarcaba la cámara.

—He dicho que no.

Johnny retorció el rostro en una mueca que parecía el eco de mi propia expresión. La empujó, por fin, se acercó desnudo hasta una silla y agarró una toalla.

Yo estaba desesperada por encontrarle un motivo a aquella escena. Saber que Sandy era su esposa, o su exesposa, o lo que fuera, solo servía para empeorar la situación. Estaba celosa. Me eché a reír, aunque mi risa sonó temblorosa y no se pareció en nada a mi risa habitual. Estaba celosa de algo que había pasado en una película rodada antes de que yo naciera.

—Es patético —me reproché a mí misma.

Pero, en el fondo, no me lo parecía. Al verlos juntos, me había sentido como cuando el chico que me gustaba en octavo sacaba a otras chicas a bailar. Quería terminar de ver cuanto antes la película o, por lo menos, aquella escena. Ni siquiera el trasero desnudo de Johnny bastaba para aliviar el dolor que me devoraba las entrañas.

El helado de crema se había derretido y la calefacción se había conectado, haciendo que me molestara hasta el edredón. Y, de pronto, volvió a suceder.

Estaba de nuevo en la oscuridad.

Capítulo 11

—¡Eh!

La voz de Johnny me hizo salir de detrás del seto en el que de pronto me encontré.

—¿Adónde te has ido corriendo esta vez?

Si hubiera abierto la boca, apenas habría podido farfullar algo, así que presioné los labios en una sonrisa que esperaba pareciera sincera. El pelo de Johnny, mojado y peinado hacia atrás, me resultaba familiar, al igual que los vaqueros y la camiseta. Vino hacia mí con una sonrisa.

—Te has perdido a Paul —me dijo—. Acaba de irse. Mañana volverá porque dice que quiere seguir grabando.

Yo no podía hablar. Dejé que me abrazara y me besara. Dejé que me tomara un mechón de pelo y se lo enredara en el dedo. Pero seguía sin poder decir nada.

—¿Qué te pasa? ¿Estás enfadada por algo? No será por lo que ha pasado en la piscina, ¿verdad? Eso no era nada. Solo era para la película.

La película. La piscina. Acababa de ver a Sandy acariciándole de arriba abajo.

—¿Cuando estabas con Sandy?

—Sí, bueno, pero era solo.... Mira, no importa, ella todavía siente algo por mí, pero no tiene ninguna importancia. Es solo una debilidad ¿sabes?

–Sí, lo sé.

Lo sabía, yo también tenía debilidad por Johnny.

–En cualquier caso, es una escena que querían que rodáramos para la película. Ella quería que lo hiciéramos de verdad, pero yo ya les había dicho a Paul y a ella que no pensaba participar en una escena así. Por lo menos con Sandy. Pero tú no estabas por aquí. Ha sido una pena –sonrió–. Podría ayudarte a hacerte famosa.

–¿Cuánto... cuánto tiempo he estado fuera?

Johnny se encogió de hombros.

–¿Un par de horas, quizá? Tengo que decírtelo, Emm. Pensaba que habías desaparecido otra vez, que habías salido huyendo. Pero te has dejado aquí la ropa. ¿Cómo lo has hecho?

Volvió a mirarme frunciendo los labios con una mueca.

–¿Qué llevas puesto? –me preguntó de pronto.

Iba con unos pantalones de pijama con estampado de Batman y una camiseta ajustada. Ropa para cuando estaba enferma y tenía que quedarme en casa. Me había duchado, pero no me había secado el pelo, que caía todavía empapado por mi espalda.

–Bésame –le pedí, en vez de contestar–. Tú bésame.

Y me besó. Fue un beso largo y dulce, el beso que quería y necesitaba. Me besó como yo sabía que podría besarme en la vida real si pudiera convencerle de que al menos lo intentara. Le aparté, consciente de mi aspecto desaliñado y mi expresión desconcertada. Y borracha de amor.

Johnny inclinó la cabeza y me miró con los ojos entrecerrados.

–¿Emm?

El mundo volvía a moverse bajo mis pies. Deslizándose, como decía Paul Simon en su canción, pero la verdad era que dudaba de que alguna vez le hubiera sucedido a él algo parecido. Mierda. ¿Habrían escrito ya esa canción? No lo sabía.

–Bésame, Johnny.

Johnny me besó una y otra vez mientras el mundo giraba tan rápido que tenía la sensación de que iba a salir disparada. Comenzó a acariciarme, deslizó las manos bajo la camiseta y las posó al final sobre mis senos desnudos y me pellizcó los pezones. Nos besábamos en el jardín, entre los arbustos, como un par de amantes que estuvieran intentando evitar que los pillaran.

Podía oler el cloro en su piel, y también una fragancia tropical, aceite bronceador, quizá. Olía las ramas rotas y las hojas que pisábamos en los arbustos. Olía todo aquello y, bajo aquel olor, percibía el desagradable olor de las naranjas llenándome la boca de saliva amarga.

–Tengo que irme –le advertí cuando ya no pude continuar luchando contra ello.

–Pero volverás, ¿verdad? Prométeme que volverás –Johnny me tomó un mechón de pelo y me retuvo con fuerza–. No te dejaré marchar a menos que me lo prometas.

–¡Te lo prometo! –las palabras salieron de mis labios convertidas apenas en un jadeo–. De verdad, volveré.

–Bien –dijo Johnny, y volvió a besarme–. Entonces, ¿volveré a verte?

–Sí –contesté–. Sí, sí, sí, Johnny.

Le solté, aunque él era lo único que me permitía mantenerme en pie. Sonreí y me despedí con la mano. Me volví, crucé el jardín y salí a la acera de la casa.

Parpadeé.

Mi cama. La televisión encendida, la película puesta y mostrando la misma escena. Sentía los pezones tensos y el clítoris palpitante. Caí sobre la almohada con la respiración en la garganta.

Posé las manos en mis senos, pero no sentí ningún calor, porque las caricias eran solo mías. Me imaginé besándole, tocándole. Mi cuerpo había reaccionado a los besos de Johnny y continuaba haciéndolo.

Deslicé la mano por la cintura del pantalón y encontré mi vagina, anhelante, vacía y lubricada. El clítoris latió cuando lo rodeé con el dedo. Alcé las caderas y empujé hacia arriba mientras me acariciaba. Me detuve y alcé la mirada hacia el techo, que debería haber quedado oculto por el rostro de Johnny, que en aquel momento no estaba conmigo. Que nunca estaría conmigo.

—Maldito cerebro. ¡No es justo!

Me humedecí los labios e imaginé el sabor de Johnny. Miré a la pantalla, donde en aquel momento estaba Johnny tumbado boca abajo, desnudo sobre la cama y con los ojos cerrados. Durmiendo. Soñando, a juzgar por su forma de mover los párpados y por el gemido que escapó de sus labios.

Aquel suspiro me llegó muy dentro. Estaba cargado de sensualidad y anhelo. Era un gemido muy parecido al que había salido de mis labios. En la pantalla de la televisión, Johnny estaba dormido, pero yo estaba despierta. Consciente. La mano que acariciaba mi clítoris era real. El orgasmo que iba creciendo dentro de mí, la tensión de los músculos de mi vientre... también aquello era real. La cama debajo de mí, la humedad que empapaba mis dedos mientras me masturbaba... todo aquello era real. Y cuando por fin llegó el orgasmo, también fue real.

Me atreví a salir justo después de las cinco, cuando ya no parecía tan escandaloso estar en la calle cuando se suponía que debería estar acostada en mi casa. El paseo hasta el Mocha fue suficientemente largo para que el aire frío ayudara a bombear la sangre y el ejercicio me hiciera sentirme mejor después de la copiosa comida en la que había buscado consuelo.

Estaba a punto de destrozar todos los beneficios de aquel esfuerzo con una ración de tarta y un café con leche bien azucarado, pero no me importaba. Necesitaba azúcar y cafeína.

–¡Eh! –saludé a Carlos–, ¿es que siempre estás aquí?

–Hay Internet gratis –contestó Carlos encogiéndose de hombros–. Así me ahorro cerca de cincuenta dólares al mes. Más que suficiente para cubrir el precio del café y los donuts.

Carlos volvió a encogerse de hombros y señaló el portátil.

–Cuando venda mi novela, te invitaré a todos los cafés que quieras.

–Trato hecho.

Me quité los guantes y los guardé en el bolsillo de la cazadora, que no era suficientemente gruesa para aquel duro invierno. Pero había perdido el abrigo, junto a mis vaqueros favoritos. Miré alrededor de la cafetería, que estaba prácticamente vacía.

–¿Quién ha venido hoy?

–Tu novio no, si es eso lo que estás preguntando –Carlos me dirigió una sonrisa de suficiencia.

La ignoré.

–¿Y sabes algo de Jen?

–Tampoco la he visto, pero eres tú la que eres su amiga, no yo.

Saqué el teléfono del bolso con un gesto teatral y le envié un mensaje preguntándole a Jen si pensaba pasarse por el Mocha.

–¿Y tú tienes algún amigo?

–Sí, y muy buenos –la sonrisa de Carlos fue más amable en aquella ocasión.

Respondí con una petulante sonrisa de mi propia cosecha y me acerqué al mostrador para pedir un café con chocolate blanco, menta y leche entera y una ración de bizcocho de café. Prácticamente podía oír los botones de mis pantalones gritando a modo de protesta, pero no me importó. En el pasado, la cafeína y el azúcar me habían ayudado con las fugas. Merecía la pena pasarse después unas horas extra en el gimnasio a cambio de aquel capricho.

Agarré el café y el bizcocho para dirigirme a una mesa situada en la parte de atrás y, justo en ese momento, el teléfono me vibró en el bolsillo y recé para agradecer a quienquiera que fuera el santo patrón de los móviles que mi preciado iPhone no estuviera en el bolsillo de los vaqueros cuando había perdido la ropa. Toqué la pantalla con el pulgar para ver el mensaje de Jen. Estaba de camino.

Yo no estaba segura de si iba a contarle lo de *La noche de las cien lunas*. No estaba segura de que pudiera ver otra vez la película. A lo mejor, me limitaba a prestársela.

Bebí el café dulce y caliente y pellizqué un poquito de canela del bizcocho de café. Me dediqué a observar a la gente. El Mocha era un buen lugar para hacerlo, puesto que estaba en el corazón del distrito residencial. La clientela era muy variada, había jóvenes y viejos, modernos haciendo cola detrás de mujeres maduras con los labios pintados y abrigos de leopardo. Vi algunos rostros que me resultaban familiares de las pocas noches que había salido por el centro. Harrisburg es una ciudad, pero muy pequeña, pensara lo que pensara mi madre.

Para cuando llegó Jen con las mejillas sonrojadas, los ojos chispeantes y una sonrisa que no pude menos que devolverle, ya me había terminado el bizcocho y me había bebido medio café. Estaba vibrando después de tanta azúcar, pero no había señal alguna del olor a naranjas. Ni de mundos extraños. Nada giraba ni nada se deslizaba alejándose de mí. Y, por supuesto, no estaba Johnny.

Y yo quería que estuviera. Aunque eso significara volver a olvidar la realidad. La idea me sobresaltó, pero no podía decir que me sorprendiera.

—¿Qué pasa? —me preguntó Jen cuando me levanté para saludarla con un enorme abrazo del que solo era merecedora una buena amiga—. Pareces un poco ida.

—Yo... No, estoy bien, solo un poco cansada. Hoy no he ido a trabajar, me he quedado en casa.

Jen se apartó un poco y esbozó una mueca.

—No estarás con gripe...

—No.

Se inclinó hacia mí.

—¿Problemas en el mundo de la anatomía femenina?

Me eché a reír.

—No, solo estaba cansada y me dolía la cabeza. Creo que ha sido algo psicológico más que otra cosa.

—Pues yo también necesito un día así. He estado todo el día con niños de preescolar, aguantando sus carreras, sus narices sucias y sus pantalones manchados.

—¡Vaya! Y yo que pensaba que las nuevas generaciones estaban en buenas manos.

Jen sacudió la cabeza.

—La cuestión es saber en qué demonios estaba pensando yo cuando decidí trabajar en una guardería. El horario me pareció bueno y me gustan los niños. Adoro a mis sobrinos y, teniendo en cuenta que es más que probable que se me haya secado el vientre antes de que haya conocido a alguien con quien tener mis propios hijos...

—¡Oh! Cierra la boca, ¿quieres? ¿Cuántos años tienes? ¿Veinticinco? ¿Veintiséis?

—A partir de los veinticinco comienza la cuesta abajo, Emm —lo dijo tan seria que pensé que realmente lo pensaba, hasta que se echó a reír.

—¿Y entonces yo qué soy?

Jen hizo un gesto con la mano, restándole importancia.

–Tú estás muy bien.

–¿Bien para ser tan vieja?

–¿Cuántos años tienes? –se quitó el abrigo y lo colgó en el respaldo de la silla, pero no se sentó.

–Voy a cumplir treinta y dos.

–¡Ah! –pensó un momento en ello–. Bueno, supongo que siempre podrás adoptar.

–Zorra –la insulté mientras se dirigía hacia el mostrador para pedir.

Cuando estuvo de vuelta con el café, Jen volvió a mirarme.

–Supongo que sabes que estaba bromeando.

–Sí, lo sé. De todas formas, no pienso tener hijos, así que no pasa nada.

–¿De verdad? –sopló el café para enfriarlo antes de beber un sorbo.

A pesar de su precaución, se quemó la lengua y esbozó una mueca.

–No –nunca le había hablado de mi lesión cerebral y no estaba segura de que aquel fuera el momento para hacerlo–. Pero vamos, tampoco es que ahora tenga que preocuparme por ello.

–Eso nunca se sabe. A lo mejor mañana conoces a tu príncipe azul –contestó Jen.

–Bueno, lo mismo digo. Nunca se sabe lo que puede ocurrir.

Jen miró alrededor del Mocha y frunció el ceño.

–Tienes razón, pero lo que no creo es que vaya a ocurrir aquí.

Ambas nos echamos a reír y alzamos la mirada al oír el tintineo de la campanilla de la puerta. Me quedé helada. La risa de Jen se transformó en un suspiro de felicidad. Nos miramos la una a la otra y desviamos la mirada rápidamente para no echarnos a reír.

El abrigo de Johnny rozó nuestra mesa cuando pasó a nuestro lado y posé los dedos en el lugar que había acariciado. Descubrí a Jen mirándome y me encogí de hombros.

–Estás mucho peor de lo que he estado yo nunca –me advirtió.

–Hoy he recibido la película.

Bajé la voz, consciente de que Johnny estaba a solo unos metros de distancia. Después de lo groseramente que me había echado de su casa cuando había ido a llevarle las galletas, no quería que me oyera hablar de él como la admiradora desesperada que creía que era.

–¿*La noche de las cien lunas*? ¡Bieen! –ella misma se chistó, obligándose a bajar la voz, aunque Johnny no parecía haberla oído–. Genial, ¿cuándo podemos verla? Un momento, seguro que tú ya la has visto, ¿verdad?

–Lo siento –admití–. No he podido evitarlo.

–Chica, no pasa nada –alzó la taza en mi dirección–. Yo la habría visto nada más sacarla del sobre. ¿Qué tal está? Es dificilísima de encontrar, pero se supone que es increíble.

–Es... –la verdad era que apenas podía recordar la película–. Supongo que si fuera una crítica de cine, podría decir muchas cosas buenas de ella. Podría hablar de las innovaciones cinematográficas y esas cosas, o, quizá, del significado existencial y las crisis de los jóvenes en la sociedad moderna.

–Sí, todas esas cosas de las que no tenemos ni idea –respondió Jen solemnemente–. Precisamente por eso somos amigas.

–No, ahora en serio. Se parece mucho a las otras, aunque con más improvisaciones.

Jen bajó la voz y desvió la mirada hacia Johnny, que

acababa de llevarse el café a una mesa situada en el otro extremo de la cafetería.

—Dime por lo menos que sale desnudo.

—Completamente.

—Entonces, merece la pena. Porque si Johnny Dellasandro sale desnudo en una película, la película no puede ser mala.

—Sale también su esposa. Su exesposa.

—¿Cuál?

—¿Es que ha tenido más de una?

—Creo que ha tenido tres o cuatro —contestó, mirándole a hurtadillas.

Johnny tenía que saber que estábamos hablando de él, o que estábamos mirándole. ¿Cómo iba a pasarle por alto? Éramos peores que un par de niñas en las últimas filas de la clase pasándose notas sobre lo bueno que estaba el sustituto.

—¿Cómo es posible que no me haya enterado?

—Porque a lo mejor en Google solo buscas fotografías de Johnny desnudo.

Le tiré una servilleta.

—¡Shh!

Jen rio tapándose la boca con las manos.

—¡Lo siento!

—Pero ahora no está casado, ¿verdad?

—Creo que no.

—¿Y sale con alguien? —pregunté.

Jen arqueó las cejas.

—Mis investigaciones tienen sus límites. Pero no creo. Si sale con alguien, no la ha traído por aquí. Aunque la semana pasada estuvo con aquella chica, y le he visto alguna que otra vez con ella.

—Mierda —estaba desolada y no me molesté en disimularlo.

—Pobrecilla —me consoló Jen con compasión—. Mírate.

Fruncí el ceño y me lamí el dedo para rescatar los últimos restos de azúcar de mi plato.

—Lo sé, es patético, ¿verdad?

—Deberías hablar con él. O, aunque solo sea, saludarle.

Suspiré y me arriesgué a mirarle, aunque Johnny estaba concentrado en un libro cuyo título no podía ver desde donde estaba.

—Ya lo he hecho.

—¿Y?

La miré dispuesta a confesar la verdad.

—El otro día le llevé unas galletas para darle las gracias por todo lo que había hecho por mí el día que resbalé en el hielo.

—¡Te has acostado con él!

Se volvieron varias cabezas hacia nosotras. Afortunadamente, no la de Johnny Dellasandro. Jen bajó la voz hasta convertirla en un siseo.

—¿Te has acostado con Johnny Dellasandro?

—¡No, no! —desmentí mientras mis mejillas se convertían en sendos infiernos—. La verdad es que no quiso saber nada de mí. De hecho, ni siquiera probó las galletas que le llevé. Es un antipático.

—¡No! —se reclinó en la silla con expresión de derrota—. Bueno, siempre ha sido un tipo poco sociable, ¿pero de verdad es tan estúpido? Qué decepción. ¿Le dijiste que querías acostarte con él o algo parecido? Porque, probablemente, yo se lo habría dicho.

—No. Solo le dije que le había hecho unas galletas porque había comentado que le gustaban las galletas caseras.

Jen soltó un bufido burlón.

—¿Y a quién no?

—Aparentemente, a Johnny Dellasandro. Por lo menos, las mías. Y si ni siquiera estuvo dispuesto a comerse una de mis galletas, dudo seriamente que quiera comerme ninguna otra cosa.

Jen estalló en carcajadas y yo la imité, aunque ni siquiera había intentado ser graciosa. Estuvimos riendo a carcajada limpia hasta que el propio Johnny volvió la cabeza para mirarnos. Nuestras miradas se cruzaron, la de él, sombría, y la mía, seguramente, llena de diversión. Podría haber dejado de reír al sentir el peso de su mirada, pero no lo hice. Que se fastidiara, pensé. No iba a fingir que me intimidaba.

–Bueno, ahora tengo que darme prisa. Voy a llevar a mi abuela a la peluquería –Jen suspiró una vez agotadas las risas y se levantó–. ¿Cuándo puedo ir a ver la película?

–¿El jueves te parece bien?

–Por mí, estupendo. ¿Tú quieres volver a verla?

No estaba segura, pero de todas formas, asentí.

–¡Claro!

–Genial. Nos veremos el jueves –se echó a reír sacudiendo la cabeza y susurró–: ¡Galletas! –inmediatamente después, se marchó.

Permanecí sentada durante un par de minutos más, intentando reunir valor para enfrentarme al frío de la calle, que ya estaba a oscuras. Fui al cuarto de baño para retrasar el momento y, cuando salí, Johnny ya se había ido. Aunque no muy lejos, estaba justo en la puerta del Mocha, encendiéndose un cigarrillo.

Me detuve al verle. Estuve a punto de saludarle, pero me lo pensé mejor. Después, volví a pensármelo. Yo saludaba a cualquier desconocido que me encontraba en la calle. Y Johnny no iba a ser menos, ni más.

–¡Hola! –le saludé, intentando parecer natural.

Johnny asintió y soltó una bocanada de humo que el viento se llevó rápidamente. Llegó hasta mí parte del olor, pero por lo menos no era olor a naranjas. Le dirigí otra mirada, obligándome a no lanzarme a sus brazos y ponerme en ridículo. Aunque cuando comenzaron a castañetearme los dientes, era casi imposible no parecer algo que no fuera ridícula.

Teníamos que caminar en la misma dirección. Sin decir una sola palabra, comenzamos a hacerlo los dos al mismo tiempo. Aquellas fueron las tres manzanas más largas de mi vida. Y, probablemente, también las más frías.

Pero no quería que llegara el final.

Para cuando llegué a mi casa, estaba estremecida por el frío. La mandíbula me dolía de la fuerza que hacía para evitar que me castañetearan los dientes. Tenía la nariz helada y no sentía los dedos. Me volví en la puerta de mi casa, pensando que Johnny continuaría caminando sin decir una sola palabra, tal y como había hecho durante todo el camino.

–Deberías haberte puesto otro abrigo –me recomendó.

Me volví para mirarle.

–¿Qué?

Se había acabado ya prácticamente el cigarrillo y me señaló con la colilla.

–Tu abrigo no abriga lo suficiente. Deberías haber traído otro mejor.

–Yo... eh, no encuentro mi otro abrigo –respondí.

Johnny me estudió durante lo que a mí me pareció muy largo rato.

–¿Ah, no?

–No.

–Bueno –dijo Johnny mientras continuaba avanzando por la acera–, deberías conseguir otro

Y aquello fue todo. Le vi dirigirse hacia su casa sin mirar atrás ni una sola vez.

Capítulo 12

Así que no hubo ninguna propuesta matrimonial. Aun así, me fui a la cama con el corazón y la cabeza agitados. Dormí profundamente, sin sueños, y me desperté renovada. Sin olores extraños y sin ningún cambio a mi alrededor. Me sentí mucho mejor de lo que me había sentido desde hacía semanas. La diferencia, en realidad, era tan sutil e imperceptible que no la habría notado si no hubiera estado tan pendiente de hasta la más mínima punzada que sentía.

Después del trabajo, localicé el vestido que quería mi madre y decidí de pronto que iba a llevárselo a su casa. Harrisburg estaba a solo cuarenta y cinco minutos de Annville y tampoco tenía nada mejor que hacer. Ni peor. Y... quería ver a mi madre. Después de todo lo que había pasado, necesitaba sentarme en la vieja mesa de la cocina con un chocolate caliente y dejar que me mimaran un poco.

Pero cuando llegué allí, la casa estaba en silencio y a oscuras. No había ningún coche en el camino de la entrada. Me dirigí a la puerta principal sintiéndome como una invitada, a pesar de que tenía mi propia llave de la casa.

—¿Hola?

No hubo respuesta.

Miré el reloj. Eran poco más de las siete en punto de la

tarde. No podía decirse que fuera tarde, pero, para mis padres, aquella hora equivalía a las dos de la madrugada. Busqué las llaves en el bolso, entré y dejé el bolso en una silla, justo al lado de la puerta, aunque mi madre siempre me regañaba por dejar las cosas en cualquier parte.

Aunque ya no tenía ninguna otra parte en la que dejarlo. Ya no vivía en aquella casa.

–¿Mamá? ¿Papá? –dejé el vestido negro, todavía enfundado en el plástico de la tintorería, en el perchero–. ¿Hola?

El crujido de las ruedas sobre la grava me alertó de que un coche estaba entrando en el camino de acceso a la casa. Un minuto después, se abrió la puerta del garaje, haciendo temblar los platos de cerámica que colgaban de las paredes del comedor. Entré en la cocina justo en el momento en el que mi madre cruzaba la puerta que daba al garaje.

Soltó un grito al verme. Yo también grité.

–¡Emmaline!

–¡Mamá! –comencé a reír–. ¿No has visto mi coche fuera?

–No te esperaba –dijo mi madre, llevándose la mano al corazón. Resopló–. ¡Me has dado un susto de muerte!

–Lo siento –disgustada, me acerqué a ella para darle un abrazo. Mi padre entró en ese momento–. ¡Hola, papá!

Mi padre me saludó con un beso y un abrazo. Pasó por delante de nosotras y se dirigió hacia su dormitorio, como si para él mi visita no representara nada especial. Dios, ¡cuánto quiero a mi padre!

Mi madre me retuvo entre sus brazos y me recorrió de la cabeza a los pies.

–Estás más delgada.

–¡Ojalá! Pero tú sí que has adelgazado –hacía solo un mes que la había visto, pero había perdido mucho peso. Iba con chándal y había dejado caer la bolsa del gimnasio a sus pies cuando me había visto–. ¿Estabais en el gimnasio?

Mi madre miró la bolsa, después su ropa y después a mí.

–Sí, tu padre y yo hemos decidido ponernos en forma.

Mi madre nunca había sido gorda, solo una mujer ligeramente redondeada de caderas y muslos y con mucho pecho. Me resultaba extraño ver sus mejillas tan demacradas. Le había llevado el vestido pensando que habría pocas probabilidades de que le sirviera, pero en aquel momento tenía la sensación de que a lo mejor le quedaba incluso grande.

–Vaya, deberías darme la receta.

Era una muletilla que mi madre siempre utilizaba y la dije en el mismo tono que usaba ella. Mi madre se echó a reír y me abrazó con fuerza. Yo cerré los ojos y la abracé también.

–¡Oh, mi niña! ¡Cuánto te he echado de menos!

–Mamá… –le dije por la fuerza de la costumbre, no porque realmente me importara.

–¿Qué estás haciendo aquí? –me preguntó cuando nos separamos.

–Te he traído el vestido.

–¡Qué bien! –mi madre sonrió radiante–. Déjame darme una ducha rápida y después me lo probaré. ¿Has cenado ya? Pensaba preparar una ensalada para tu padre y para mí, pero también han quedado sobras en la nevera.

–No, de verdad, estoy bien.

Abrí la nevera para sacar leche, pero cuando abrí después el armario para sacar el chocolate en polvo, no lo vi. Y la mesa, comprobé cuando me fijé en ella, también era nueva. Tenía la misma forma y el mismo color que la anterior, pero, definitivamente, era nueva. Volví a guardar la leche en la nevera y me dejé caer pesadamente en una silla.

–Bueno, ¿qué te parece?

Mi madre entró en la cocina casi tímidamente, con el

vestido puesto. Le quedaba perfectamente, solo un poco ancho en el pecho. Giró lentamente.

–Te queda muy bien.

–¿Tú crees?

Tiró suavemente del escote, que era mucho más pronunciado que los que ella normalmente llevaba.

–¿No es demasiado sugerente?

–No, en absoluto. Con el pelo recogido y una gargantilla bonita, te quedará precioso. Aunque tendrás que cambiarte de zapatos –señalé los calcetines gruesos que llevaba y las dos sonreímos.

–Muy bien. Bueno, entonces esto ya está.

Se alisó el vestido sobre el vientre y se volvió para mirar su reflejo en el espejo que colgaba de la puerta por la que se accedía al sótano.

–Así no tengo que comprarme uno nuevo.

–¿Cuándo te lo vas a poner?

Pensaba que me diría que tenía una boda o algo parecido.

Mi madre se mordió el labio durante unos segundos antes de mirarme con los ojos llenos de lágrimas.

–Tu padre va a llevarme a un crucero por nuestro aniversario.

–¿Qué? –la miré con la boca abierta.

–Sí. Y una de las noches hay una cena formal. Este traje me quedará perfecto.

Yo todavía no era capaz de procesar aquella información.

–Un crucero... ¿papá y tú?

–Sí –contestó–. ¡Un crucero por Alaska!

Ni siquiera por el Caribe, que estaba mucho más cerca.

–¡Vaya! Eso es genial, mamá.

–No hemos vuelto a hacer un viaje juntos desde... bueno, desde nuestra luna de miel.

Por mi culpa. Jamás me lo había dicho. Yo conocía a montones de padres que nunca se habían ido de vacaciones sin sus hijos cuando estos eran pequeños, pero mis padres nunca habían podido alejarse de casa cuando ya todos sus amigos habían comenzado a salir durante los fines de semana. Y a disfrutar de cruceros.

Me atraganté de pronto, estaba a punto de empezar a llorar, y no quería que mi madre lo viera.

–Suena divertido. ¿Cuándo os vais?

–No nos iremos hasta el mes de marzo. Por eso nos hemos apuntado a un gimnasio. Marianne Jervis, te acuerdas de ella, ¿verdad? Bueno, el caso es que dice que en los cruceros te atiborras de tal manera que puedes volver con cinco kilos de más. Así que he pensado que debería quitármelos antes de ir –volvió a alisarse el vestido.

–Estoy segura de que lo pasaréis en grande. Y estás guapísima.

Mi madre me miró entonces con atención.

–Emm, ¿estás bien?

No había chocolate en polvo para la leche. La mesa era nueva. Y mi madre, con aquel vestido de noche, estaba mucho más guapa y más joven de lo que yo podía recordar. Aquellos eran los cambios que se habían producido en mi casa desde que me había ido y no quería arruinar su emoción con mis propios temores.

–Siempre me preguntas lo mismo. ¿Y qué te contesto siempre?

–Siempre dices que estás bien –contestó mi madre.

–Entonces es que estoy bien.

–De acuerdo. Ahora déjame ir a cambiarme. ¿Piensas quedarte mucho rato? Puedo calentarte algo para cenar.

–Si no te parece mal, me gustaría sacar algunas cosas del sótano.

Mi madre me miró con cierto recelo.

–Por supuesto que no, cariño. Esta es todavía tu casa. Y siempre lo será.

Me bajé al sótano antes de echarme a llorar. El baqueteado y adorado sofá que había dejado en casa estaba todavía allí. Me hundí en él cubriéndome la boca con las manos para ahogar en ellas hasta el más mínimo gemido que pudiera escapar de mi garganta. Lloraba por razones que ni siquiera yo podía entender. Quería ser independiente. ¿Por qué entonces me sentía de pronto abandonada?

Me obligué a detenerme antes de derrumbarme por completo. Derrumbarme en aquel momento habría sido ridículamente sensiblero, por no decir egoísta. Y estúpido. Y además, deshonesto, porque sabía perfectamente que si le decía a mi madre que había vuelto a tener fugas, me ataría a la silla de la cocina y se negaría a dejarme marchar hasta que no concertara una cita con mi doctora. Y, quizá, ni siquiera entonces.

Yo quería decirle que podía mimarme y cuidarme. Pero no quería decírselo, porque sabía que lo haría. Y las dos cosas no podían ser. Esa carga tenía que asumirla yo, no ella. Tenía casi treinta y dos años y ya iba siendo hora de que me las arreglara sola.

Había dejado muchas cosas en mi casa, entre ellas, unos cuantos cubos de plástico llenos de todo tipo de objetos. Los anuarios del colegio, álbumes de fotografías, muñecas y ese tipo de cosas. Objetos que pensaba que no querría volver a ver nunca y en los que, sin embargo, me había descubierto pensando mientras abría las cajas en mi casa nueva.

Sí, de acuerdo, sabía que era una tontería querer ver a mi muñeca Mandy sentada en la estantería, como había estado durante todos los años que había vivido con mis padres. Había dejado todas esas cosas detrás porque, precisamente, quería tener una casa de adulta. Y, sin embargo, me parecía desnuda sin todos aquellos objetos de mi infancia. Saqué los cubos y los abrí para asegurarme de que cada uno de ellos contenía lo que pensaba. No quería llevarme por error los adornos de Navidad. Todo estaba allí tal y como lo había dejado meses atrás. Y en la parte superior del tercer cubo había...

–¡Eh, mamá! –pregunté mientras subía las escaleras. Mi madre apareció con su atuendo habitual, los vaqueros y la sudadera, y una manopla de cocina en la mano–. ¿Esto lo has guardado tú?

–¿A Georgette? Sí. La encontré detrás del sofá cuando estaba limpiando y me imaginé que la querrías.

Agarré aquella koala de peluche que me cabía justo en la palma de la mano. Había perdido el pelo en algunas zonas y uno de los ojos había sido cuidadosamente pegado después de haberse perdido durante todo un día. Me la había comprado mi abuelo el día que me había caído en el parque. Todavía recordaba el momento en el que me había despertado y había encontrado a mi lado aquel juguete nuevo al que pronto había aprendido a querer más que a ningún otro.

–No puedo creer que la hubiera olvidado –la presioné contra mi corazón.

–Puedes llevártela a casa.

–Sí, es lo que pienso hacer.

La llevé a casa sentada en el asiento del acompañante. Cuando salí del coche, la metí en el bolsillo del abrigo, un abrigo viejo que me había llevado de casa de mis padres, puesto que el otro todavía no lo había encontrado. Después, saqué uno de los cubos del maletero y lo dejé en la puerta de la calle.

Alguien me había dejado un paquete en la puerta. Bueno, era una bolsa de papel marrón. Dejé el cubo y rebusqué las llaves en el bolso. Me había olvidado de cambiar la bombilla de la lámpara del porche, así que el contenido de la bolsa era un misterio. Empujé la puerta, coloqué el cubo encima de la alfombra para no manchar el suelo de nieve y después agarré la bolsa de papel.

Era mi abrigo.

Y algo más que mi abrigo. Estaba también el resto de mi ropa pulcramente doblada. El sujetador, las bragas, la blusa, los calcetines y la camiseta. Y mis vaqueros favoritos. Las únicas que habían desaparecido eran mis botas. Busqué en la bolsa alguna nota, pero no encontré nada.

–Mierda –susurré–. ¡Mierda, mierda, mierda!

La ropa olía a cedro cuando comencé a sacarla. De los pliegues de la blusa salió un pedacito de papel. Cayó revoloteando al suelo, meciéndose en la corriente de aire que entraba a través de la puerta, todavía abierta. La cerré antes de agacharme a recoger el papel. Era un recibo de la tintorería, bastante ajado y amarillento. Parecía antiguo. En el recibo figuraba un nombre.

–¡Mierda, mierda mierda!

Aquella vez lo dije en voz alta y con los ojos cerrados. Esperaba descubrir al abrirlos que todo habían sido imaginaciones mías.

–¡Mierda!

El nombre del recibo era el de Johnny. Gemí mientras lo arrugaba, después, me lo pensé mejor, lo alisé en la palma de la mano y me lo guardé en el bolsillo.

Justo en ese momento sonó mi teléfono móvil. Era Jen.

–¡Hola!

–¡Eh, hola! –me dijo–. Escucha, ¿te importaría que dejáramos para otro día la cita de esta noche? Me siento fatal, pero, bueno, es que tengo una verdadera cita. No es que la tuya no lo fuera, claro –añadió precipitadamente.

Me eché a reír.

–Claro que no me importa. ¿Con quién has quedado?

–Con un chico que se llama Jared. Y no te lo pierdas, es director de una funeraria.

–¡Vaya! Por lo menos tiene trabajo, que es más de lo que puedo decir del estúpido de mi exnovio.

Se echó a reír.

–Sí. El caso es que se supone que teníamos que salir el viernes por la noche, pero a veces le llaman a las horas más extrañas y me ha preguntado que si no me importaría que quedáramos el jueves.

–¿Cómo has conocido a ese tipo?

Metí de nuevo las prendas de ropa en la bolsa de papel, alegrándome de haberlas recuperado, pero sin estar preparada todavía para enfrentarme a lo que aquella devolución podía significar.

–Nunca te he oído hablar de él.

–Casi me da vergüenza decírtelo.

–Pero chica, ¿a ti cuándo te ha dado algo vergüenza?

–Le conocí en un entierro. Hettie, la hermana de mi abuela, murió hace un par de meses. Jared se encargó de organizarlo todo.

–¿Te pidió una cita en el funeral de tu tía abuela? Increíble.

No podía llevar el cubo de plástico y hablar por teléfono al mismo tiempo, así que fui a la cocina a conectar el hervidor de agua caliente, con Georgette en la otra mano. Dejé el peluche en la mesa.

–No, no me lo pidió entonces. Me puse en contacto con él a través de Connex. La página de la funeraria tiene una sección de admiradores.

–¿Qué? –aquello me dejó muerta, y no iba con segundas–. Estás de broma.

–Claro que no. En realidad, no es tan terrible como crees. Es más una página informativa, aunque reconozco que es un poco raro ser seguidora de la página de una funeraria. Pero empezamos a hablar de esa forma y después él me pidió salir.

–A lo mejor tengo que conectarme a Connex más a menudo.

No pensaba hacerlo. Para mí, Connex era una auténtica pérdida de tiempo incluso para alguien con una vida social tan limitada como la mía.

–Es monísimo, Emm, y muy divertido.

–Me alegro mucho por ti. Que te diviertas el jueves. Y no te preocupes, de verdad, ya te dije que la película no era tan buena.

–¡Cualquier película de Johnny tiene que ser buena! –contestó, pero sin la convicción con la que solía decirlo antes.

Jared debía de ser realmente encantador, pensé, pero no la envidiaba.

–¿Estás segura de que no te importa? Se supone que las amigas son más importantes que los chicos y todo esto.

–No, claro que no. Por lo menos una de nosotras se está poniendo en acción.

–Es solo una cita –me recordó Jen, pero se adivinaba la emoción en su voz.

–Que te diviertas –volví a decirle–. Espero un informe completo para el viernes.

–Lo tendrás.

Colgamos justo en el momento en el que la tetera comenzaba a silbar. Eché el agua caliente sobre el té y fui a sacar los otros cubos de plástico del coche mientras se iba haciendo. Pasó un coche por la calle y paró delante de la casa de Johnny. Yo intenté concentrarme en ordenar el maletero mientras miraba de reojo para ver quién salía del coche.

El primero fue Johnny, por supuesto. Pero también bajó la mujer a la que había visto con él en la cafetería. Johnny esperó para ayudarla a cruzar la acera helada posando solícito la mano en su codo. Surgieron en mi interior unos celos irracionales e inútiles. Cerré el maletero con tanta fuerza que el sonido metálico se oyó claramente en toda la calle. Los dos se volvieron. Yo fingí estar ocupada con mi equipaje.

Johnny no se lo merecía. Mis fragmentadas fantasías no me daban ningún derecho a sentir absolutamente nada acerca de lo que Johnny hiciera con su vida. En realidad, no éramos amantes. ¡Diablos! Si ni siquiera éramos amigos...

Aun así, fui soltando toda una ristra de maldiciones mientras iba sacando las cosas que me había llevado de casa de mis padres y las iba colocando por toda la casa. Los libros de la colección *Little Golden Books* en una estantería y un dibujo enmarcado que había hecho de niña en la pared del cuarto de estar. Me detuve para observarlo. No estaba del todo mal. Probablemente, esa fue la razón por la que mi madre lo enmarcó. Era más artístico de lo que pensaba.

Lo había firmado con mis iniciales en la esquina derecha: E.M.M., Emmaline Marie Moser. Sonreí como hacía siempre que veía mi nombre escrito de ese modo. Tenía unos padres inteligentes.

Había dibujado una casa con una mujer y un hombre delante. La mujer era una princesa, o una novia, o a lo mejor las dos cosas. Era difícil decidirlo. Por el vestido rosa abullonado, el velo y las flores, podía ser las dos cosas. Le daba la mano al hombre que tenía a su lado y sus sonrisas, hechas con una sola línea curva, iban de oreja a oreja. Él parecía más un príncipe que un novio, puesto que no llevaba traje, sino un abrigo largo y negro con una bufanda de rayas.

Volví a mirar de cerca. Un abrigo negro y una bufanda

larga de rayas. El estómago me dio un vuelco. Alargué la mano hacia la fotografía, hacia el cristal polvoriento y el marco de madera con las esquinas ligeramente despegadas.

Aquella era mi casa. La casa a la que me había mudado. Alta, estrecha, con tres ventanas a un lado de la puerta de la calle y otra en el otro lado. Sí, por supuesto, podía ser cualquier casa, pero era igual que la mía.

Y entonces lo vi: *TARDIS*. Las iniciales de la nave de ficción en la que el Doctor Who viajaba en su serie a través del espacio y el tiempo.

–Hola, Doctor –volví a acariciar la figura otra vez.

Misterio resuelto. Yo había sido una seguidora enloquecida del Doctor Who cuando era niña. Sin pretender faltar al respeto a los que habían llegado después, Tom Baker sería siempre mi doctor.

Así que aquel era el Doctor, no Johnny.

–Qué loca –dije con cariño a la niña de ocho años que en otro tiempo había sido.

Y volví a colgar el dibujo.

Todavía quedaba por resolver la cuestión de la ropa y me estuvo carcomiendo durante todo el tiempo que estuve en el trabajo. Incapaz de hacer otra cosa, conjuré los peores escenarios. Por lo menos no había hecho nada ilegal. O si lo había hecho, no me habían pillado. No había terminado apareciendo en los informativos de la noche ni, al menos que yo supiera, en YouTube. Ni en YouPorn, gracias a Dios.

Aunque si hubiera pasado algo así, por lo menos habría terminado enterándome de lo que había hecho.

No iba a quedar otro remedio. Tendría que hablar con Johnny sobre ello. Él me había devuelto la ropa, no podía fingir que no había ocurrido nada. Fuera lo que fuera.

¡Qué asco de vida!

En aquella ocasión, no me presenté en su casa con un plato de galletas. No sabía si una oferta de paz sería apropiada en esa ocasión y no quería entrometerme en su vida más de lo que, aparentemente, lo había hecho hasta entonces. Así que decidí ir a la galería.

La galería Tin Angel ocupaba la mayor parte de una antigua mansión que había sido convertida en un edificio de oficinas. No estaba vacía cuando entré, algo que me pareció sorprendente para tratarse de un jueves por la noche. Por supuesto, no tenía por qué haber dado por sentado que porque a mí no me interesara el arte no podía interesar a los demás. Había parejas paseando por las salas con copas de vino y platos llenos de queso y uvas y haciendo comentarios sobre los cuadros que colgaban de las paredes y las esculturas exhibidas sobre pedestales. Se oía una suave música de fondo.

Genial. Me había presentado en medio de una fiesta. Pero lo que al principio me pareció una especie de recepción especial resultó ser una actividad de todos los jueves. Lo deduje al oír comentar a una pareja que había estado allí la semana anterior buscando un regalo para la fiesta de inauguración de la casa de una amiga. Al parecer, aquella semana habían ido a buscar un regalo de boda.

Me tomé mi tiempo y estuve paseando por las salas. Los suelos de madera resplandecían y aunque ninguna de las paredes era del todo recta, el color blanco con el que estaban pintadas y las cortinas transparentes de las ventanas disimulaba el efecto. Había lucecitas de colores en árboles plantados en macetas y colgando de las habitaciones con suelos más altos.

—Este lugar es maravilloso —le comenté a una pareja que parecía recién salida de las páginas de una revista de moda.

Me alegré de haber ido directamente desde el trabajo. Por lo menos iba con falda y tacones en vez de con vaqueros y botas.

–Es increíble lo que Johnny ha hecho con este lugar, ¿verdad? –dijo la mujer–. Mira esas piezas. Resulta difícil creer que se pueda encontrar en Harrisburg una cosa así. ¿Quién iba a imaginar que había tanto talento local?

–Es en lo que está más centrado, ¿verdad? –creía recordar que Jen había comentado algo parecido.

–Sí, y en su propio trabajo, por supuesto. Conoces la obra de Johnny, supongo.

El hombre que estaba con ella se alejó, seguramente para volver a llenar el plato de queso. La mujer alzó la copa de vino señalando en mi dirección.

–Por supuesto.

Para ser sincera, en todas mis búsquedas, la única parte de la vida de Johnny a la que no había prestado atención había sido su obra artística. Conocía parte de la historia de su vida, pero poco más.

–Tenemos mucha suerte al contar con un artista de su calibre. Y el apoyo que está prestando a los artistas locales es increíble –estaba un poco borracha. Se apoyó en mí–. Y cómo está él, ¿eh?

Me aparté disgustada.

–Sí. ¿Sabe si está aquí?

–Johnny siempre está aquí los jueves. Esta es su casa –añadió, como si yo fuera una maldita ignorante.

Y a lo mejor era una ignorante, pero no iba a ser una cobarde. Le di las gracias y continué yendo de sala en sala hasta que le vi. Estaba al fondo de la última sala, hablando con un grupo de hombres que, asumí, eran artistas, a juzgar por su ecléctica indumentaria.

Johnny sonreía, se reía incluso, y, ¡Dios mío, qué guapo estaba! El deseo se encendió como un fuego en mis entrañas, fiero y repentino, pero agradecí el dolor que me producía como un dolor merecido. Permanecí durante unos segundos en la puerta, viéndole interactuar con el grupo que le rodeaba, y volví a sentir el aguijón de los celos. En aquella ocasión, no tenían un carácter sexual. Si Johnny estaba coqueteando con alguien, era suficientemente sutil como para que yo no lo viera. Pero parecía como si de verdad le gustara estar con las personas que le rodeaban, y yo quería ser una de ellas.

Alzó la mirada. Me vio. No desapareció su sonrisa, y tampoco dejó de reír. No me saludó, pero por su expresión tampoco se deducía que quisiera que me marchara. En realidad, parecía como si hubiera estado esperándome durante todo ese tiempo.

Me entretuve contemplando las obras expuestas en la sala mientras sus admiradores iban presentándole sus respetos y yéndose uno a uno, hasta que, al final, solo quedamos él y yo en la sala. Le sentí detrás de mí y continué mirando el cuadro que tenía ante mis ojos mientras intentaba reunir el valor que necesitaba para decir algo.

Johnny no esperó tanto.

—¿Te gusta?

Le miré por el rabillo del ojo, pero todavía no me atrevía a mirarle abiertamente.

—Es bonito.

—¿Bonito? Al infierno, bonito. El arte no es bonito. El arte se supone que tiene que conmoverte.

Le miré.

—Lo siento, no sé gran cosa de arte.

Johnny se echó a reír, pero no fue una risa cruel.

—¿Qué es saber sobre arte? ¿Crees que necesitas una boina parisina o un diploma para saber sobre arte? ¡Qué va! No se necesita nada de eso. Lo único que tienes que hacer es sentirlo.

–Bueno –respondí– supongo que este cuadro no me hace sentir mucho.

–A mí tampoco –confesó Johnny–. Está expuesto porque necesito dinero para pagar el colegio de los niños y hay gente a la que le gusta ese tipo de cosas.

Me eché a reír y me volví para mirarle.

–¿De verdad?

–De verdad.

Ambos nos quedamos mirando el cuadro durante unos segundos más.

–Quería darte las gracias por la ropa –dije por fin.

Johnny permaneció en silencio. La música sonaba más suave en aquella sala que en las otras. Podía oír el zumbido de las conversaciones de la sala de al lado y el repiquetear de los tacones en el suelo de madera. Pero nosotros estábamos solos.

–Ya te lo dije, hace frío y necesitabas un buen abrigo.

–Johnny....

Sus ojos relampaguearon, pero imaginé que no esperaría que le llamara señor Dellasandro.

–No ha sido nada. No le des más importancia.

–¿De dónde sacaste esa ropa?

Avancé dos pasos hacia él. No quería que nadie pudiera oír su respuesta. Quería estar cerca de él.

–Te la dejaste en mi casa –contestó Johnny.

Se me retorcieron las entrañas y tragué una bocanada de bilis.

–¡Oh, mierda! ¿Qué ocurrió? ¿Qué hice? Quiero decir... esto es muy embarazoso para mí. Esto es...

Antes de que me diera cuenta de lo que estaba pasando, me agarró del codo y me condujo a través de una puerta a un despacho diminuto. Allí me hizo sentarme en una silla de respaldo duro, me colocó la cabeza en el regazo y me tendió un vaso de papel con agua del dispensador de agua fría.

–Respira –me ordenó–. Y, por Dios, si vas a vomitar, vomita en la papelera.

No iba a vomitar, pero el mundo había comenzado a girar a una velocidad alarmante. No como si fuera a sufrir una de mis fugas, en las que siempre me deslizaba lentamente. Aquello era más como si hubiera pasado demasiado tiempo dando vueltas en un tiovivo. Bebí el agua y tomé aire.

–Estás blanca como el papel. Bebe un poco más.

Obedecí.

–Lo siento, pero tengo que saberlo.

–¿No te acuerdas?

La preocupación acentuaba su acento de Nueva York.

Negué con la cabeza.

–No.

Se frotó la cara y se agarró el puente de la nariz. Se sentó en el borde del escritorio. Le tenía tan cerca que podría haberle tocado la rodilla, pero no lo hice.

–¿Qué... pasa?

Últimamente había pasado tanto tiempo con los sentimientos en carne viva que no me di cuenta de que estaba a punto de llorar hasta que las lágrimas comenzaron a brotar de mis ojos.

–Por favor, Johnny, por favor, dime que no hice nada malo.

–Eh, eh, no llores.

Su abrazo me resultó tan cálido y familiar como cada uno de sus gestos, aunque yo sabía que era mi mente la que estaba llenando todos los espacios que tenía en blanco. No me importó. Por vergonzoso que fuera, me aproveché de su compasión y me presioné contra él, posando la mejilla contra su camisa. Oí los latidos de su corazón y eso me ayudó a tranquilizarme.

Johnny continuó acariciándome la espalda y el pelo.

–Shh, no hiciste nada malo, de verdad.

Me estremecí aliviada contra él y cerré los ojos.

–Hiciera lo que hiciera, lo siento mucho.

Johnny no decía nada, se limitaba a abrazarme. Los latidos de su corazón se aceleraron. Comenzó a acariciarme la espalda con las yemas de los dedos, y también mi corazón comenzó a bombear más rápido.

Tomé aire. Mis fugas no eran ningún secreto, sencillamente, eran algo que no contaba nunca a la primera. Todavía no se lo había contado a Jen, y eso que se había convertido en la mejor amiga que tenía. Pero tenía que decírselo a Johnny, tenía que explicárselo, aunque sabía que eso le haría mirarme con una compasión que no iba a ser capaz de soportar.

–Cuando tenía seis años me caí en el parque y me di un golpe en la cabeza tan fuerte que perdí la conciencia. Estuve una semana en coma.

Dejó de mover la mano. No la apartó, pero sentí todos los músculos de su cuerpo en tensión. Se le había vuelto a acelerar el corazón, pero no dijo nada.

–Sufrí un daño cerebral que no han conseguido diagnosticar, pero, afortunadamente, no perdí ninguna de mis capacidades motoras. Pero me quedó una tendencia a.... perder la conciencia. Tengo como una especie de ataques epilépticos. Normalmente solo duran unos segundos, pero pueden durar varios minutos también.

–Fugas –dijo Johnny.

Me separé de él sobresaltada.

–¿Qué?

–Se llaman fugas –me repitió.

–Sí, ¿cómo lo sabes?

–Yo sé muchas cosas –respondió Johnny.

Me aparté un poco más, pero él continuaba abrazándome y, por supuesto, yo no iba a renunciar a sus caricias. Mi vientre presionaba la hebilla de su cinturón de una manera que hacía que se me debilitaran las rodillas.

—Yo las llamo fugas, sí, aunque médicamente hayan recibido todo tipo de diagnósticos, desde crisis de ausencia hasta ataques epilépticos. Había dejado de sufrirlas hasta hace varias semanas. Pero han vuelto. Aquella noche, en tu casa, tuve una.

—Estabas muy pálida —recordó Johnny—. Tenías el rostro completamente blanco.

—¡Ay, Dios mío! ¡Qué vergüenza! ¿Y qué otras cosas hice? ¿Cómo pude terminar...?

—No te preocupes por eso —Johnny me interrumpió. Sus ojos brillaban de una forma especial—. Ya te he dicho que no hiciste nada malo, ¿verdad? Además, no podías hacer nada para evitarlo.

Lo último que quería era que Johnny me mirara como si fuera una especie de monstruo. Como si fuera una persona anormal, una discapacitada.

—No, pero...

—No te preocupes por eso. Está todo olvidado.

No me dejaba marchar. Su mirada ardía en la mía. Yo creía conocer la intensidad de su mirada, pero verla en la pantalla no podía compararse con el hecho de convertirse en el objeto de aquella mirada en la vida real. Tanto él como yo, comprendí, estábamos respirando cada vez más rápido. Vientre contra vientre, con sus brazos a mi alrededor, lo único que tuve que hacer fue ponerme de puntillas para alcanzarle.

Le besé. Rocé apenas sus labios. No era suficientemente atrevida como para intentar nada más, pero cuando Johnny abrió la boca bajo la mía y me estrechó con fuerza contra él, jadeé contra sus labios. Nuestras lenguas se encontraron, se deslizaron la una sobre la otra y la tierra giró, pero me aferré a él y conseguí no caer.

Por lo menos, eso fue lo que pensé. Al segundo siguiente estaba a medio metro de Johnny, con la boca todavía húmeda por su beso y el corazón latiéndome tan rápido que me atronaba en los oídos. No había espacio en aquella habitación para que se apartara más de mí, pero Johnny se apoyó contra el escritorio manteniéndome a un brazo de distancia.

Yo gemí cuando me soltó.

Fue un sonido estúpido, descarnado y vergonzoso, ¿pero por qué tenía que ser más humillante que todo lo demás? Aun así, me tapé la boca con las manos. Abrí los ojos lo suficiente como para poder ver el condenado mundo real.

Johnny se estremeció y se apartó de mí.

–Vete, sal ahora mismo de aquí.

–Pero...

–Emm –me interrumpió Johnny, obligándome a callar–. He dicho que te vayas.

Y lo hice. Retrocedí tambaleante y crucé la puerta, obedeciendo en silencio hasta que me la cerró en pleno rostro. Temblando, con las rodillas débiles, el sabor de Johnny todavía en la lengua, y el corazón palpitándome a toda velocidad, pensé que de verdad iba a desmayarme. Giré sobre mis talones y sonreí.

Johnny recordaba mi nombre.

Capítulo 13

La euforia duró alrededor de treinta y siete segundos, justo el tiempo que necesité para recordar que le había besado y él había rechazado mi beso. Afortunadamente, nadie me vio salir de su despacho, así que no tuve que cruzarme con nadie con la palabra «rechazo» estampada en el rostro. Dejé la galería sin detenerme a ver el resto de las obras de arte.

Johnny no fue al Mocha el lunes.

Ni el martes.

Ni el miércoles.

Para cuando llegó el jueves, ya me había convencido a mí misma de que le había espantado para siempre, aunque no me atrevía a decírselo a Jen. Tampoco le había contado lo del beso y no estaba segura de si era porque me preocupaba que sintiera que estaba intentando quitarle algo que ella había visto antes que yo o porque no quería admitir que Johnny me había rechazado. Aun así, ella adivinó que algo andaba mal. Las buenas amigas eran capaces de adivinar ese tipo de cosas.

–Vamos, suéltalo –me dijo por encima de un par de sándwiches que no eran tan buenos como la selección de dulces horneados que ofrecían en la cafetería por las mañanas–, ¿qué te pasa?

–¿Por qué tiene que pasarme nada? –levanté el croissant ligeramente pastoso y saqué una hojita de lechuga ice-
berg–. Mira esto, ¡qué vergüenza! Este sándwich está pi-
diendo a gritos unas hojas de achicoria.

–Mm –Jen había quitado ya la corteza de lo que en el
Mocha llamaban «Sándwich de mantequilla de cacahuete y
mermelada para adultos». Todavía no habíamos conseguido averiguar qué significaba eso.

Suspiré.

–Tengo algo que decirte y no quiero que se interponga
entre nosotras.

–Pero chica –Jen suspiró–, ¿qué demonios es?

–Bueno...

Esperó. Lo intenté, pero era demasiado difícil confesar-
lo. No era fácil contar algo así a mi mejor amiga.

De pronto, posó la mano sobre la mía.

–¿De verdad es algo tan terrible? Puedes contármelo,
Emm. Sinceramente. ¿Estás enferma o algo así?

Volví la mano para estrechársela. Quería contarle toda
la verdad, la verdad sobre mi cerebro podrido, y sobre las
fugas, y que había terminado desnuda en el vestíbulo de mi
casa. Pero, sencillamente, no pude. Sabía que lo entendería, por lo menos lo de las fugas, pero no quería que tuviera que entenderlo.

–No, no es eso.

–¿Entonces qué es?

–Es algo que he hecho y no estoy segura de cómo te lo
vas a tomar.

–¿Has subido una fotografía en la que aparezco desnuda a Connex o algo parecido?

Me eché a reír.

–¡Claro que no!

–Entonces, estoy segura de que, sea lo que sea, me pa-
recerá bien –me soltó la mano para morder un bocado de

sándwich–. Eh, mantequilla de cacahuete crujiente, una mermelada exótica y cuesta mucho más que un sándwich normal de mantequilla de cacahuete y mermelada. ¿Por eso dicen que es para adultos? Debería haberme pedido el de pavo.

–Le besé –confesé.

Jen tragó saliva con dificultad y se enjuagó la boca con un trago de leche antes de conseguir preguntar.

–¿A quién?

Supongo que mi expresión fue suficiente respuesta, porque abrió los ojos como platos.

–Sí –continué antes de que ella pudiera decir nada más–, fue una completa estupidez.

–¿Cómo? ¿Dónde? ¿Qué pasó? ¡Oh, Dios mío! ¿Y cómo fue? –sus gritos hicieron que se volvieran varias cabezas hacia nosotras.

Le hice un gesto para que se callara y le conté en voz baja toda la historia, dejando de lado los detalles sobre las alucinaciones que había tenido cuando había perdido la conciencia. Me escuchó sin interrumpirme, solo sacudía la cabeza de vez en cuando. Cuando terminé, mordí mi croissant para evitar decir nada más.

–Menudo desastre...

–Lo sé –reconocí con tristeza–. Y el sándwich está asqueroso.

Se echó a reír.

–Sí. ¿Sabes que hay por lo menos otra docena de lugares en los que podríamos haber quedado a cenar?

–Sí, pero supongo que quería venir aquí porque... bueno, ya sabes.

–Sí, lo sé –se lamió una gota de mermelada del pulgar–. Y no te culpo. Sabía que estabas mal, pero no que lo vuestro iba tan en serio.

–Y no va en serio.

–¿Estás segura?

–Me apartó. Los tíos no se separan de una mujer a la que están besando si la mujer les gusta.

–A veces sí –replicó Jen–. Podría tener algún motivo que desconoces para hacerlo. A lo mejor tiene novia.

Solté un bufido burlón.

–Esa razón es peor que no gustarle.

–¿Tú crees? –Jen no parecía muy convencida.

–Sí, si no le gusto, cosa de la que estoy convencida, lo único que tengo que hacer es continuar con mi vida. Pero si está loco por mí y no puede estar conmigo porque está con otra...

–Entiendo lo que quieres decir. Sería horrible.

Reí al oírla. Me sentía un poco mejor después de haber confesado.

–Y también muy poco probable. Me apartó de él como si mi boca fuera veneno. Fue realmente vergonzoso.

–Desde luego –confirmó Jen.

Nos miramos la una a la otra durante cerca de medio minuto antes de estallar en unas carcajadas completamente inapropiadas. Pero aquello era bueno, pensé. Me hizo sentirme mejor que todas las palabras de consuelo que podría haberme dicho.

–¿No estás enfadada? –le pregunté.

–¡Claro que no! ¿Por qué iba a estarlo? –Jen parecía sinceramente confundida.

–Bueno, porque... porque es Johnny.

Jen volvió a reír.

–No es que estuviéramos juntos y me haya dejado por ti ni nada parecido. No pienso contratar a un ninja para que te agujeree tus pantalones favoritos.

–Pero tú le viste primero.

–¿Estamos todavía en sexto? –Jen me miró muy seria–. A lo mejor te enfadas conmigo por lo que voy a decirte, porque sé que no me vas a creer, pero a mí me parece que le gustas.

–No puede ser.

Asintió.

–Sí, creo que sí. La semana pasada, vine un día que tú no viniste. Entró y miró alrededor de la cafetería. Me vio y miró hacia mi mesa, pero tenía la mirada fija en la silla que yo tenía enfrente de mí.

–¡Anda ya! ¿Y por qué no me lo has contado antes?

Me sentí inmediatamente culpable por haber empleado aquel tono acusador cuando acababa de dejar de sentirme culpable por haber intentado levantarle un ligue.

–No se me había ocurrido hasta que me has contado esto, pero tiene sentido.

–¿Te digo que me ha apartado cuando le he besado y tú crees recordar de pronto que estuvo buscándome? –sacudí la cabeza y suspiré–. Lo siento, pero me cuesta mucho creerlo.

–Eh, ¿qué pasó antes de que os besarais?

Pensé en cómo me había abrazado y me había acariciado el pelo.

–Fue muy amable conmigo.

–¿Crees que los tipos son amables porque sí?

–¡Algunos sí! ¡Oh, Dios mío! –el estómago me dio un vuelco y enterré el rostro entre las manos.

–Tranquila, chica, no es para tanto –me empujó suavemente hasta que alcé la mirada.

No podía contarle que, en realidad, había hecho el amor con Johnny cientos de veces. Por lo menos en mi cabeza. Que habíamos compartido un sexo dulce, procaz y maravilloso y que me preocupaba que, de alguna manera, mis fantasías hubieran sido espoleadas por algo que había hecho mi cuerpo cuando yo estaba inconsciente.

El tintineo de la campanita del Mocha hizo que Jen mirara por encima de mi hombro. No tuve que volverme para ver quién era. Lo supe por la forma que tuvo Jen de abrir los ojos y la mirada que me dirigió, tensando los labios en una sonrisa forzada. Me tensé y cerré los ojos brevemente. Oí a Johnny arrastrando los pies mientras caminaba. Esperé el roce de su abrigo al pasar a mi lado. Abrí los ojos.

Johnny permanecía junto a nuestra mesa, mirándonos a las dos.

Jen, y había que reconocerle el mérito por ello, apenas se mostró sorprendida. Yo me aseguré de mantener la boca cerrada y no quedarme boquiabierta como una idiota. Johnny nos miró fijamente.

—Hola, chicas —nos saludó con un asentimiento de cabeza.

Y se dirigió después hacia el mostrador.

Fue entonces cuando descubrí que ser reconocida podía ser espantosamente peor que ser ignorada.

—¡Hala! —dijo Jen sin levantar la voz—. Él no saluda nunca a nadie.

—¿«Chicas»? —susurré, observándole, aunque él no había vuelto a mirar hacia nosotras mientras pedía—. ¿«Chicas»? ¿Como si tuviéramos doce años?

Jen se echó a reír.

—Somos mucho más jóvenes que él.

Enterré el rostro entre las manos y gemí para mí.

—«Chicas». Como si tuviéramos que llevar bermudas, mocasines y cola de caballo.

—A lo mejor es fetichista y le gustan las colegialas.

—¡Qué burra eres!

Miré a través de mis dedos y vi a Johnny llevándose el café a una de las mesas del fondo como si quisiera alejarse todo lo posible de nosotras. Por lo menos así no tenía que esforzarme en que nuestros ojos no se encontraran.

—Es la primera vez que me saluda, eso es lo único que

estoy diciendo –Jen arqueó una ceja–. Y ha dicho «chicas» en plural, pero te estaba mirando a ti.

No dejé que la esperanza ganara posiciones.

–Mira, estuve medio inconsciente en su casa y después fui a su galería e intenté seducirle. Probablemente haya decido que es mejor arrojarme un hueso para que no haga alguna locura como quemarle la casa o algo parecido.

Jen rio largo y tendido.

–¡Esa sí que es buena!

–¡Lo digo en serio!

La campanilla de la puerta volvió a sonar y, unos cuantos segundos después, Johnny dejó de estar solo en su mesa. La mujer que se sentó con él era la misma a la que habíamos visto allí antes. Una mujer llamativa, glamurosa y... enfadada. No pidió nada, se limitó a sentarse frente a él y a quitarse los guantes de cuero mientras le miraba con una expresión de amargura en su indiscutiblemente bonito rostro.

Jen había alzado la mirada cuando había pasado a nuestro lado. La siguió con la mirada y a continuación volvió a mirarme a mí.

–Parece tener predilección por las mujeres más jóvenes que él. Pero no me extraña que, comparadas con ella, le parezcamos sencillamente «chicas».

–No creo que sea mucho mayor que nosotras.

–Por lo menos siete u ocho años. Diez, como mucho, si se ha hecho algún retoque. Y por la ropa que lleva, yo diría que sí.

No me sentía mejor desacreditando a una mujer que podría estar o no saliendo con el hombre por el que yo estaba tan loca. Porque, en realidad, me estaba volviendo loca.

–En cualquier caso, si están juntos, están juntos. Y eso no mejora lo que ha pasado o, mejor dicho, lo que no ha pasado entre nosotros.

–¿Y lo empeora? –preguntó Jen enfáticamente–. Antes has dicho que si él realmente estuviera con otra, la situación sería todavía peor.

–Solo en el caso de que quisiera estar conmigo y no pudiera a causa de esa otra mujer.

–¿Sabes una cosa? –dijo Jen con un suspiro mientras apartaba el plato–. Creo que te lo estás pensando demasiado. ¿Por qué no compras una botella de vino y un dulce de chocolate y se lo llevas a su casa? Ponte algo bonito, pero no demasiado bonito, preséntate en su casa y pídele disculpas por lo que ocurrió, o por lo que no ocurrió, y veremos lo que pasa a partir de ahí.

Solté un bufido burlón.

–¿Pero cómo se te puede ocurrir una tontería así?

–¿Por qué no?

–Ya intenté hacerle una oferta de paz y mira lo bien que salió.

–¡Cómo puedes ser tan pesimista!

Fui entonces yo la que me quedé mirándola fijamente.

Jen se encogió de hombros y volvió a mirar por encima del hombro antes de inclinarse hacia delante para susurrar:

–Tranquila, no pretendía ofenderte.

–Me siento como una estúpida con todo esto, Jen. No, lo que voy a hacer a partir de ahora va a ser evitarle. Evitarle por completo.

–Te deseo suerte.

Jen miró de nuevo por encima del hombro antes de volverse hacia mí con los ojos abiertos como platos y las cejas arqueadas.

Johnny se había levantado y su compañera se había levantado con él. Esperó como un caballero a que fuera ella la que pasara por delante de nosotras. La mujer no se molestó en dedicarnos siquiera un segundo de atención, pero él vaciló un instante ante nuestra mesa. No dijo nada en aquella ocasión, se limitó a mirarme a los ojos durante el tiempo que tardó el universo en nacer a partir del polvo provocado por una implosión solar. En otras palabras, medio segundo. Después, se fue, la siguió hasta la puerta y me dejó a mí detrás, sin respiración, con el estómago revuelto y rebosante de anhelo.

–Emm, me temo que tienes serios problemas –me dijo Jen con compasión.

Apenas acababa de cruzar la puerta de mi casa cuando me golpeó con la fuerza de un tsunami. Los ojos se me llenaron de lágrimas al percibir el olor de las naranjas, un olor tenue y ligeramente enmohecido. Hasta aquel momento, el olor siempre había sido más débil. Más ligero. No habría sido un olor desagradable si no hubiera sido por lo que presagiaba. Pero en aquella ocasión fue un asalto a mi pituitaria tan intenso que me hizo tambalearme.

Alargué la mano, buscando a ciegas el pilar de la escalera, pero mis dedos se deslizaron por la madera tallada. Di dos pasos a trompicones y me tapé la cara y la nariz, intentando evitar que aquella pestilencia continuara penetrando en mis sentidos. Sentía el olor impregnando mi piel.

Asqueada, aparté la mano de la cara y me froté frenética la ropa, pero solo conseguí empeorar la situación. Aquella peste se elevaba a mi alrededor como una nube de contaminación. No podía liberarme de ella porque no estaba fuera de mí. Estaba en mí.

Era yo.

El mundo comenzó a inclinarse y yo me incliné con él, sobre manos y rodillas, como si acabara de bajar de un carrusel, como si acabara de saltar de un columpio y hubiera caído mal. Como si... como si acabara de caerme...

Capítulo 14

–¡Eh!

Una voz grave y baja me invitaba a abrir los ojos. Conocía aquella voz. Conocía la caricia de aquella mano en mi brazo, aunque no podía verle. Supe que era Johnny antes incluso de abrir los ojos.

–Eh... –contesté, parpadeando para protegerme de la intensa luz del sol del verano.

Me asaltaron el calor y un millar de olores diferentes, ninguno de ellos el de las naranjas. Respiré hondo mientras me esforzaba en disimular lo alterada que estaba, aunque me preguntaba si realmente importaba. ¿Qué haría Johnny en el caso de que me levantara temblando y retorciéndome? ¿O si comenzara a balbucear en una lengua desconocida? ¿Si me comportara como si hubiera enloquecido?

Le vi con una bolsa de la compra en una mano y protegiéndose la mirada del sol con la mano libre.

–Llegas justo a tiempo para la fiesta.

Parecía un poco distante. Receloso. La mirada que me dirigió no fue mucho más cálida.

–Genial.

Yo, por otra parte, sonaba demasiado simpática, excesiva y falsamente contenta.

–¿Vas a entrar? –se colocó la bolsa en la cadera sin dejar de protegerse del sol. Me recorrió de arriba abajo con la mirada–. A lo mejor deberías quitarte ese abrigo.

No me extrañaba que estuviera sudando. Todavía llevaba puesto el abrigo, pero no era el que Johnny me había devuelto. Aunque aquel abrigo era mi favorito y el que mejor me quedaba, no había sido capaz de volver a ponérmelo. Suponía que por una residual mortificación completamente fuera de lugar. Llevaba también la bufanda. Y los guantes.

–Claro –reí divertida–. Apuesto a que te estás preguntando por qué llevo todo esto encima.

–Pues la verdad es que no.

Permanecimos en silencio mientras yo sudaba. Johnny apartó la mano de su rostro. El sol caía a plomo sobre los dos, pero a él le iluminaba como un diamante. Como el propio sol. Demasiado brillante y hermoso como para poder mirarlo directamente.

–Pasa. Bebe algo antes de que te desmayes por el calor –me invitó Johnny al cabo de medio minuto–. Vamos, Emm.

Le seguí al interior de la casa y crucé el pasillo tras él para llegar a la cocina, en aquella ocasión silenciosa y vacía. Estaba más fresca también. La brisa que la refrescaba llegaba a través de las ventanas abiertas, no salía de un aparato de aire acondicionado. Tenía que recordar que estábamos en los años setenta, probablemente durante la crisis del petróleo, cuando el aire acondicionado era un lujo que pocos se podían permitir. Me maravillé una vez más de todos los detalles que me proporcionaba mi mente.

Johnny fue sacando los contenidos de la bolsa mientras yo me quitaba la ropa de abrigo y suspiraba aliviada. La camisa que llevaba, a cuadros y con botones de falso nácar, no estaba mal para la época, una vez desaté un par de botones y me remangué hasta los codos. Me abaniqué el rostro y me levanté la melena, deseando tener una goma o un pasador.

–Toma.

Johnny me tendió una pieza de cuero con una espiga de madera.

Alcé la mirada sin saber qué decir.

–¿Qué es eso?

–Es tuyo –me dijo–. Para el pelo.

No lo había visto nunca.

–Es para ti, para que te recojas el pelo.

Nunca había visto nada parecido. Lo giré una y otra vez entre mis dedos, palpando la suavidad del cuero. Tenía un dibujo grabado en él, una especie de flor y una enredadera. Alcé la mirada hacia Johnny.

–¿Es mío?

–Sí –Johnny se encogió de hombros–. Te lo dejaste la última vez que estuviste aquí.

–¿Estás seguro? Porque...

No quería ponérmelo si no era mío, y, aun así, quería recogerme el pelo y despejarme el cuello.

–Estoy seguro –contestó Johnny, encogiéndose de hombros otra vez–. Pero si no lo quieres, no te lo pongas.

Me acordé entonces de que llevaba una goma en el bolsillo y la saqué.

–No hace falta, ya tengo esto.

Sacudió ligeramente la cabeza y por fin sonrió.

–Como quieras.

Se inclinó contra el mostrador mientras me observaba recogerme el pelo en lo alto de la cabeza. Él volvía a llevar un pañuelo para apartarse el pelo de la cara, probablemente por la misma razón por la que yo me estaba recogiendo la melena. A mí me encantaba que le cayera el pelo sobre los ojos, pero, probablemente, a él le resultaba molesto.

–Entonces –dije al cabo de un largo minuto en el que nos quedamos mirándonos a los ojos en silencio–, ¿cuándo es la fiesta?

–¿Cuándo no es? –respondió Johnny con una risa.

Todavía no me había dado esa bebida que me había ofrecido y yo la necesitaba. Tragué saliva con la boca seca y esbocé una mueca. El sudor que empapaba mi piel comenzaba a secarse. Mi corazón, que había estado latiendo a un ritmo estable desde que había abierto los ojos, comenzó a acelerarse cuando le miré a los ojos.

–Ven aquí –me pidió Johnny.

Me levanté con movimientos lentos y caminé a través de aquel ambiente espeso hacia él. Bebí su beso como si fuera agua, aunque no contribuyó en nada a refrescarme. Me acarició los antebrazos desnudos y me agarró por los codos. Hasta el más ligero contacto de sus manos me hacía estremecerme. Mis pezones se irguieron al instante de una forma casi dolorosa. El palpitar del deseo latía entre mis piernas con insistencia.

Johnny interrumpió el beso, pero no me apartó.

–¿Por qué cada vez que te vas nunca tengo la seguridad de que vayas a volver?

Yo tenía una idea bastante precisa de por qué podía ser, pero negué con la cabeza.

–No lo sé.

Johnny se humedeció los labios, fijó la mirada en mi boca y volvió a besarme. Más suavemente, aquella vez, hundiendo vacilante la lengua en mi boca mientras posaba la mano en mi nuca. Encajábamos bien juntos, las curvas y los ángulos de su cuerpo se acoplaban a los míos. Deslicé la mano en el interior de su camisa y posé la palma sobre su maravilloso vientre. Los músculos se tensaron bajo mi contacto y Johnny rio para sí.

–Esto me está volviendo loco –dijo.

Dejé de besarle. Enmarqué su rostro con las manos y le miré a los ojos, buscando algo. No sabía qué.

–¿De verdad?

–Sí, Emm. Cada vez que desapareces, creo que será la última vez que te vea. Y no quiero dejar de verte para siempre. No me importa que...

–¿Qué es lo que no te importa? –le pregunté al ver que no continuaba–. ¿Qué es Johnny?

–No me importa que esta relación no pueda durar. Solo quiero disfrutarla mientras dure.

Parpadeé rápidamente, le besé y le miré de nuevo a los ojos.

–No lo entiendo... ¿qué te hace pensar que...?

–Tú me lo dijiste –respondió Johnny–. Supongo que no te acuerdas, al igual que no te acuerdas de que te dejaste el pasador, pero me lo dijiste tú.

Retrocedí un paso, pero atrapó mi mano mientras posaba la otra en mi cintura y yo agradecí aquel apoyo. Podría haber terminado cayéndome si no me hubiera agarrado. Podría haber terminado despatarrada sobre ese suelo no tan limpio. Pero Johnny me estrechó contra su pecho, posó la barbilla en mi cabeza y me abrazó con fuerza, como si no quisiera dejarme marchar.

Era así como me había abrazado en su despacho. Era el mismo abrazo, pero sin la vergüenza que había sentido entonces. Sabía que aquella vez, si inclinaba la cabeza hacia él, me daría un beso largo, apasionado y profundo, y no me rechazaría después. Me estremecí otra vez.

Nada de aquello era real. Siempre terminaría marchándome. Aquello no podía durar.

Era la absoluta verdad, aunque no podía imaginarme confesándole nada de ello. ¿De qué serviría explicarle a un sueño que no era real? Sabía que aquello solo era una extraña confusión provocada por mi propio cerebro, un impulso cerebral que viajaba de un nervio a otro nervio y terminaba descarrilando como un tren al salirse de las vías. Sabía que nada de aquello estaba sucediendo de verdad, que probablemente todavía estaba caída de manos y pies en el vestíbulo de mi casa, y eso si tenía la suerte de haber vuelto directamente allí y no estaba desnuda en una casa extraña.

Y entonces supe algo más: no quería perder lo que estaba viviendo. No quería vivir en una realidad en la que Johnny me rechazaba o, algo peor, me ignorara. Quería vivir en aquel tiempo, en aquel lugar. Un lugar en el que Johnny me amaba

—No me voy a ir a ninguna parte —le aseguré, y le ofrecí de nuevo mis labios.

Johnny me besó y susurró:

—Sí, claro que te irás. Siempre te vas.

—Entonces, disfrutemos del momento mientras podamos —susurré contra su boca.

—Sí, disfrutemos del momento.

No me habría sorprendido si me hubiera tumbado en la mesa de la cocina y hubiera hecho el amor conmigo allí mismo, pero justo antes de que ninguno de los dos pudiera dar un paso en esa dirección, la puerta trasera de la casa se abrió y entró Candy con dos bolsas de la compra seguida por Bellina y por Ed, que llevaban también comida y vino.

—¡No vendemos nada! —anunció Bellina con la voz ronca por el tabaco. Me recorrió de arriba abajo con la mirada—. Pero eso no significa que no vengamos a interrumpir.

No lo había dicho con malicia. Sonreí en los labios de Johnny antes de separarme de él con desgana.

—¡Hola, Bellina!

—Echadnos una mano con todo esto. Candy ha traído un montón de comida. Estamos disfrutando de una verdadera fiesta —dijo Ed.

Y, desde luego, él ya parecía estar bastante puesto.

–¡Vaya! Una fiesta en mi casa –Johnny no parecía incómodo con la situación–. Me alegro de que os hayáis dejado caer por aquí.

Todos rieron. Hasta yo entendí la broma. Aquella era la casa de Johnny, pero, en realidad, todos parecían vivir allí. Como una comuna. O una colmena.

Sacamos entre todos la comida. Cada producto era una sorpresa para mí. Latas sin abridor, marcas que no conocía... Todo el mundo reía y bromeaba. Al principio yo me uní a ellos, pero a medida que íbamos sacando cosas de las bolsas o las veía en los cajones y en el refrigerador, iba quedándome más callada.

En condiciones normales, nunca me habría tomado tantas libertades en casa de otra persona, pero allí parecía haber muy poca consideración para las posesiones ajenas o el espacio personal. Fui de armario en armario, mirando las cajas, las bolsas y las latas. Abrí los cajones para ver la cubertería. Estudié los Tupper Ware apilados anárquicamente en las estanterías. Y entonces, sabiéndome observada aunque fingieran que no lo hacían, me volví lentamente en medio de la cocina y les miré a todos ellos.

Miré después el calendario que tenían en la pared.

–Son tantas cosas...

¿Pero qué podían pensar ellos? Nada, salvo lo que yo les hiciera pensar con mis propios pensamientos. No podían hacer nada que no fuera las acciones que yo misma provocaba. Todas aquellas personas eran marionetas, y aquel era el escenario que yo misma había construido.

Aun así, permanecí frente a ellos, mirándolos fijamente y sintiendo cómo corría el sudor por mi espalda. Me estremecí.

Johnny entrelazó los dedos con los míos. Me apretó la mano con fuerza. Dejé de temblar cuando le miré. Su sonrisa consiguió que me olvidara de todo lo demás.

—Vamos al piso de arriba —me propuso—. Vamos, preciosa.

—¡Eh, Emm, ten cuidado! No va a preguntarte que si quieres ver sus grabados —Ed rio mientras encendía un cigarrillo hecho a mano que desprendió un olor agrio.

—¿Qué te parece, Emm? —Johnny me tiró de la mano sin apartar en ningún momento la mirada de mis ojos—. ¿Quieres subir al piso de arriba conmigo?

—Sí.

Fue solo una palabra que me obligué a arrancar de mi garganta seca.

No me importó que estuvieran todos mirándome fijamente, ni tampoco lo que pudieran pensar. Quería subir con Johnny, por supuesto. Quería desnudarle y besarle desde los tobillos hasta el pecho sin dejar un solo centímetro. Quería que se deslizara en mi interior y cabalgara sobre mí hasta que ambos termináramos exhaustos y empapados en sudor.

Cuando vivía en casa de mis padres, apenas era responsable de nada. Mi madre, a pesar de mis protestas, había insistido en seguir haciéndome la colada. Yo le daba dinero para pagar las facturas, pero no tenía que perder el tiempo en pagarlas. Ni siquiera cocinaba y, normalmente, la compra la hacía con mi madre, de modo que aquella tarea requería la mitad de esfuerzo. Cuando vivía en casa de mis padres, tenía mucho más tiempo libre que desde que me había mudado a mi propia casa y tenía que asumir tareas tan mundanas como cambiar el rollo del papel higiénico y limpiar. No lo habría cambiado por nada, pero eso había significado tener que renunciar a algunos de los entretenimientos con los que perdía el tiempo cuando no vivía sola.

Jugar a los Sims era uno de ellos. Había pasado horas en el ordenador, perdida en aquel mundo virtual. Construyendo casas, creando familias, viéndolas vivir, trabajar, dormir, enamorarse, casarse, tener hijos... e incluso morir.

Había sido el dios de aquel universo, y no siempre un dios benevolente. El máximo número de Sims con los que se podía jugar en una unidad doméstica eran ocho, pero yo fracasaba constantemente en el intento de que más de tres fueran felices, tuvieran todas sus necesidades cubiertas y una vida agradable. No era un buen dios.

Quería subir al piso de arriba con Johnny porque de pronto, me dolía la cabeza al encontrarme con todos aquellos fragmentos, con todos aquellos detalles. Con toda esa gente. Y tampoco era una buena malabarista. Todas las bolas estaban en el aire y permanecía en medio con las manos preparadas, pero sin la esperanza de poder agarrarlas cuando cayeran.

—Vamos —repitió Johnny. Sus ojos resplandecían. Continuó avanzando, ignorando las bromas y los comentarios obscenos de sus amigos—. Quiero enseñarte mis grabados.

No mentía. En su dormitorio, sacó de un cajón un cuaderno de dibujo con las tapas de cuero y lo hojeó para mostrarme un dibujo a lápiz, una serie de líneas y sombras. Lo estudié con atención. No estaba suficientemente familiarizada con su trabajo como para saber si era un dibujo que debería reconocer.

—Eres bueno —le dije, y era sincera.

Hasta yo sabía lo suficiente como para darme cuenta.

—¡Qué va! Soy solo un aficionado.

Johnny se tumbó en la cama mientras yo, sentada a su lado con las piernas cruzadas, iba pasando las páginas. Había fotografías insertas entre algunas páginas, la mayor parte pequeñas, pero había algunas de mayor tamaño. Saqué una de ellas y la estudié, tratándola con más familiaridad que con la que me había acercado sus dibujos.

—Bonito trasero —bromeé, blandiendo la fotografía.

Johnny se echó a reír y colocó las manos detrás de la cabeza.

—Ese trasero ha pagado dos meses de hipoteca de la casa.

En aquella fotografía en blanco y negro, Johnny posaba como si fuera una estatua de la Roma clásica. Pero faltaba la hoja de parra. Estaba de perfil, con el semblante serio, los músculos tensos y bien tonificados. Y su trasero estaba de lo más apetecible. Encontré otra fotografía de la misma serie, la segunda un poco arrugada y doblada. Era un plano frontal.

—Deberías tener más cuidado con las fotos —vi una firma en una esquina de la fotografía—. ¡Hala! ¿Están firmadas?

—Sí, esas fotografías me las hizo Pau.

Por supuesto, lo sabía, aunque no había reconocido directamente la firma. Había visto la primera fotografía en Internet, y la segunda en versiones recortadas y granuladas que desmentían la auténtica belleza de la fotografía. Y las otras, todo un fajo de docenas de fotografías, no las había visto.

Fui mirándolas con mucha atención, reconociendo en ellas mucho más que su cuerpo. Eran fotografías excitantes, sí, pero había algo más. No eran solamente fotografías eróticas, ni porno gay, aunque había sido en páginas dedicadas a ese tipo de cosas donde las había visto. Las puse en orden. Aquellas fotografías colocadas sucesivamente contaban una historia.

—Deberías tener cuidado con esas fotografías —le advertí.

Yo había visto con mis propios ojos aquellas fotografías en una subasta de Internet y una de ellas había alcanzado casi los cuatro mil dólares.

—Son fotografías firmadas.

Johnny se apoyó sobre un codo.

—¿Y qué? Esas fotografías no valen nada. Me las hice

para hacerle un favor a Paul. Me pagó por ellas unos doscientos dólares, eso es todo. Nunca las ha utilizado para nada.

Las giré y vi un poema en una de ellas. Me acordé entonces del motivo por el que aquella fotografía que tenía en la mano se había vendido por tanto dinero, y no era por el marco hecho a mano.

–¿Este poema lo ha escrito Ed?

–Sí, escribe siempre en el primer sitio que encuentra.

Cualquier obra de arte cobra más valor cuando el artista muere. Ed D'Onofrio se había suicidado. Se había cortado las venas y se había ahogado en la bañera. Yo no había prestado mucha atención a su muerte. Solo sabía que había catalizado la ruptura de El enclave y que a partir de entonces, cada uno de sus miembros había perseguido en solitario sus propios éxitos o fracasos.

Le miré con la garganta seca. Había otra información que había averiguado a través de mis búsquedas por la red. Después de la muerte de Ed y de la ruptura de El enclave, también Johnny se había roto.

Algunos decían que, sencillamente, se había hundido en la tristeza. Otros aseguraban que había sido algo más, que se había enganchado a la heroína, había ido a un centro de rehabilitación y después a un sanatorio para enfermos mentales. Había salido de allí completamente limpio y, podría decirse, cuerdo. Poco después había comenzado su producción artística, había comenzado a producir arte de verdad, la clase de arte que les gustaba a los críticos. Yo nunca había encontrado ninguna información que confirmara que había estado en un centro de rehabilitación o un sanatorio mental, aunque era un hecho demostrado que, en aquella época, había llegado a convertirse en un artista respetado.

Johnny se sentó para quitarme la fotografía y el cuaderno. Dejó ambas cosas a un lado y me estrechó entre sus brazos.

—Ahora no te preocupes por eso.

En el mundo real nunca había llegado a comprender las artes del coqueteo. No tenía ningún problema a la hora de hablar con hombres. Más probablemente, mi problema era que era demasiado franca, demasiado práctica y demasiado sincera. La danza sutil de avance y retroceso que practicaban mis amigas con sus posibles amantes siempre había sido un misterio para mí. No estaba segura de si eso me había impedido tener citas, pero me había causado problemas en más de una ocasión, cuando una actitud menos brusca me habría ayudado más que el ser tan directa. La sinceridad en las citas no siempre era la mejor política.

Allí, con Johnny, con aquel Johnny de pelo largo y rostro más joven, descubrí mi capacidad para coquetear. Para comportarme como una mujer fatal. Curvé los labios en la que sentí era una sonrisa pícara y sensual, arqueé una ceja y entreabrí los labios mientras le miraba con ojos seductores.

—Entonces, ¿a qué debería prestar atención?

—A mí.

—Ah, sí, ¿a ti?

Estaba ya agarrándome la mano y posándola en su entrepierna, donde comenzó a moverla en círculos sobre su miembro endurecido.

—Sí, a mí, y justo aquí.

Me eché a reír y cambié de postura para tumbarle encima de la cama y sentarme a horcajadas sobre él. Le agarré por las muñecas, colocándole una a cada lado de la cabeza. Me incliné para besarle, pero me aparté en el momento en el que intentó hacerlo él. Johnny me enseñó los dientes y gruñó.

—No —le dije—, no tan rápido.

Johnny continuaba de espaldas, con la mirada encendida, pero no intentó liberarse, aunque yo sabía que para ello le habría bastado con un simple empujón.

–¿Qué me estás haciendo?

–¿Qué quieres que te haga?

–Lo que quieras –contestó con una pícara sonrisa–. Hazme todo lo que quieras.

Incliné la cabeza, le recorrí con la mirada y después miré por encima del hombro el cuaderno que había dejado a un lado. Le solté las muñecas y me senté.

–Quiero que poses para mí.

Johnny parpadeó confundido.

–¿Eh?

–Como en esas fotografías, Johnny. Quiero que poses para mí.

–¿Vas a hacerme una fotografía? –preguntó en tono provocador.

–No, no tengo cámara.

–¿Vas a dibujarme?

Reí a carcajadas al oírle.

–No, ¡qué va!

–Entonces, ¿solo quieres mirarme?

–Sí –contesté con el corazón latiéndome ya de anticipación–. Y a lo mejor también otras cosas. Pero, de momento, solo quiero mirarte.

Me apartó de él. Johnny, todavía sonriente, se levantó y permaneció a un lado de la cama. Primero se quitó la camisa por encima de la cabeza y la tiró al suelo sin ninguna consideración. Se le daba muy bien. Yo me tumbé boca abajo, apoyando la mano en la barbilla para mirarle.

–Sigue, sigue –le pedí.

Johnny se pasó la mano por el pecho y por el vientre.

–¿Estás segura?

–Sí –comencé a decir.

Pero aquella palabra se convirtió en un estremecido tartamudeo cuando comenzó a acariciarse los pezones con los pulgares.

–¿Te gusta?

Asentí.

–Me encanta.

Johnny se humedeció la yema del dedo y se acarició el pezón. Después, deslizó la mano hacia su vientre.

–¿Y esto?

–Sí –susurré.

Ensanchó la sonrisa y su mirada se encendió. Acercó la mano a la hebilla del pantalón y la desabrochó. Deslizó el cinturón de las presillas, ¡plas!, ¡plas!, y lo sostuvo en tensión entre las dos manos.

–Eso te gusta, ¿eh?

–Me encanta.

–¿Te gusta el cuero?

Asentí.

–¡Sí, Johnny! Me gusta mucho.

Inclinó la cabeza para mirarme y tiró el cinturón para desabrocharse los pantalones. Se bajó la cremallera. Comenzó a bajarse los pantalones sobre las caderas y los muslos. No llevaba ropa interior. Su miembro, grueso y a media erección, se irguió entre sus muslos mientras sacaba sucesivamente los pies de los vaqueros. Permaneció allí, bello y desnudo, haciéndome desearle con tanta fuerza que el cuerpo me dolía.

–¡Posa! –era una orden, pero sonó como una súplica.

Y lo hizo. Inclinó las caderas, volvió el rostro y curvó los brazos. Los músculos trabajaban y se tensaban bajo la piel bronceada por el sol. Giró, mostrándome su épico trasero y los hoyuelos de la parte baja de la espalda.

Me incorporé, apoyándome sobre las manos.

–Ahora, gira lentamente.

Me levanté de la cama mientras él obedecía. Permanecí ante él completamente vestida. Nos miramos fijamente a los ojos. No sonreíamos. Aquel se había convertido en un asunto muy serio. Se había convertido en algo más que un juego. Se había convertido en todo.

Posé las manos con tanta suavidad en sus caderas que no debería haberle sentido. Ni él a mí. El fino vello que cubría su piel se erizó y sentí el calor que de su cuerpo emanaba. Deslicé las manos a ambos lados de su cuerpo y ascendí después por su pecho y su vientre, manteniendo en todo momento una distancia milimétrica entre mi piel y la suya.

Johnny se estremeció.

–Emm...

–Shh.

Continué recorriendo con aquella caricia fantasma cada centímetro de sus muslos. Le rodeé y le acaricié sin llegar a tocarlos la espalda, los hombros, el trasero, la delicada piel de detrás de las rodillas, los gemelos, y las espinillas. Me arrodillé después frente a él.

Entonces le acaricié de verdad. Me aferré a sus tobillos. Johnny gimió. Alcé las manos por las espinillas, las rodillas, los gemelos y los muslos y las dejé descansar en la parte posterior de los muslos, justo debajo de las nalgas.

Para entonces ya estaba completamente excitado. Y lo tenía ante mí. Deseaba saborearlo. Sin dejar de agarrarle, aunque él no hacía ningún intento de apartarse, me incliné para hociquearle el muslo. Jugueteé con la lengua entre sus testículos y después en la base del pene. Él se retorcía mientras hundía una mano en mi pelo, pero, aparte de eso, permanecía muy quieto.

Le tomé lentamente con los labios, saboreando cada centímetro. Succioné delicadamente y utilicé las manos para moverle, haciéndole salir y entrar de mi boca, marcando mi propio ritmo. Tensó la mano sobre mi pelo y gimió.

Yo me detuve y alcé la mirada hacia él.

–Eso te gusta, ¿verdad?

Sonrió ante mi pregunta. Sentí que aminoraba la tensión con la que me agarraba el pelo.

–Sí, me gusta.

–Estupendo –y me entregué de nuevo al placer de dejarle penetrar mi boca.

Y fue muy dulce aquel placer. No por el acto en sí, sino por la actitud de Johnny. Por su forma de gemir y de moverse, por la forma en la que pronunciaba mi nombre como si fuera el regalo más precioso que hubiera recibido nunca.

Yo sabía que habría disfrutado de mejores mamadas antes, más expertas, quizá, e incluso más entusiastas. Pero cuando alcé la mirada y vi su rostro retorcido por el deseo, no fue la cara de un hombre acostumbrado a aquellos placeres lo que vi ante mí, ni la de un hombre que diera aquel placer por sentado. Johnny me miraba maravillado, como si aquello fuera un sueño. Una fantasía. Como si no fuera algo real.

Se corrió en mi boca y yo tragué aquel líquido caliente y suave sin siquiera una mueca de protesta. Era curioso cómo funcionaban las cosas allí, con él.

Johnny apretó los labios y susurró mi nombre. Echó las caderas hacia delante. Su sexo palpitaba en mi boca y, maravilla de las maravillas, yo también me corrí en una lenta y envolvente oleada de sensaciones completamente distinta a todos los orgasmos que había podido disfrutar en mi vida.

Comencé a reír.

Allí, de rodillas, que comenzaban a dolerme un poco, y con el sabor de Johnny en mi boca, reí. Me incliné contra él, contra su sexo y lo besé. Después, dejé que me ayudara a levantarme y volví a besarle.

—Emm, Emm, Emm —dijo Johnny.

—Mm —susurré contra sus labios—. Me gusta oírte decir mi nombre.

—Emm —repitió él.

Me empujó suavemente hacia la cama, pero antes de que pudiera tumbarme para disfrutar conmigo de cualquier delicia o perversión que tuviera planeada, la puerta se abrió de golpe y entró Sandy. Lo hizo hablando y ni siquiera se interrumpió al vernos allí.

—Johnny, escucha, tengo que hablar contigo —le advirtió, poniendo la mano en la cadera.

—Sandy —le dijo Johnny en el tono de un hombre que estaba comenzando a perder la paciencia—, sal ahora mismo de aquí.

—No pienso irme hasta que no me des algo de dinero.

—¿Qué? ¿Tengo que darte más dinero? ¿Y qué pasó con los doscientos dólares que te di la semana pasada?

—Yo... esperaré fuera —dije inmediatamente.

Empecé a alejarme, aunque él intentó retenerme agarrándome la mano.

—Quédate —me pidió. Se volvió después hacia Sandy—. Vete de aquí.

Pero Sandy se cruzó de brazos y sacó el labio inferior, haciendo un puchero perfecto.

—No.

—¡Dios mío, Sandy! Al final vas a conseguir que me enfade, ¿lo sabes?

—¿Lo ves? —Sandy se volvió hacia mí—. ¡Esto ya es demasiado! ¡Me está amenazando! ¿Qué clase de hombre es capaz de amenazar a la madre de su hija? Vamos, Johnny, dame algo de dinero y me iré.

—¿Para qué necesitas el dinero? Creía que estabas viviendo en casa de tu madre. Y no me digas que te has gastado ya todo el dinero que te di para Kimmy. ¿Qué pasa, que la niña utiliza pañales de oro?

—Lo necesito —insistió Sandy. Me recorrió de pies a cabeza con la mirada, examinándome—. Lo necesito para algo.

—Para... para un aborto.

Lo dijo con la barbilla alta y la boca apretada, pero ligeramente curvada en los extremos, como si no quisiera sonreír, pero no pudiera evitarlo.

Decidí que aquel era el momento de marcharme. No porque estuviera celosa, ¿cómo podía estar celosa de algo que había creado mi propia imaginación? Pero como no tenía por qué involucrarme en lo que estaba sucediendo entre ellos y no quería formar parte de aquello, me dirigí hacia la puerta. No podía controlar activamente lo que estaba pasando allí, no podía tomar las riendas y tirar de ellas o soltarlas cuando estaba en un sueño. Pero si yo no las veía, las cosas no ocurrían. O, al menos, eso pensaba.

Johnny me tiró del brazo para evitar que continuara caminando.

—Emm, no te vayas.

Le miré por encima del hombro.

—No, cariño, antes tienes que resolver esto.

A Johnny parecieron gustarle mis palabras. Se le iluminó la mirada. Sonrió. Me soltó. Pasé por delante de Sandy sin dedicarle siquiera una mirada. Las mujeres saben cómo tratar a sus rivales, y aunque yo no estaba celosa, definitivamente, tampoco tenía ningún interés en prestarle la menor atención.

Crucé la puerta.

Y terminé en el cuarto de estar de mi casa.

Capítulo 15

Por lo menos aquella vez no estaba desnuda. Sin embargo, respiraba con dificultad y tenía el estómago revuelto. La cabeza me dolía tanto que gemí y fui tambaleándome hasta el sofá, donde me tumbé y me aferré a un cojín. Afortunadamente, el mundo no giraba a toda velocidad, pero tardó varios minutos en quedarse completamente quieto.

Me levanté lentamente.

—Qué demonios...

Mi voz sonaba como si estuviera destrozada. Y así me sentía. No tanto físicamente, por lo menos al cabo de unos minutos. Mi lesión cerebral nunca me había hecho sentirme mal físicamente, solo últimamente. Pero no eran ni mi cabeza ni mi cuerpo los que me hacían sentirme de esa manera, sino el saber que aunque las fugas estaban empeorando y era posible que se hubiera roto algo en mi cerebro y estuviera vaciándose y condenándome al olvido... no quería que aquello terminara.

Me gustaba estar en un lugar donde alguien como Johnny Dellasandro estaba conmigo, donde no tenía que preocuparme por cosas como los preservativos o los embarazos o, bueno, ni siquiera por depilarme. O pagar facturas. Pero, sobre todo, un lugar en el que Johnny acariciaba con manos y boca todo mi cuerpo, un lugar en el que hundía su delicioso miembro dentro de mí, en el que podía tocarle y besarle sabiendo que me deseaba tanto como yo le deseaba a él.

Pero lo que me apetecía en aquel momento más que ninguna otra cosa era darme una ducha caliente. Permanecí bajo la ducha durante largo rato y, cuando salí, me sentía un poco mejor. Me peiné después y me unté la cara de crema. Me puse una camiseta vieja que me llegaba a medio muslo, suficientemente estrecha como para pegarse a cada una de las amplias curvas que el espejo se empeñaba en mostrar. Estudié mi reflejo de lado a lado acariciando los senos, el vientre y las caderas. Nunca había odiado mi cuerpo como muchas de mis amigas parecían odiar el suyo, tal y como el cine y la televisión nos urgían a hacer a las chicas de talla normal.

—Tendrás que hacer más ejercicio —me aconsejé a mi misma, metiendo las mejillas y el vientre hacia dentro para parecer más delgada.

Pero sabía que no iba a hacer más ejercicio. Y sabía también que en el Mocha había demasiadas magdalenas y demasiadas cucharadas de azúcar en mi café, porque la cafeína y el azúcar siempre habían conseguido lo que las pastillas no habían podido hacer.

El pelo húmedo goteaba por mi espalda, dejándome helada. Agarré una sudadera y un par de calcetines de lana con todos los colores del arcoíris y bajé al piso de abajo para prepararme una taza de chocolate caliente. Quería un libro y una cama en mi futuro inmediato y, a lo mejor, una película en mi ordenador al mismo tiempo. Quería disfrutar de una noche tranquila.

Pero entonces sonó el timbre de la puerta. Al principio no podía creerme lo que oían mis oídos y me convencí de que habían llamado a la puerta de mi vecino, aunque jamás había confundido mi timbre con el suyo. Cuando volvió a sonar, seguido de varias llamadas a la puerta, fui a buscar el teléfono móvil que había dejado cargándose en el mostrador y lo agarré con fuerza dispuesta a llamar a la policía.

Estaba claro que había visto demasiadas películas de terror.

No tenía mirilla ni como quiera que se llamaran esas ventanas sofisticadas al lado de la puerta, aunque tenía una irritante ventana justo encima. Me prometí poner solución a esa carencia en cuanto pudiera, aunque aquella promesa no me servía de nada estando en el vestíbulo de mi casa con el pelo empapado, sin bragas, con la negra noche filtrándose por la ventana y un desconocido llamando a la puerta.

Volvieron a llamar. Teléfono en mano, corrí el cerrojo y la cadena. Abrí una rendija de la puerta. Y después, la abrí por completo.

—Hola —me saludó Johnny.

Parecía supremamente incómodo y absolutamente atractivo con el abrigo y aquella bufanda que me hacía desear envolverme en ella.

—Hola —respondí más rápido de lo que me habría creído capaz.

—¿Puedo pasar? Hace un frío horrible.

—Yo... eh, sí. ¡Por supuesto! ¡Claro! —me eché a un lado para dejarle pasar junto a una ráfaga de viento a la temperatura de la nieve y cerré la puerta tras él.

Se volvió hacia mí.

—Sé que es tarde.

—No tanto. Lo que pasa es que ahora anochece muy pronto. Pero, en realidad, no es tan tarde —me obligué a cerrar la boca.

¿Por qué no era capaz de estar con el Johnny del mundo real de la misma forma que estaba con el Johnny imaginario del pasado? ¿Qué había sido de aquella vampiresa atrevida que sabía coquetear y asumir el control de la situación?

Permanecí avergonzada frente a él, mirándole fijamente y prácticamente arañando el suelo con las puntas de los calcetines.

–¿Te importa que me quite el abrigo?

–Por supuesto que no. Yo lo colgaré.

Agarré su abrigo, y después comprendí que no tenía ningún lugar para colgarlo. Nos quedamos mirándolo fijamente mientras se hacía un incómodo silencio entre nosotros. Al final, lo dejé en la barandilla de la escalera, sabiendo que el poste podría detenerlo en el caso de que resbalara.

–¿Quieres pasar? Estaba preparándome... –silbó el hervidor de agua–, un chocolate caliente.

La bebida que una buena chica se prepararía estando sola en casa, pensé, al tiempo que intentaba adivinar en el rostro de Johnny lo que estaría pensando él. Pero solo fui capaz de ver el atractivo que el tiempo no había borrado. Se me ocurrió ofrecerle algo más sofisticado, como un licor o algo que exigiera una preparación más elaborada, todo con la mayor naturalidad, con ingredientes y utensilios de cocina que, casualmente, tendría a mano.

–Claro, me encantaría, gracias.

No se movió. Esperó que fuera yo la que le condujera a la cocina. Y así lo hice, preguntándome, cuando comencé a caminar, si la camiseta sería demasiado corta, o si me sobresaldrían demasiado las nalgas. Y si, en el caso de que fuera así, estaría mirándome.

–Siéntete como en tu propia casa.

Señalé un taburete que había al lado de la isla que tanto me gustaba.

–¿Quieres un chocolate caliente? ¿O prefieres otra cosa? Puedo ofrecerte... eh, ¿Un zumo? ¿Una cerveza?

–No, prefiero un chocolate caliente. Es lo mejor para una noche como esta.

–Sí, ha bajado mucho la temperatura.

Saqué la leche y el chocolate en polvo del armario. Azúcar. Vainilla. Nubecitas y chispas de chocolate.

Johnny me miraba mientras yo iba colocando los ingredientes sobre el mostrador.

–Menuda preparación.

No me costó sonreírle, y, de alguna manera, aquella sonrisa consiguió aliviar parte de la tensión.

–Voy a preparar lo que yo llamo «el chocolate gourmet del hombre perezoso», aunque bueno, yo no soy un hombre. Y no puedo decir que el chocolate sea gourmet.

Otra vez la incontinencia verbal. Tragué saliva y volví a intentarlo.

–Es más rápido que hervir leche –le expliqué–. Y odio que la leche termine saliéndose cuando la hierves. De esta forma, con la leche en polvo, el chocolate queda tan cremoso como con la leche normal, pero nos ahorramos la parte más desagradable.

–¿Y el resto?

–Eso –contesté con una sonrisa–, eso son todo extras.

Johnny sonrió también, aunque la suya fue una sonrisa lenta, como si hubiera olvidado cómo se hacía.

–Suena bien.

Le tendí una taza enorme con una calavera y unos huesos cruzados y saqué para mí mi taza favorita. También era enorme y tenía impresa una fotografía de TARDIS, la nave de Doctor Who. Mezclé el chocolate con la leche en un cuenco de cristal con un asa y una tapadera de plástico muy chula. Nunca había utilizado un cacharro tan bonito.

Johnny me miraba sin decir nada. Yo fingí no notarlo. Y también fingí que no era tan torpe como lo estaba siendo al saberme observada por él.

Serví el chocolate humeante en las tazas y le tendí las nubecitas y las chispas de chocolate.

—Toma, sírvete tú.

—Creo que ya está bien así.

—¿De verdad?

Eché tres nubecitas en mi taza, que se derritieron y extendieron su blanca y dulce delicia sobre el chocolate. Añadí un puñado de chispas de chocolate.

—¡Está buenísimo!

Johnny echó una nubecita en su chocolate y después unas chispas de chocolate.

—No sé si lo he estropeado.

—No, no, está mucho mejor así —bebí y le observé a través del humo—. Te gustará, te lo prometo.

Alzó la taza, lo probó y asintió.

—Está bueno.

Agradecí que estuviera la isleta entre nosotros. Me incliné sobre ella y sorbí lentamente para que ambos pudiéramos actuar como si aquel líquido caliente reclamara tanta atención que nos resultara imposible hablar. Yo incluso me tomé mi tiempo en soplarlo para no quemarme la lengua. Normalmente, era tan impaciente que terminaba escaldándome.

—Bueno —dijo Johnny al cabo de unos minutos llenos de un incómodo silencio interrumpido solamente por el sonido de ambos bebiendo chocolate.

Esperé. Johnny no continuó, pero dejó la taza y las manos sobre la isleta. Me miró, pero no como me miraba en mi imaginación. En las fugas, Johnny me miraba como si yo fuera algo muy especial que no sabía cómo había tenido la suerte de encontrar. En aquel momento, me miraba como si yo fuera una especie de misterio que, sencillamente, no era capaz de resolver.

—¿Sí?

Fingía estar tranquila y compuesta, pero por dentro estaba histérica.

—He estado esperando el momento para hablar contigo.

No pude evitarlo. Me eché a reír. Al principio suavemente, era solo una risita, pero la intensidad fue aumentando hasta que tuve que taparme la boca para contener una risotada.

—¿De verdad? —conseguí preguntar.

Le había visto sonreír muchas veces en fotografías, en películas y en aquellos momentos mágicos que me proporcionaban las fugas. En aquel momento la sonrisa era diferente, pero, al mismo tiempo, idéntica. La estaba conteniendo un poco.

—Sí, de verdad.

La risa cedió. Me dolían ligeramente los músculos del vientre, pero de una forma agradable. Me sequé los ojos.

—Entonces, habla.

—Creo que deberíamos hablar de lo que ocurrió en el estudio.

Aquello me puso seria, pero no del todo.

—Ajá.

—Y que deberías saber por qué... no funcionó.

No era algo que no hubiera oído nunca, o que nunca hubiera dicho, pero, desde luego, era lo último que esperaba de Johnny. Dejé la taza en la isleta y me lamí los labios. No quería enfrentarme a él con los labios manchados de chocolate.

—¿Qué es lo que no funcionó exactamente?

Johnny continuaba teniendo ambas manos sobre el mostrador y se retorcía nervioso los dedos.

—Nosotros no funcionamos.

—¡Ah!

No se me daba bien coquetear, pero tampoco fingir falta de interés.

—¿Y por qué no?

Johnny parpadeó. Y su sonrisa se hizo infinitesimal-
mente más ancha.

—Emm.

Dejé de respirar cuando pronunció mi nombre. Quise
cerrar los ojos y dejarme llevar por aquel sonido, por aquella única sílaba. Pero no lo hice. Mantuve la mirada fija en
la suya, sin desviarla, porque tampoco él lo hacía.

—Johnny.

No pude disimular el anhelo que reflejaba mi voz, y
tampoco lo habría hecho aunque hubiera sido posible.

Johnny gimió de forma casi inaudible y aquel sonido
desató una oleada de placer dentro de mí, inesperada y
burbujeante. Sentí dilatarse mis pupilas. Y los pezones se
endurecieron un segundo después. El clítoris me palpitaba.
Me alegré de haber dejado la taza porque si no lo hubiera
hecho, se me habría caído. Tal y como estaba, tuve que poner ambas manos sobre la isleta para evitar que se me do-
blaran las rodillas, tan intensa era la sensación. Tan pode-
rosa.

—Debería marcharme —dijo Johnny un segundo después,
antes de que yo tuviera tiempo de procesar el sonido que
había hecho.

Estaba levantándose ya cuando yo rodeé la isla para colocarme frente a él.

—Espera.

Volvió a sentarse como si le hubiera empujado, aunque
ni siquiera le había tocado, aunque ni siquiera estaba suficientemente cerca de él como para tocarle. Al menos, todavía.

—Emm.

—¡Maldita sea! Me encanta cómo suena mi nombre cuando lo dices tú.

Volvió a gemir. Vi cómo se le movía la garganta al tragar saliva. Su mirada había adquirido un brillo ligeramente salvaje. El pulso le latió en la base del cuello una, dos veces, muy rápidamente.

Nos separaban cuatro o cinco pasos como mucho. Di tres. Mis pies se deslizaban por el suelo encerado y la camiseta era demasiado corta como para resultar discreta. Quería olerle. No pensé en lo que podía parecerle aquel acercamiento repentino. Porque no me importaba.

–Emm –repitió.

Y, en aquella ocasión, mi nombre no sonó como una advertencia o una protesta.

Sonó como una invitación.

Me moví. Él cambió de postura. El taburete era tan alto que cuando me deslicé entre sus piernas entreabiertas, las rodillas de Johnny presionaron mis caderas. Me incliné hacia él con los ojos entrecerrados y respirando profundamente. Johnny no se apartó, y tampoco se acercó a mí. Permaneció a mi lado, tenso y rígido como una piedra.

Abrí los ojos. Estaba tan cerca de él que podía ver las motitas de sus ojos, podía contarle las pestañas, y ver una pequeña mancha de nubecita en la comisura de sus labios.

Pero no le besé.

Me besó él.

Fue un beso ansioso, con las bocas abiertas, las lenguas deslizándose la una sobre la otra y los dientes entrechocando. Fue un beso perfecto. Alzó la mano hasta mi nuca y hundió los dedos en mi pelo. Yo jadeé contra su boca, tal era la fuerza con la que le deseaba. Johnny sabía tan condenadamente bien que quería devorarle.

El taburete se meció de forma peligrosa cuando me senté a horcajadas sobre él, pero me rodeó con el brazo y me agarró el trasero con la mano mientras apoyaba los pies en el suelo para evitar que nos cayéramos. Mi camiseta se levantó y sentí contra mí el frío de la hebilla del cinturón y sus vaqueros deliciosamente ásperos. Buscó con la mano mi piel desnuda y volvió a gemir, más fuerte en aquella ocasión. Interrumpió el beso durante unos instantes para pronunciar de nuevo mi nombre.

Yo le enmarqué el rostro con las manos e interrumpí el beso para mirarle a los ojos. Nuestras bocas estaban tan cerca cuando comencé a hablar que le rozaba los labios con cada palabra.

—¿Qué hay en esto que no esté funcionando?

Posó la otra mano sobre mi trasero y apretó las dos con delicadeza. La silla volvió a moverse, pero ya no me importaba que pudiera volcarse. Yo apreté los muslos contra sus caderas y deslicé el pulgar por su labio inferior.

Johnny se lo metió en la boca y succionó delicadamente antes de morderlo con suavidad.

—Nada y todo. Lo que sea. Teniéndote sentada en mi regazo, no soy capaz de pensar con claridad.

—Podría estar sentada sobre tu rostro.

Johnny musitó algo tan poco inteligible que no estaba segura de si era una maldición o una oración. Volvió a besarme con una boca castigadora que yo acepté feliz. Me estaba resbalando un poco, así que cambié de postura en su regazo mientras él se movía para evitar que el taburete se volcara y yo terminara cayendo. Era un desastre y era adorable al mismo tiempo, pero tenía que separarme de él si no quería terminar en el suelo, debajo de él y no precisamente de la forma que quería.

Con los pies en el suelo y nuestras bocas todavía fundidas en un beso, alargué el brazo para tocar el bulto que presionaba contra los vaqueros. Nunca me había sentido tan atrevida como en aquel momento, nunca había sido tan atrevida como lo era con él.

En el mundo imaginario y en el mundo real.

Johnny posó la mano sobre la mía e interrumpió el beso.

Tardé varios segundos en recuperar la respiración. No aparté la mano. Le miré a los ojos y vi sus pupilas dilatadas por el deseo. No lo estaba fingiendo. Disfruté su sabor en mis propios labios y recordé su más íntimo sabor descendiendo por mi garganta. Me estremecí y el mundo pareció inclinarse, pero no como si fuera a sufrir una fuga, sino como si fuera a desmayarme.

—Te deseo mucho.

Mi voz se quebró en los límites de mi sinceridad, pero no me importó. No me quedaba ya ni dignidad ni orgullo.

Moví hacia arriba la mano que tenía sobre sus genitales y capturé la mano de Johnny para posarla entre mis piernas, contra mi piel caliente y lubricada. Le hice frotar el dedo sobre mi clítoris ya en tensión y descender hasta hundirlo dentro de mí. Me estremecí sin apartar la mirada de sus ojos.

—¿Lo ves? —le dije.

Johnny movió la mano estirando los dedos en mi interior de una forma maravillosa. Hundió los dedos en lo más profundo de mí y después los curvó un poco, llegando hasta un punto escondido del que yo había oído hablar, pero que nunca había localizado.

Mi cuerpo entero se encendió. Posé la otra mano en su hombro y le clavé los dedos para evitar caerme. Me presionó el clítoris con el pulgar aplicando la presión perfecta, tal y como sabía que haría. Tal y como había hecho en mi imaginación.

Desplazó el trasero hasta el borde de la silla para poder apoyar los pies en el suelo con firmeza. Volvió a besarme mientras con una mano me penetraba y con la otra me sujetaba por la cadera, ayudándome a permanecer erguida. Me incliné contra su pierna, sin importarme el ángulo extraño en el que tenía que torcer la cabeza para poder besarle al tiempo que me acariciaba. Dejé de concentrarme en su sexo, incapaz de hacer nada, salvo montar en aquella oleada de deseo que estaba a punto de estallar.

Estaba tan empapada que Johnny no tenía problema alguno para meter y sacar los dedos de mi cuerpo. Los movía lentamente, empujando hacia dentro, curvándolos y sacándolos mientras con el pulgar iba ejerciendo una deliciosa presión. Me mecí contra su mano, le succioné la lengua y contuve la respiración cuando él gimió. No podía mantener los ojos abiertos, el placer hacía que me pesaran los párpados. Tampoco podía hablar. Lo único que podía hacer era entregarme por completo.

Y Johnny me lo dio todo. Su boca, sus dedos, su voz susurrando mi nombre al oído cuando abandonó mis labios para recorrer mi mandíbula con la boca y acariciar la piel de mi cuello con los dientes.

El orgasmo me golpeó con la fuerza de un tren de carga, con violencia y dureza, sin ninguna piedad. Me quebré ante su potencia, pero Johnny me mantuvo erguida. Abrí los ojos cuando el orgasmo empezó, buscando su rostro. Johnny no sonreía. Su mirada se había tornado oscura y apasionada, tenía las mejillas sonrojadas y los labios entreabiertos y húmedos por mis besos.

Cuando el placer cedió, me di cuenta de que tenía los dedos agarrotados sobre su hombro. Le solté. Continuaba sintiendo los efectos del orgasmo cuando Johnny sacó los dedos. Me di entonces cuenta de que había estado de puntillas. Posé la planta del pie en el suelo, con las rodillas todavía débiles.

—¡Uf! —conseguí decir.

Cuando incliné el rostro para besarle otra vez, él giró la cara de manera que, si yo hubiera sido suficientemente persistente, le habría terminado besando en la mejilla. No lo fui. Al fin y al cabo, era lo bastante inteligente como para ser capaz de controlarme.

–Lo siento –se disculpó Johnny, y me apartó con delicadeza–. No puedo.

Se levantó. Se alejó de mí. Se fue.

Capítulo 16

–Y creo que voy a necesitar una maleta nueva –me estaba diciendo mi madre, continuando una conversación en la que no había sido capaz de concentrarme durante los últimos veinte minutos.

No le había importado. Parecía darse por satisfecha con poder hablar sobre su crucero mientras paseábamos por el centro comercial, y yo me conformaba con musitar algún ocasional «ajá» cuando se detenía y pretendía saber mi opinión. Pero debería haberme dado cuenta de que no era tan fácil engañarla. Lo único que estaba haciendo era esperar el momento de enfrentarse a mí, que resultó llegar delante de un yogurt helado en la zona de restaurantes.

–Y ahora –dijo mientras hundía la cuchara en un yogurt helado de vainilla y frutas del bosque–, cuéntame lo que te pasa.

Yo tenía un yogurt de chocolate y caramelo delante de mí, pero hasta el momento, lo único que había hecho con él había sido manchar la cuchara, en vez de llenarme el estómago.

–¿Mm?

–Emmaline –continuó mi madre en tono de advertencia–. Sé que te pasa algo. Cuéntamelo.

Abrí la boca dispuesta a soltarlo todo: las fugas, mi relación, aunque con una versión censurada, con Johnny... Tenía todo aquello en la punta de la lengua, pero vi las bolsas que tenía a sus pies y me tragué todas y cada una de mis palabras.

Mi madre se iba a ir a un crucero con mi padre. Iban a disfrutar de unas vacaciones sin mí. Las primeras en todos sus años de matrimonio. Conocía a mi madre suficientemente bien como para sospechar, o para tener la seguridad, de que bastaría una sola frase para que cancelara el viaje. Así que no la pronuncié.

—Problemas de chicos —dije en cambio.

Se animó al instante.

—¿De verdad?

No pude menos que echarme a reír, aunque la risa no alcanzó mi corazón.

—No te pongas tan contenta, por Dios.

—Si tienes problemas de chicos, es que hay un chico —replicó mi madre, y lamió la cuchara.

—Te comportas como si nunca hubiera habido un chico en mi vida.

—No habías vuelto a hablar de ese tema desde que te fuiste de casa.

Giré una y otra vez la cucharilla, convirtiendo el yogurt helado en una sopa. No me apetecía nada, pero, de todas formas, comí un poco, consciente de que el hecho de no comérmelo, alarmaría a mi madre más que ninguna otra cosa.

—Vamos, cuéntamelo.

—Bueno, para empezar no es un chico.

Mi madre se quedó callada un momento y cuando habló, lo hizo fingiendo naturalidad.

—¿Es... una chica?

Reí de todo corazón al oírla.

—Eh, no.

–¡Ah, bueno! Porque te acuerdas de Gina Wintzel, ¿verdad? Creo que iba un curso o dos por delante de ti en el colegio. Su madre trabaja en Weis Markets.

Sabía que si esperaba lo suficiente, la historia terminaría teniendo sentido.

–Sí, la conocía. Era una de las animadoras del equipo.

–¡Y es lesbiana!

Volví a echarme a reír.

–¡Pero mamá!

–Es verdad, me lo dijo su propia madre. Me contó que estaba con una mujer que conoció cuando estuvo trabajando en Arkansas.

–¿Porque Arkansas está llena de lesbianas? –pregunté al cabo de una breve pausa durante la que intenté en vano encontrarle sentido a aquella información.

–No tengo ni idea –contestó mi madre–. Solo te estoy diciendo lo que me dijo su madre. Están pensando en adoptar un niño.

–Eh… supongo que me alegro por ellas.

Recordaba a Gina como una rubia promiscua que en una ocasión me había hecho un comentario muy grosero sobre mi ropa, pero con la que, más allá de eso, nunca me había relacionado.

–Sí, me parece muy bien por ellas –dijo mi madre asintiendo y lamiendo de nuevo su yogurt–. Y también me lo parecería en tu caso.

–¿Si fuera lesbiana?

Me señaló con la cucharilla.

–Lo único que te estoy diciendo es que tu padre y yo te querríamos igual si fueras lesbiana. No sé, imagínate cómo se tienen que sentir los padres de esa chica que sale por la radio.

El hecho de no ser capaz de seguir con la misma facilidad de antes la lógica de mi madre me entristeció.

–¿Qué chica de la radio?

–Esa que canta *I Kissed a Girl*. Supongo que sus padres habrán pensado en ello.

–Estoy segura de que están muy orgullosos de su hija, mamá.

–Bueno, tu padre y yo también estamos muy orgullosos de ti, Emmaline, tanto si eres lesbiana como si no –aunque sonreía, a mi madre se le llenaron los ojos de lágrimas–. Eres una mujer guapísima. ¿Sabes? Nunca lo pensé, aunque siempre esperé que... Lo que quiero decir es que, no estábamos seguros de que...

–No soy lesbiana –le repetí, intentando evitar un derrumbe emocional.

Ya estaba suficientemente cerca de un estallido de sollozante angustia por culpa de mi síndrome premenstrual. No quería ponerme a llorar allí ni animar a mi madre a hacer lo mismo.

–Así que tienes problemas de chicos, pero no hay un chico. ¿Es un hombre entonces? –insistió encogiéndose de hombros, como si yo no estuviera yendo al grano.

–Bueno, sí, es un hombre. No es un chico. No, no es un chico en absoluto –fruncí el ceño al recordar que Johnny me había llamado «chica».

–Supongo que tienes razón. Ya tienes más de treinta años, ya va siendo hora de que salgas con hombres de verdad, supongo –mi madre sonrió–. ¿Y cómo es él?

–En realidad, no estamos saliendo. A mí me gusta mucho, pero... –suspiré y me aclaré la garganta para mantener los sentimientos bajo control–, yo no le gusto.

–Entonces es que es un estúpido.

–Vaya, mamá, gracias, pero creo que eres un poco parcial.

Mi madre volvió a sonreír y se comió los restos de yogurt que quedaban en el vaso.

–No importa, soy tu madre. Y tengo derecho a decir que un chico, perdón, un hombre, es un canalla porque no le gustas. ¿Cómo se llama?

–Johnny.

Mi madre soltó un bufido burlón.

–Ese no es un nombre para un hombre.

–Es una especie de… Supongo que se lo pusieron cuando era joven y ahora todo el mundo le conoce por ese nombre. Eso es todo. No le pegaría nada llamarse John. Es…, sencillamente, Johnny. La verdad es que le queda muy bien ese nombre.

–¿Estás segura de que no le gustas?

Pensé en cómo me había apartado, dejándome sola con la camiseta alrededor de las caderas y mi cocina oliendo a sexo.

–Sí, estoy segura.

–Es un idiota. Olvídate de él.

–No sé si puedo, mamá. Es imposible olvidarle.

–A cualquier hombre se le puede olvidar –replicó mi madre con expresión amenazadora.

Suspiré.

–A este no.

–¡Oh, Emm! Cariño, odio verte así. ¿Por qué siempre tienes que tomártelo todo tan a pecho?

Me eché a reír, a pesar del nudo que tenía en la garganta.

–Vaya, mamá, ¿dónde está tu apoyo?

–He dicho que era un idiota, ¿no?

Volví a reír.

–Sí, es un idiota.

–Pero te gusta –añadió mi madre con compasión–, estoy segura.

–Es, sencillamente, especial… –confesé con un suspiro.

Continué dando vueltas al yogurt, pero no conseguí comérmelo ni siquiera para evitarle a mi madre la preocupación.

–Es un hombre distinto. Con mucho talento, muy viajado. Ha vivido mucho. Mamá, me hace sentirme como una palurda. Como si fuera… una pobre chica.

–Eres una chica –señaló mi madre.

–Soy una mujer.

Me miró, suavizando su expresión.

–Lo sé, cariño. Y no hay ningún chico, ni ningún hombre, por cierto, tan especial como para que tengas que sentirte así.

Realmente, mi madre siempre ha sido adorable.

–Lo sé. No puedo evitarlo. Es simplemente que es tan… ¡bah! –apuñalé con la cuchara el yogurt deshecho–. ¡Tan estúpido! Sí, Johnny Dellasandro es un estúpido.

Mi madre, que se había empezado a reír, interrumpió sus risas.

–¿Por qué me suena tanto ese nombre?

–Es un pintor –respondí, aun a sabiendas de que no era probable que le conociera por eso–. Tiene una galería de pintura en Harrisburg.

–No, no es por eso –sacó un paquete de toallitas del bolso y se limpió con ellas cada dedo.

–Era… actor –añadí vacilante.

Arqueó las cejas.

–¿Un actor famoso… como Tom Cruise?

–No, no tan famoso. Pero un poco, sí –le dije pensando en las páginas webs y los artículos que había visto dedicados a él–. Hace mucho tiempo.

–¿Cuánto tiempo? –su voz sonaba recelosa. Y ella también lo parecía.

–Eh… –evitaba dar una respuesta–, en los setenta.

Mi madre se reclinó en la silla con los brazos cruzados.

–Y supongo que no era un actor infantil.

–No.

–¡Oh, Emmaline! –se interrumpió y frunció el ceño–. ¿No será ese tipo que sale en las películas de madrugada? Esas en las que enseña su… ya sabes el qué.

–Mm…

–¡Emmaline Marie Moser! –exclamó mi madre horrorizada.

Por muchos años que una tenga, el uso de tu nombre completo siempre le hace sentirse a una avergonzada.

–No me lo puedo creer –se inclinó hacia delante en la silla y bajó la voz como si estuviera hablando de algo obsceno–. ¡Pero si es por lo menos tan viejo como tu padre!

–No es verdad –le defendí–. Papá tiene cincuenta y nueve años y Johnny solo cincuenta y siete.

–¡Ay, Dios mío! ¡Dios mío! –se llevó la mano al corazón, pero se recobró inmediatamente–. Afortunadamente, no le gustas. ¡No debes gustarle! Porque si no fuera un estúpido, sería un… pedófilo.

–¡Mamá!

–Es demasiado viejo para ti, Emmaline.

–Mamá –dije más tranquila–. Tengo casi treinta y dos años. No creo que salir conmigo le convirtiera en un pedófilo.

–Sigue siendo demasiado viejo para ti –contestó con cabezonería.

Fruncí el ceño.

–¿Te parece bien que salga con una chica pero no que esté con un hombre mayor?

Aquello consiguió acallarla. Echaba chispas por los ojos. Pero por lo menos me miraba con el ceño fruncido y no preocupada por mí.

–No le gusto –repetí.

–Entonces es que es un idiota.

–¡Mamá! –sacudí la cabeza riendo–. Sí, es un idiota. Y es una suerte que yo no le guste.

Pensé en lo mucho que me había gustado sentir sus dedos dentro de mí y que me hiciera correrme con sus caricias, y tuve que estudiar el yogurt derretido muy minuciosamente. Había ciertas cosas que no quería compartir con mi madre, por mucho que la quisiera, por muy bien que me llevara con ella o por muchas otras cosas que pudiéramos compartir. Me obligué a morder un trozo de delicioso caramelo fundido, pero no lo disfruté.

—Te gusta de verdad, ¿no es cierto?

Me conocía demasiado bien. Era irritante.

—Bueno, sí. Ya te lo he dicho.

—Sí, ya me has dicho que es especial, ¿pero al principio no lo son todos?

Alcé la mirada hacia ella.

—¿Después dejan de serlo?

Sonrió con expresión ligeramente soñadora.

—Algunos lo siguen siendo. Como tu padre. Tu padre sigue pareciéndome un hombre muy sexy.

Arrugué la nariz.

—Eh, prefiero que no sigas por ahí. Estás hablando de mi padre.

Mi madre se echó a reír.

—Tú has preguntado.

Me alegraba de que su matrimonio fuera bien. Era una suerte tener unos padres que se querían. En ello no había nada de malo y lo sabía.

—¡Vamos! Si el chocolate no te hace sentirte mejor, a lo mejor te sirve de algo ir de compras.

Mi madre se levantó y tiró el recipiente vacío del yogurt. Yo la seguí.

—Sí, la pena es que estoy sin blanca.

—¡Emm! Si de esa forma pretendes que te compre un par de zapatos, te advierto que esa estrategia dejó de funcionarte en octavo grado.

Sonreí y la miré con expresión suplicante mientras reuníamos las bolsas y nos alejábamos de la zona de restaurantes.

–No, me temo que sigue funcionándome.

–Pero no le cuentes nada a tu padre. Ya está a punto de sufrir un ataque de nervios con todo lo del viaje –me aconsejó mi madre.

En realidad ni quería ni necesitaba comprarme nada, pero me gustaba ver que continuaba siendo capaz de convencer a mi madre.

–¿Y por qué está tan nervioso?

Comenzó a contármelo, pero me llamó la atención un puesto situado justo después de la zona de restaurantes. Había pasado por allí docenas de veces sin fijarme nunca. Nunca había necesitado un cinturón artesano de cuero, ni una pulsera. Pero aquel día... aquel día, como tantas veces me ocurría últimamente, fue distinto.

–Espera un momento –musité mientras mi madre continuaba caminando hacia la librería sin dejar de hablar–. ¡Mamá, espera!

–¡Hola! –me saludó el chico que estaba trabajando en el puesto.

Era una monada, con un flequillo emo que le tapaba el ojo y la raya pintada de una forma que hubiera hecho revolotear mi corazón poco tiempo atrás.

Pero, en aquel momento, me pareció demasiado joven.

–¡Hola! –le saludé–. ¿Me enseñas uno de esos?

Señalé unos pasadores de pelo. Estaban hechos de cuero, tenían forma de semicírculo y dos agujeros penetrados por una espiga de madera. No se parecían a nada que hubiera comprado nunca o que siquiera me hubiera puesto. Al menos en el mundo real. Pero, aparentemente, mi mente había pensado que me quedaban bien, puesto que había elaborado uno para mí en una de las fugas.

–Claro –sacó uno de los pasadores del exhibidor y me lo tendió–. También puedo personalizarlo.

Le miré mientras lo tomaba y me detuve. El vendedor me estaba mirando de arriba abajo y me sentí bien. Realmente bien. No habían vuelto a mirarme así desde la última vez que... desde la última vez que tuve una fuga. Fruncí el ceño.

–No necesito personalizarlo.

Deslicé la espiga de madera por los agujeros, intentando recordar si aquel pasador era como el que había aparecido en mi fuga. No le había prestado mucha atención y en aquel momento no recordaba si tenía algún dibujo o no.

–Te quedaría muy bien –parecía sincero–. Tienes una melena muy espesa.

–Gracias –le dije al cabo de un segundo.

Toqué la coleta que llevaba colgando sobre mi hombro. Sí, tenía una melena espesa. A veces demasiado para una goma normal. Siempre terminaban rompiéndose en los momentos más inoportunos.

–Me lo quedo.

Pagué poco menos que diez dólares por él, una cantidad bastante considerable para un pasador, pero era menos de lo que me hubiera hecho desistir. Me quité la goma y dejé caer la melena por mi rostro y mis hombros antes de recogérmela con los dedos en una coleta y colocarme el pasador. Moví la cabeza de lado a lado para ver si se caía, pero parecía estar firmemente sujeta.

–Estás genial –me alabó–. ¿Estás segura de que no quieres personalizarlo? Puedo ponerte un dibujo, o tus iniciales. Cualquier cosa.

–¿Qué te estás comprando? –preguntó mi madre, que volvía en aquel momento de la librería–. ¡Pero, Emm! ¿Qué es eso?

—Un pasador de pelo.

Se echó a reír.

—Yo tenía uno igual cuando estaba saliendo con tu padre. ¡Dios mío!

Sonreí.

—¿Y en el tuyo ponía tu nombre?

Se echó a reír otra vez.

—Creo que no. Creo que tenía una flor o algo así. En realidad, creo que todos tenían flores. O a lo mejor, hojas de marihuana, no lo recuerdo bien.

El chico del puesto disimuló una risa tapándose la mano. Yo sabía que no debería haberme sorprendido, pero me sorprendió

—¡Mamá!

—¿Qué? —preguntó, toda inocencia—. No estoy diciendo que la fumara. Lo único que estoy diciendo es que había muchísimas cosas con ese dibujo. Eso es todo, Emm. Vamos, hija, ¡estábamos en los setenta!

—Definitivamente, no quiero una hoja de marihuana en el pasador —le miré—. ¿Cuánto cuesta hacerle un dibujo?

—Es gratis. Y esa es la razón por la cual deberías grabarte algo. Porque está incluido en el precio.

—¿Qué tal mis iniciales? —se las dije—. E.M.M.

Tardó solo unos minutos, pero cuando me tendió el pasador, lo hizo con expresión de disculpa.

—Creo que le ha pasado algo a la máquina. He puesto tus iniciales, pero debo de haberme equivocado en el código, porque ha salido esto.

Flores y enredaderas. Continuaba siendo bonito. Me resultó familiar, y tragué una saliva amarga.

—Está bien, no te preocupes.

—¿Estás segura? Puedo grabarte otro.

—No —negué con la cabeza—, este está bien.

Me entregó el pasador junto a un papel con su número

de teléfono. Esperé a que me hubiera perdido de vista para tirar el papel a la papelera.

–¿Por qué has hecho eso? –me preguntó mi madre–. Era un chico muy guapo.

–Sí, es un chico muy guapo.

Pero yo no quería a un chico. Quería a un hombre. Quería a Johnny.

Capítulo 17

–¿Estás segura de que quieres entrar? –preguntó Jen–. Ya sabes que hay un montón de sitios a los que podríamos ir, Emm. El café del Mocha no está tan bueno.

Apreté la mandíbula y cuadré los hombros en mi abrigo al tiempo que subía el cuello para protegerme del viento. Estudié la cafetería desde fuera. Llevaba diez minutos fuera, esperando a mi amiga. No había visto entrar a Johnny. Y tampoco le había visto salir.

–No, no pienso permitir que ese hijo de perra me haga renunciar al Mocha. Maldito Johnny Dellasandro y quien demonios se crea –respondí con amargura.

El sabor de cada una de aquellas palabras se pegaba a mi lengua y me recordaba al sabor de la leche al cortarse. Era repugnante.

–Desde luego –Jen se estremeció mientras miraba hacia la calle de enfrente.

Había bajado considerablemente la temperatura durante los días anteriores, prometiendo nuevas nieves. Las nubes no podían haber reflejado de mejor forma mi humor. Desde que Johnny me había dejado colgada en la cocina de mi casa un par de días atrás, había estado oscilando entre una vergonzante desesperación y una furia a punto de estallar.

–Es solo que… –se interrumpió.

La miré. No podía sentir la nariz. Ni los pies. Ni la nuca, puesto que me había recogido el pelo con el pasador nuevo exponiendo estúpidamente la piel de mi cuello por encima de la seguridad de la bufanda. No quería estar helándome en una esquina como una prostituta barata, que era, exactamente, como Johnny me había hecho sentirme.

–¿No quieres entrar? –le pregunté.

–Lo que no quiero es que entres tú si lo vas a pasar mal –me contestó mi amiga.

Tuve que contestar muy lentamente para evitar que los dientes me castañetearan.

–¿Crees que voy a montar una escena? Porque no voy a hacerlo, Jen. No soy una chica aficionada a montar escenas. Pero antes me masturbo con un consolador de alambre de espino a dejar que Johnny me eche del Mocha. Este es un lugar especial para nosotras, y lo era antes de que supiera siquiera que él existía.

–¡Ay! –hizo una mueca y se echó a reír.

–Y sin lubricante –añadí, no tenía muchas ganas de reírme, pero, aun así, a mí también se me escapó una risa–. ¡Vamos! Aquí está helando. No me importa que Johnny esté o no ahí dentro. Ahora lo único que quiero es algo que engorde.

–Ahora mismo –dijo Jen–. Si estás segura, claro. Después de lo que has dicho, parece que lo estás, pero quiero estar segura de que estás segura.

–Estoy segura –no podía dejar de temblar y las palabras salían de entre mis dientes, que no paraban de castañetear–. De verdad, no sé qué problema tiene, pero por mí, que se pudra.

–Muy bien –gritó riendo y aplaudiendo–. ¡Vamos!

Johnny no estaba allí, lo cual hizo toda la conversación bastante decepcionante. Hicimos nuestros pedidos y nos los llevamos a una mesa, donde nos desprendimos de varias capas de ropa y nos sentamos para abrazar con las manos nuestras tazas humeantes. Todavía no tenía ganas de reír, pero con Jen enfrente de mí, era prácticamente imposible no terminar haciéndolo.

—Cuéntame cómo van las cosas con el director de la funeraria —le pedí mientras lamía la nubecita derretida que coronaba el café chocolateado con menta que estaba probando.

Tenía un bastoncito de menta y, aunque hubieran pasado ya dos meses desde Navidad, ¿quién podía resistirse a un detalle como aquel?

—Pues la verdad es que me encanta —dijo Jen.

—Genial. Eso es bueno, ¿verdad?

Jen metió la cuchara en su café y se encogió de hombros.

—Supongo que sí.

—¿Por qué solo lo supones?

Suspiró.

—Bueno, ya sabes cómo va esto. Te gusta un tipo. Mucho. Y a él le gustas. Todo va genial. Y yo estoy esperando el momento en el que todo se estropee.

—¿Pero por qué se va a estropear?

Volvió a encogerse de hombros.

—Porque es lo que pasa siempre.

—No siempre —contesté. Y añadí—. O al menos eso he oído.

—Sí, lo sé. El amor es como el hombre de las nieves. O las abducciones extraterrestres. Siempre tienes noticias de que otra gente las ha visto, pero nunca una prueba real. Es todo un misterio —Jen esbozó una mueca.

Suspiré. Mi sonrisa se esfumó al mismo tiempo que mi buen humor.

—Así es el amor.

–Oh, Emm. Lo siento. Siento que Johnny esté siendo tan imbécil –me apretó la mano–. Bonita blusa, por cierto.

–Bonito cambio de tema.

Bajé la mirada hacia la camisa que había comprado en el Ejército de Salvación. Tenía las mangas abullonadas, los puños estrechos y el cuello a juego con los puños.

–Estaba rebajada un cincuenta por ciento por lo fea que es.

–Es como si llevaras una camisa y un chaleco. Muy retro.

Me eché a reír.

–Los bolsillos tampoco son de verdad.

Jen miró por encima de mi hombro y suspiró.

–Me temo que ya es hora de cambiar otra vez de tema.

Se tensaron todos mis músculos. Enderecé la espalda.

–Es él, ¿verdad?

La campanilla de la puerta tintineó, imaginé, más que sentí, la corriente fría en la nuca. Me volví para mirarle, esperando que, como siempre, me ignorara. Pero no estaba dispuesta a permitir que saliera de aquella situación sin sentirse al menos culpable.

Johnny se detuvo en nuestra mesa. Saludó a Jen con un asentimiento de cabeza, pero no dejaba de mirarme a mí.

–Emm, hola. ¿Podemos hablar un momento?

Ignoré el grito ahogado de Jen y la patada que me dio bajo la mesa. Me aferré a la taza con las dos manos y le miré sin insinuar siquiera la más ligera sonrisa.

–Ya estás hablando conmigo, ¿no?

No pareció sorprendido, ni avergonzado, reacciones ambas que me habrían hecho disfrutar en grande. Johnny inclinó ligeramente la cabeza.

–En privado.

–Ahora estoy con mi amiga.

–En realidad –dijo Jen en tono de disculpa, aunque yo

no me creí ni por un instante que realmente lo sintiera–, tengo que irme. Le he prometido a Jared que le llamaría.

La miré con los ojos entrecerrados, pero no podía obligarla a quedarse cuando ya estaba levantándose y poniéndose el abrigo.

–Traidora –musité.

–Encantado de verte –le dijo ella a Johnny.

Johnny le sonrió.

–Hace tiempo que no pasas por la galería.

Jen se detuvo. Estaba estupefacta.

–Yo, eh...

–Estoy preparando una exposición de artistas noveles para dentro de un mes o dos. Deberías traerme algo para que le eche un vistazo.

Las dos reprimimos sendos gritos de sorpresa al mismo tiempo. Johnny no parecía sorprendido. Esperó pacientemente la respuesta.

–Sí, claro –contestó Jen vacilante. Y ensanchó entonces la sonrisa–. ¡Sí! Claro que llevaré algo.

–Pásate cualquier tarde de esta semana. Estoy allí hasta las siete.

–Genial. Muy bien.

Asintió y me dirigió una mirada de asombro y emoción que yo no iba a poder sofocar con mi propio fastidio.

–¿A qué viene todo esto? –le pregunté a Johnny.

–¿El qué?

Johnny apartó la taza de Jen y apoyó las manos en la mesa, juntando las yemas de los dedos. No se molestó en quitarse el abrigo. Quizá porque no esperaba quedarse mucho tiempo.

–¿Cómo sabías que Jen era pintora?

Ya no me apetecía seguir bebiendo y me dediqué a girar la barrita de caramelo de menta una y otra vez.

Johnny arqueó las cejas. Y elevó ligeramente la comisura de los labios. Yo odiaba esa sonrisa. Me tentaba a devolvérsela, y no quería hacerlo. En silencio, Johnny señaló la pared del Mocha en la que colgaban cuadros y fotografías que estaban a la venta. Algunos eran de Jen.

—No imaginaba que te habrías fijado en ellos —dije fríamente—. Y, menos aún, que hubieras prestado atención a quién era Jen.

—¿Crees que no conozco a la gente que viene a este café? —la sonrisa de Johnny no había cobrado todavía todo su poder, pero estaba a punto de hacerlo—. ¿Crees que vengo aquí y me tomo un café sin fijarme en nada?

—Sí, eso es lo que creo —la barrita de caramelo se partió entre mis dedos y dejé que las dos partes se deshicieran en el café chocolateado.

—Pues bien —replicó Johnny bajando la voz—, no es así.

Mantenía firme la mirada y su sonrisa creció un milímetro más. Me mordí el interior de la mejilla con fuerza para evitar la tentación de ceder a su encanto.

Olía a naranjas.

Parpadeé en contra de mi voluntad y respiré hondo, no intencionadamente, sino como una reacción refleja. El olor se hizo más intenso. Me levanté arrastrando la silla hacia atrás.

—Tengo que irme.

—Emm —dijo Johnny, levantándose también—, espera.

No esperé. Estaba a punto de perder la conciencia. Caí precipitadamente en la oscuridad y resurgí resollando, como si estuviera emergiendo del fondo de un silencioso y tranquilo lago.

No hacía frío. Hacía calor. Estaba en el cuarto de baño, aferrándome a un frío lavabo de porcelana. El agua corría. Yo estaba empapada en sudor. Cuando me humedecí el labio superior, sentí el sabor de las gotas saladas.

Puse las manos en cuenco para tomar agua, me las llevé

a la boca y bebí. Tragué con fuerza y me lavé la cara sin importarme que se mojara la blusa e incluso la parte delantera de mis vaqueros de cintura alta. Miré mi reflejo. Mis ojos tenían una expresión febril y tenía el rostro empapado.

Me volví lentamente y miré a mi alrededor. No había nada mejor para indicarme la fecha en la que estaba que la cortina de la ducha, una cortina de diseños geométricos en colores rojo, naranja y verde lima. Bueno, eso y el hecho de que un minuto atrás estaba en el Mocha, dispuesta a salir de estampida y maldiciendo al arrogante capullo de Johnny Dellasandro.

Y de pronto estaba allí, pensando en acostarme con Johnny. Me sequé las manos con una toalla que no estaba muy limpia y abrí la puerta del cuarto de baño. Allí encontré a Johnny, desnudo en una cama con las sábanas revueltas.

—Hola, nena —dijo. Se interrumpió y me miró con el ceño fruncido—. ¿Por qué te has vestido?

Bajé la mirada hacia mi ropa.

—Yo...

—Mierda —se echó a reír—. A Sandy no le hará ninguna gracia que te hayas puesto su ropa. ¿Pero a quién le importa? Esa camisa te queda mejor a ti. Sandy no tiene el pecho que hace falta para lucirla.

Yo todavía estaba enfadada y aquello no me hizo sentirme mejor. Me llevé una mano a la cadera sin importarme que aquello fuera una fuga y, por lo tanto, que, en realidad, estuviera discutiendo conmigo misma.

—¿Y qué hacía su ropa en el cuarto de baño? ¿Por qué demonios entra y sale esa zorra de aquí como si estuviera en su propia casa y tú le pertenecieras? Y, sin embargo, a mí no me das ni la hora.

Johnny se sentó sin molestarse en ocultar su desnudez.

—¿De qué demonios estás hablando?

Tomé aire con fuerza. Estaba tan desorientada que tuve que aferrarme al marco de la puerta.

–De ella, de Sandy, de tu esposa. ¿Te acuerdas de ella?

–Ya te dije que habíamos cortado –se levantó de la cama y caminó descalzo hacia mí.

Tenía un cuerpo maravilloso.

–No te enfades conmigo, nena –musitó contra mis labios–. Vamos, desnúdate y vuelve a la cama.

Le empujé por el pecho hasta que se alejó de mí.

–No.

Su expresión se oscureció.

–¡No entiendo a las mujeres! ¿Eso es lo que te pasa después de acostarte con un nombre? ¿Te metes en el cuarto de baño todo sonrisas y sales como si quisieras matarme?

–¿Hace cuánto tiempo? –le pregunté.

–¿Hace cuánto tiempo? Hace más o menos un año que nos separamos.

–No, ¿cuánto tiempo hace que me metí en el cuarto de baño?

Me obligué a pronunciar aquellas palabras con la lengua seca y los labios entumecidos.

–No lo sé. ¿Cinco minutos?

–¡Oh, Dios mío!

No solo había vuelto al mundo que yo misma había creado para satisfacer mis deseos a partir de una sobredosis de Internet, sino que estaba saliendo y entrando ininterrumpidamente en él.

Regresé tambaleándome al cuarto de baño, donde me incliné sobre el lavabo y bebí compulsivamente, segura de que estaba a punto de vomitar hasta la última gota del café chocolateado con menta. Tenía los ojos cerrados, de manera que no podía verle, pero oí el susurro de los pies de Johnny sobre las baldosas y sentí su mano en el hombro.

Sin abrir los ojos, abrí el grifo, metí la mano bajo el chorro de agua fría y me presioné después las mejillas y la frente.

–¿Estás bien? –me preguntó Johnny, acariciándome la espalda–. ¿Qué te pasa?

–Hace calor, mucho calor –contesté, y me pregunté inmediatamente por qué había mentido.

–Bebe algo –continuaba acariciándome.

Me sentía mejor cuando me acariciaba, pero continuaba aferrada al lavabo y no me aparté de allí hasta que no estuve completamente segura de que no iba a vomitar. Después, volví a lavarme la cara y con el rostro goteando, me volví hacia él.

–¿Qué es todo esto, Johnny?

–¿Qué es qué?

Sacó una toalla de un cajón y me secó delicadamente la cara. Me tomó por la barbilla y me miró a los ojos antes de darme un beso en la frente. Me estrechó contra su pecho y me abrazó.

No me importó que hiciera demasiado calor para abrazarle, ni sentir bajo la mejilla su pecho caliente y sudoroso. Presioné los labios contra él. Sabía a sal y a sexo.

–Esto, nosotros.

Johnny se echó a reír.

–No lo sé. ¿Qué quieres que sea?

–Quiero que lo sea todo, Johnny –se me quebró la voz.

–Eh –dijo él suavemente–, tranquila. Shhh.

En realidad, no estaba llorando, pero estaba temblando de tensión y Johnny creyó que estaba llorando. Fue muy agradable sentir el modo en que me abrazaba. Era un recuerdo de lo que había pasado en su despacho, excepto que en aquel mundo irreal, yo sabía que si le besaba, Johnny me devolvería el beso.

–¿Entonces por qué no puede ser? –preguntó Johnny al cabo de un minuto.

El ambiente del cuarto de baño estaba cargado de calor y de humedad. Tenía que esforzarme para respirar. Y también para hablar.

–Porque nada de esto es eral.

–¡Eh! –me apartó delicadamente, sin dejar de agarrarme por los antebrazos–. No digas eso. Claro que es real. Yo estoy aquí, tú estás ahí…

–No –negué con la cabeza y deslicé las manos por su pecho y su vientre–. Ni tú ni yo estamos aquí. Esto no es real en absoluto.

–¿Entonces qué es? –inclinó la cabeza y me dirigió una sonrisa–. Porque a mí me parece real.

Deslizó la mano en el interior de la blusa para acariciarme el seno.

–Y esto también me parece muy real.

Me aparté de él y di media vuelta. Pero con el lavabo tras de mí, no podía moverme de allí.

–Es posible que a ti te parezca real. Tú siempre eres real para ti mismo. El problema, Johnny, es que todo esto está dentro de mi cabeza. Me lo estoy inventando. Nada de esto es verdad. Solo es algo que está pasando en mi cerebro.

Johnny no se rio de mis palabras. Y tampoco intentó acercarme a él, pero no se movió para evitar que me marchara.

–Emm, mírame.

Le miré. Estaba tan guapo, tan joven. Con el rostro liso, sin una sola arruga. ¿Qué tenía de malo apreciar la belleza de su juventud? Sobre todo cuando tenía el recuerdo de su verdadero rostro superponiéndose al que tenía delante de mí. Las arrugas en las comisuras de sus ojos, las canas en las sienes, todos ellos eran rasgos del verdadero Johnny que yo encontraba deliciosos, pero no podía negar que el hombre que tenía delante de mí estaba en todo su esplendor.

–¿Qué es lo que no te parece real de todo esto? Ya sé que no nos conocemos desde hace mucho tiempo, pero...

–No es eso –sacudí la cabeza.

Mi melena había comenzado a salirse del moño en el que me lo había recogido en la parte de atrás de la cabeza.

Alargué la mano hacia el pasador, me lo quité y se lo mostré.

–Esto es real. Me lo compré por algo que tú me dijiste. Me dijiste que me lo había dejado aquí, que era mío.

Johnny me miró confundido.

–¿Te dije eso? ¿Cuándo?

–Me lo dijiste en la cocina. Me dijiste que era mío, aunque yo nunca lo había visto. Me dijiste que me lo había dejado en tu casa. Después, lo vi en un centro comercial y me lo compré, precisamente porque me recordó al tuyo. Esto es una locura, Johnny. A lo mejor estoy loca.

–Todos estamos un poco locos, Emm, no pasa nada –sonrió.

No pude devolverle la sonrisa. Tiré el pasador de cuero al lavabo, donde el cuero se oscureció con la humedad. Miré de nuevo a Johnny.

–Nada de esto es real, por eso no puede durar.

–¡Mierda! –Johnny frunció el ceño–. Hay muchas cosas que duran. No pongas fin a esto antes de que haya empezado.

–¡Pero es que ya ha terminado! –grité.

Johnny retrocedió varios pasos con los ojos entrecerrados y los puños ligeramente apretados, como si temiera que pudiera pegarle. Había estado casado con Sandy, una mujer a la que no me costaba nada imaginar dándole una patada en los genitales a un hombre desnudo. Pero yo no era esa clase de mujer.

–Ha terminado porque nunca ha empezado –susurré–. ¿Es que no lo entiendes?

–No, no lo entiendo.

–Esto no es real –alargué la mano para señalar el cuarto de baño–. Nosotros no somos reales. En algún lugar, fuera de aquí, tú estás sacudiéndome…

Estaba temblando, pero no por culpa de los nervios o de un ataque epiléptico, sino porque una mano fantasma me empujaba hacia detrás y hacia delante.

–¿Emm? –Johnny parecía asustado

–Sacúdeme –susurré con voz ronca, y después más alto–. Sacúdeme para salir de aquí.

–¿Salir de dónde? –gritó Johnny, alargando la mano hacia mí–. Dios mío, Emm, me estás asustando de verdad.

–Sacúdeme para salir de la inconsciencia. Devuélveme a la realidad –le empujé y pasé por delante de él.

–¿Adónde vas? –me gritó desde el marco de la puerta.

Yo continué caminando a paso firme, cruzando el dormitorio y sin saber en realidad adónde iba.

Pero tampoco me importaba.

–¿Piensas volver? –gritó–. ¡Emm! ¡Dime que vas a volver!

–No lo sé –respondí mirándole por encima del hombro mientras abría la puerta del dormitorio–. Nunca lo sé.

Y de pronto, me descubrí parpadeando y con la visión borrosa, y vi la mano de Johnny en mi hombro.

–Emm –me estaba diciendo con delicadeza–, tienes que creerme cuando te digo que lo siento.

Capítulo 18

–¿Por qué? –pregunté estúpidamente.

Me había perdido algo importante. Miré la mano que tenía en el hombro con un gesto suficientemente elocuente y él la apartó.

Johnny se detuvo antes de contestar.

–Has vuelto a perder la conciencia… ¿eh?

Alcé ligeramente la barbilla.

–No ha sido nada.

–Claro que ha sido algo –respondió.

Pero antes de que pudiera decir nada más, sonó el teléfono que tenía en el bolsillo del abrigo.

Lo sacó para descolgarlo y yo aproveché el momento en el que estaba contestando para alejarme de él. Me hizo un gesto para que esperara, pero no lo hice. Agarré el abrigo y el bolso y me alejé de la mesa sin tirar siquiera el vaso de cartón. Que lo hiciera él. Yo tenía que salir cuanto antes de allí.

Me dirigí a mi casa por el camino más largo. Me gustó sentir el frío en el rostro, aunque cuando llegué a casa, no sentía la nariz. Ni los pies. El cielo estaba cada vez más oscuro y cubierto de nubes y en el aire se adivinaba la promesa de la nieve.

Acababa de cruzar la puerta de mi casa cuando sonó el teléfono. Miré el identificador de llamadas.

–¿Qué quieres?

–¿Siempre contestas así el teléfono?

–Solo cuando eres tú –le contesté a Johnny.

Se echó a reír y a mí me molestó que encontrara gracioso mi enfado.

–Es la primera vez que te llamo.

–Pues a lo mejor tampoco deberías haberme llamado hoy.

–Emm, lo siento, pero tengo que hablar contigo.

Apreté los puños para recobrar la circulación, uno cada vez, y cambiándome el teléfono de mano a mano.

–¿Por qué?

–Ya sabes por qué.

–En realidad, no.

Conecté el hervidor de agua pensando en prepararme un té y decidí al final que prefería un chocolate. Pero entonces, me acordé de la última vez que me había preparado un chocolate y me decidí de nuevo por el té.

– Lo que pasó la otra noche, Emm, no estuvo bien.

–Claro que no estuvo bien.

–Lo siento –se disculpó Johnny–. No debería haber dejado que las cosas fueran tan lejos.

–No, lo que deberías sentir es haberte ido después como si fuera una basura –me interrumpí al darme cuenta de que, inconscientemente, estaba imitando su acento.

Johnny permaneció en silencio durante varios segundos.

–No pretendía hacerte sentirte así, Emmaline.

Era la primera vez que pronunciaba mi nombre completo, aunque no la primera que le oía decirlo. El sonido de mi nombre en sus labios fue un potente recuerdo de los estragos que estaba sufriendo mi cerebro. Apagué el hervidor y me preparé una taza de menta-poleo sin darle tiempo al agua de empezar a hervir.

–Pues lo hiciste.

El sonido de su suspiro cosquilleó en mis tímpanos a través del teléfono.

–Lo siento.

–Ya me compensarás por lo que has hecho.

A veces, en silencio una puede percibir una expresión, pero en aquella ocasión, fui incapaz de hacerlo. ¿Estaría sonriendo otra vez, profundizando las arrugas que rodeaban sus ojos? ¿O estaría frunciendo el ceño con aquel gesto que me entraban ganas de borrar con el pulgar? O a lo mejor le estaba dirigiendo al teléfono esa mirada evaluadora que me había dirigido a mí en otras ocasiones.

–¿Cómo?

–Puedes invitarme a cenar, por ejemplo –contesté, asombrada por mi propio atrevimiento y, al mismo tiempo, completamente convencida de que era aquella la manera de hacer las cosas–. Me gusta la comida italiana.

–Así que una cena para empezar, ¿y después qué?

–Empezaremos con la cena. Después veré si estoy suficientemente apaciguada.

Aquella vez, percibí su sonrisa tan claramente como si hubiera podido verla.

–¿Cuándo puedo pasar a buscarte?

–Mañana a las siete y media.

–Procura estar preparada para entonces.

–Eres tú el que tiene que estar preparado para convencerme de que no eres un idiota –repliqué.

Lo oí reír suavemente.

–Haré lo que pueda.

–Hasta mañana entonces, Johnny –colgué el teléfono sin darle tiempo a contestar.

Johnny se presentó en mi casa con un ramo de flores.

Aquella era una de las diferencias entre estar enamorada de un hombre o de un chico. Aquella prometía ser una verdadera cita, no una simple quedada. No iba a ser un encuentro a base de cerveza y alitas de pollo en un bar en el que estuvieran poniendo un partido de fútbol en una enorme pantalla de televisión y con tipos que se dejaran caer constantemente por la mesa para chocar la mano con mi cita y mirarme sin ningún disimulo. Aquella iba a ser una cita especial.

–Estás muy guapa –Johnny me tendió un ramo de azucenas y margaritas, dos flores que yo nunca habría juntado en un ramo.

Me acerqué las flores a la nariz.

–Gracias. Son preciosas. Déjame ponerlas en agua y después nos iremos.

Johnny entró en el vestíbulo de mi casa. Le hice un gesto para que me siguiera hasta la cocina. Una vez allí, se detuvo vacilante en la puerta y yo reprimí una sonrisa mientras llenaba un jarro de agua y cortaba los tallos de las flores antes de meterlas en agua. Cuando me volví secándome las manos con una toalla de papel, le descubrí con la mirada clavada en el taburete en el que había estado sentado la última vez.

–¿Estás listo? –le pregunté.

El mundo entero parecía ponerse del revés cuando me miraba de aquella manera.

–Creo que no, pero supongo que, de todas formas, te llevaré a cenar.

Y lo hizo. Veinte minutos después, estábamos en un delicioso restaurante del que había oído hablar, pero en el que nunca había estado. Me abrió la puerta del restaurante y la del coche y me separó la silla de la mesa. Fue un tratamiento de primera clase en todo momento y yo lo disfruté como si fuera aquel el primer plato y no la deliciosa lasaña recomendada por el camarero.

No pensé que la conversación pudiera ser fluida. Johnny no había demostrado ser un gran conversador, al menos en el tiempo real, en el tiempo presente. Sin embargo, una vez estuvo sentado frente a mí, demostró tener muchas cosas que decir sobre un gran número de temas y yo me permití mecerme en las cadencias y las elevaciones de aquella deliciosa voz.

—No estás hablando mucho —me dijo tras hacer una pausa para beber un trago del excelente vino que me había invitado a probar.

—Estoy escuchando — yo también bebí un sorbo de vino, reteniéndolo en la boca antes de tragar.

—¿Cómo está el vino?

—Muy bueno. No suele gustarme el vino tinto, pero este está realmente bueno.

Bebí otro sorbo y partí un pedazo de pan italiano para empaparlo en aceite de oliva.

—Continúa hablando.

Pero Johnny no lo hizo inmediatamente. Me observó a través de la mesa. Teníamos hasta velas para dar ambiente. El resplandor dorado del fuego realzaba el brillo de su pelo y se reflejaba en sus ojos. Me hizo acordarme de la primera fuga en la que había aparecido, cuando le había visto recortado contra la luz del sol.

—¿Qué pasa? —preguntó Johnny.

—Tú —contesté—. Eres tan...

—¿Viejo?

—¡No! No eres viejo. Iba a decir atractivo.

Johnny se reclinó en la silla, inclinó la cabeza y curvó los labios. Conocía esa mirada. La había visto en fotografías y en películas. Y también en mi propia cabeza.

—Soy viejo —insistió. Sonó en ese momento su teléfono móvil—. Lo siento.

Me dediqué entonces a mojar el pan en el aceite de oliva y en la salsa que había quedado de la lasaña para posteriormente masticarlos y tragarlos. Y mientras saboreaba el ajo y el aceite, pensé en que debería haberme llevado algún chicle o algún caramelo de menta. No quería oír la conversación de Johnny, pero, por supuesto, lo hice.

–Cariño, escucha… No, sí, claro que iré. No me lo perdería por nada del mundo –Johnny frunció el ceño–. La última vez te dije que no podía porque… Sí, sé que él sí puede. Mira, ¿el niño se ha quejado? Porque yo hablé con él hace un par de noches, le pregunté que si le parecía bien que me quedara con él otra noche y me contestó que sí…. Sí, claro, sé que pudo sentirse obligado, pero no por nada que yo le dijera… Cariño… Sé que… Sí, estaré allí, te lo prometo. ¿Alguna vez no he cumplido una promesa?

Otro silencio. Más ceño fruncido. Bebí un sorbo de vino para eliminar el sabor del ajo mientras Johnny se frotaba entre los ojos con el pulgar y el índice.

–¿Durante los dos últimos años? –silencio– Sí, yo pensaba que… Bueno, no me presiones tampoco. Todo eso… Sí, lo siento, sí… lo sé. Ya hablaremos más tarde.

Colgó el teléfono, volvió a guardárselo en el bolsillo del abrigo y me miró con un suspiro.

–Lo siento.

Me limpié la boca con la servilleta.

–Mm.

Johnny se echó a reír. Me encantaba el sonido de su risa.

–Me estás mirando de una forma muy rara.

–¿No sabes que es de mala educación aceptar la llamada de una mujer cuando estás saliendo con otra?

No sabía de dónde salía tanto descaro. Solo sabía que abría la boca y me salía así.

–Otra… ¡Ah! –Johnny asintió sin dejar de sonreír–. Bueno, ya me viste con ella en el Mocha.

Me humedecí los labios. Me sabían a ajo y a aceite. Los ojos de Johnny resplandecieron a la luz de las velas. Miró mi boca.

—¿Ah, sí? ¿Y eso hace que sea menos grosero?

—Te gusta hacérmelo pasar mal, ¿eh?

Sonreí sin decir nada.

—Es mi hija —me aclaró Johnny—. Kim.

Me asaltó la imagen de un bebé en pañales y oliendo a caca y me erguí en la silla.

—Pero es…

Por supuesto, ya no era un bebé. Había leído algo en alguna parte sobre su mujer y su hija. Eso explicaba que aparecieran en todas mis fugas. Jamás se me había ocurrido relacionar la imagen borrosa de la niña que aparecía en las fotografías con la mujer que había visto con él en la cafetería.

—Lo sé —contestó Johnny—, aunque a lo mejor ahora entiendes por qué he sido tan grosero.

Lo entendía, y mi rostro debió demostrarlo.

—Es la diferencia de edad —añadió con voz queda, inclinándose hacia delante.

—¿Ya estamos otra vez? —recordé de pronto lo que había dicho mi madre y fruncí el ceño—. Hay muchos hombres que salen con mujeres más jóvenes que ellos.

—Eres más joven que mi hija —Johnny sacudió la cabeza. Parecía pesaroso—. Kimmy tiene por lo menos un par de años más que tú. Y te diré algo, Emm. Solo he vuelto a formar parte de su vida desde hace un par de años. Sé que se pondría histérica si me presentara en casa con una novia que podría ser su hermana pequeña.

Sí, aquello tenía sentido, pero para otros. No para nosotros y no podía estar segura de por qué.

—Déjame preguntarte algo, ¿está casada?

—Sí, tiene un hijo y todo. Soy abuelo —Johnny sonrió al

decirlo y vi cómo se le iluminaba la cara–. Es un niño encantador. Ahora tiene seis años.

–¿Tú le dijiste a ella con quién tenía que casarse? ¿Hiciste algún comentario sobre la edad de su marido?

Johnny me miró abiertamente.

–No voy a mentirte. ¿Crees que soy un estúpido? Porque mi hija también lo cree. Y las dos tenéis motivos para pensarlo.

Me arrepentí de estar haciéndole pasarlo mal, aunque continuaba pensando que había sido muy desconsiderado por su parte eso de largarse de la cocina de mi casa como lo había hecho. Pero no hice ningún comentario. Me limité a dejarle hablar.

–Su madre y yo rompimos antes de que ella naciera. Los dos éramos jóvenes y nos pareció divertido casarnos. Cuando Sandy se quedó embarazada, yo estaba dispuesto a formar una familia, pero... –se encogió de hombros–. Era imposible tratar con ella. Y yo estaba trabajando con toda esa gente, con todas esas mujeres...

–No hace falta que me lo expliques, he visto las películas.

No pareció avergonzado, se limitó a inclinar la cabeza y a mirarme con atención.

–Así que lo sabes.

–Eso fue hace mucho tiempo, ¿crees que ahora podría importarme?

–¿Lo de las mujeres? No. Pero a lo mejor sí te importa que no formara parte de la vida de mi hija tal y como ella se merecía. O el hecho de que dejara que su madre se la llevara y la tuviera expuesta a todo tipo de porquerías, sabiendo incluso que iba arrastrándola de un sitio a otro –Johnny volvió a negar con la cabeza–. No, Emm, eso es algo que no corrige el tiempo y que tampoco se justifica porque entonces fuera joven y estúpido. Es mucho lo que le debo a esa

niña y ahora estoy haciendo todo lo posible para devolvér-
selo.

—Por eso precisamente no eres un cretino.

Sonrió y se encogió de hombros.

—Eso no es una excusa. Pero esa es la razón por la que
hice lo que hice aquel día. Por eso he estado intentando
evitarte.

Alargué la mano hacia la suya a través de la mesa y él
no la apartó. La sostuve hacia arriba y dibujé las líneas
como si fuera una pitonisa, aunque solo podía leer el pasado, no el futuro.

—Entonces, ¿qué estás haciendo ahora conmigo?

Johnny cerró los dedos sobre mi mano y la retuvo con
fuerza.

—No he podido evitarte. Te encontraba fuera a donde
fuera.

—Lo dices como si estuviera siguiéndote —mis palabras
salieron como un susurro ronco y emocionado.

Sus ojos volvieron a brillar. Me acarició el dorso de la
mano con el pulgar y sentí aquella caricia en todo mi cuerpo.

—No me seguías. Pero, aun así, me resultaba imposible
alejarme de ti.

—¿Y querías alejarte de mí?

Aquello me dolió menos de lo que debería porque el
calor de su mirada contradecía sus palabras.

—Sí.

—¿Por qué, Johnny? ¿Por qué querías alejarte de mí?

—Porque me asustas.

Le apreté la mano.

—Yo no doy miedo, Johnny. A lo mejor soy un poco
mandona, pero…

—Definitivamente, eres muy mandona —me apretó la mano.

—Yo solo… No puedo explicarte por qué —le dije en voz
baja.

Todo a nuestro alrededor, el tintineo de los cubiertos y los platos y el suave murmullo de las conversaciones, me recordaba que no estábamos solos, pero aun así, lo único que yo veía ante mí era el rostro de Johnny. Nos dábamos la mano como si fuéramos amantes, aunque estaba bastante claro que no lo éramos. Una vez más, no éramos lo que no éramos.

–Hay algo especial en ti, eso es todo. Sé que probablemente muchas mujeres te habrán dicho lo mismo, pero…

–Cientos, seguramente.

Le apreté la mano.

–¡Eh!

Se echó a reír y suavicé la presión. Entrelazamos los dedos. Era un poco incómodo estar sentados en la mesa de esa forma, pero yo no quería soltarle. No cuando por fin le tenía agarrado. Le agarré con fuerza.

–Pero ninguna como tú, Emm, ninguna como tú.

Capítulo 19

Decidí tomármelo como un cumplido, aunque no estaba segura de que lo fuera. Conseguí superar la cena sin ponerme en ridículo, aunque cada vez que se limpiaba la boca, deseaba ser yo su servilleta. Pensé que seguramente Johnny lo sabía, pero, si así era, no dio ninguna muestra de ser consciente de ello. Se limitó a seguir hablando.

Y después… me llevó a casa.

Me detuve en los escalones de la entrada, esperando que me besara. Y me besó. En la mejilla. Fue un beso dulce y tierno en la comisura de los labios. Yo sabía a ajo y a aceite de oliva, pero abrí la boca, aunque para entonces ya era demasiado tarde. Johnny ya se había apartado.

La esencia de los cítricos flotaba en el frío aire de la noche.

Retrocedí un paso.

—Johnny —susurré, pero no fue el Johnny del presente el que contestó.

—¿Esto te gusta, nena? —dijo Johnny detrás de mí, con aquella voz resbaladiza y dulce como la mantequilla. Me volví hacia la entrada de mi casa y me encontré rodando en la cama de Johnny.

—¿Johnny?

Estaba desnuda, a su lado, con el cuerpo empapado en sudor y su mano entre mis muslos. Comenzó a mover los dedos y me descubrí temblando y consumida por el placer. Y, casi inmediatamente, comencé a parpadear y me vi levantándome de mi sofá. Un trapo húmedo cayó de mi frente. Me caía agua por las mejillas y empapaba la pechera de la camisa. Tenía el pelo mojado.

–¿Qué demonios…?

Johnny paseaba nervioso por la habitación, mordiéndose el pulgar. Giró en ese momento y se agachó a mi lado.

–¡Dios mío, Emma!

Estaba de rodillas ante mí y me agarró las manos. Yo me senté, pero él me empujó para que no me moviera.

–¿Qué ha pasado?

Tenía el estómago revuelto y hecho un nudo. En realidad, sabía perfectamente lo que me había ocurrido.

–Has perdido la conciencia. Ha sido como si te hubieras apagado.

Abrí la boca al oírle describir lo que me había pasado como lo hacía muchas veces yo.

–¿Durante… cuánto tiempo?

–Durante quince minutos. ¡Mierda!

Johnny se levantó y empezó a caminar otra vez, apartándose el pelo que le caía por la cara.

–Si hubieras seguido así cinco minutos más, habría llamado a la ambulancia.

–¡Dios mío!

Me senté y enterré el rostro entre las manos para combatir la sensación de mareo que inmediatamente me asaltó.

Sentí el peso de Johnny a mi lado y su brazo alrededor de los hombros.

–Me has dado un susto de muerte, Emm.

Se levantó al cabo de medio minuto.

–Voy a llamar al médico.

–¡No! –alcé la mirada y Johnny se detuvo–. No, por favor.

Johnny se sentó a mi lado con ternura y volvió a tomar mi mano entre las suyas.

–Emma, tengo que llamarle. Estabas completamente inconsciente. Te sacudía y no respondías. Decía tu nombre y nada. Has estado así quince condenados minutos. Estaba muy preocupado.

Oí alarmada que se le quebraba la voz y le miré a los ojos.

–Lo siento. Pero, por favor, Johnny, no llames al médico.

–Pero si te ocurre algo…

Sacudí la cabeza.

–Ya te lo dije la otra vez. Es algo que me sucede desde hace años. No hay ningún tratamiento para curarlo. Y si me llevan al hospital, me harán todo tipo de pruebas. Pueden quitarme el carné otra vez. Y si no tengo carné de conducir, no puedo trabajar. Y si no trabajo, no podré pagar esta casa. No podré seguir viviendo aquí. Tendré que volver a casa de mis padres y…

–Shh. No, no tendrás que irte de aquí.

Sacudí de nuevo la cabeza, luchando contra las lágrimas.

–Sí, tendré que irme.

–Yo te llevaré en coche al trabajo.

Tragué saliva con fuerza.

–Pero si tú ni siquiera… ¿Por qué ibas a hacer una cosa así?

–Para que no te pase nada. Y para que en la carretera esté todo el mundo a salvo.

–No, lo que te estoy preguntando es por qué quieres asumir un compromiso como ese. Solo hemos tenido una cita. Dejando de lado lo que pasó en la cocina, solo hemos salido juntos una vez. Y antes de hoy, apenas me hablabas.

Es cierto que me has aclarado más o menos por qué, pero eso no cambia el hecho de que no tienes ninguna razón para involucrarte hasta ese punto en mi vida. Para hacerme ninguna promesa.

–¿Para ayudarte? –me preguntó, y me apartó un mechón de pelo de los ojos–. ¿Por qué no voy a querer ayudarte, Emm?

–¿Llevándome al trabajo en coche? –solté una risa cruel y me levanté–. Eso no es ayudarme. Eso es cuidar de mí.

–¿Y eso que tiene de malo?

Me volví hacia él.

–Apenas me conoces.

Abrió la boca, pero no salió de ella ninguna palabra. La cerró un segundo después. Parecía dolido.

–Si no me dejas llevarte en coche al trabajo, llamaré a urgencias y diré que te he encontrado inconsciente en casa. Enviarán a alguien inmediatamente y aunque intentes mentir, teniendo en cuenta tu historial médico, ¿no crees que terminarán averiguando la verdad?

–No eres capaz –tenía los ojos llenos de lágrimas y un nudo en la garganta.

Johnny me miró muy serio.

–Claro que soy capaz.

–¡Sería algo miserable! –le espeté.

Pero sabía que la situación estaba yendo demasiado lejos. No estaría bien ponerme en peligro y, menos aún, poner en peligro la vida de otros.

–Lo sé –alargó la mano para agarrarme por la muñeca y me hizo dar unos cuantos pasos para acercarme a él–. Lo sé y lo siento, pero tengo que hacerlo.

Dejé que me estrechara contra él y aunque intenté no llorar, terminé haciéndolo. Johnny me acariciaba el pelo una y otra vez y sentía su aliento en la cabeza. Cerré los ojos y me aferré con fuerza a él.

–Pero si tú ni siquiera…

Interrumpí mi protesta. En realidad, quería lo que me estaba proponiendo. ¿Por qué me oponía a ello con tanta vehemencia?

–Quiero hacerlo.

No era eso lo que iba a decir, pero, aun así, asentí. Acaricié con la mejilla la pechera de su camisa. Sentí el arañazo de los botones. Me aparté y alcé el rostro hacia él.

–¿Johnny?

–¿Sí, nena?

Parpadeé al oír aquella palabra de cariño que me resultaba tan familiar.

–Gracias.

Sonrió y me dibujó las cejas con el dedo. Enmarcó mi rostro con las manos y me dio un beso en la frente.

–De nada. Emm, me paso todo el día en casa, ¿crees que tengo algo mejor que hacer que trabajar de chófer para una chica tan guapa?

Había vuelto a llamarme «chica» y lo de guapa no ayudaba mucho. Volví a mirarle.

–Así es realmente como me ves, ¿verdad? Como una chica guapa.

Volví a acariciarme la melena.

–¿No es eso lo que eres?

–Soy una mujer.

Rio suavemente.

–¿Y cuál es la diferencia?

Me humedecí los labios y sentí en ellos el sabor de las lágrimas.

–Sube al dormitorio conmigo y te lo demostraré.

Se produjo un cambio en su mirada. Fue algo fugaz y ardiente que desapareció rápidamente para ser sustituido por una tensa sonrisa. Pero no dijo que no. Le agarré la mano y me la llevé a la cadera. Comencé a frotarme el muslo hacia arriba y hacia abajo, pero antes de que pudiera colocar la mano de Johnny entre mis piernas, él la apartó.

—Emm, no.

Fruncí el ceño

—¿Por qué no? El otro día, cuando estábamos en la cocina, no pareció importarte.

—Eso fue… diferente.

—¿Por qué? —pregunté desafiante—. Viniste a mi casa, te metiste en la cocina y me acariciaste. La única diferencia entre lo de entonces y lo de hoy es que hoy hemos tenido una cita.

—¿Y tú eres la clase de chica, perdón, de mujer, que se acuesta en la primera cita? —cuando se ponía nervioso, su acento sonaba más marcado.

Y resultaba demasiado sexy para ser de este mundo.

—Solo contigo.

Volvieron a brillarle los ojos. Y asomó la punta de la lengua entre sus labios. Parecía estar haciéndome el amor con la mirada. El calor crecía entre nosotros y yo habría podido jurar que sentí su miembro crecer contra mi muslo. Pero negó con la cabeza.

—A lo mejor soy un hombre demasiado anticuado —se justificó Johnny.

—Tonterías —repliqué sin apartar la mirada de su rostro—. Te has acostado con mujeres que ni siquiera sabías cómo se llamaban.

—Eso fue hace años. Entonces las cosas eran diferentes. Y eso no quiere decir que estuviera bien.

—¿Vas a hacerme suplicar? —le pregunté.

—Dios mío, no.

Todo en él me volvía loca. Me convertía en una mujer sin límites. Yo jamás le había suplicado a un hombre. Ni había querido ni había necesitado hacerlo.

Pero me arrodillé ante él y apoyé la cara contra la parte

posterior de sus rodillas. Johnny me acarició el pelo. Yo me estreché contra la tela ligeramente áspera de sus pantalones.

—Suplicaré —le advertí en voz baja—. Te suplicaré que me dejes meter tu preciosa polla hasta la garganta.

Johnny hizo un ruido. Fue un gruñido grave y sensual.

—Te suplicaré que me folles si es necesario —susurré, pero no tenía la menor duda de que me había oído.

Tenía los ojos cerrados, no podía verle. Pero sentí que tensaba los dedos en mi pelo, y no para apartarme.

—Por favor, Johnny. Acuéstate conmigo.

Johnny me hizo levantarme con una mano hundida en mi pelo y agarrándome del brazo con la otra. Me sujetaba con fuerza suficiente como para hacerme un moratón. Yo nunca había disfrutado con el dolor, pero me gustaba que me sujetara con tanta fuerza. Quería que me marcara. Quería tener una prueba de que aquello había sucedido.

Johnny tenía un brillo salvaje en la mirada y la boca húmeda cuando me dijo:

—¿De verdad es eso lo que quieres?

—¡Sí! —me incliné hacia delante, pero él me detuvo a la distancia de un brazo—. Sí, eso es lo que quiero. Lo quise desde la primera vez que te vi.

Volvió a gemir. Yo conocía aquel gemido. En ningún momento apartó los ojos de los míos. No sonreía. Me estrechó contra él, deslizó la mano entre mis piernas y presionó la palma contra mi sexo.

Entonces fui yo la que gemí.

Johnny apartó la mano, aunque continuó cerca de mí.

—Deberías irte a la cama.

Sacudí ligeramente la cabeza.

—Estoy intentando llevarte allí —respondí.

—No, lo digo en serio. Deberías dormir. Acabas de… Has tenido un…

Sabía lo que pretendía decir, pero no me moví.

–El sexo nunca ha provocado una fuga. En todo caso, esa clase de desahogo físico ayuda a mantenerlas a distancia.

–Te estás burlando de mí –se quejó Johnny.

–Son otras las cosas las que me gustaría hacer contigo.

Me miró ligeramente asombrado, pero después, recuperó la firmeza.

–No pienso hacer nada hasta que no hayas disfrutado de una buena noche de sueño y hayas ido al médico.

Parpadeé.

–¿Vas a mantener como rehén a tu propio miembro hasta entonces?

Johnny se echó a reír.

–Tienes una boca perversa, ¿lo sabías?

Sonreí.

–Solo para ti.

Johnny inclinó ligeramente la cabeza, de una forma que me resultaba muy familiar, y me miró como si le hubiera hecho acordarse de algo.

–Sí, solo para mí.

–Llévame a la cama –susurré.

De pronto, me sentía cansada y me dolía la cabeza, aunque no había ningún olor a naranjas que resultara amenazador y sabía que no iba a desmayarme. Sencillamente, estaba cansada, como siempre que me acostaba más tarde de las once de la noche.

–Ven conmigo. Solo para estar a mi lado, ¿de acuerdo?

Johnny miró entonces hacia el pasillo.

–Creo que debería marcharme.

–¿Y si te necesito en medio de la noche?

–¿Crees que podrías necesitarme?

Asentí. Johnny suspiró, miró de nuevo hacia el vestíbulo y bajó la mirada hacia mi rostro. Lo tomó con las dos manos y me retuvo allí. Sentía arder su mirada en la mía y me tensé, esperando que me besara.

–Quieres quedarte –susurré–. Lo deseas tanto como yo te deseo a ti. Pienses lo que pienses de todo esto, quieres estar conmigo, ¿verdad?

Johnny suspiró.

–Solo para asegurarme de que estás bien, eso es todo.

Posé las manos sobre las suyas y se las aparté de mi rostro para poder besarle las palmas antes de separarme de él. Le conduje por las escaleras y crucé con él el pasillo hasta llegar a mi dormitorio, que no estaba tan limpio como debería. Al fin y al cabo, no esperaba visita. Le solté y él se detuvo junto a la puerta.

–Voy un momento al cuarto de baño. Siéntete como en tu propia casa.

Una vez en el cuarto de baño, suspiré aliviada al ver que no tenía tan mal aspecto. Tenía el pelo revuelto y los ojos ligeramente enrojecidos, pero eso era por culpa de las lágrimas, no por haber perdido la conciencia. Volví el rostro de lado a lado, intentando verme a mí misma como me veía él. Pero solo conseguí verme como yo misma me veía.

Me lavé rápidamente, tiré la ropa en el cesto de la ropa sucia y me puse una camiseta enorme. Sentía el suelo frío bajo los pies descalzos mientras cruzaba el pasillo para llegar al dormitorio. Me detuve después de cerrar la puerta tras de mí. Johnny se volvió con la copia del libro sobre cine americano abierta sobre el escritorio. A su lado, recordé, había una carpeta llenas de fotografías que había bajado de Internet. Fotografías de sus tiempos de actor y modelo y algunas de sus cuadros. El DVD de *La noche de las cien lunas* también estaba allí.

–Eh… –comencé vacilante–, no soy una acosadora peligrosa. Te lo prometo.

Johnny cerró el libro.

–Supongo que sabes que todo esto fue hace mucho tiempo.

–Sí, lo sé.

Me acerqué a la cama, la abrí y me metí entre las sábanas esbozando una mueca por el frío. Sabía que la cama no tardaría en calentarse, pero en aquel momento, se me ocurrió algo.

–No puedo prestarte nada para que te lo pongas. Lo siento.

Johnny estaba ya desabrochándose la camisa.

–Puedo dormir en calzoncillos, no pasa nada.

Verle desnudarse fue algo surrealista. Era como ver una película, pero, al mismo tiempo, completamente diferente. Le había visto hacer esos movimientos en películas y en algunos vídeos de mala calidad. Y en el interior de mi cabeza cuando me apagaba. En ese momento, pude ser testigo de cómo giraba la muñeca para desatarse los botones.

Johnny se quitó la camisa y miró a su alrededor antes de colgarla cuidadosamente en el respaldo de la silla de mi escritorio. Continuaba teniendo el pecho liso, sin vello. Y los músculos tonificados, aunque había que admitir que no tanto como cuando tenía veinte años. En cualquier caso, estaba como para comérselo. Después, se desató el cinturón. La cremallera. No me di cuenta de que estaba inclinada hacia delante con la mirada fija en él y la boca abierta hasta que Johnny se detuvo con las manos en las presillas del pantalón y vi que no se bajaba los pantalones.

Cerré la boca y me apoyé contra el cabecero. Disimuladamente, me sequé la comisura de los labios, segura de que estaba babeando.

Johnny no se movió.

–¿Qué te parece si apagamos la luz?

–¿Qué? –miré la lámpara de la mesilla de noche, pero no la toqué–. ¿Por qué?

–¿Por qué necesitas toda esta luz?

La única iluminación que había en la habitación era el pequeño círculo de la lámpara de la mesilla, puesto que Johnny había apagado la luz cuando yo estaba en el cuarto de baño. Estudié a Johnny con atención.

–¿Sabes? Para ser un tipo que se ha pasado gran parte de su carrera profesional desnudo, eres bastante pudoroso.

–Sí, desnudo. Pero entonces tenía muchos años menos. Era diferente.

Estaba acostumbrada a ser yo la que se mostrara insegura a la hora de mostrar su cuerpo, preocupada por el exceso de quilos en algunas partes de mi cuerpo. Y por la celulitis. A los hombres con los que me había acostado no parecían importarles sus traseros llenos de pelo o los granos que tenían en la espalda. La inseguridad de Johnny me encantó, si era posible que estuviera más encantada.

–Hace frío –palmeé las sábanas–. Ven a la cama.

Con el ceño fruncido, Johnny se quitó el pantalón y los calcetines. Podía estar preocupado por su aspecto, pero, aun así, se movía con elegancia. En calzoncillos negros, no tenía el cuerpo de los veinte años. Ni el de los treinta. Pero no importaba. Continuaba siendo Johnny. Exquisito y maravilloso.

Le tendí la mano.

–Ven a la cama.

Lo hizo. Se deslizó bajo las sábanas y se sentó a mi lado, apoyado contra el cabecero. No me miró. Pero yo le miré. Respiraba a toda velocidad. Vi tensarse un músculo en su pecho.

–Johnny, en serio.

–Es por todas esas malditas fotografías –dijo en voz baja.

Posé la mano en su hombro y deslicé el dedo por su brazo desnudo hasta tomar su mano.

–Eres muy atractivo. Eres uno de los hombres más atractivos del planeta.

Curvó ligeramente los labios al oírlo.

–Sí, según las revistas de mil novecientos setenta y ocho.

–No, según mucha gente incluso ahora –pensé en todas las webs de sus admiradoras.

–No me importa lo que toda esa gente piense.

Posé la yema de los dedos en su muñeca y sentí latir su pulso.

–Yo también lo pienso.

Nos quedamos mirándonos en silencio durante varios segundos antes de que me volviera entre las sábanas para apagar la luz. La oscuridad nos envolvió y parpadeé para acostumbrarme a ella. Johnny comenzó a hundirse en la cama y me estrechó contra él. Se acurrucó contra mi espalda y aunque no era esa la forma en la que quería terminar en la cama con él, me estreché contra él todo lo que pude y me quedé dormida.

O no.

Capítulo 20

Me volví en una cama, envuelta en unas sábanas que no eran las mías. Oí la cisterna del cuarto de baño, el ruido de unos pies descalzos, y, a los pocos segundos, Johnny estaba a mi lado. Desnudo. Yo también estaba desnuda.

–¿Estás despiertas? –Johnny deslizó la mano a lo largo de mi cuerpo.

Di media vuelta en la cama para acercarme a él.

–Sí.

–¿Y estás pensando otra vez?

–¿Ora vez? –reí suavemente mientras me acurrucaba contra él–. Sí, siempre estoy pensando.

–¿Y en qué piensas?

–En ti –le dije–. En esto. En nosotros. En todo.

Posó la mano sobre mi vientre plano.

–¿Y qué piensas sobre nosotros? ¿Y de esto? ¿Y de todo?

–Solo que… –suspiré y le miré. Deslicé la pierna entre las suyas para estar más cerca de él–, que no sé cuánto durará. Eso es todo.

–Nunca se puede estar seguro de cuánto durará.

–Esa es la clase de cosa que resulta más fácil decir en la oscuridad.

Johnny se echó a reír.

–Estamos a oscuras. Y es cierto. ¿Qué pasa? ¿Tú quieres que termine lo nuestro? ¿Quieres que termine todo?

–No, no quiero. Pero lo hará.

–Entonces, lo que tenemos que hacer es intentar aprovecharlo al máximo, ¿no te parece?

Al sentir su miembro entre mis piernas, mi risa se convirtió en un suspiro.

–Sí, supongo que sí.

Me besó y yo parpadeé. Deslicé las manos por su cuerpo, sobre sus anchos hombros, por su pecho. Y busqué su trasero, que de pronto ya no estaba desnudo, sino cubierto por una tela de suave algodón.

–¿Johnny?

–Sí, nena.

Era el Johnny del presente el que me estaba hablando en aquel momento. Le reconocí por su timbre de voz.

–Creía que habías dicho… –no quería llorar. No estaba triste, pero la respiración se me entrecortaba en el pecho–. Pensaba que habías dicho que no querías…

–Oh, Emm –deslizó las manos por mi cuerpo, bajo la camiseta, sobre mi piel desnuda–. ¿Cómo has podido pensar siquiera que no deseo esto?

Se colocó sobre mí, presionándome contra el colchón. Me agarró las manos y me las colocó por encima de la cabeza, con nuestros dedos entrelazados para mantenerme quieta. Yo no pretendía moverme, pero me gustó que me sujetara.

Nos besamos durante largo rato. Fue un beso suave y lento que fue haciéndose cada vez más desesperado, pero no fue en ningún momento un beso descuidado. Johnny no descuidaba sus besos. Movió la boca por mi rostro, por mi garganta. Me soltó las manos para quitarme la camiseta por encima de la cabeza. Me besó los senos y me succionó delicadamente los pezones, hasta que no fui capaz de respirar. Después, descendió por mi vientre, haciéndome sentir la aspereza de su barba incipiente entre los muslos.

Cuando me besó entre las piernas, jadeé y posé la mano sobre su cabeza. Se detuvo.

—Así es como te gusta —musitó Johnny contra mi piel.

Y tenía razón.

Me hizo el amor con la boca, con la lengua y con los labios, que movió por todas las partes de mi cuerpo. Deslizó los dedos en mi interior y me acarició. Yo alcé las caderas para permitirle un acceso completo a mi cuerpo.

El primer orgasmo llegó en una serie de sucesivas y lentas oleadas. Cuando me besó, distinguí mi propio sabor en su boca. Le estreché contra mí y sentí su pene erguido a través de sus calzoncillos. Con la mente ablandada por la pasión, le susurré al oído:

—Los preservativos están en el cajón.

Se detuvo y se incorporó sobre las manos para mirarme a la cara. Por un momento, temí que protestara por tener que ponerse un preservativo. Para mí hubiera supuesto una gran decepción que no hubiéramos podido hacer el amor porque se hubiera negado a ponérselo. Pero Johnny se limitó a sacudir ligeramente la cabeza, alargó la mano hacia la mesilla de noche y sacó una caja de preservativos que no podía estar segura de que no hubieran caducado.

Nos movimos juntos para quitarle los calzoncillos. Le puse el preservativo y se arrodilló, dispuesto a deslizarse en mi interior, pero posé la mano en su pecho.

—¿Estás seguro? —le pregunté.

Johnny me besó.

—Estoy seguro.

Entonces se deslizó dentro de mí, hasta el final, y comenzamos a movernos juntos hasta que me corrí, aquella vez con un jadeo y un grito. Me siguió, pronunciando mi nombre una y otra vez.

Cerré los ojos y no volví a abrirlos hasta el día siguiente.

—Buenos días —me dijo Johnny desde el marco de la puerta.

Ya estaba duchado y vestido. Tenía el pelo húmedo y peinado hacia atrás. No se había afeitado, pero continuaba teniendo muy buen aspecto. Y se había cambiado de ropa.

—¿A qué hora tienes que estar en el trabajo?

Me froté la cara mientras me sentaba.

—Tengo que estar allí a las nueve. Salgo de casa a las ocho y media. ¿Qué piensas hacer? ¿Vas a ir a casa y volverás después?

—Entonces, tenemos tiempo para desayunar. Ya he ido a mi casa.

Le miré y me eché a reír.

—Así que ya has hecho el paseo de la vergüenza.

—¿De dónde iba a sacar sino algo de ropa?

—Te has despertado muy pronto. ¿Te has levantado en medio de la noche? —me eché a reír y me levanté de la cama. No se apartó cuando me acerqué para darle un beso—. Te daba vergüenza, ¿eh?

—Siempre me levanto pronto.

—Antes no solías madrugar —comenté, sin estar muy segura de por qué había dicho eso.

—Antes solía acostarme mucho más tarde —posó las manos en mis caderas—. ¿No crees que deberías vestirte?

—¿Vas a prepararme el desayuno?

—¿De verdad quieres que te lo prepare? —se echó a reír—. No, me temo que soy un pésimo cocinero.

—Entonces será mejor que me lleves al Mocha —le propuse.

Era una prueba. Y estaba medio convencida de que iba a fallar. Pero Johnny asintió y me recorrió de arriba abajo con la mirada.

—En ese caso, será mejor que te des prisa si no quieres llegar tarde al trabajo.

Me duché y me maquillé, pero cuando quise recogerme el pelo con el pasador de cuero que había comprado, no conseguí encontrarlo, aunque removí el cajón entero en el que guardaba los pasadores y las cintas.

—¡Emma, vamos!

—¡Ya voy!

Renuncié a encontrarlo, me recogí el pelo en una trenza y salí corriendo para seguirle.

Cuando entramos juntos en el Mocha, fue como si fuéramos el rey y la reina del baile de promoción entrando en el gimnasio. Todo el mundo clavó en nosotros la mirada. Y Johnny me agarró de la mano. Los guantes protegían nuestros dedos, pero, aun así, me estrechaba la mano con fuerza.

—¡Eh! —saludó a Carlos, que todavía no había encendido el ordenador—. ¿Qué tal?

—Buenos días, Carlos —le saludé con una sonrisa radiante.

Tenía un sentimiento triunfal, quizá un poco rencoroso también, pero no me importó.

Carlos nos saludó con la cabeza.

—Hoy han preparado cafés con especias. Están muy buenos.

—Yo ya sé lo que quiero —dije.

Johnny me estrechó contra él.

—Sí, yo también.

Me llevó después al trabajo. Me resultó un poco extraño, pero no demasiado. Me besó en el aparcamiento y me dijo que le llamara media hora antes de salir.

Y fue así como empezó.

Eso. Lo nuestro. Todo.

Y fue maravilloso. Realmente maravilloso. Johnny era un hombre, no un chico, tal y como le había dicho a mi madre.

Johnny hacía lo que decía que iba a hacer. Si Johnny me decía que iba a venir a buscarme al trabajo, nunca llegaba tarde. Si prometía ir a comprar algo para cenar, también lo hacía. Como se marcaba él su propio horario, tenía mucha más flexibilidad que yo, algo que funcionaba a su favor. Y como continuaba insistiendo en que fuera al médico o renunciara voluntariamente a mi carné de conducir, no me quedó más remedio que aceptarlo como chófer.

No hablamos de las fugas y yo me alegré. Si a veces le descubría mirándome con una expresión extraña, lo ignoraba. Lo que teníamos era nuevo y real, y funcionaba.

Kimmy, la hija de Johnny, fue un tema diferente. Tal y como Johnny me había advertido, no me recibió de buen grado. Era, pensé, digna hija de su madre, aunque solo pudiera recurrir a lo que había inventado mi imaginación para saber cómo era su madre.

Llegó el día en que Johnny tenía que quedarse con su nieto, Charlie, que cruzó la puerta como un torbellino para abrazar a su abuelo y después, a la misma velocidad, se dirigió a la sala de la televisión para jugar con la Wii en una pantalla grande. Kimmy permaneció en la puerta, como si necesitara que la invitaran a entrar, cuando yo sabía que no era cierto.

—Emm, quiero que conozcas a mi hija, Kimmy. Kimmy, esta es Emm. Ya te he hablado de ella.

Kimmy me miró de arriba abajo con expresión altiva y le dijo a su padre, delante de mí:

—Cada vez son más jóvenes, papá.

—A lo mejor es que tú eres cada vez mayor.

No era la mejor respuesta que podía habérseme ocurrido, pero en vez de darme un puñetazo entre los dientes, Kimmy sonrió.

—¡Pero si habla! Increíble.

—Kimmy —la regañó Johnny con un suspiro, pero no se disculpó por su conducta—. Por Dios, ¿puedes dejarlo ya?

Me gustó que no intentara convertirnos en amigas. Por supuesto, yo no tenía ningún problema en ser amable con la hija de Johnny, que mi mente insistía en recordarme con un pañal sucio y pestilente. Pero no necesitaba rendirme a sus pies para sentirme importante.

—Mi padre tiene todo un historial de citas con rubias estúpidas. Realmente estúpidas.

—Yo no soy rubia —respondí, evitando señalar que ella, de hecho, lo era.

—Y tampoco eres tonta —reconoció Kimmy de mala gana, recorriéndome de nuevo de arriba abajo con la mirada—. ¿Tienes hijos?

—¡Kimmy, por Dios! —intervino Johnny.

—No, todavía no —contesté—. ¿Te preocupa que tu padre deje de quererte por culpa de un nuevo hermanito?

—No —sonrió a su pesar—. Supongo que no te ha dicho que eso ya se lo han arreglado.

Inmediatamente supe que se refería a que le habían hecho la vasectomía.

Johnny se llevó la mano a la boca y gimió.

—¡Por el amor de Dios!

No habíamos hablado de nada remotamente relacionado con el matrimonio y los hijos, pero eso no significaba que yo no hubiera pensado en ello.

—No sabía que lo tenía roto.

Kimmy se echó a reír.

—Papá, deberías haberle advertido que ya tienes todos los hijos que necesitas. Fue eso lo que dijiste, ¿verdad? Sabes que tiene más hijos, supongo. Estoy yo, que soy la mayor. Después Mitchell, ¿y cómo se llama el otro?

–Logan –contestó Johnny.

–Por lo menos ese es más joven que tú –me dijo Kimmy, como si fuera una gran suerte.

–Ya sé que Johnny tiene hijos –lo había descubierto a través de Internet, por supuesto.

Johnny me miró ligeramente sorprendido, pero solo por un instante.

–Déjalo ya, Kimmy, en serio.

–¡Abuelo! –Charlie apareció en el vestíbulo blandiendo el mando a distancia de la Wii–. No funciona. Necesita pilas.

Johnny nos miró alternativamente y alzó las manos.

–Voy a ocuparme del niño. Emm, si es demasiado bocazas, échala con una patada en el trasero.

Arqueé las cejas mientras Johnny seguía a Charlie y desaparecían los dos en el cuarto de estar. Me enfrenté a Kimmy.

–¿Sabes? Tu padre no es un hueso por el que tengamos que pelearnos. No tengo ningún interés en interponerme entre vosotros ni nada parecido. Y yo también tengo un padre, así que no estoy buscándolo en él ni nada de eso. Así que deberías tranquilizarte y aceptar la situación.

Para mi sorpresa, Kimmy se rindió. Y comenzó a reír.

–Solo quería advertirte en qué lío te estás metiendo. Eres joven, Emm, y él es viejo.

–Supongo que eso es asunto mío. ¿Te dedicas a advertirles lo mismo a todas sus novias?

Kimmy negó con la cabeza.

–Como ninguna le ha durado más de un par de meses, no he tenido que hacerlo.

–¡Ah! –la estudié con atención–. Solo llevamos saliendo un par de semanas, pero, al parecer, estoy recibiendo un tratamiento especial.

Kimmy me miró entonces con dureza.

—Eres la primera novia que va a tener algún contacto con Charlie. Le dije hace mucho tiempo que no pensaba permitir que sus ligues entraran y salieran continuamente de la vida de mi hijo. Y nunca lo ha hecho.

Me mordí por un instante el interior de la mejilla, y no pude menos que compadecerla. Aunque no conocía a su madre, había leído información sobre ella en algunas páginas de Internet y Johnny había aludido también en una ocasión a la forma en la que Kimmy se había criado.

—Tampoco tengo intención de interponerme entre tu padre y tu hijo.

—No, mi padre ha podido ser un idiota en el pasado, pero ahora confío en él. Si eres suficientemente importante como para que quiera compartir contigo los momentos que pasa con Charlie, eso significa algo —volvió a recorrerme con la mirada—. Y, desde luego, no eres el tipo de mujer con el que sale habitualmente.

—Me lo tomaré como un cumplido.

Kimmy sonrió a regañadientes.

—Y lo es.

—No voy a intentar convertirme en tu madre adoptiva.

Elevó los ojos al cielo.

—Como si pudieras. Y, por favor, llámame Kim.

Las dos nos echamos a reír. Desde el cuarto de estar llegó hasta nosotros el sonido de unos gritos de alegría. Kimmy miró hacia allí y después volvió a mirarme.

—Es muy bueno con Charlie. Realmente bueno. A veces siento celos porque mi hijo está disfrutando de mi padre como yo nunca pude hacerlo.

—Creo que puedo entenderlo.

Se encogió de hombros.

—Sí, bueno, ahora soy una mujer adulta que tiene que

superar todo eso. Además, el hecho de que Charlie esté con mi padre me da paz y tranquilidad.

–Eso también lo comprendo.

Kimmy asintió.

–Lo único que pretendía era avisarte de dónde te estabas metiendo.

–Gracias por la advertencia –elevé los ojos al cielo, imitando su gesto–, pero yo también soy una mujer adulta. Y estoy bien.

–Sí, desde luego.

Una vez superado el obstáculo de Kimmy, más o menos, el siguiente a batir fueron mis padres. Por supuesto, había tenido que decirle a mi madre que estaba saliendo con Johnny. Aunque no me llamaba cada día como solía hacer tiempo atrás, no tenía ningún motivo para ocultar aquella relación. No había ninguna razón. Sabía que no le hacía gracia la diferencia de edad, pero sospechaba que mi padre tendría más dificultades que ella para aceptar a Johnny como novio de su hija. Al fin y al cabo, si fuera por la edad, podrían ser hermanos.

Me pareció una buena idea organizar una cena. De esa forma podría enseñarles a mis padres mi casa, impresionarles con mi vida independiente y presentarles a mi novio, al novio de su hija. Invité también a Jen y a su novio, Jared, porque su relación ya era oficial.

–¿Por qué se me habrá ocurrido hacer esto? –gemí desesperada porque la lasaña no terminaba de cuajar y el bizcocho de chocolate se había hundido por el centro–. ¡Es una locura!

–Podía ser peor –me tranquilizó Johnny mientras iba untando de guacamole las tortillas y colocándolas sin ningún estilo.

–Muy gracioso. ¿Crees que tu querida Kimmy no se va a dar cuenta de que cocino fatal?

Johnny se echó a reír.

—¿De verdad te importa lo que pueda pensar Kimmy de cómo cocinas? Va a venir, ¿no? Si no le cayeras bien, habría rechazado la invitación, eso es más propio de ella.

—Sí, ella es más de decir las cosas a la cara, ¿verdad?

Metí la lasaña líquida en el horno y me lavé las manos.

Johnny se colocó tras de mí y me rodeó con los brazos, posando la mano en mi vientre.

—¿Crees que a mí no me pone nervioso conocer a tus padres?

Me apoyé contra él.

—¿Crees que mi padre va a intentar darte una patada en el trasero?

—Supongo que si lo hace tendré que aguantarme —me mordisqueó el lóbulo de la oreja, haciéndome estremecerme—, para mantener la paz.

Me volví en sus brazos y posé las manos en su cuello.

—Sé que a mi padre no le va a emocionar la idea de que salga contigo, pero les vas a caer bien.

—¿Estás segura?

Me puse de puntillas y le besé.

—Claro que sí. Son unos buenos padres. Quieren que sea feliz. Eso es lo único importante para ellos.

Johnny me miró a los ojos.

—¿Y lo eres?

—¿Feliz? —pregunté, extrañada de que pudiera pensar otra cosa—. Locamente.

Johnny podría haberme besado si no hubiera sonado en ese momento el timbre de la puerta. Nos separamos riendo y Johnny me dio un pellizco en el trasero mientras iba a abrir. Le miré por encima del hombro y me gustó que me pareciera tan natural tenerle allí en mi cocina. Dediqué un par de segundos a admirarle y maravillarme de la suerte que tenía antes de que volviera a sonar el timbre.

Jen y Jared fueron los primeros en llegar, entraron con una hogaza de pan crujiente y una botella de vino. Kimmy y Charlie llegaron varios minutos después, con el postre y un dibujo que Charlie había hecho expresamente para mi nevera. Lo coloqué en un lugar de honor, con imanes de una pizzería local, y advertí la mirada de aprobación que le dirigió Kimmy cuando Charlie le dio a su abuelo la mano y comenzó a hablar a toda velocidad. Mis padres fueron los últimos en aparecer, cargados de bolsas de la compra, de abrazos y de besos. Yo contuve la respiración cuando Johnny soltó la manita de su nieto para estrechar la de mi padre.

–Encantado de conocerte –le saludó Johnny sin rastro del nerviosismo que había mencionado.

–Igualmente –contestó mi padre–. ¿Cómo van esos Eagles?

–Les están robando la liga –dijo Johnny, como si realmente supiera de qué estaba hablando–. Se la están robando.

Y eso fue todo.

Mi madre se mostró encantada con Charlie mientras que Kimmy conectó con Jen y con Jared por razones que yo no conseguí entender. Pero también me cayó bien a mí después de la primera copa de vino. Mi padre y Johnny estuvieron hablando de deporte y de política, dos temas que podrían haberles llevado a discutir, pero parecían estar de acuerdo en todo.

La lasaña no quedó muy bonita, pero estaba riquísima, y al verme sentada en el comedor de mi casa con todas las personas de mi vida que para mí eran importantes, me alegré de haber decidido organizar aquella cena. De vez en cuando, Johnny me rodeaba los hombros con el brazo, o me agarraba la mano. Eran gestos naturales y sencillos que dejaban muy claro que éramos una pareja. Y a nadie parecía importarle.

–Es un encanto –dijo mi madre en la cocina, mientras guardábamos los restos de la lasaña en recipientes de plástico–. Un encanto.

–Lo sé, mamá. Johnny es… maravilloso –me volví al oírle reír–. ¿Qué pasa?

–Nunca te había visto así con un hombre, eso es todo.

Me encogí de hombros.

–Johnny es… diferente.

–Sí, ya lo veo. Mira, te he traído algunas cosas. ¿Dónde ha dejado tu padre las bolsas? ¡Ah, están ahí! –se contestó a sí misma–. Detergente para la lavadora, un spray limpiador…

–Mamá, yo me hago la compra yo sola.

–Lo sé, pero a tu padre le gusta comprar en Costco y ahora que no estás en casa, las cantidades son excesivas para nosotros. Solo hemos traído algunas cosas que nos sobraban. ¡Mira esas toallitas limpiadoras! –las alzó–. ¡Son antibacterias!

Con las manos cubiertas de sudor, me volví riendo y sacudí la cabeza ante aquel regalo.

–Caramba, gracias.

Toallitas antibacterias con olor a cítrico. Justo lo que necesitaba.

Cítricos.

Naranjas.

La oscuridad.

Capítulo 21

–¡No, no, no! –avancé dos pasos tambaleante, con las manos todavía cubiertas del jabón del fregadero–. ¡Maldita sea! ¡No!

Oscuridad. Parpadeé rápidamente para acostumbrarme a ella. El olor de las naranjas había desaparecido para ser sustituido por el olor a cloro y a tubo de escape, olores todos ellos familiares. Estaba de nuevo en el mundo que mi mente había creado para poder estar cerca de Johnny.

Pero ya no necesitaba ese mundo. Tenía a Johnny en el mundo real. En mi vida real. Cerré los puños, apreté los dientes y me concentré en volver.

Nada.

Estaba en el jardín de la casa de Johnny. Por las risas y las salpicaduras que oía desde donde estaba, era posible que hubiera una fiesta al lado de la piscina. A lo mejor estaban rodando una película. No me importó. Quería salir de allí, quería recuperar la conciencia. Quería volver a mi propia época.

Fui a la cocina esperando encontrar a Johnny y me encontré con Ed. Estaba desplomado sobre la mesa de la cocina con un cigarrillo en una mano y un cenicero lleno de colillas delante de él. También había una botella de vodka casi vacía. A su lado, una bolsa de tela con una jeringuilla.

—Emm, Emma, Emmaline, Emm —dijo.

No arrastraba las palabras, aunque tenía los ojos hinchados e inyectados en sangre.

Incluso desde el otro extremo de la habitación, apestaba. Esbocé una mueca.

—Ed, ¿dónde está todo el mundo?

—Nadando, bañándose desnudo y follando —su risa me dejó helada—. Drogándose. ¿Dónde están siempre? ¿Qué están haciendo siempre? ¿Estás buscando a Johnny? Él está solo. Te está esperando.

—¿Qué quieres decir?

—Johnny ha dicho que ibas a venir —Ed movió el cigarrillo y llegó una vaharada de su olor hacia mí—. Johnny dice que te está esperando. Que aparecerás, que siempre lo haces. Está un poco bebido y algo fumado, pero está solo. ¿Y por qué está solo, Emm? Porque está esperándote.

Fruncí el ceño y me abracé a mí misma, aunque en la cocina hacía el mismo calor pegajoso que cada vez que mi mente me llevaba hasta allí.

—Gracias por decírmelo. ¿Dónde está? ¿En su dormitorio?

—Está en la piscina. Paul está haciéndole fotografías. Desnudo —añadió Ed con otra risa escalofriante que me puso los pelos de punta—. Enseñando su trasero una vez más. Ya te he dicho que están todos un poco puestos y bebidos.

—Y que él no está follando. Sí, lo he entendido.

Bebí un poco de agua fría en el fregadero y me lavé después la cara.

Parecía que iba a tener que capear la situación, quisiera o no. Casi no tenía ganas de encontrarme con Johnny. En algún lugar, mi madre me estaba hablando de toallitas limpiadoras. No podía hacer lo que había hecho siempre en el mundo de la imaginación, sabiendo que mi madre esperaba una respuesta. A lo mejor incluso estaba preocupada, diciendo mi nombre y sacudiéndome por los hombros. No podía acostarme con Johnny delante de mi madre, aunque en realidad no estuviera realmente conmigo y yo, en realidad, no estuviera con ella.

–¿Quieres saber lo que dice Johnny de ti, Emmaline?

Miré a Ed. Me fijé entonces en que tenía un bolígrafo y un cuaderno con las tapas de cuero delante de él. Antes no estaba allí. Todos esos detalles, detalles minúsculos, aturdían a mi cerebro.

–¿Qué dice?

–Dice que no eres real, que eres inventada. Yo digo que a lo mejor te estamos imaginando todos, pero él dice que no es eso. Que vienes de otro mundo. ¿Eso es verdad, Emmaline? ¿Vienes de otro mundo?

–Sí, Ed, vengo de otro mundo –contesté, cansada–. Y me gustaría volver a él.

Su risa se convirtió en un resuello y le dio otra calada a su cigarro.

–En eso tienes mucha suerte. Al fin y al cabo, ¿no queremos todos poder ir a otro mundo?

Se me clavó el mostrador en la espalda cuando me apoyé contra él. Desde fuera continuaba llegando el sonido de las risas. La fiesta continuaba. Y parecía divertida. Más divertida que aquella extraña conversación con un hombre que tiempo después se cortaría las venas y terminaría ahogándose en una piscina.

–Dice que vienes del futuro.

–¿Qué? –aquello me sorprendió de tal manera que me erguí inmediatamente–. ¿Johnny dice eso?

–Dice que se lo has dicho tú.

Parpadeé y clavé la mirada en el suelo.

–Eso es una locura.

–Sí, eso es lo que dice Johnny. Y que él también debe estar loco. Todos lo estamos. Deberíamos terminar todos en un psiquiátrico. Johnny dice que nos has inventado a todos. Si eso es verdad, Emm, déjame preguntarte una cosa, ¿por qué me has inventado como si fuera un condenado desastre?

–No lo sé. No sé qué decir a eso.

¿Mentiría si le decía que tenía razón? ¿Qué sucedía cuando las propias alucinaciones descubrían que lo eran?

–Solo quiero que me digas si es verdad, eso es todo –Ed le dio un largo trago a la botella y jugueteó un momento con la jeringuilla, pero, afortunadamente, no la utilizó–. Solo quiero saber si soy real o no.

–Eres real… –contesté vacilante–. Eres una persona real, Ed, pero esto no es verdad. Esto solo está pasando en mi cabeza. Esta conversación no es real.

–Esta noche es la noche –dijo Ed de pronto, alzando bruscamente la cabeza para señalar el calendario.

–¿Qué noche?

–La noche en la que me convertiré en algo real, supongo –asintió como si aquello tuviera pleno sentido. Bebió otra vez. Los últimos tragos estuvieron acompañados del borboteo de la botella–. Entonces, ¿a quién puedo culpar de toda esta mierda?

–No lo sé. ¿A mí? –extendí las manos–. Puedes culparme a mí.

Me miró con los ojos vidriosos y una sonrisa ladeada.

–Supongo que podría. Pero creo que no lo haré. ¿Sabes que he escrito un poema sobre ti?

Me estremecí.

–No, no lo sabía.

–Pues sí.

Se acercó el cuaderno, se aclaró la garganta y leyó:

Camina en la noche.

Es una belleza.

Sola, pasos pequeños de sus pies descalzos. Los zapatos quedaron atrás.

Titiritera, niña hecha mujer que viene y se va.

Nos inventa y nos rompe mientras teje sus sueños.

Ella es aquello en lo que se ha convertido. Puede ser todo aquello que ella quiera ser.

Emmaline

Yo no era más capaz de apreciar la poesía que la pintura, pero aquello no me sonó muy bien. Me pareció un poema pretencioso y ególatra que un adolescente gótico podía leerle a otro mientras se pintaban la raya del ojo y discutían sobre los significados ocultos del poema. La gente crearía blogs sobre él, lo citarían sin saber qué quería decir exactamente.

—Ese poema no significa nada —critiqué con acritud.

—¿No? —sorprendido, Ed volvió a leerlo, acariciando las palabras con sus dedos—. Tienes razón, no significa una maldita cosa.

Porque no lo había escrito él. Lo había escrito mi cerebro. Y como yo no era poeta, el poema era malísimo. Esa era la triste verdad de todo aquello. Yo era una titiritera moviendo los hilos. Creando y rompiendo todo aquel mundo. Y quería dejar de crear para siempre.

Quería romperlo todo.

Y lo hice.

Una luz intensa. Un murmullo de voces. Parpadeé, esbocé una mueca. Sentí algo blando debajo de la cabeza y algo afilado en el dorso de la mano. La otra mano me la sujetaba alguien con fuerza.

—Eh —dijo Johnny suavemente a mi lado—. ¿Estás despierta?

–¿Qué? –intenté levantarme.

El olor a hospital se elevaba a mi alrededor. Era un olor asfixiante.

Lo que me pinchaba la mano era un vial. Johnny me tranquilizó y volví a reclinarme inmediatamente contra la almohada. Llevaba la misma ropa que en la cena, así que, por lo menos, no llevaba allí tanto tiempo como para que me hubieran desnudado y puesto uno de los camisones del hospital. Tenía la garganta seca, pero antes de que pudiera pedir agua, Johnny me acercó un vaso con una pajita.

Bebí.

–¿Qué ha pasado? ¿Dónde están mis padres y todo el mundo?

–Tus padres seguramente estarán en la sala de espera. Los demás se han ido a casa. Jen quería quedarse, pero la he convencido y al final Jared la ha llevado a su casa. Llamaré para decirle que estás bien.

–¡Mierda! –musité–. He vuelto a apagarme, ¿verdad?

–Sí, nena.

–¿Esta vez durante cuánto tiempo?

–Casi tres horas. Tu madre no ha querido esperar tanto tiempo como esperé yo la última vez –Johnny rio y sacudió la cabeza–. No llevabas inconsciente ni diez minutos cuando la ambulancia estaba yendo hacia tu casa.

–¡Oh, Dios mío! –gemí y me tapé los ojos con la mano sujeta al vial. Lo cual fue un error, porque al hacerlo, tiré de la cánula y me dolió todavía más–. ¡Mierda!

–Solo has perdido la conciencia –dijo Johnny.

Le miré a través de mis dedos.

–¿Solo? Eso no es ningún consuelo. A no ser que quieras decir que es mejor que desmayarme, empezar a echar espuma por la boca y orinarme encima. Sí, supongo que es mejor.

Las lágrimas ahogaban mi voz y Johnny se levantó para besarme suavemente, aunque yo intenté volver la cabeza.

Me besó de todas formas y me apartó el pelo de la frente. Me besó en la boca y en la mejilla y me apretó la mano.

–Van a hacerte unas pruebas. Y probablemente tendrás que quedarte a pasar la noche en el hospital.

–No, absolutamente no.

–Emm –me dijo en tono de advertencia.

–No pienso quedarme. Ya sabes que no pueden hacer nada para ayudarme.

En realidad, no tenía por qué saberlo, puesto que, en realidad, apenas habíamos hablado de mi problema, pero, aun así, asintió.

–Me quedaré sin carné de conducir. ¡Me quedaré sin nada! –me lamenté.

–No, no te quedarás sin nada –dijo Johnny con voz queda–. Me tendrás a mí.

Lloré entonces. Johnny se sentó a mi lado agarrado a mi mano y me tendió los pañuelos de papel. No duraron mucho las lágrimas. Ya no me quedaban muchas lágrimas para ese tipo de situaciones. Cuando cesó el llanto, Johnny me volvió a besar. Y entonces fui consciente de algo.

–¿Te han dejado quedarte conmigo? ¿No han preferido quedarse mis padres?

–Tu madre ha dicho que debería quedarme yo.

Parpadeé con los ojos llenos de lágrimas.

–¡Qué dices! ¿Estás de broma?

–No –Johnny sonrió de oreja a oreja.

–Eso es que realmente le gustas –susurré, y empecé a llorar otra vez.

El llanto duró algo más en aquella ocasión y, una vez más, Johnny fue tendiéndome pañuelos de papel a medida que yo los empapaba y los rompía. También me acercó el agua, sosteniéndome el vaso, a pesar de que yo no era ninguna inválida. Y después fue al cuarto de baño y regresó con un trapo húmedo con el que me mojó la cara.

Por supuesto, me hicieron todo tipo de pruebas que duraron hasta bien entrada la noche. Montones de análisis de sangre. Me mandaron también un escáner que no podía ser realizado hasta que llegara el especialista y al que yo me negué, aunque el médico residente hizo todo lo posible para convencerme de que me lo hiciera. Yo tenía años y años de práctica con médicos y hospitales y no ponía dificultades por el mero placer de hacerlo. Sabía que aquellas pruebas no darían ningún resultado. Como mucho, los médicos terminarían recetándome algún medicamento y obligándome a quedarme unos días en el hospital. Eso supondría una factura de miles de dólares para mi seguro, muchos de los cuales tendría que devolver, pues no tenía la suerte de contar con un seguro que lo cubriera todo.

–Quiero volver a mi casa –le dije al médico con firmeza–. Mire mi historial. Esta no es la primera vez que me pasa algo así. Y, probablemente, tampoco será la última.

Odiaba admitirlo.

–Y hay una persona que puede quedarse conmigo –añadí, señalando a Johnny, que asintió al instante–. No voy a conducir. Y si es eso lo que quiere, renunciaré voluntariamente al carné.

El médico, que parecía cansado y posiblemente no era mucho mayor que yo, se frotó los ojos y suspiró.

–De acuerdo, de acuerdo –me señaló con el dedo–. Pero si se muere, la mataré.

No me creía capaz de reír en un momento como aquel, pero lo hice.

Mis padres nos estaban esperando en el vestíbulo. Mi padre con aspecto cansado y mi madre pálida como el papel. Me preparé para una regañina, para que mi madre insistiera en venir a casa conmigo o, pero aún, en que fuera a casa con ellos. Pero se limitó a darme un abrazo. Después me soltó y miró a Johnny.

–Cuídala –le pidió.

–Claro que sí, lo haré –Johnny me pasó el brazo por los hombros.

Pero aquello no fue suficiente para mí. De hecho, no podía creerme que con eso bastara. Así que seguí a mis padres hasta su coche, que estaba aparcado al lado del de Johnny. Mi padre estaba ya sentado en el asiento del conductor y Johnny se metió en el coche para calentarlo y dejarme a solas con mi madre.

–Mamá –comencé a decir.

–Emmaline –dijo mi madre–. Ese hombre… Johnny…

–No me puedo creer que me dejes irme a casa con él –confesé.

Mi madre me abrazó con fuerza y yo le devolví el abrazo.

–No puedo hacer otra cosa –me confesó al oído.

Después, me tomó el rostro entre las manos y lo retuvo allí para poder mirarme a los ojos.

–¿Qué pasa, mamá?

Mi madre sacudió la cabeza y miró hacia Johnny por encima del hombro. Sacudió de nuevo la cabeza, frunció el ceño y me miró. Ahogó un sollozo y volvió a mover la cabeza mientras intentaba dominarse. Al ver el esfuerzo que estaba haciendo para no llorar, yo apenas podía controlar mis propias lágrimas, pero lo conseguí. Mi madre me apretó el rostro con fuerza y después me soltó.

–Es un buen hombre. Y aunque estoy muy preocupada por ti, sé que preferirás estar con él. Así que… dejaré que te vayas con él. ¡Pero llámame mañana en cuanto te despiertes! –me advirtió, amenazándome con el dedo. Después volvió a abrazarme–. ¡Ay, mi niña preciosa! Todo esto me está matando, pero…

–Gracias, mamá –le susurré con voz queda al oído mientras nos abrazábamos–. Muchas gracias.

–¡Llámame mañana! –insistió cuando me soltó.

–Lo haré.

Asintió y volvió a abrazarme, pero no prolongó el abrazo. Se metió en el coche al lado de mi padre y cerró la puerta. Podía verlos hablando en el interior del coche, pero no oír lo que decían. Johnny abrió la puerta del coche, salió y lo rodeó para abrirme la puerta.

–Qué caballeroso –le dije cuando estuvo sentado en el asiento del conductor.

Me miró.

–¿Estás segura de que no quieres quedarte en el hospital?

Asentí.

–No pueden hacerme nada y estoy bien. Lo único que quiero es volver a casa, meterme en la cama y dormir por lo menos un par de horas. Mañana es sábado. Podemos quedarnos durmiendo toda la mañana.

Johnny se inclinó en el asiento para besarme. Me acarició el pelo y después, en silencio, fuimos hasta mi casa. Durante el trayecto, yo iba mirando por la ventana las calles heladas y los bancos de nieve. Mi respiración empañaba el cristal. Cerré los puños en mi regazo, pensando en la fuga, en el Johnny del pasado y en el Johnny del presente. Preguntándome cómo iba a funcionar nuestra relación. No soportaba tener que depender tanto de él y esperaba que aquella dependencia no diera al traste con lo que acabábamos de empezar.

Capítulo 22

Una vez en casa., Johnny se quedó conmigo mientras me duchaba. No dijo que era porque le preocupaba que volviera a quedarme inconsciente en la ducha y me ahogara o algo parecido, pero yo sabía que esa era la razón, y aunque compartimos el agua y la esponja, ni siquiera fui capaz de convertir aquel momento en algo erótico. Cuando nos secamos, me puse un camisón de franela que no podía ser menos sexy y Johnny me arropó en la cama y se tumbó a mi lado.

Me volví hacia un lado, alejándome de él y con la mirada fija en la oscuridad. No tenía sueño. Oí la respiración de Johnny haciéndose más profunda. Le sentí cambiar de postura y hundirse en el sueño. Parpadeé mientras iba viendo cómo cambiaba la luz que entraba por la ventana. Y la temperatura. Y las sábanas que tenía bajo mi cuerpo.

Cuando Johnny se volvió hacia mí y posó la mano en mi vientre, quise volverme para saber si aquel era el Johnny del presente o del pasado. Si aquello era un sueño o había vuelto a perder la conciencia, o si, simplemente, estaba tan cansada que sentía que la cama se movía debajo de mí. Pero no me moví para verle. No hablé. Y Johnny, cualquiera de los dos, se presionó contra mí. Así que, fuera el mundo real o una mentira elaborada por mi cerebro, Johnny continuaba siendo de verdad.

El lunes fui a trabajar. Johnny me llevó hasta el trabajo e inclinó la cabeza para que le diera un beso en el aparcamiento. Le dio un beso, pero no lo prolongué como habría hecho la semana anterior. Eso no significaba que estuviera de mal humor, no quería resistirme a lo que sentía por él, pero depender hasta ese punto de Johnny me hacía sentirme vulnerable en terrenos en los que, para empezar, nunca había sido muy fuerte.

Hice mi trabajo con pericia, pero sin ningún entusiasmo. Cuando Johnny vino a buscarme al final del día, me metí en el coche esperando que no me vieran mis compañeros de trabajo. Por supuesto, había tenido que informar de lo ocurrido a la responsable de recursos humanos, no porque quisiera que alguien lo supiera, sino porque si me ocurría algo en el trabajo, necesitaba que supieran lo que tenían que hacer.

Me senté en el coche sin mirarle y mantuve la mirada fija en el parabrisas durante todo el camino hasta mi casa.

Johnny me llevó hasta allí y entró conmigo, pero cuando yo me quité el abrigo y lo colgué, él no lo hizo.

—Emm.

Le miré.

—¿Sí?

—¿Quieres que me vaya? Puedo ir a mi casa.

—No, puedes quedarte.

Johnny me miró con atención.

—He pensado que podríamos salir a cenar esta noche. ¿Quieres cenar fuera? Te llevaré adonde quieras.

En condiciones normales, habría saltado de entusiasmo ante aquel ofrecimiento, pero negué con la cabeza.

–Prefiero quedarme aquí sin hacer nada. A lo mejor veo un poco la televisión.

Johnny se metió las manos en los bolsillos.

–Si quieres que me vaya, solo tienes que decirlo.

–Puedes quedarte.

–¿Pero quieres que me quede? –me preguntó.

Me entraron ganas de reírme de todos aquellos que habían escrito o dicho que Johnny Dellasandro era un ser mezquino cuando, en realidad, era un hombre generoso y brillante. Tanto, de hecho, que no podía ni mirarle a la cara.

–Puedes quedarte si quieres –le dije, incapaz de decir nada más.

No quería mentir, pero tampoco quería herir sus sentimientos.

–No, mejor me volveré a casa. Así me pondré al día con algunos asuntos que tengo pendientes –respondió Johnny.

Me besó antes de marcharse. Por lo menos tuve eso. Me abrazó con fuerza hasta que le devolví el abrazo, aunque tardé varios segundos en reaccionar. Me dio un beso en la sien, me apretó con fuerza y se marchó.

Yo quería que se fuera.

No estaba enfadada con Johnny, pero, en ese momento, descubrí que estaba furiosa conmigo misma. Por fin había conseguido lo que quería y lo estaba alejando de mi lado. Pero no podía evitarlo. Johnny no era todo lo que quería. Quería también un cerebro que funcionara, maldita fuera. Uno que no me tuviera de acá para allá y me convirtiera en alguien tan dependiente como una niña.

Así que me dediqué a vegetar y a ver la televisión, como había dicho. Bueno, en realidad, estuve cambiando continuamente de canal, incapaz de encontrar un programa que pudiera retener mi atención. Le escribí a Jen un mensaje de texto. Me contestó diciéndome que estaba con Jared y proponiéndome unirme a ellos.

Le dije que no.

Quería estar sola y enfadada, sin nadie a quien culpar, salvo a mí misma.

Johnny no salió huyendo despavorido ante mi mal humor, como habría hecho yo en su lugar. Fue infinitamente paciente conmigo. Continuó llevándome al trabajo. Iba a buscarme después, permanecía sentado a mi lado en el sofá mientras veíamos alguna película estúpida y dormía a mi lado sin importarle que le diera la espalda cada noche sin compartir con él apenas un beso.

No quería convertirme en una mujer asexuada e irritable. Lo odiaba, de hecho, pero, aun así, no era capaz de salir de aquel estado de ánimo. Salir con Jen no me ayudaba. Ella estaba loca por Jared, que parecía estar igualmente enamorado de ella. Por supuesto, me alegraba por mi amiga, pero me resultaba imposible hablarle de lo que me estaba ocurriendo, puesto que nuestro dúo se había convertido en un cuarteto que se reunía los sábados por la mañana en el Mocha.

Carlos me dio una pista. Una mañana, cuando entré en la cafetería, dejando a Johnny sentado en el coche, para ir a buscar un par de cafés, se acercó a mí.

—¿Problemas en el paraíso?

—¿A qué te refieres?

—Tienes cara de amargada. ¿Qué pasa? ¿Ahora que ya le tienes no le quieres?

Me detuve y apreté los vasos de cartón con tanta fuerza que el calor atravesó los guantes.

—No sé de qué estás hablando.

Carlos soltó un sonido burlón.

—No pareces muy contenta, eso es todo.

–Eso no tiene nada que ver con Johnny.

–¿No? Pues si yo estuviera en tu lugar, me aseguraría de que él lo supiera –Carlos dirigió una mirada significativa hacia el coche que esperaba en la acera–. ¿Sabes? Un tipo como él no tiene por qué aguantar a nadie.

Sí, lo sabía.

Cuando me metí en el coche con los cafés, me incliné para darle un beso a Johnny.

–¿Y eso?

–Lo siento –le dije–. He estado insoportable.

Johnny se echó a reír y me besó.

–¿Ah, sí? Supongo que tenías derecho. Además, sabía que no duraría mucho.

Saberme perdonada, sobre todo por algo que sabía que había sido culpa mía, fue una buena manera de levantarme el ánimo.

–¿De verdad lo sabías?

–Claro que lo sabía –contestó mientras se incorporaba al tráfico.

–¿Cómo podías saberlo? ¿Y si me hubiera convertido en una mujer insoportable de por vida?

Johnny sacudió la cabeza sonriendo mientras me miraba de reojo. Volvió a fijar la mirada en la carretera.

–Imposible. Ya te lo he dicho. Sabía que mejorarías.

Me volví en el asiento para mirarle.

–¿Y por qué lo sabías?

Suspiró.

–Porque me lo dijiste, Emmaline.

–¿Yo? –fruncí el ceño–. ¿Cuándo?

Johnny vaciló un instante y me tomó la mano. La apretó con fuerza.

–Una vez, cuando…

–¿Dije algo cuando perdí la conciencia? –sabía que a veces lo hacía.

–Sí –vaciló un instante, pero volvió a asentir.

–¿Y qué más te dije?

–Nada, pero no te preocupes, cariño. Me alegro mucho de que estés mejor, eso es todo.

Pero yo no me merecía tanta comprensión, y así se lo dije.

–No es una buena excusa, Johnny.

Estaba aparcando ya en el aparcamiento de la cooperativa de crédito y ahorro. En cuanto paró el coche, se volvió hacia mí.

–No, no lo es, pero no pasa nada. Créeme, yo también he tenido momentos malos. Así que puedo concederle a alguien el beneficio de la duda.

–Te quiero –le besé antes de que se me escapara algo que pudiera avergonzarme–. Quiero decir...

–Yo también te quiero, Emm –confesó Johnny.

El beso fue más largo y sentido aquella vez. Un beso con lengua. Y las manos estuvieron un poco juguetonas. Los cristales estaban empañados por el calor.

Apoyé la frente en su hombro durante un segundo. Nunca había querido ser la típica chica que se pasaba el día preguntando: «¿Me quieres? ¿De verdad me quieres?». Y lo curioso era que, con Johnny, no sentía que tuviera que serlo. Pero, aun así, nuestra mutua declaración de amor había sido bastante decepcionante.

–¿De verdad? –pregunté de todas formas.

Johnny me dio un beso en la frente.

–Sí, de verdad.

Me eché a reír y le di un beso en los labios.

–¡Te quiero! ¡Te quiero! ¡Te quiero!

–Sal de aquí si no quieres llegar tarde al trabajo, ¡por Dios!

–Ah, ahí está ese mal genio que te conocí al principio.

–¿Te gusta verme de mal genio?

–Sí, me gusta. Es algo así como Mr. Darcy. Siempre taciturno y melancólico –le hice cosquillas y Johnny se echó a reír mientras me apartaba. Le agarré de la bufanda para darle otro beso–. Dilo otra vez.

–Te quiero.

–Yo también te quiero –contesté, y salí del coche.

Aquella noche, en la cama, no me aparté de él.

–¿Te molesta tener que dormir aquí tan a menudo?

Johnny, que había estado leyendo, se quitó las gafas, unas gafas que a él no le gustaban, pero que yo idolatraba en secreto.

–No, ¿prefieres que me quede en mi casa?

–No, no es eso –le pasé la mano por el pelo, revolviéndoselo y recordando cómo lo sentía en mis fugas. Era un pelo grueso y sedoso, igual que en la vida real–. Solo quiero asegurarme de que no te importa.

–Mira –cerró las patillas de las gafas, dejó el libro en la mesilla y se volvió hacia mí–, me gusta tu casa y cuando estás trabajando, estoy en la mía, cuando no estoy en la galería, claro. Así que estoy bien aquí.

Dibujé sus labios con un dedo y no lo aparté cuando me lo mordisqueó suavemente.

–Solo quiero ser justa, eso es todo.

–Emm –contestó Johnny, y me besó la mano–. No me importa. Siempre y cuando pueda estar en una cama contigo, me importa un carajo en qué cama sea.

–Tienes una boca muy sucia –musité.

Johnny se echó a reír. Nos besamos. El beso se convirtió en un abrazo y después en algo más. No me podía creer que hubiera prescindido de aquello durante tantas noches. Bueno, a lo mejor había sido solo una semana, pero era un exceso. Cuando le miré con su apetecible miembro creciendo entre mis piernas, me costaba creer que hubiera sido capaz de renunciar a esos momentos.

—Me gusta —me dijo cuando le acaricié–. Continúa.

—¿Esto? –arqueé las cejas y continué acariciándole rítmicamente hasta que le vi entrecerrar los ojos–. ¿Esto te gusta?

—Me encanta.

—Y sé otra cosa que te gusta.

Sonriendo, me metí bajo las sábanas y busqué su miembro con la boca. El gemido de Johnny fue completamente satisfactorio.

Apenas había aire debajo de las sábanas, pero no me importaba. Su olor, condenadamente sexy, me envolvía. La erección que crecía en mi boca también tenía un sabor de lo más erótico. Me perdí a mí misma mientras succionaba, mientras lamía y le mordisqueaba con los labios, ocultando los dientes para no hacerle daño.

Presionó, aunque no demasiado, sin ahogarme. Yo le acaricié los testículos con la mano y después se los lamí. Sonreí al oírle maldecir. Posó la mano en mi pelo y me presionó con delicadeza para marcar el ritmo de mis caricias. Permití que lo hiciera. Me gustaba saber que le gustaba. Cuando él disfrutaba, también disfrutaba yo.

Y la sensación fue incluso mejor cuando comencé a acariciarme con la mano libre. Mis olores se fundieron con los suyos en aquella cueva de sábanas y mantas. Me rodeé el clítoris con el dedo, lentamente, entregándome a aquella sensación.

El aire iba calentándose a medida que me calentaba yo. Moví la boca a lo largo de su sexo y succioné un poco más cuando presionó ligeramente en mi boca. Además de los labios y los dientes, utilizaba también la mano para acariciarle. Él marcaba el paso, pero yo le provocaba disminuyendo el ritmo de mis caricias, jugando con la lengua o agarrándole con fuerza. Estaba decidida a convertir aquella mamada en un trabajo estelar. Pero no podía seguir soportando aquel calor, así que me detuve para apartar las sábanas.

Un aire fresco, no frío, fluyó sobre mí. Acaricié con los labios el sexo de Johnny y sentí que me tiraba del pelo para que le mirara. Le miré sonriendo.

El Johnny del pasado me llevó entonces hasta su boca al tiempo que sus manos vagaban por todo mi cuerpo. Se apoderó de uno de mis senos, me acarició el pezón y sustituyó los dedos con la boca mientras deslizaba la mano entre mis piernas.

Yo estaba demasiado estupefacta como para moverme. No había habido advertencia previa. No había habido nada. Y mi cuerpo ni siquiera había protestado.

–Johnny…

–Shh –chistó contra mi seno mientras seguía obrando magia con mi clítoris.

Volvió a besarme y yo jadeé contra su boca.

No quería protestar, pero pensé que debería. Aun así, me urgió a sentarme a horcajadas sobre él posando las manos en mis caderas. Obedecí. Cuando se agarró el sexo para deslizarse dentro de mí, se lo permití. Cuando me besó, le devolví el beso.

El Johnny del pasado.

El Johnny del presente.

¿Había alguna diferencia? En aquel momento, envueltos en nuestra pasión amorosa, no. Sabía y olía igual. El tacto de su piel y el sonido de sus gemidos eran idénticos.

Se hundió lentamente en mi interior, con una postura que le permitía tocarme el clítoris con cada movimiento. El orgasmo fue creciendo dentro de mí, dejándome completamente aturdida. Ya no me importaba nada, salvo lo que estaba ocurriendo.

Pasado.

Presente.

Eché la cabeza hacia atrás, dejando que la melena cayera por mis hombros. Comencé a moverme. Johnny se movía conmigo. Y emitía aquellos sonidos tan sensuales que hacían crecer la espiral del placer en mi interior. Me corrí con un intenso estremecimiento.

Enterré el rostro en su cuello, le olí, le sentí, le saboreé. Con los ojos cerrados, no podía saber si estaba encerrada de nuevo en mi imaginación o en el mundo real. Johnny me acarició el pelo y nos cubrió con la sábana. Yo me mantenía pegada a él, con el rostro enterrado en su piel.

—Ha sido genial —dijo Johnny.

—Siempre lo es.

Johnny se echó a reír.

—Escucha, Johnny —lamí la sal de su piel y él se estremeció al sentir la caricia de mi lengua—. Gracias.

—¿Por qué?

—Por quererme incluso cuando soy insoportable.

Se quedó callado. Nuestras respiraciones se habían sincronizado. Se elevaban y descendían al mismo tiempo. Hundió los dedos en mi pelo, en la base de la nuca.

—Estaba enfadada… no contigo, sino con todo. Y es posible que vuelva a estarlo, Johnny. Porque es difícil saber que mi cabeza puede volver a jugarme una mala pasada en cualquier momento.

Johnny permaneció callado durante un instante antes de responder:

—Todo el mundo tiene días malos.

Me eché a reír, con la voz ligeramente ronca.

—¿Así que te parece bien que me haya comportado como una estúpida?

Me dio un beso en la cabeza.

—¿Qué quieres que te diga?

–Supongo que… solo quiero que me digas que me perdonarás cuando me esté comportando como una idiota insoportable contigo.

La risa sacudió y tensó su cuerpo.

–Claro, Emm. Claro que te perdonaré.

Volvió a besarme y me abrazó con fuerza. Yo permanecía con los ojos cerrados. Comenzaba a dormirme. ¿Podría dormirme dentro de una fuga? ¿Podría soñar dentro de un sueño?

–Siempre te perdonaré.

Capítulo 23

Me acostara con quien me acostara la noche anterior, me desperté con el Johnny del presente. Hicimos el amor antes de que me metiera en la ducha y bajara a desayunar. Aquella mañana no hubo Mocha para nosotros, solo rosquillas y café en mi cocina. Todo muy doméstico. Muy agradable.

Muy normal.

Como aquella noche, Johnny iba a tener que quedarse a trabajar hasta tarde en la galería, le pregunté a Jen que si quería que quedáramos después del trabajo. Hacía mucho tiempo que no estábamos juntas. Pero antes pasamos por Arooga's Soprts Bar y compramos una cantidad inusitada de alitas de diferentes gustos y un paquete de seis botellines de cerveza. Una vez en casa, nos quitamos los zapatos y nos pusimos los pantalones del pijama.

—Esta es otra de las razones por las que somos amigas —señalé sus pantalones de pijama, unos pantalones con un diseño de patos—. Siempre vas preparada.

Jen se echó a reír.

—¿Sabes cuánto tiempo hace desde la última vez que pasé una noche tirada en el sofá con el pijama y comiendo? Demasiado tiempo, eso es.

–¿Qué pasa? ¿Jared y tú no os quedáis tirados en el sofá con un pijama a juego?

–No, todavía no. ¿Pero Johnny y tú ya os ponéis los pantalones del pijama?

Riendo, abrí uno de los recipientes de las alitas y lo coloqué en la mesita del café.

–Claro que sí. Siempre y cuando no estamos desnudos.

–Sí, sí –sonrió–. Vamos, suéltalo. Ya sé que no está bien, pero quiero enterarme de todos los detalles. ¡Todos!

–Solo si tú compartes los tuyos –abrí una botella de cerveza y admiré la espuma que la coronaba–. Solo para ser justas y todo eso.

–Chica, estoy segura de que mis detalles no son tan excitantes como los tuyos.

Tomé una alita con sabor a *wasabi* y me lamí los dedos mientras la miraba.

–¡Venga, ya! Jared es guapííísimo.

–Sí, ¿pero sabes? No es Johnny Dellasandro –Jen eligió una alita aliñada al viejo estilo y la mordisqueó.

Me detuve y dejé la alita en el plato.

–¿De verdad no te importa que esté con él? Ya sé que me dijiste que no, ¿pero lo decías en serio, Jen?

Jen pareció sorprendida.

–¡Claro que no me importa! Para empezar, ni siquiera intenté nada con él. Además, sinceramente, Emm, para mí siempre fue una fantasía. No era nada real. Me alegro de que para ti sea algo de verdad.

Pensé en las fugas.

–Para mí también es una fantasía.

–Sí, bueno –Jen parecía confundida, y no me extrañó–. Supongo que, en parte, también lo es.

Yo quería contárselo. Necesitaba contárselo a alguien y no quería que Johnny supiera que me había enamorado tan locamente del joven que era años atrás antes de haber cruzado con él una sola palabra. No quería que pensara que habían sido las películas y las fotografías las que me habían hecho enamorarme de él. Quería que supiera que era a él a quien quería, al margen de cómo hubieran sucedido las cosas. Y aunque ni siquiera yo misma estuviera segura.

–¿Qué pasa? –Jen se lamió la salsa de los dedos–. ¿En realidad no es tan bueno? A mí puedes decírmelo. Me romperá el corazón, pero puedes decírmelo.

–No, no es nada de eso. De hecho, es incluso mejor de lo que pensaba –bebí un sorbo de cerveza.

Jen se echó a reír.

–¡Eh! Eso es mucho mejor que lo contrario. Quiero decir… hay veces que con Jared, no estoy segura de si la cosa va a salir bien.

–¿De verdad? ¿Y por qué no? Bueno, supongo que sé perfectamente por qué no. Por supuesto, al principio no se puede estar segura de nada, ¿pero por qué no estás segura?

–Muy bien, ahora ya basta de andarse con rodeos –fue la respuesta de Jen–. ¿Qué te pasa? De verdad, ¿cómo estás ahora?

–Quiero hablar contigo de lo que pasó el día de la cena –admití.

Jen permaneció en silencio durante varios segundos. Bebió un poco de cerveza y se lamió los dedos antes de alargar la mano hacia otra alita.

–Tu madre me contó lo del accidente, y lo de tus ataques.

–Sí, bueno, en realidad, no son ataques. Son como desvanecimientos. Fugas. Pierdo la conciencia. Me apago, o, por lo menos, eso es lo que yo siento. Normalmente solo duran varios segundos, un minuto como mucho. Nunca había tenido uno que durara tanto.

Jen asintió mientras arrancaba la carne del hueso y se la comía.

–Tu madre me dijo que llevabas dos años bien. Que lo del otro día fue toda una sorpresa. Lo siento, Emm. Es una pena.

–Sí, lo es. No podré conducir hasta que pase todo un año sin volver a sufrir uno de esos episodios. Johnny me lleva y me trae del trabajo –esbocé una mueca–. La verdad es que lo odio. Ahora que por fin había podido irme de casa, encontrar un trabajo... Es odioso, Jen. Lo odio con todas mis fuerzas.

Jen frunció el ceño.

–¿Y ahora qué? ¿Cómo te encuentras?

–Bien –y no mentía. La fuga que había tenido la otra noche, cuando estaba en la cama con Johnny, no me había dejado ninguna secuela–. He retomado las citas con la acupuntora una vez a la semana y estoy haciendo un esfuerzo para seguir con la meditación. Todo eso me ayuda. Y también la cafeína y el azúcar, así que no paro de comer bizcochos y café.

–¡Qué suerte! –sonrió.

–Me han recetado también algunos medicamentos, pero no me gusta tomármelos, porque me paso el día medio dormida. Y, de todas formas, no funcionan.

–No te culpo. Aun así –terminó la alita y se limpió los dedos con una servilleta–, siento que tengas que pasar por todo esto. Si puedo ayudarte en algo, no dejes de decírmelo. Podría ir a buscarte al trabajo un par de días a la semana, o hacer cualquier otra cosa de ese tipo.

No quería llorar. Pero al oír aquel ofrecimiento, arrugué el rostro y sentí en los ojos el escozor de las lágrimas.

–Gracias, créeme, odio tener que pedirlo.

–Chica, pero si no es nada –dijo moviendo la cabeza y acompañando sus palabras con un gesto de la mano–, te lo prometo.

Conseguí sonreír.

—Es… es por Johnny.

—¿Le molesta? —me miró con compasión—. No se estará comportando como un idiota contigo después de lo que te ha pasado, ¿verdad?

—No, todo lo contrario. Está teniendo un tacto exagerado. Está siendo demasiado bueno. Y si no me gusta tener que pedirte que me lleves al trabajo, imagínate lo poco que me gusta tener que contar con él para ir a cualquier parte, aunque me lo hubiera ofrecido incluso antes de la cena. De hecho, insistió mucho —bebí más cerveza—. Él ya sabía lo de las fugas.

A Jen ya le había contado lo que había pasado el día que le había llevado las galletas, pero no la parte en la que terminaba desnuda en el vestíbulo de mi casa. Y tampoco le había dicho que Johnny me había devuelto mi ropa. Se lo conté en aquel momento, poniéndola rápidamente al tanto de toda la información que faltaba y añadí también la parte en la que había ido a la galería y le había besado y él me había asegurado que no había pasado nada malo.

—Vaya —dijo Jen cuando yo terminé de hablar—. ¿Y por qué no me habías contado nada de eso hasta ahora?

—Me daba vergüenza —contesté abiertamente—. Hay cosas que me cuesta compartir. Lo siento.

Hizo un gesto con la mano.

—No tienes por qué sentir ninguna vergüenza, chica. ¿Cuántas veces tengo que decírtelo? Si me lo hubieras contado antes, todo habría sido mucho más interesante, pero entiendo que no quisieras decírmelo. Así que ahora, Johnny está al tanto de todo y, aun así, sigue estando contigo.

—Sí —tomé aire—. Pero hay algo más. Algo que él no sabe.

Jen arqueó las cejas y se inclinó hacia delante.

–¿Ah, sí?

Asentí.

–Cuando me apago, a veces tengo alucinaciones. Alucinaciones muy nítidas, muy reales.

–¡Hala! –agarró otra alita. Parecía completamente cautivada–. Sigue.

–Justo después del accidente, cuando todavía estaba en coma, tuve sueños muy intensos. Puedo recordar la mayor parte de ellos, aunque están todos revueltos. Son fragmentos, pedazos de imágenes que se combinan al azar. Soñé mucho con Doctor...

–Tiene sentido, estabas en un hospital.

Me eché a reír.

–¡No, no con los médicos del hospital? Sino con el Doctor Who. ¿Conoces esa serie de televisión? El protagonista lleva siempre una bufanda larga de rayas. Ahora hay una nueva versión. ¿Te suenan Daleks? ¿La nave TARDIS?

–¡Ah, sí, sí! Pero no he visto la serie. Así que soñabas con el Doctor Who.

–Y con su bufanda de rayas –dije, recordándolo–. Llevaba un abrigo oscuro largo y una bufanda a rayas.

–¡Eh! Johnny siempre lleva un abrigo negro y una bufanda a rayas.

–Sí, lo sé.

–¿Crees que tus sueños de niña te han hecho enamorarte de él?

–No –negué con la cabeza–. Es solo una coincidencia. Eso es lo que recuerdo de la época en la que estuve en el hospital. Cuando salí, las fugas eran bastante frecuentes. A veces tenía dos en el mismo día. Después, comencé a sufrirlas con una frecuencia de una vez al mes, una vez a la semana y al final, una en un año. Falté muchos días al colegio, pero recuperé todo lo perdido porque mi madre tenía muy claro que no iba a perder el curso. En aquella época, me hicieron cientos de pruebas que no demostraron nada, ni siquiera una mínima lesión cerebral, y comenzaron a medicarme para evitar que sufriera fugas. Por lo menos, aquellas de las que la gente se daba cuenta. Porque, en realidad, yo aprendí a fingir que seguía perfectamente una conversación aunque me hubiera perdido un par de minutos.

Jen hizo una mueca.

—¡Qué horror!

—Sí, bueno. Pero podía haber sido peor. Podría haber sufrido un daño cerebral que me dejase permanentemente incapacitada. O más de lo que estoy ahora —dije, permitiéndome teñir mis palabras con un deje de amargura—. Porque, sí, reconozco que esto me está fastidiando bastante la vida.

Jen me tomó la mano y me la apretó.

—Gracias. En cualquier caso, y es ahí adonde quería llegar, llegó un momento, a medida que fui creciendo, en el que las fugas empezaron a ir acompañadas de alucinaciones. No eran sueños, porque eran casi siempre coherentes, y yo en todo momento sabía que no estaba haciendo lo que mi cerebro me decía que estaba haciendo. En cierto modo, casi me resultaban útiles las alucinaciones, porque si estaba en clase y de pronto me veía en medio de un campo de flores persiguiendo una mariposa, sabía que estaba inconsciente, que me había apagado, e intentaba recuperar rápidamente la conciencia.

—¿Y puedes hacerlo? ¿Puedes recuperar la conciencia cuando quieres?

—A veces, sí, pero otras… —me encogí de hombros, pensando en el día que me había despertado en el hospital, agarrada a la mano de Johnny—, no.

—¡Uf! —Jen suspiró, mirándome con simpatía, pero no con compasión.

–Antes de venir a vivir aquí, llevaba un año sin tener fugas y dos sin tener ninguna seria. Hacía mucho tiempo que no sufría alucinaciones. A lo mejor tres o cuatro años.

–¿Y ahora?

–Ahora he estado teniendo alucinaciones con Johnny.

Jen volvió a arquear las cejas.

–¿Sí? ¿Y qué tipo de alucinaciones?

–La primera fue un lío. Estaba en el tren que sale en *El tren de los condenados*, y yo era la condesa, o lo que sea que fuera la protagonista. Y estábamos…

–¡Ohh! ¿Estabas acostándote con él en el tren? Esa es la clase de sueño que no me importaría nada tener.

–Sí –sonreí–, estuvo muy bien. Si no fuera por el hecho de que fue una fuga, estuvo realmente bien. Pero esa fue una alucinación normal. Desde entonces, he tenido más. Y no son como las que había tenido hasta ese momento. Pero son siempre iguales. Siempre aparezco en casa de Johnny en los años setenta. Normalmente, estoy en medio de una fiesta. Creo que es la misma fiesta. Pero aparezco en momentos diferentes. Por lo menos, es siempre dentro del margen de unos días determinados. Y no estoy sola. Están también Paul Smiths y Candy Applegate…

–¿Te refieres a los miembros de El enclave? ¿Está toda esa gente?

–Sí. Y también aparece Ed D'Onofrio.

–¿El escritor? ¿El que murió?

–Sí, él.

Pensé en la última vez que había perdido la conciencia y había aparecido en la cocina de Johnny con Ed, viendo cómo se destruía a sí mismo.

–Y Sandy –añadí.

–¿Su primera esposa?

Puse cara de haber comido algo repugnante.

–Sí, ella.

—Aparecía en *La noche de las cien lunas*, ¿verdad? Esa mujer es la madre de Kimmy.

—Sí. Y lo más misterioso de todo, Jen, es que yo había tenido esas alucinaciones sobre la película y sobre la gente que aparece en ella incluso antes de haberla visto. Supongo que reconstruí las imágenes a partir de los fragmentos que había visto en Internet.

—A lo mejor la habías visto algún día en televisión. Como *El tren de los condenados*.

—Sí, supongo —contesté, aunque la explicación no tenía sentido—. Es más como si hubiera reconstruido ese mundo, el mundo del Johnny de aquella época. Del hombre que aparecía en las películas y trabajaba como modelo. La versión más sexy del Johnny de ahora. Y en todas las alucinaciones, vuelvo a esa época y… me acuesto con él.

Jen se echó a reír.

—¿Y cuál es el problema? Dejando de lado lo de las alucinaciones, claro.

—En mi cabeza, disfrutamos plena y libremente de la sexualidad. La libertad es total. Sexo, drogas, y rock and roll. Es un mundo completamente diferente. Pero no es real —le expliqué—. Al principio era genial. Si tengo que soportar una lesión cerebral y sufrir esos apagones, es bastante agradable pasarlos acostándome con Johnny Dellasandro.

—Por fin te oigo decir algo sensato —dijo, de nuevo con simpatía y sin mostrar ninguna pena por mí— Entonces, ¿dónde está el problema? Bueno, supongo que preferirías no sufrir ningún tipo de alucinación.

Reí a carcajadas.

—Algo así. En los sueños todo es mucho más fácil. No tengo que preocuparme por nada y, aun así, sigo disfrutando de Johnny.

—También tienes a Johnny en la vida real —señaló Jen.

—No le he contado lo de las alucinaciones. No quiero

que piense que estoy con él por esas películas, o por su pasado como modelo, o por todas esas historias que ha dejado atrás, ¿sabes? Quiero al Johnny de ahora. O, por lo menos, eso creo.

–¿Tan mal te parece estar con él por lo que fue? –preguntó Jen–. No es malo admirarle por todo lo que hizo. Johnny no se avergüenza de su pasado, sencillamente, siguió haciendo otras cosas.

–Supongo que sí –no era capaz de describir por qué todo aquello me parecía tan retorcido y tan complejo–. Debería decirle que cuando me apago, termino acostándome con el Johnny de los setenta, con patillas y el pelo muy largo. Y que, por cierto, está condenadamente bueno.

Jen se echó a reír.

–Siempre y cuando no te guste más que en la vida real, no habrá ningún problema.

–Desde luego. Y no, no me gusta más. Solo es diferente. Además, no es real –añadí secamente–. ¿Tú crees que debería contárselo?

–No sé si debes mantenerlo en secreto, pero tampoco sé si tienes que contárselo. ¿Se lo contarías si las fantasías fueran con otro?

–A lo mejor sí, o quizá no, si fueran tan perversas y sensuales como las que tengo con él.

–¿Crees que podría… terminar sintiendo celos de sí mismo?

Me eché a reír.

–A lo mejor. O a lo mejor se puede sentir un poco raro. Y no siempre hay sexo. La última vez tuve un encuentro con Ed D'Onofrio, y la verdad es que fue bastante espeluznante. No tuvo nada sexy en absoluto. Sé que se supone que era un genio en su época, pero la verdad es que sus poemas me hielan la sangre. Y, no te lo pierdas, imaginé que estaba escribiendo un poema sobre mí.

—¡No!

—Sí. ¿Ves? No puedo contarle a Johnny una cosa así. Es ridículo, y ya es suficiente malo que tenga que soportar mis fugas y llevarme en coche y todas esas cosas. No me apetece contarle que mi cerebro se inventa historias sobre sus antiguos amigos, ¿sabes? A mí misma me da miedo. Es aterrador —añadí con tristeza—. Es propio de una admiradora chiflada.

—Algo que tú no eras. En absoluto —Jen elevó los ojos al cielo.

—Eso era diferente. Y la culpa la tenías tú.

Se echó a reír e inclinó la cerveza para terminarla antes de dejarla encima de la mesa.

—Sí, sí. Y te contagié la Johnnytis. ¿Quieres una cura? Porque a mí me parece que no.

Reímos juntas. Por lo menos, al contárselo me había quitado un peso de encima.

—¿No te parece horrible que imagine todo eso cuando me quedo inconsciente? Por supuesto, eso no significa que no sea feliz con él en el presente, con el verdadero Johnny. Porque te aseguro que mi relación con él es mejor que cualquier cosa que haya podido imaginar.

—Si estuvieras intentando hacer lo posible para pasar más tiempo en ese mundo de fantasía, me preocuparía, pero no es así. Tú no haces nada para provocar esas fugas. Simplemente, ocurren, ¿verdad?

—Sí. Si pudiera detenerlas, lo haría, aunque eso significara perderme las tórridas aventuras de los setenta.

—Bueno, antes has dicho que siempre podías distinguir una fuga de un sueño, ¿no?

Lamí la salsa de una alita y tragué.

—Sí.

—¿Y alguna vez has intentando guiar una alucinación? Como un sueño, ¿sabes? Hay gente que lo hace.

Pensé en ello.

–No. Normalmente sé que estoy inconsciente, pero no intento provocar nada. ¿De qué me serviría?

Jen se inclinó hacia delante y me miró muy seria.

–Si pudieras controlar lo que sucede, a lo mejor podrías controlar el momento de despertar. Si puedes modificar lo que está sucediendo, a lo mejor eres capaz de ponerle fin en el momento en el que quieras, en vez de tener que esperar a que acabe.

–¿Tú crees? –me incliné hacia delante–. ¿De dónde te has sacado eso? Llevo casi toda mi vida sufriendo alucinaciones y nunca lo había visto de ese modo.

Jen movió los dedos como si fuera una bruja.

–¡Porque soooy así de tenebrosa!

Le lancé un cojín.

–¿De verdad crees que funcionará?

–Solo hay una forma de averiguarlo. Prueba.

Capítulo 24

–Me siento completamente estúpida.

Estaba en la cama, sobre un montón de cojines y con una manta encima.

Encendimos velas y pusimos una música suave. Me sentía como si me estuvieran seduciendo. Pero no era a mi cuerpo al que había que seducir, sino a mi cerebro.

–¡Shh! ¿Cómo lo vas a averiguar si ni siquiera lo intentas?

–Jamás en mi vida he intentado provocar una fuga. Siempre he luchado contra ellas, para evitar que ocurrieran.

Jen, sentada en una silla al lado de la cama, sacudió la cabeza.

–A lo mejor es como la hipnosis, funciona el poder de la sugestión y ese tipo de cosas. Me has dicho que solías utilizar la imaginación guiada para meditar. Pues hazlo ahora. En cuanto comiences a alucinar, intenta averiguar cómo cambiar la alucinación. Así, la próxima vez que te quedes inconsciente, sabrás cómo despertarte. ¡Pero, bueno! ¡Como si yo supiera de lo que estoy hablando!

Nos echamos las dos a reír. Yo bostecé.

–Esto es una locura.

–Bueno, en ese caso, pon en movimiento tu loco trasero –me azuzó Jen–. Ahora mismo podría estar haciendo algo realmente sexy con mi novio, pero no, estoy aquí, intentando ayudarte a entrar en tu nirvana masturbatorio.

–¡Vale! ¡Vale!

Fueron pasando los minutos. Pensé que podría quedarme dormida, pero, aunque bostecé unas cuantas veces, ni siquiera me adormilé. Mi cama era cómoda y acogedora. Los cojines me acunaban. Me introduje en el silencio siguiendo los pasos que empleaba en la meditación.

Y, de pronto, me senté.

Estaba en la cama de Johnny. La del pasado. Sábanas revueltas. Olor a sexo. Y el sonido del agua en el cuarto de baño.

Me levanté de la cama y susurré con fuerza:

–¡Jen!

No hubo respuesta. Miré a mi alrededor, pensando que, a lo mejor, mi cerebro la había llevado conmigo, pero Jen no estaba allí. La llamé otra vez, pero el silencio fue la única respuesta.

Johnny salió del baño con una toalla a la cintura, la piel brillante y el pelo peinado hacia atrás, mojándole la espalda.

–¿Emm? ¿Has dicho algo?

–No, yo solo… ¿Cuánto tiempo he pasado dormida?

–Un par de horas, quizá –sonrió–. Pensaba que ibas a perderte la fiesta.

–¿Cómo voy a perderme la fiesta si nunca se acaba?

Johnny se acercó a la ventana y corrió la cortina para mirar al jardín.

–Esta fiesta es diferente. Ha venido un montón de gente. Es una fiesta importante. Han venido hasta famosos.

–¿Y eso debería importarme?

Johnny me dirigió una mirada extraña y se quitó la toalla para secarse el pelo. Tal y como siempre me ocurría, no fui capaz de apartar la mirada de su cuerpo. ¡Era tan hermoso! Aquel era el único arte que realmente sabía apreciar.

–No sé –se encogió de hombros–. Supongo que no. No, en realidad, no. Vienen aquí para beberse mis bebidas, comerse mi comida, fumar mi hierba y follar en la piscina.

–Entonces, si no te gusta toda esta gente, ¿por qué organizas estas fiestas?

Johnny dejó caer la toalla, vino hacia mí y me hizo levantarme. Bajó la mirada hacia mi ropa. Aquel día llevaba la camiseta con el cartel promocional de *Bailar con el diablo* y unos pantalones de pijama. Me acarició el pezón con el pulgar y después me estrechó contra él.

–¿Quién ha dicho que no me gustan?

Cuando me besó, abrí los labios para sentir su lengua. Pero, consciente de que Jen me estaba observando, posé un dedo sobre sus labios y le detuve antes de que la situación se pusiera más caliente.

–Johnny.

–¿Sí, nena?

–Sabes que en ti hay mucho más que esas películas y esas fotografías, ¿verdad?

Me dirigió una mirada extraña.

–¿Vas a decirme otra vez que debería dedicarme a ser pintor?

–No voy a decirte que deberías serlo. Lo que digo es que lo eres –desvié la mirada hacia los dibujos que tenía encima de la cómoda–. Eres realmente bueno.

Se encogió de hombros y posó las manos en mi trasero. Sentía su sexo presionándome, todavía no estaba del todo erecto, pero, definitivamente, estaba en camino.

–Gracias.

–Lo digo en serio.

Apoyó la frente en la mía y me miró a los ojos.

–Emm, Emm, Emmaline.

Sonreí. Se suponía que tenía que guiar la situación de alguna manera, pero no estaba haciendo muy buen trabajo. Le rodeé el cuello con los brazos.

–Sí, sí, sí.

Buscó mi mirada y me dijo muy serio.

–Cuando dices eso, casi te creo.

–Es verdad, tienes mucho talento.

Entrecerró los ojos ligeramente.

–Pintar no es tan fácil como actuar o posar.

–¿Y no es eso precisamente lo que hace que merezca la pena?

Se echó a reír. Comenzamos a movernos, pero no bailábamos exactamente. Nos mecíamos al ritmo de la música que nos llegaba desde el jardín. Podía oír las risas y los chapoteos en la piscina. Efectivamente, la fiesta había comenzado.

–No sé –dijo Johnny–. Hay otras muchas cosas que creo que merecen la pena.

–¿Sí? ¿Como cuáles?

–Como tú.

Le enmarqué el rostro entre las manos.

–Johnny, sabes que esto no es real, ¿verdad? Que lo nuestro no es real.

Negó ligeramente con la cabeza.

–Te equivocas. Todo esto es real. Tú y yo, Emm. Esto es real.

Suspiré.

–No, no lo es. Y no puede durar. No puedo continuar haciendo esto.

–¿Por qué no?

Era una pregunta sencilla, pero mi boca se negaba a responder. Lo intenté, lo intenté en serio, pero Johnny puso fin a mis esfuerzos con un beso que no tardó en hacerse más profundo, más intenso, más largo. Yo sabía que debería ponerle fin, que se suponía que tenía que dirigir de alguna manera todo aquello, pero estaba demasiado distraída.

¿Y qué daño podía hacer aquel beso? ¿Aquellas caricias? Aquello era bueno, me sentía bien. No nos hacía ningún daño. No era real. Podía despertarme cuando quisiera, ¿no?

—Bajemos a la fiesta —musitó Johnny contra mi boca, acariciándome el trasero—. Será divertido. Hoy no vendrá Sandy.

—Más te vale —le advertí.

Desde luego, si había algo que podía controlar en aquella situación, quería que fuera aquello.

Se echó a reír.

—No dejes que te moleste. Sandy no significa nada para mí y lo sabes.

—Sí, dejando de lado que es tu exesposa y la madre de tu hija —hice una mueca.

—Todo el mundo comete errores.

—Y tú deberías aprender de tus errores —le clavé el dedo en el pecho y posé después la mano sobre su corazón.

Sentí sus latidos. Sentí su calor y oí su respiración. Podía olerle. Cerré los ojos. Todo aquello era tan real…

Pero todo era falso.

—Tengo que irme —le dije, porque marcharme sin dar una explicación me parecía de mala educación incluso cuando estaba en medio de una alucinación.

—No te vayas.

Me reí. No hacía demasiado esfuerzo por apartarme.

—¡Tengo que marcharme!

—¡No, no tienes por qué irte! Puedes quedarte aquí para siempre.

Me sujetaba con fuerza, impidiéndome moverme. Comencé a sentirme incómoda. Su mirada era dura y tenía la boca apretada en una dura línea. No sonreía ni estaba bromeando.

–Johnny, lo digo en serio. Tengo que marcharme.

Volvió a negar con la cabeza.

–¿Por qué? ¿Por qué siempre tienes que irte?

Me besó con dureza. No hubo nada sensual o delicado en aquel beso. Estaba enfadado y le aparté con fuerza.

–¡Basta! –le empujé.

En aquella ocasión, me dejó marchar. Se limpió la boca con el dorso de la mano, cruzó la habitación hasta llegar a una silla y agarró un par de vaqueros con los que se tapó el trasero desnudo. Se puso una camiseta blanca encima y se pasó la mano por el pelo antes de recogérselo en una cola de caballo.

Le observé con los brazos cruzados. Estaba enfadada. Me sentía estúpida por haberme puesto intencionadamente en aquella situación y por ser incapaz de hacer nada para cambiarla. Bueno, pues si no era capaz de conseguir que Johnny hiciera lo que yo quería, por lo menos me despertaría.

El problema fue que no pude.

Cerré los ojos. Los abrí. Johnny todavía estaba allí. Lo intenté de nuevo. Nada.

–Mierda –musité desolada.

–Sí, todo esto es una mierda –respondió Johnny.

–No, no. No es eso…

Sacudí la cabeza. A pesar de que aquello no fuera real, no podía permitir que Johnny pensara que lo que había ocurrido era algo despreciable.

Qué estupidez.

Johnny volvió a mirar por la ventana.

–¿Es por todo ese lío que hay fuera?

Lo dijo en voz tan baja que al principio ni siquiera le oí. Me acerqué varios pasos a él. Sentí el suelo de madera bajo los pies descalzos. Oí más risas, el chapoteo, la música...

Johnny me miró.

—¿Es porque no soy nada especial?

—¡No! ¿Cómo puedes pensar siquiera...? ¿Cómo voy a...?

Pero si él lo estaba diciendo, era porque yo lo estaba pensando. Todo lo que allí ocurría era cosa mía. Sacudí la cabeza.

—¿Es porque tengo miedo?

—No sé qué decir.

Mi boca se movía y salían palabras de ella, pero no estaba segura de dónde salían. Parpadeé una y otra vez, pero nada cambiaba. Se me aceleró el corazón. Me latía a triple velocidad de lo normal. Estaba sudando.

—Lo que quiero decir es que tengo miedo de intentar ser algo más que el tipo que actúa en las películas, con el que todo el mundo quiere acostarse, pero a quien nadie quiere de verdad. Un bonito rostro sin nada detrás. ¿Por eso nuestra relación no es real para ti?

—No era eso lo que pretendía decir. Y no estoy de acuerdo en nada de lo que has dicho. Te conozco, Johnny. Sé en lo que te convertirás. Sé lo que eres y lo que puedes llegar a ser, eso es todo.

Tragué saliva. Tenía en la garganta un nudo de sentimientos que no podía descifrar.

Necesitaba sentarme, pero me conformé con apoyar la mano en el respaldo de la silla. Alargué la mano hacia Johnny, medio esperando que se disolviera como el humo. Como un fantasma. Como la fantasía que sabía que era.

Pero Johnny se volvió hacia mí.

—Entonces, no te vayas. Quédate conmigo, ¿de acuerdo? Ven a la fiesta. Pasa la noche conmigo y despiértate a mi lado mañana por la mañana.

—Yo no pertenezco a este mundo, Johnny —susurré—. Lo siento, pero es así.

—Pero hay algo que te retiene aquí —señaló—. Hay algo que te hace volver.

—Solo humo. Sueños. Esto no es real.

—Para mí sí lo es —gritó Johnny con tal fiereza que retrocedí—. Para mí es condenadamente real, Emm, ¿de acuerdo? Ha sido real desde la primera maldita vez que apareciste en los escalones de mi casa, y lo ha sido todas las malditas veces que has venido desde entonces. No me importa que estés loca o lo que demonios esté pasando, ¡no me importa! ¡Solo te pido que te quedes, por favor!

Alargó las manos hacia mí y dejé que me agarrara, dejé que me abrazara. Dejé que me diera un beso suave y profundo. Y me dejé llevar. Claudiqué. En vez de despertarme, me sentí hundiéndome más profundamente en mi alucinación.

—Haré todo lo quieras. Dejaré de hacer películas. Dejaré de organizar fiestas. Si eso es lo que quieres, conseguiré un verdadero trabajo. Me pondré traje y corbata, compraré un coche y pagaré a tiempo las facturas. Seré todo lo que quieres que sea, Emm. Pero deja de entrar y salir de esta forma de mi vida porque me estás volviendo loco.

—Quiero que seas un pintor. Quiero que seas todo lo que puedes ser, eso es lo único que quiero. Y quiero estar contigo, Johnny, pero no puedo estar aquí.

—¿Por qué? —me preguntó con expresión suplicante.

—Porque no pertenezco a este lugar.

Johnny posó la mano sobre mi seno y me acarició el pezón con el pulgar.

—Para mí eres real. Y siento que perteneces a este mundo.

Apoyé la mano sobre la suya.

–Pero no es así. Y sea lo que sea esto, para mí es malo continuar manteniéndolo.

–«Sea lo que sea esto» –repitió Johnny con una risa completamente carente de humor–. ¿Qué es para ti?

–No lo sé.

–Bueno, pues yo sí. Te quiero, Emm, y quiero estar contigo.

–Estás conmigo –las lágrimas comenzaron a correr por mis mejillas. Sentí el gusto de la sal–. Estamos juntos, pero no aquí, no ahora.

–¿Entonces cuándo?

–En el futuro –parecía una locura, pero Johnny no se apartó–. Yo vengo del futuro. Estoy loca, yo misma he inventado todo esto. No es real, no eres real. Esto no es real. Todos vosotros sois algo que he inventado yo.

–Quédate de todas formas –me pidió Johnny.

Intenté despertarme otra vez. Nada. Intenté provocar algo. Un cambio en la habitación. Que cambiara su ceño por una sonrisa. Solo había una forma de conseguirlo.

–Solamente un poco más –le dije–. Bajaré un rato a la fiesta.

¿Alguna vez había hecho a alguien tan feliz? Johnny me abrazó, me besó. Sonrió, algo que me encantó, y me dio la mano para conducirme por las escaleras hasta la puerta de atrás. No me soltó mientras me presentaba a gente cuyos nombres me resultaban familiares, aunque no sus rostros. Me besó delante de todo el mundo. Me llevó copas que bebí hasta terminar un poco achispada.

El tiempo pasaba. Iba haciéndose de noche. La fiesta era cada vez más salvaje. Vi a un par de parejas haciendo el amor en la piscina, como el propio Johnny había predicho. Vi a gente fumando hierba. Vi incluso a gente inyectándose, aunque inmediatamente desvié la mirada. La visión de alguien inyectándose droga en las venas me resultaba espeluznante y repulsiva. Vi muchas cosas en aquella fiesta, pero allí adonde iba, veía también a Johnny.

¿Había pasado alguna vez tanto tiempo en el pasado? A lo mejor se había roto algo en mi cerebro. Y si ese era el caso, había sido yo la responsable de que eso ocurriera. Me había forzado para volver a ese estado, intentando encontrar la manera de detenerlo y, de pronto, me descubría temiendo no poder salir de allí.

La gente me hablaba y yo contestaba. Quizá pensaban que estaba borracha, porque arrastraba ligeramente las palabras. Vi a Johnny enfrente de la piscina. Me estaba mirando con expresión preocupada mientras que una joven con una camiseta atada al cuello y los senos como sandías intentaba sin éxito llamar su atención.

Veía todo borroso, como si el mundo estuviera a punto de comenzar a girar, pero no se movía. Y yo seguía sin poder despertarme. Bebí otra copa. Me tomé un chupito como no lo había hecho nunca en la vida real. El alcohol ardió en mis entrañas.

Accedí tambaleándome a la cocina por la puerta de atrás. Ed estaba allí. Alzó la mirada con los ojos abiertos como platos y la boca abierta.

–¡Dios santo! ¿De dónde demonios sales?

–De fuera.

Miré la botella que tenía frente a él. El cigarrillo. Las drogas. La libreta.

Era la misma imagen que la última vez, pero la botella estaba ya vacía, el cenicero rebosante y la heroína desaparecida. Quedaba solamente la aguja. Parpadeé y me acerqué al fregadero para mojarme la cara. Como había hecho la última vez.

–Esto es una locura –dijo Ed–. Estás ahí y de pronto desapareces. ¿Qué demonios pasa?

—A lo mejor estás puesto —respondí con crueldad, con una voz espesa como el jarabe—. O a lo mejor estás loco.

—Estoy loco.

Nos miramos el uno al otro a través de la cocina. El aire vibraba por el calor. Por lo menos eso fue lo que pensé. Pero no era el calor, era otra cosa. Algo invisible tiraba de mí, me tiraba del vientre, como si tuviera una cuerda atada a las entrañas. Me retorcí.

—Esto es cosa de locos —insistió Ed—. Tan pronto estás aquí como desapareces. ¿Sabes que he escrito un poema sobre ti, Emmaline?

—Sí, ya me lo has dicho.

—No te gustó. No te impresionó.

Algo tiraba de mí con más fuerza todavía. Caí de rodillas en el suelo de la cocina. Sentí el golpe, duro y doloroso. Posé ambas manos sobre el suelo, preguntándome si iría a caerme. A vomitar. A desmayarme. ¿Pero cómo iba a desmayarme si estaba inconsciente?

—¡Oh, mierda!

Cerré los ojos. El mundo comenzó a temblar.

Después, dejó de moverse. Estaba en la cama. Sola. Abrí los ojos y vi el rostro de Johnny cerniéndose sobre mí. Me agarraba por los hombros y me sacudía con fuerza.

—¡Emm! —gritó cuando por fin fijé en él la mirada—. ¿Qué demonios estás haciendo?

—Solo estaba intentando… —comenzó a decir Jen, frotándose los ojos.

Johnny la fulminó con la mirada y se volvió de nuevo hacia mí.

—¡Una idea condenadamente brillante!

Jen parecía asustada.

—¿Está bien?

—¡Estoy bien, Johnny! ¡Estoy bien! —le aparté un poco para poder respirar—. En serio, déjalo ya.

Johnny enmarcó mi rostro entre las manos y me miró a los ojos. Se volvió hacia Jen y le dijo, no de mal genio, pero tampoco con una voz llena de luz y alegría:

–Creo que será mejor que te vayas.

Jen aceptó la sugerencia, pero me apretó el hombro antes de marcharse.

–Te llamaré.

–Sí –contesté.

Estaba demasiado cansada para levantarme y enfrentarme a Johnny para defenderla.

Lo que de verdad me apetecía era acurrucarme al lado de Johnny y sabía que mi amiga lo comprendería.

Cuando Jen se fue, Johnny me besó con el rostro todavía entre sus manos. Después, me miró de nuevo a los ojos.

–¿Qué demonios estabas haciendo?

–Estaba intentando averiguar si podía controlar las fugas –susurré.

Odiaba sentirme avergonzada.

Johnny soltó lentamente una bocanada de aire. Cruzó su rostro una sucesión de emociones, demasiadas para que pudiera discernirlas.

–¿Y puedes?

–Aparentemente no –contesté con amargura.

Johnny sacudió la cabeza.

–No vuelvas a hacerlo.

Enfadada, me volví hacia él.

–¿Eso es lo que quieres? ¿Que haga todo lo que tú me mandes?

–No, Emm –Johnny me hizo volver el rostro delicadamente hacia él–. Lo único que quiero es no perderte otra vez.

Capítulo 25

Me sentía como si se hubiera roto algo dentro de mí, pero no era necesariamente una sensación mala. Fuera cual fuera el mecanismo que me hacía deslizarme del sueño a la conciencia, parecía haberse estropeado y no había posibilidad de arreglarlo. Pero no era tan estúpida como para creerlo. Y quizá fuera mejor que se hubiera roto.

No volví a perder la conciencia durante toda una semana en la que Johnny estuvo rondándome sin piedad hasta tal punto que pensé que iba a terminar matándole. Para final de mes, la primavera comenzaba a anunciarse en el aire y yo no había vuelto a ver al Johnny del pasado ni siquiera en sueños.

Concerté una cita con la doctora Gordon, en principio, porque era la revisión anual, pero ella se empeñó en revisar todo lo demás e incluso me pidió un nuevo escáner. No protesté cuando lo sugirió. Hablamos un poco de la noche que había pasado en el hospital y de las posibles opciones de tratamiento, y aunque yo sabía que quería subirme las dosis de la medicación contra los ataques, me resistí.

—Ya me cuesta recordar que tengo que tomarme la píldora cada día. Añadir otra dosis de algo más sería un nuevo problema.

La doctora Gordon sacudió la cabeza.

–¿Estás segura de que no prefieres un método que te resulte menos difícil de recordar, Emm?

Me eché a reír, algo que resultaba siempre un poco embarazoso estando sentada en una camilla cubierta de papel y en camisón.

–No, no hace falta. Ahora tengo una relación estable, no tengo relaciones con más de un hombre y todo eso... Utilizamos preservativos, aunque creo que pronto comenzaremos a hablar de las enfermedades de transmisión sexual y podremos prescindir también de los preservativos. Además, él tiene hecha la vasectomía.

La doctora se echó a reír.

–Parece que tienes todos los frentes cubiertos.

Me encogí de hombros.

–Si no es necesario, no quiero tomar más medicación, eso es todo.

La doctora posó la mano en mi hombro.

–Ya sé que no quieres tomar medicación, pero como médica tuya que soy, tengo que ofrecerte el tratamiento que considero más adecuado, incluso aunque tú no quieras seguir mi consejo.

Asentí. La doctora Gordon me conocía desde hacía mucho tiempo.

–Muy bien, pero creo que las dos sabemos que eso no va a suponer ninguna diferencia ni en lo que se refiere a las fugas ni en mi capacidad para controlarlas. Vienen y se van sin que pueda hacer nada.

–Sí, vienen y desaparecen. Me encantaría poder encontrar una respuesta a tu problema.

Por supuesto. Y también a mí, y a mis padres, y a mis amigos. Y a Johnny. Pero ninguno de nosotros iba a encontrar nada mejor, así que era preferible aceptarlo.

Mi madre me había llevado al médico no porque Johnny

no pudiera hacerlo, sino porque habíamos decidido disfrutar de otro día para estrechar lazos entre madre e hija. Cuando salí de la consulta, nos fuimos a comer y a ver una película, y después mi madre me llevó a mi casa, donde estuvo comprobando si alguna de la ropa que había dejado de valerme podía quedarle bien a ella.

No creo que haya nada más deprimente que pasarle ropa a tu madre porque ella haya adelgazado y tú… no.

Pero me alegraba por ella mientras la veía girar con una falda de cuadros que había comprado en las rebajas, que nunca me había puesto y que, francamente, jamás me pondría. Y no porque no fuera de mi talla. Había sido una compra hecha en un impulso. El color no me quedaba bien y la tela no era de mi estilo. Pero a ella le quedaba genial y así se lo dije.

–¿Tú crees? –se alisó la falda y volvió a girar delante del espejo–. Me encanta. Yo nunca me la habría comprado.

–Lo sé. A lo mejor fue el destino el que hizo que la viera en Marshalls.

Miró la etiqueta, como yo estaba segura que haría.

–Te la pagaré.

–No, no –sacudí la cabeza y el dedo–. De ninguna manera.

Suspiró.

–Emmaline.

–No, mamá –busqué una blusa en el armario y se la tendí–. Pruébate esa.

Mi madre la agarró y me miró por encima del hombro.

–¡Ah! Antes de que se me olvide. Tengo un par de cajas para ti en el maletero. Las encontró tu padre en el sótano cuando estaba haciendo limpieza y buscando cosas para el mercadillo de la parroquia. Encontró un montón de cosas tuyas.

–Iré a buscarlas.

Dejé el resto de la ropa encima de la cama y agarré las llaves del coche.

Las cajas que me había llevado mi madre tenían asas y tapas, de modo que eran fáciles de transportar, aunque pesaban bastante. Las llevé el cuarto de estar y dejé la puerta abierta para que al aire de la noche pudiera pasar a través de la pantalla. Para entonces, mi madre ya se había puesto su propia ropa y estaba en el piso de abajo.

–¿Qué es todo esto?

Abrí una de las cajas y encontré en el interior un montón de papeles, libros y juguetes.

–Cosas que te dejaste en casa.

La miré.

–¿Y no se te ha ocurrido pensar que a lo mejor me las dejé en casa porque no las quería?

Mi madre me puso su característica cara de madre.

–Entonces tíralas. Si tú no necesitas toda esa basura, tampoco nosotros.

Sabía que no era eso lo que pretendía decir, pero me dolieron tanto sus palabras que torcí el gesto. Mi madre, que estaba sentada a mi lado, lo vio, y me quitó la tapa de las manos.

–Emm, no pretendía que sonara así.

–No pasa nada –respondí.

–No, mírame.

No quería mirarla. Sabía que me pondría a llorar en el segundo en el que lo hiciera. Hay cosas que solo las madres y las hijas pueden provocarse las unas a las otras, como esos estallidos en lágrimas nacidos de la emoción. Ni las tarjetas Hallmark pueden competir en eso con madres e hijas.

–¡Cariño! –mi madre me abrazó y me acarició el pelo–. ¿Qué te pasa? ¿Has vuelto a sentirte mal otra vez? ¿Es algo que tenga que ver con ese hombre?

Era curioso cómo mi madre, que había estado llamándole Johnny durante varias semanas, se refiriera a él como a «ese hombre» en cuanto pensaba que podía ser el causante de mi llanto.

–No, no es él. Johnny es muy bueno, en serio. Sé que papá y tú no os fiáis mucho de él, pero no es eso.

–No es que no me fíe de él –repuso mi madre–, es solo que tengo dudas sobre el hecho de tener un yerno tan viejo que podría ser mi marido.

Reí a través de las lágrimas.

–Todavía no hemos hablado de matrimonio, así que no te preocupes, mamá.

Mi madre soltó un familiar bufido burlón que significaba que me conocía demasiado bien.

–Ya veremos.

–Estoy bien con Johnny. Y últimamente no tengo problemas. Todo lo contrario, de hecho. Llevo un mes sin fugas. La doctora Gordon me ha mandado otro escáner, pero solo para hacer un informe. No espera encontrar nada nuevo.

–¿Entonces qué te pasa, cariño? ¿Es por lo que te he traído?

–Yo solo… –suspiré y comencé a sacar flecos de las rodillas deshilachadas de los vaqueros–. No quiero volver a casa, pero no me gusta saber que te alegras de que me haya ido, ¿sabes? Quiero decir… no me entiendas mal, comprendo perfectamente que…

–¡Emm! –exclamó mi madre estupefacta–. ¿Cómo puedes pensar una cosa así? ¿Alegrarme de que te hayas ido? ¡Debería darte una bofetada!

Me encogí de forma exagerada, aunque sabía que a mi madre nunca se le ocurriría pegarme.

–Vamos, mamá, sabes que es verdad.

Mi madre posó las manos en mis hombros y me miró a los ojos.

–Emmaline, me alegro mucho de que hayas podido irte de casa y disfrutar de la vida que mereces. Me alegro también de que hayas crecido y te hayas convertido en una mujer encantadora e independiente que es capaz de vivir su propia vida. Pero jamás me alegraré de que te hayas ido de casa. Y si alguna vez tuvieras que volver, te costaría muchísimo más que a mí.

Las dos nos echamos a llorar entonces, hasta que nuestras lágrimas dieron paso a las risas.

–Si no quieres nada de lo que hay en esas cajas, tíralo a la basura –me repitió–. La mayor parte de ellas tienen tantos años que ni siquiera creo que te acuerdes de lo que son, pero no quería tirarlas sin que las vieras. Eso es todo.

Asentí y comencé a remover los papeles. Eran cartas antiguas, corazones de papel de San Valentín y ese tipo de cosas. Además de un montón de juguetes de establecimientos de comida rápida que me parecía imposible que hubiera guardado durante tanto tiempo. Y en el fondo de la primera caja, un libro.

–¡Oh, Dios mío! –exclamé cuando lo saqué–. Hacía años que no veía ese libro.

Levanté aquel grueso libro de bolsillo. Las páginas estaban amarilleadas por el tiempo, pero no se habían desencuadernado. Pasé las páginas y vi las esquinas dobladas con las que alguien había marcado sus páginas favoritas. Los dedos se me mancharon de polvo.

–¿Ese libro… es mío?

–Bueno, era mío. Creo que todo el mundo tenía un ejemplar de ese libro. Lo leí cuando estaba embarazada –recordó mi madre con cariño–. Ed D'Onofrio fue muy famoso durante una época, aunque, en realidad, a mí solo me gustaban algunos de sus poemas. Bueno, en realidad, solo uno, por supuesto.

La miré.

—¿Y cuál es?

Mi madre sonrió.

—*Camina en la noche*. Supongo que lo habrás leído, ¿no? Si no, tienes que leerlo.

Negué con la cabeza.

—No creo que me lo mandaran leer en el colegio ni nada parecido.

Mi madre se echó a reír y buscó entre las páginas más gastadas del libro.

—No, cariño, ¿lo ves? *Camina en la noche*. En ese poema oí tu nombre por primera vez. Y por eso te lo puse.

Se me revolvió el estómago y sentí que el almuerzo me subía a la garganta. Me levanté tan rápido que el libro se cayó y no pude agacharme a recogerlo. Mi madre me miró preocupada y se levantó.

—Emm, ¿qué te pasa?

—Nada.

Me obligué a sentarme, agarré el libro y leí la página. El poema no era el mismo que Ed me había leído durante la fuga, pero se parecía lo suficiente como para que fuera evidente la similitud.

—No lo sabía. La verdad es que es una sorpresa.

—Yo pensaba que lo sabías —me dijo—. Estoy segura de que te lo conté, pero supongo que fue hace mucho tiempo y a lo mejor no te acuerdas. Leía ese libro una y otra vez cuando estaba embarazada, sentada en esa vieja mecedora que me regaló tu abuela. Y también te lo leía cuando estabas en el hospital. Supongo que… bueno, ahora que pienso en ello, después de eso nunca volví a leerlo en voz alta. A lo mejor nunca hablamos de ello.

—Es un poema un poco raro para una niña —pasé el dedo por las líneas del poema y la miré—. No es Humpty Dumpty.

Mi madre inclinó la cabeza.

—Cariño, ¿estás bien?

–Sí, estoy bien –forcé una sonrisa–. Estoy bien, de verdad, aunque cansada. Me ha gustado mucho lo del poema, mamá, gracias.

–Fue un poeta muy famoso cuando yo era joven –continuó mi madre en un tono casi soñador–. No sé qué habrá sido de él. Podrías buscarlo en Internet. Me pregunto si tendrá algún otro libro publicado.

Solo había publicado después de muerto. De hecho, si no recordaba mal, había sido entonces cuando le habían publicado aquel libro. No se lo conté, ni tampoco le hablé de las fugas, ni de que, casualmente, Johnny había sido uno de los mejores amigos de Ed D'Onofrio.

–A tu padre nunca le gustaron los otros poemas –me confió de pronto–. Solo le gustaba ese. La idea de ponerte ese nombre fue suya, en realidad. No conseguíamos ponernos de acuerdo en el nombre y discutíamos constantemente. Él quería algo moderno, diferente, y yo pensaba que un nombre más tradicional te sentaría mejor. Llegamos a un acuerdo. Y, desde entonces, siempre fuiste la única Emmaline de tu curso.

–Y sigo siendo la única que conozco.

–Porque eres única –dijo mi madre, y me abrazó otra vez.

Más tarde, después de que nos hubiéramos despedido y tras haberle prometido que la llamaría pronto, llegó Johnny. Llevaba comida tailandesa, aromática y todavía humeante. La colocó en la isleta de la cocina mientras yo agarraba los platos y los palillos. Serví sendas tazas de té caliente y me calenté las manos en la mía mientras le observaba abrir los recipientes de comida.

Me descubrió observándole.

–¿Qué pasa?

–Solo estaba mirándote.

Sonrió y rodeó la isleta para darme un beso.

–¿Y te gusta lo que ves?

–Sí, mucho –le apreté el trasero–. Y también lo que toco.

Miró la comida por encima del hombro y me miró después a mí.

–¿Cómo estás hoy de hambre?

–Depende de con lo que estés planeando alimentarme.

Johnny me tomó la mano y la posó en la entrepierna.

–¿Qué te parece esto?

–Me alegro de ver que incluso después de llevar varios meses conmigo, sigues siendo un romántico.

Frotó mi mano contra su sexo con movimientos circulares mientras los dos nos reíamos y nos separábamos con los ojos brillantes y los labios húmedos. Le abracé con fuerza contra mí. Aquel día había sido extraño, pero el estar con Johnny, de alguna manera, lo mejoraba.

–¿Qué te pasa? –susurró contra mi pelo.

Le abracé con fuerza y después me separé de él para poder mirarle a la cara.

–¿Soy demasiado joven para ti?

Arqueó las cejas y perdió la sonrisa.

–¿Kimmy ha vuelto a meterse contigo?

–No, no tiene nada que ver con ella. Solo quiero saber lo que piensas.

Johnny soltó una bocanada de aire y me soltó para recostarse contra el mostrador.

–Eres joven, sí. O, a lo mejor, yo soy viejo.

–¿Pero te importa?

Me miró muy serio.

–¿Por qué lo preguntas? ¿A ti te importa?

–No.

En realidad, no estaba segura de lo que me molestaba.

Quería besarle, bajarle los pantalones allí mismo, tomarle con mi boca y hacer que los dos nos olvidáramos de que habíamos empezado aquella conversación.

–Emm, háblame, por favor.

Me encantaba que insistiera en hablar, fuera sobre lo que fuera. Que para él fuera importante no ocultar los silencios incómodos bajo una alfombra de fingimiento mutuo. Le quería por muchas razones, todas enmarañadas, que no era capaz de desenredar.

–¿Te molesta que supiera quién eras antes de conocerte?

Se echó a reír.

–¿Quieres decir que si me molesta que me hubieras visto desnudo antes de haberme visto desnudo?

–Sí, eso. Pero también todo lo demás.

Johnny sabía que había visto todas sus películas y que había buscado información sobre él en Internet, pero nunca habíamos hablado de ello.

–¿Alguna vez te ha preocupado que haya intentado meterme en tu vida por ser quien eres?

Johnny se echó a reír otra vez y se inclinó hacia delante para besarme.

–Emm, quiero que quieras estar conmigo por ser quien soy.

–Pero no quien eras –musité.

–Sigo siendo la misma persona –replicó Johnny contra mi boca.

Me acarició el pelo y me miró a los ojos.

–¿Quieres saber cuántas chicas… y chicos, han intentado acostarse conmigo por algo que hice hace treinta años?

Fruncí el ceño.

–La verdad es que no.

–Muchos –contestó Johnny de todas formas–. ¿Tú crees que eres como ellos?

–¡No!

Se encogió de hombros y me dibujó los labios con el dedo pulgar antes de volver a besarme. Sabía bien. Y me gustaba sentirle contra mí. Cerré los ojos e intenté que aquello me distrajera, pero no funcionó.

–Te quiero –le dije–. Pero, sinceramente, todas esas historias… las películas, las fotografías, las entrevistas…

Asintió con la cabeza.

–¿Sí?

–No es por todo eso por lo que te quiero ahora.

–Y tampoco fue por todo eso por lo que me quisiste entonces –contestó Johnny.

Me quedé helada. Le miré fijamente, buscando en su expresión algo que indicara que estaba de broma. Cualquier cosa.

–¿Qué quieres decir?

–Me refiero a la primera vez que me viste en la cafetería. Entonces no sabías toda esa historia, ¿verdad? Aceptémoslo, fue mi trasero lo que te llamó la atención.

No era la respuesta que esperaba. En realidad, no sabía exactamente qué esperaba, pero me eché a reír.

–Sí, definitivamente fue eso. Tu trasero condenadamente épico.

Aquella vez, el beso consiguió distraerme de verdad y no volví a pensar en las palabras de Johnny hasta algún tiempo después. No había vacilado en su respuesta, no parecía estar intentando ocultar nada.

Entonces, ¿por qué tenía la sensación de que lo estaba haciendo?

Capítulo 26

–Vamos, Johnny, ya sabes que yo no sé nada de arte.

Me escabullí, rechazando la mano que Johnny me tendía, y estuve a punto de tirar una escultura colocada en un pedestal. La agarré antes de que cayera al suelo.

–¿Lo ves? Soy una amenaza.

–Tienes un buen ojo para la pintura y la fotografía y quiero saber tu opinión –me dijo muy serio–. Y esta es la obra de tu amiga, así que a lo mejor podrías echarme una mano.

–¡A mí me parece genial! –respondí, señalando la pared blanca en la que colgaban ya tres de sus fotografías–. Pero aquí hay sitio para otros cuatro cuadros por lo menos.

–Sí, ¿pero cuáles? –Johnny parecía enfadado.

–¿Cómo se supone que voy a saberlo yo? Elije tú.

Miré las fotos enmarcadas que había en el suelo. No quería acercarme más por miedo a pisarlas.

Johnny señaló una fotografía de Jared bajo una luz tenue.

–¿Esta?

–Es bonita. Es buena, quiero decir.

Señaló otra.

–¿Y esta?

–¡Esa también es buena! ¡Todas son buenas!

Johnny comenzó a reír y sacudió la cabeza.

–Dios mío, nena, realmente, no entiendes nada de arte, ¿verdad?

Fingí sentirme ofendida.

–Ya te lo he dicho.

–Lo que pasa es que crees que no entiendes –repuso Johnny–, si te dejaras llevar, tendrías mucha intuición. Lo que tienes que hacer es ver todo el arte que puedas. Pero, tranquila, ya puedo hacerlo yo. No llenes tu bonita cabeza con ese tipo de cosas.

Le saqué la lengua.

–Ahora sí que estás siendo un idiota.

Johnny se burló y alzó las manos.

–¡Ah! Eso sí que duele.

Se inclinó para colocar las fotografías. Le miré. Habían pasado varios días desde la conversación que habíamos tenido en la cocina, pero yo continuaba dándole vueltas.

–Johnny.

No alzó la mirada.

–¿Sí, nena?

–¿Qué te hizo decidirte a dedicarte a la pintura?

Johnny, que estaba colocando las fotografías, frenó el ritmo de sus movimientos. Se sentó, apoyándose sobre los talones. Tardó varios segundos en mirarme y cuando lo hizo, parecía estar en guardia.

–¿Qué quieres decir?

–Bueno, empezaste con las películas y todo eso, y sé que te tomaste un descanso antes de dedicarte a la pintura...

–Siempre pinté –dijo con voz queda–, pero no enseñaba a nadie mis cuadros. No pretendía que nadie me considerara un pintor. Hay una diferencia entre decidir ser un pintor y, simplemente, aceptar que lo eres.

–Lo sé –me mordí el labio–. Y tú… ¿cuándo lo aceptaste?

Johnny se levantó y se sacudió el polvo de las manos.

–Necesito una copa, ¿quieres tomar algo?

Sin esperarme, se dirigió a su despacho. Yo no tenía muy buenos recuerdos de aquel despacho. Me resultaba imposible entrar sin recordar la vergüenza que había pasado la primera vez que le había besado allí y él me había rechazado.

Johnny abrió un cajón del escritorio y sacó una botella de whisky de malta. Sirvió dos copas y me tendió una. Bebí, hice una mueca y empecé a toser.

–Dios –dije.

–No, solo es whisky.

Bebió y se pasó la lengua por los dientes antes de dejar el vaso en la mesa. Miró la botella como si estuviera a punto de servirse otro, pero no lo hizo. Después me miró a mí.

–¿Qué es lo que quieres preguntarme en realidad?

–Quiero saber qué te pasó, qué te hizo aceptar lo que eres, si quieres decirlo de esa manera. Por qué decidiste empezar a enseñar tu obra en vez de continuar dibujando en tu cuaderno.

Inclinó la cabeza.

–Así que sabes que tenía un cuaderno.

Su respuesta indicaba que no me lo había inventado, así que, al menos, no debía parecer del todo loca.

–Claro, ¿no lo tiene todo el mundo?

Johnny se sirvió otra copa.

–Quería oírtelo decir, eso es todo –le expliqué–. No quiero que haya secretos entre nosotros. No quiero conocer detalles sobre tu vida que tú no me has contado, como sé muchas cosas de las que tú ni siquiera eres consciente. No quiero que dejes de contarme cosas porque crees que ya las sé, aunque las sepa. Necesito oírlas de tus labios. Eso es lo que quiero.

Aquel largo discurso me había dejado sin respiración, así que terminé el whisky para obligarme a dejar de hablar.

—¿Qué quieres saber? ¿Quieres que te hable de las fiestas? ¿De las drogas? ¿Del sexo? ¿De las películas? —Johnny giró el líquido ambarino que tenía en el vaso—. Todo eso ocurrió hace mucho tiempo, Emm. Seguro que consigues más información en cualquier libro o en cualquier documental.

—No, no solo esas cosas —deslicé el dedo por los botones de su camisa—. ¿Puedes contarme qué pasó después de mil novecientos setenta y ocho?

—¿Qué pasó después de mil novecientos setenta y ocho? Por lo que a mí me han dicho, que llegó mil novecientos setenta y nueve.

Elevé los ojos al cielo y le clavé el dedo en el pecho.

—Qué listillo. Lo que quiero saber es qué pasó después de que Ed D'Onofrio se suicidara en tu casa.

Johnny dejó escapar un largo, trémulo y lento suspiro.

—¿De verdad quieres saberlo? ¿De verdad, Emm?

—Supongo que si no quieres contármelo, no. Pero sé lo que pasó. Por lo menos lo que dicen en los blogs de tus admiradores y en los documentales. Pero todo eso son especulaciones, ¿no?

Dejé el vaso en la mesa y posé las manos en su cintura. Alcé la mirada hacia aquel rostro tan familiar para mí, tan atractivo y tan amado.

—Dicen que te volviste loco.

Johnny rio con dureza.

—Sí, podría decirse así.

—¿Y es cierto? —posé un dedo en sus labios antes de que pudiera contestar—. Antes de que digas nada, quiero que

sepas que no me importaría nada que hubieras enloquecido.

Me besó el dedo y me lo mordisqueó suavemente antes
de agarrarme la muñeca para apartar la mano de su boca y
posarla en su pecho.

–¿No te importaría que hubiera enloquecido y me hubieran tenido que encerrar?

Negué con la cabeza.

–No.

Johnny suspiró.

–Maldita sea, Emm. Todo eso fue hace mucho tiempo,
¿sabes? ¿No puedes limitarte a preguntarme por las mujeres con las que me he acostado? Diablos, pregúntame si le
hice una mamada a Elton John entre bastidores en uno de
sus conciertos. Esa es la clase de historias sobre las que se
supone que deberías especular.

–¿Se la hiciste?

Me dio un beso en los labios. Sabía a whisky. Su aliento cálido me acariciaba mientras él hablaba.

–A lo mejor.

Suspiré.

–Johnny…

Su risa apenas duró. Fue disipándose hasta convertirse
en un pesado silencio.

–Si digo que sí, ¿continuarás queriendo saber todo lo
demás?

Asentí. Y después negué con la cabeza.

–Pero si no quieres contármelo, supongo que lo enten-
deré. En realidad, nada de eso es asunto mío. Tú ya tenías
toda una vida antes de conocerme.

–Y tú también –señaló–. Toda una vida. Aunque la mía
sea más larga.

–¡Pero todas las cosas que sabes sobre mí te las he contado yo!

Hablé con más vehemencia y con la voz más alta de lo que pretendía. Ambos nos encogimos. Posé la mano sobre su corazón y lo sentí latir con fuerza.

–Lo siento.

–No tienes por qué. Siento que todo esto te esté afectando tanto. Si quieres saber algo, lo único que tienes que hacer es preguntarlo. Yo te responderé, ¿de acuerdo? Si es que realmente necesitas saberlo.

Vacilé un instante. ¿De verdad necesitaba saberlo? Ya eran demasiadas las informaciones que rondaban por mi cabeza, rumores y fragmentos de historias que se mezclaban con todo lo que mi imaginación había creado durante mis pérdidas de conciencia.

–Solo quiero conocerte –susurré–. Quiero conocer al verdadero Johnny, eso es todo.

–¿Y crees que no me conoces?

Posó la mano en mi nuca y me masajeó la base del cuello. Me miró a los ojos. Estaba muy serio.

–No lo sé –suspiré con tristeza–. Me parece que no estamos en igualdad de condiciones.

–¿De verdad lo crees?

–Sí, lo creo.

Me abrazó. Presioné la mejilla contra su pecho.

–Te quiero –me dijo con voz queda.

–Yo también te quiero.

–Te contaré todo lo que quieras saber. Tú lo único que tienes que hacer es preguntármelo, ¿de acuerdo?

–¿Qué pasó en mil novecientos setenta y ocho?

Suspiró.

El corazón que sentía latir bajo mi pecho pareció detenerse un instante. O, a lo mejor, era mi propio corazón el que oía. Me besó en el pelo.

–La situación era cada vez más complicada. Vivíamos todos en la misma casa. Era mi casa, pero se quedaban siempre allí. Candy, Bellina y Ed. Paul venía cada dos semanas para hacer esas malditas películas, ¿sabes?

—Sí, lo sé.

—Pensaba convertirse en el siguiente Warhol o algo parecido. Quería ser alguien importante. Y las películas eran una forma de expresión artística, ¿sabes? Se consideraban arte —dijo Johnny—. Todavía se consideran una obra de arte. No me avergüenzo de lo que hice entonces.

—No tienes por qué.

—Sandy y yo rompimos. Ella estaba cada vez más enganchada a las drogas y se llevaba a Kimmy a todas partes. Al final, le dije que o me la dejaba a mí, o se la cedía a su madre.

Me aparté de él para mirarle.

—¿De verdad? Yo creía que habías dicho que no cuidaste a Kimmy como te habría gustado.

—Y es cierto. Le dije a Sandy que quería quedarme con ella, pero no era cierto, ¿sabes? Era un niño, un estúpido niño borracho demandante de atención. La vida giraba a mi alrededor y tenía a toda esa gente diciéndome constantemente lo maravilloso que era. La gente se me ofrecía en los conciertos de rock. Dios mío, ¿qué iba a hacer yo con una niña en esas circunstancias?

Apenas podía imaginar ese tipo de vida. La había visto en mis alucinaciones, pero no me había parecido algo real. Sin embargo, para él lo había sido.

—¿Y qué hizo Sandy?

—Entregó a Kimmy a su madre, gracias a Dios. Y se fue a la India durante todo un año, siguiendo a un maharajá o alguna historia de ese tipo, un gurú. Regresó esquelética y llena de parásitos. Pero eso fue más tarde. Y quizá... Mierda —suspiró—. A lo mejor enloqueció un poco. Creo que todos lo hicimos en esa época. Ed solo fue el primero.

Sentí que se me helaban las entrañas al oírle pronunciar su nombre.

—El escritor.

—Sí. Un tipo condenadamente brillante. Estaba muy por encima de todos nosotros. Los demás nos dedicábamos a hacer películas, a dibujar unas naturalezas muertas ridículas...

—No eran ridículas —le interrumpí.

Johnny me miró durante un largo segundo.

—Se supone que tú no sabes nada de pintura.

Y, supuestamente, tampoco había visto sus dibujos. Lo único que había hecho había sido una extrapolación a partir de las pocas obras que había visto en Internet y las que había conocido después.

—Nada de lo que hayas hecho puede ser ridículo.

Sonrió débilmente.

—Pero si no hubiera mejorado, no me habría convertido en un artista, ¿no crees?

—Supongo que no.

No quería continuar presionándole. Quería que Johnny fuera contándomelo todo tal y como él quería, siguiendo su propio ritmo. Aunque no me lo contara todo en aquel momento. Solo quería empezar aquella conversación. Ya me había enterado de algunas cosas que no sabía. Y me sentía mucho mejor.

—Fue un verano terriblemente caluroso —continuó diciendo Johnny—. Estábamos todos llenos de... no sé cómo llamarlo. Era una pulsión creciente... la necesidad de crear. Nos desbordaba. Era como si estuviéramos preñados de una necesidad artística. Candy con la cocina, Bellina con las obras de teatro y Paul con las películas.

—Y Ed con sus poemas.

—Sí. Escribió algunos libros, ¿lo sabías?

Asentí.

—Sí, pero no he leído ninguno.

—Bueno, no era J.D. Salinger ni nada parecido, pero sus

libros eran buenos. Raros, pero buenos. Pero sus poemas…
sus poemas eran arte. Auténtico arte, Emm.

–Sí, un arte que no soy capaz de apreciar –musité.

Pensé en el rostro de Ed en la cocina. En el hedor que
de él emanaba. En el sonido de su voz cuando leía el poema en voz alta. Habría sonado mucho más bonito leído con
la voz de mi madre. ¿Por qué no podría recordar eso en vez
de la fuga?

–¡Bah! Tú sigue castigándote.

–Mi madre me puso mi nombre por uno de sus poemas.

Johnny se quedó muy quieto.

–¿De verdad?

Le miré con atención.

–Sí. *Camina en la noche*.

Johnny se bebió el segundo vaso de whisky.

–Hace poco me llevó el libro a casa –le expliqué–. Me
contó que solía leerme ese poema una y otra vez cuando
estaba embarazada. Y después del accidente. Por lo visto,
me pusieron el nombre a partir de ese poema, pero no recuerdo que mi madre me lo haya leído nunca.

–Me gusta tu nombre –dijo Johnny.

–No me parece un poema bonito –contesté, frunciendo
el ceño

–Podría haber sido peor. Tu madre podría haber sido
admiradora de e.e.cuming, y entonces quién sabe cómo podría haberte llamado.

–¿Estabas muy unido a él? –pregunté.

–¿A Ed? Nadie estaba unido a él. Ed vivía dentro de su
propia cabeza. Pasaba mucho tiempo con nosotros, pero
creo que ninguno estaba particularmente unido a él.

–Pero su muerte supuso el final para el grupo, ¿no?

Johnny parecía estar pensando sobre ello. El olor a
whisky de su aliento llegaba hasta mí.

–Sí, fue un desastre. ¿Es eso lo que querías saber?

–¿Qué pasó?

–Él era… Ed, quiero decir. Él hizo de las suyas, ¿sabes? Todos andábamos metidos en mil historias, pero él se metió a fondo en el mundo de las drogas. De las drogas duras. Se pinchaba. No dormía y bebía demasiado. Era una locura, Emm, y perdió la batalla, supongo. No pudo con todo. No fue capaz de enfrentarse a la vida. ¡Yo que sé! –Johnny se frotó los ojos y se apretó el puente de la nariz–. Bebía mucho, se pinchaba mucho, y un buen día, se cortó las venas y saltó al fondo de la piscina después de que todo el mundo hubiera salido de ella. A lo mejor creyó que alguno de nosotros le encontraría. Y si hubiera sido cualquier otra noche, seguramente habría habido alguien allí. Pero esa noche, no.

–Y… murió.

–Sí, murió.

Johnny se apartó de mí y rodeó el escritorio. Se pasó las manos por el pelo y las dejó unidas en la parte posterior de la cabeza.

–Dejando mi piscina hecha un desastre.

Permanecí callada, con el vaso en la mano, pero sin beber siquiera.

–¿De verdad quieres saber lo que ocurrió? –me preguntó Johnny con voz queda, evitando mirarme.

–Solo si quieres contármelo.

Se volvió.

–Ed enloqueció. Todos nos separamos. Supongo que yo también había enloquecido. Dejaba que fueran otros los que dijeran lo que querían de mí, que se interpusieran en lo que sabía que debería estar haciendo. Así que me alejé una temporada para intentar pensar con claridad.

Pensé en el Johnny de entonces, el que había inventado con mi propia cabeza. ¿Podría haberlo perdido todo? ¿Podría haberse alejado de allí al verse superado por todo lo que le rodeaba? Quizá.

–¿Fuiste a una clínica de rehabilitación?

–No. A un manicomio. A un hospital público, no había un centro privado para un zumbado como yo. Me llevaron en una camilla. Podría haber pagado por algo mejor si hubiera tenido la sensatez de internarme yo solo. Pero para entonces, el dinero había desaparecido bajo mis propias narices, me lo había tragado. Mi madre fue la que se encargó de que me internaran, Dios la bendiga. Si no hubiera sido por ella, probablemente habría muerto.

Me dolía oír aquello, aunque Johnny lo decía en un tono muy frío, sin ninguna vergüenza, al igual que había hablado de todo lo demás. Quería abrazarle, besarle. Pero no me arrepentía de lo que le había preguntado. Necesitaba aclarar mis ideas. Separar lo real de lo irreal.

–¿Cuánto tiempo estuviste allí? –pregunté.

–Un año. Salí en el setenta y nueve. Completamente limpio. Aunque, seguramente, todavía un poco loco.

–Para empezar, ni siquiera estabas loco.

Sonrió con tristeza.

–No, lo sé. Pero me hizo bien estar en ese lugar. Sí, fue duro, aunque no era un centro religioso, era un lugar del tipo «odia al pecado y ama al pecador». Tuve un médico muy bueno que consiguió centrarme. Me hizo pensar en muchas de las cosas que habían pasado ese verano. Me hizo comprender muchas verdades.

–¿Sobre Ed?

–No, nena –contestó Johnny–. Sobre…

Justo en ese momento se abrió la puerta del despacho y entró Glynnis, la ayudante de Johnny.

–Johnny, hay un tipo de… ¡Ay, lo siento! No sabía que estabas acompañado.

Nos miró alternativamente con abierta curiosidad, pero

como no nos estábamos tocando, como ni siquiera estábamos en el mismo lado del escritorio, por lo menos no pudo pensar que había interrumpido nada que pudiera resultarle embarazoso.

–Tranquila, ¿qué tipo?

–El de la web. El del blog.

–¡Ah, ese! –exclamó Johnny, golpeándose la frente con la mano–. Sí, le dije que podía hacerme una entrevista para hablar de la próxima exposición. Glynnis, ¿puedes…? No sé, entretenerle un rato. Puedes ir enseñándole la galería.

–Claro, Johnny –me dirigió una tímida sonrisa y se fue.

–Lo siento –se disculpó Johnny–, tengo que volver al trabajo.

–No pasa nada. Me alegro de que hayamos hablado. Me alegro de que… bueno, de que vayamos aclarando las cosas entre nosotros.

Johnny me miró entonces con curiosidad.

–¿Tan terrible era para ti, Emm? ¿Tanto te afectaba? Podría habértelo contado en cualquier momento. Sencillamente, no sabía que tenías interés en ello. Es una antigua historia.

–Solo quería oírla de tus labios, eso es todo.

Fuera del despacho, se oían voces. Johnny rodeó el escritorio y me besó.

–¿Estás bien?

Asentí.

–Sí, estoy bien.

–Estupendo –volvió a besarme, más largamente en esa ocasión.

Me olvidé de donde estábamos. No por culpa de una fuga, sino por la fuerza del deseo. Me eché a reír cuando presionó su erección contra mí.

–Será mejor que controles eso antes de salir o Bloggy

McBloggersten tendrá mucho más que decir sobre ti de lo que espera –le recomendé.

–No sería la primera vez que alguien hablara solamente de mi pene –dijo Johnny mientras se dirigía hacia la puerta sin soltarme todavía la mano.

Continuamos tocándonos hasta el último segundo, hasta que Johnny se marchó.

Capítulo 27

Era muy distinto mirar las fotografías de Johnny con él a estar soltando risitas cuando las veía con Jen o incluso suspirando cuando las veía sola en Internet. Johnny tenía un grueso álbum de fotografías en papel, algunas estaban sujetas con adhesivos en las esquinas, otras, caídas entre las páginas. Las había firmadas, no por él, sino por otros de los protagonistas de las fotografías. Otras llevaban nombres y fechas escritas por detrás. Algunas eran formales, otras instantáneas, algunas de veinte por veinticinco centímetros y otras más pequeñas.

–Hacía mucho tiempo que no miraba esas fotografías –comentó Johnny cuando cayeron un puñado de fotografías de entre las páginas del álbum sobre la carpeta.

Las recogí y las ordené con mucho cuidado. El papel era grueso y los colores habían perdido fuerza, pero comparadas con las fotografías de años atrás que había visto en los álbumes de mis padres, estaban muy bien conservadas.

–¿Por qué no?

–¿Tú sueles mirar fotografías en las que apareces desnuda?

–Mi madre tiene algunas colgadas en la pared –contesté

secamente–. Envuelta en burbujas de jabón. Son vergonzosas, pero ahí están, para que todo el mundo pueda verlas.

–Voy a tener que examinarlas de cerca cuando vaya por allí.

Elevé los ojos al cielo.

–Sí, pero no es lo mismo, ¿verdad?

Johnny miró la fotografía que tenía yo en la mano y me la quitó. Yo la reconocí como una de las famosas fotografías en las que posaba como si fuera una estatua de la Roma clásica. Las había visto en Internet, por supuesto, y en mis retorcidas fantasías. Pero me parecían diferentes cuando estaban en su mano. Johnny la sacudió ligeramente.

–No, no es lo mismo –se inclinó para ver las fotografías que tenía yo en la mano–. ¿Qué ves cuando miras esas fotografías?

–Veo un hombre muy bello –dije con voz queda.

Johnny soltó un bufido burlón.

–Sí, claro.

–Lo digo en serio, Johnny.

Me miró.

–¿Y qué ves cuando me miras a mí?

Le besé.

–Veo lo mismo. Un hombre atractivo, pero más experimentado y mejorado por el tiempo.

Profundizó el beso y me hizo acercarme a él posando las manos en mi trasero y estrechándome contra él.

–¿Y qué ves tú? –quise saber.

Desvió la mirada hacia el álbum y después me miró a mí.

–Veo un niño. A un joven con cabeza de chorlito que no sabía nada de la vida ni de qué hacer con ella. Veo a un idiota capaz de enseñar la polla a cambio de un par de dólares.

–¿Eso es lo que eras?

Me puse de puntillas para besarle en la boca, sostuve su rostro entre mis manos y le miré a los ojos. Pensé en el Johnny de entonces, un joven atrevido, un poco arrogante quizá, pero que no era ningún estúpido.

Johnny endureció la mirada un instante antes de sonreír.

—Claro.

—Pues yo no lo creo.

Me estudió con atención. Algo cambió en las profundidades de sus ojos. Debería haber podido averiguar lo que era, pero fui incapaz.

—Tú… no me conocías.

Le agarré de la mano y me lo llevé al sofá para poder sentarme y acurrucarme contra él.

—¿Sabes lo que creo? Que lo que importa no es lo que una persona dice de sí misma, sino lo que dicen los demás. Y lo que la gente dice de ti, Johnny, es que no eras un idiota. Y tampoco un cabeza de chorlito que no sabía nada de la vida.

—La gente no siempre sabe lo que dice —replicó Johnny en tono de desprecio.

Busqué en la caja de recuerdos que Johnny había llevado y saqué el cartel de una película. Había visto carteles como aquel que se vendían en eBay por cientos de dólares. El suyo estaba firmado por todo el reparto de la película. Lo leí en voz alta.

—«Para Johnny con amor, Marguerit. Para Johnny, siempre dispuesto a una broma, Bud. Johnny, gracias por todo, si sabes a lo que me refiero, Dee».

Le miré.

—Caías bien a todo el mundo. La gente gravitaba a tu alrededor. Y eras un amigo generoso.

—Demasiado generoso, quizá —respondió al cabo de un segundo, mirando el cartel.

Me pregunté si estaría pensando en Ed, pero no lo dije.

–Sigues en contacto con ellos, ¿verdad?

–Con algunos. Nos vemos de vez en cuando.

–Os separasteis y cada uno siguió su camino. Y todos conseguisteis triunfar.

–Algunos más que otros –replicó Johnny.

Volví a preguntarme si estaría pensando en Ed, o en Bellina, o en Candy con su programa de televisión megamillonario y su imperio de libros de cocina. O en él mismo.

–Tengo que confesar que he buscado muchas cosas tuyas en Internet. He leído mucho sobre ti –me eché a reír cuando elevó los ojos al cielo, pero posé un dedo en sus labios para que no dijera nada–. Mucho. Desde entrevistas famosas hasta discusiones en blogs más modestos. Y la conclusión siempre es la misma, cariño. No solo eres maravilloso, sino también un hombre inteligente y con talento.

–Evidentemente, has preferido ignorar las críticas adversas –repuso Johnny–. Y cualquiera que alabe algunas de las tonterías que hice entonces está exagerando de forma notable.

Volví a reír.

–Sí, bueno, es verdad que no siempre estabas en tu mejor momento, pero eso no importa. Lo que importa ahora son tus exposiciones, tu pintura.

Una vez más, volví a apreciar aquel cambio en su mirada y quise saber lo que significaba.

–Eso me salvó.

No era la respuesta que estaba esperando.

–¿Ah, sí?

Johnny me besó entonces. Fue un beso largo, lento y dulce. La presión de su boca me urgió a abrir los labios y la caricia de su lengua alentó a la mía. Me encantaba besar a Johnny. Todo boca y aliento, dientes y lenguas. Me descubrí de pronto en su regazo, sentada a horcajadas sobre él, hundiendo las rodillas en los cojines del sofá y con mi sexo contra el suyo.

Johnny me agarró de las nalgas y comenzó a moverme en círculos lentos sobre él. Profundizó el beso. Sentí su miembro crecer entre nosotros y me estremecí al imaginarlo en mi boca. Entre mis piernas. Dentro de mí.

Me desabroché la blusa y se me puso el vello de punta ante el contacto con el aire frío. Johnny mantenía su termostato más bajo que el mío. Pero me gustó. Fue como el contacto de unos dedos fantasmas que hicieron erguirse mis pezones, dejándolos duros como el granito. Me quité la falda, me desabroché el sujetador y lo dejé deslizarse por mis hombros sin quitármelo del todo. Tomé mis senos, con el satén cubriendo todavía parte de ellos, y apreté el uno contra el otro para ofrecérselos.

Johnny aceptó mi ofrecimiento. Apartó la boca de mis labios y descendió por el cuello hasta mi escote. Dibujó con la lengua la plenitud de mis senos. Dejé entonces que cayera el satén y Johnny cerró la boca alrededor del tenso pezón, que succionó delicadamente hasta hacerme gemir. Cada una de sus caricias encontraba un eco en mi clítoris. Siempre me había gustado que me acariciaran los pezones, pero los escasos amantes que había tenido antes que Johnny no les dedicaban mucho tiempo. Preferían hundirse directamente entre mis muslos.

Johnny se tomó su tiempo.

Yo eché la cabeza hacia atrás. La melena me acariciaba la espalda mientras me mecía contra su entrepierna con las barreras del vaquero, el algodón y la seda ayudando a hacer más intensa la sensación del roce. Johnny me succionó lenta y delicadamente los pezones, uno primero y después el otro. Cuando comenzó a morder la piel que los rodeaba, me arqueé contra él y grité.

Johnny rio contra mi piel y yo reí también, aunque la

mía fue una risa sin aliento, jadeante, saturada por el deseo. Johnny me mordisqueaba suavemente y después lamía con la lengua las pequeñas marcas que había dejado con los dientes.

Arqueé la espalda, entregándole mi cuerpo, y lo tomó. Posó las manos en mi espalda, una entre mis hombros y otra bajo mi trasero. Antes de que pudiera darme cuenta de lo que estaba haciendo, se levantó. Automáticamente, le rodeé la cintura con las piernas y me aferré a él.

Jadeé.

–Johnny…

–Shh. La cama está aquí mismo.

Me agarraba con fuerza a él mientras caminaba. Caímos juntos en la cama y rodamos hasta que quedé yo encima de él. La camisa de Johnny arañaba mi piel desnuda. Nos besamos. Nos restregamos. Se quitó la camisa y nuestras bocas se fundieron mientras luchábamos torpemente con los botones. Después, bajamos los vaqueros de Johnny hasta dejarlos a la altura de sus caderas mientras yo me quitaba los míos y me tumbaba en la cama, quedándome solamente con las bragas de seda.

Los ojos de Johnny resplandecían. Se puso de rodillas sin dejar de mirarme. Abrí las piernas con descaro, con el pecho enrojecido por la excitación. Podía sentir el calor ascendiendo por mi cuerpo mientras veía la unión de sus caderas, el vello dorado que le cubría el pubis y aquel delicioso lugar bajo su vientre que ansiaba acariciar.

Tomé aire de pronto y casi gemí, segura de que aquello no podía ser real.

–¿Emm?

Me acaricié yo misma, analizando la sensación de los dedos sobre mi piel. Era real. Estaba allí. La cama se movió cuando Johnny cambió de postura. Aquello también estaba ocurriendo de verdad.

—Tócame —le pedí.

Mis párpados querían cerrarse, pero me obligué a mantenerlos abiertos, a mantener a Johnny ante mí. A tener todo cuanto estaba pasando bien centrado. Anclado en la realidad.

Johnny se humedeció los labios y se apartó el pelo de la cara. Asintió.

—Sí, voy a acariciarte.

Sentí el cosquilleo de los nervios al oír aquel acento que adoraba. El sentimiento que reflejaba. El tono fundamentalmente viril y ligeramente arrogante que en otras circunstancias me habría hecho elevar los ojos al cielo.

Abrí las piernas y le ofrecí los labios. Tenía las bragas empapadas y el sexo lubricado. El clítoris se restregaba contra la seda de las bragas cuando me movía.

Johnny deslizó un dedo por mi vientre, sobre el elástico de las bragas y alcanzó el clítoris. Lo rodeó durante un segundo, presionando justo lo suficiente como para hacerme morderme el labio y gemir. La tela, lejos de amortiguar la sensación, la intensificó.

—¿Cómo quieres que te toque, Emm? ¿Así?

Ya no tenía problemas para descifrar su expresión. Su mirada no ocultaba nada.

—Sí, Johnny.

Frotó un poco más rápido.

—Puedo sentir lo caliente que estás. Y estás empapada.

—Sí —jadeé.

—Estás empapada para mí.

Sonreí.

—Sí, Johnny, para ti.

Deslizó el dedo bajo el elástico de las bragas y lo metió dentro de mí. Después otro. Pero antes de que hubiera podido deleitarme en esa sensación, los sacó y volvió a acariciarme por encima de las bragas, sobre la seda húmeda.

–Quítatelas –me pidió.

Me bajé las bragas, arrastrándolas por las caderas y los muslos, y él se apartó para que pudiera quitármelas del todo. Cuando me tumbé de nuevo, con cada centímetro de mi piel expuesto a sus caricias, tuve un momento de vacilación.

Johnny se dio cuenta.

–¿Qué te pasa?

–Nada.

No quería pensar con cuántas mujeres maravillosas, con el vientre plano, el trasero diminuto y unos senos enormes se habían acostado Johnny. Pero, sobre todo, no quería decirle que estaba pensando en ellas.

Johnny, que estaba comenzando a quitarse los pantalones, se detuvo.

–Emm, dime lo que te pasa.

Volví a acariciarme, deslizando las manos por mi cuerpo.

–Nada, de verdad. Sigue acariciándome.

Johnny se quitó los pantalones, pero en vez de colocarse sobre mí para penetrarme, tal como esperaba, o de deslizarse entre mis piernas para usar la boca de aquella forma que siempre me hacía disfrutar, se tumbó a mi lado y se apoyó sobre un codo. Sentía la presión de su pene en mi cadera. Bajó la mirada hacia mi rostro mientras posaba la mano sobre mi vientre, demasiado lejos del clítoris, para mi gusto.

–Sabes que eres preciosa, ¿verdad? –preguntó con voz queda.

Yo quería contestar que aquella no era una pregunta digna de un hombre con la cabeza de chorlito y que no tenía la menor idea de la vida. A lo mejor los años le habían cambiado, le habían hecho madurar, como le ocurría a todo el mundo. Pensé que, probablemente, a mí también me pasaría.

–Me alegro de que lo pienses –me giré ligeramente para mirarle–. Tú también eres muy guapo.

Johnny deslizó la mano hacia abajo, dibujando el borde del vello depilado de mi pubis, pero sin acercarla al lugar que yo quería que acariciara.

–Lo digo en serio, Emm. Y no solo tu cuerpo y tu cara lo son. No quiero que pienses que es solo eso.

–Hum –dije, frunciendo el ceño–. ¿Ahora vas a decirme que soy preciosa por dentro? Porque eso suena a algo así como «tienes mucha personalidad».

Johnny se echó a reír y me besó, acariciándome el vientre con caricias lentas y circulares, acercándose cada vez más a mi objetivo, provocándome intencionadamente.

–Eso significa que no me estoy acostando contigo porque tengas unas tetas magníficas o un buen trasero.

Me eché a reír, no pude evitarlo. Debería haberme molestado, a lo mejor, incluso debería haberme enfadado. Desde luego, conocía a otras mujeres que se habrían enfadado ante una declaración de ese tipo dicha en un momento como aquel.

–¿Entonces por qué te acuestas conmigo?

Johnny no se rio, pero sí sonrió. Por fin bajó la mano, me acarició los rizos y encontró el dulce rincón que tan desesperadamente quería que tocara.

–¿Quieres que te haga una lista?

–Sí –susurré–, hazme una lista.

Movía la mano al ritmo adecuado, al ritmo perfecto. No llevábamos juntos mucho tiempo, pero Johnny conocía muy bien mi cuerpo. Sabía cómo tocarlo y cuándo detenerse. Dónde presionar. Cómo acariciar.

Cerré los ojos y me dejé llevar por su voz y por la dulce presión de las yemas de sus dedos sobre mí.

–No aguantas estupideces de nadie –dijo Johnny–, y menos aún, de mí.

Lentamente, muy lentamente, iba moviendo la mano y conduciéndome hasta el límite. Pero era su voz la que más me excitaba. Yo escuchaba, entregándome por completo.

Johnny mantenía la voz baja, sin distraerme, solo lo suficiente alta como para que yo siguiera moviéndome tal y como estaba empezando a moverme sobre su mano.

—No dejas que nadie te aparte de aquello que quieres. Eres muy tozuda en ese sentido, Emm, y lo admiro. Eres buena con tus amigos y con tu familia. Y me gusta que tengas una buena relación con tus padres.

Reí, casi sin respiración.

—No hablemos de mis padres… en este momento.

Johnny se rio con voz grave y comenzó a acelerar el movimiento de sus dedos, volviéndome loca de placer.

—Me gusta cómo llevas el pelo.

—Eso está mejor.

—Y me gusta el gesto que haces con la boca cuando estás pensando en algo y no estás segura de lo que vas a decir.

Suspiré mientras me arqueaba contra él.

—Me gusta que lloraras el día que entraste en mi despacho porque te daba vergüenza haber hecho algo malo.

Abrí ligeramente un ojo, estaba demasiado cerca del orgasmo como para retroceder, pero todavía no había llegado.

—¡Eh, dime cosas sexys! Háblame… pero de cosas sensuales.

En realidad, en aquel momento podría haber hablado del precio del té en China y me habría corrido igual, pero Johnny se inclinó hacia mí y succionó mi lengua al tiempo que me acariciaba con una lentitud enloquecedora. Yo quería arquear las caderas para presionar el clítoris contra su mano, pero me contuve.

—Me gusta cómo se te endurecen los pezones cuando te

quitas la camiseta por encima de la cabeza de camino a la ducha. ¿Qué tal está eso?

—Mucho mejor.

—Me gusta cómo sabes cuando te estás corriendo sobre mi lengua. Cuando pienso en ese sabor, me excito de tal manera que apenas puedo dominarme.

Musité su nombre. No podía moverme, no podía hablar. Solo podía escuchar. Y sentir.

—La primera vez que te vi en esa cafetería —me susurró Johnny al oído mientras iba acercándome al éxtasis con la mano—, te reconocí Emmaline. Tuve que ignorarte porque no tenía palabras para decirte lo que ya sabía, que terminaríamos así. Juntos. No tenía elección, y eso me fastidiaba.

Abrí los ojos, con todo el cuerpo en tensión y preparada para estallar de placer.

—¿De… verdad?

Johnny movió la mano lentamente para deslizar los dedos dentro de mí y penetrarme con ellos con la misma lentitud con la que me acariciaba. Era una forma diferente de placer, que me sosegaba y me enardecía al mismo tiempo.

—Sí, de verdad. ¿Por qué crees que fui tan desagradable contigo al principio?

Más gemidos, más risas jadeantes. Pensé que estaba llegando al límite. Pero no fue así.

—Oh, Johnny, tienes una forma condenadamente extraña de ser sexy…

Pero me encantaba. Me gustaba todo en Johnny, hasta el hecho de haber acabado furiosa la primera vez que nos habíamos visto y no habíamos cruzado una sola palabra.

—Estás tan caliente, tan húmeda. Puedo sentir lo cerca que estás, Emm. Vas a correrte para mí.

—Sí.

Me mordisqueó la oreja y acarició con la lengua la piel de mi cuello, provocando chispas de placer por todo mi cuerpo. Yo ya no era capaz de decir nada. En silencio, continué moviéndome con sus caricias y acercándome cada vez más al orgasmo. Ya nada podría detenerme, nada.

–Verte fue como chocar contra un camión yendo a doscientos por hora. Eso fue lo que sentí ese día, cuando te vi y me miraste.

Sin saber cómo, encontré las palabras que buscaba y el aliento necesario para pronunciarlas. Sin saber cómo, reencontré mi voz.

–Te vi. No sabía qué estaba pasando, pero lo sentí. Sentí como… ¡Ay, Dios mío! ¡Johnny! ¡Así! ¡Así! Solo un poco más…

Solo hacía falta un poco más. Me elevé, subí. Caí. Volé.

–Para mí también fue un gran impacto –conseguí decir, sin estar segura de dónde salían aquellas palabras o de si tenían algún sentido. Hablaba con el corazón, no con la mente–. Chocamos, ¿verdad? Fue justo en ese momento. Tú y yo, acercándonos el uno al otro en el momento justo.

–¡Por fin en el momento adecuado! –musitó Johnny contra mi pelo, y sentí el palpitar de su pene contra mi cadera.

Me corrí con fuerza. Le oí gemirme al oído y le sentí latir y estremecerse contra mí. Sentí su calor, su humedad. Le olí. Y las réplicas del orgasmo fueron suficientemente fuertes como para hacerme gemir.

Después de aquello, me quedé adormilada, con la mano de Johnny todavía sobre mí. Estábamos pegajosos. Pensé vagamente que debería levantarme y darme una ducha. Pero no lo hice. Quería pasarme el resto de mi vida allí tumbada, sin moverme.

–No chocamos –dije Johnny al cabo de unos minutos con voz somnolienta.

–¿No? –me volví para acurrucarme contra él, en un nudo de brazos y piernas.

–No, cuando dos objetos en movimiento se encuentran... –musitó–, después tienes que conseguir un seguro especial para tu coche.

Me encantaba que continuáramos hablando, aunque era evidente que Johnny estaba a punto de dormirse. Reí suavemente y enterré el rostro en la dulzura de su cuello. Pero volví a las clases de Física de secundaria.

–Cuando dos objetos en movimiento se encuentran, se produce una colisión, Johnny.

–Sí, eso fue lo que hicimos. Colisionamos.

Capítulo 28

Las cosas iban bien.

No solo mi relación con Johnny. Yo no estaba tan locamente enamorada como para pensar que nuestra relación era lo único que importaba. Le amaba, pero eso no significaba que él lo fuera todo para mí, ni que yo lo fuera todo para él. Comprendía que la vida no era así.

Pero todo lo demás también iba bien. No había vuelto a tener fugas. Estaba firmemente atrincherada en el presente y aunque no podía ocultarme que a veces echaba de menos la emoción, la pura libertad de aquellos días imaginarios pasados con el Johnny del pasado, apreciaba mucho más lo que teníamos de verdad.

Sin embargo, pensaba a menudo en lo que Johnny había dicho. En lo que nos había pasado el primer día que coincidimos en la cafetería, cuando pasó por delante de mí como si yo no existiera. Y pensaba en cómo había descrito lo ocurrido.

Una colisión.

Pensé, también, en lo que había dicho justo al final, cuando el orgasmo nos impedía pensar con claridad. El momento adecuado, había dicho. Por fin.

No podía dejar de pensar en ello.

–¿Quién sabe lo que puede significar eso? –le dije a Jen mientras la miraba por encima de los cafés y los dulces de nuestro querido garito.

El Mocha estaba tan lleno como siempre, pero para mí, todo había cambiado. Continuaba adorando aquel lugar, pero no alzaba la mirada con expresión esperanzada cada vez que sonaba la campanilla de la puerta. Carlos había terminado de escribir el libro y había dejado de ir a diario. Quería tomarse un descanso, decía, antes de empezar su próxima novela. Veía algunos rostros nuevos y echaba de menos otros viejos. Y comprendía que, en realidad, no era el Mocha el que había cambiado, sino yo.

–No sé. A lo mejor son cosas que se dicen cuando estás acostándote con alguien. La gente puede decir todo tipo de locuras cuando está a punto de correrse –Jen bebió un sorbo de café y se inclinó hacia delante–. Una vez, Jared gritó «¡San Pedro en un saltador!» cuando estaba haciéndole una mamada y llamé al timbre de la puerta de atrás, no sé si entiendes qué quiero decir.

Estallé en carcajadas.

–¿Qué demonios?

Jen también se echó a reír.

–Ya sé que sabes de qué estoy hablando, no disimules.

Arqueé una ceja fingiendo inocencia.

–No tengo ni idea.

Miró a su alrededor y después fingió estar haciendo una mamada mientras usaba un dedo para…, bueno, para llamar al timbre de la puerta de atrás.

–Chica, se corrió de tal manera que pensé que iba a arrancarme la cabeza.

Reí con más fuerza y me tapé la cara, intentando no recrear aquella imagen, aunque me resultaba imposible no hacerlo.

–¡Vaya!

–Le encantó –dijo, asintiendo con expresión satisfecha–. No te equivoques, no soy particularmente aficionada a esa clase de prácticas, tú ya me entiendes.

–Sí, yo te entiendo.

Se encogió de hombros. Parecía muy contenta.

–Pero cuando quieres a alguien y quieres hacerle feliz... Aunque no estoy diciendo que eso sea lo que Jared necesita para ser feliz.

–Por supuesto que no.

Sonrió.

–El caso es que le encantó.

Reímos juntas.

–Lo tendré en cuenta. Aunque no sé si a Johnny le gustaría.

Jen hizo un gesto burlón.

–Eso nunca se sabe.

Sacudí la cabeza y bebí un sorbo de café.

–Todo eso son perversiones.

–Lo sé –Jen movió las cejas–. ¿Quién iba a decírnoslo, verdad?

Una mujer mayor pasó por delante de nosotras. Llevaba el pelo peinado con rígidos rizos y un jersey que le quedaba perfecto. Nos dirigió una dura mirada. Jen esperó a que se alejara para elevar los ojos al cielo.

–Hoy ha venido un tipo de gente muy distinta por aquí –comentó–. Han venido hasta viejos. Sin pretender ofender a tu amante.

–No ofendes a nadie. Él no cuenta.

–No –se lamió el azúcar del dedo–. Johnny Dellasandro no envejece. Y dime, ¿cuándo os caséis vas a cambiarte el apellido?

Me eché a reír.

–No sé si vamos a casarnos. Mi madre y tú estáis igual. Dejadnos continuar juntos durante una temporada.

–No solo estáis juntos, chica, estáis enamorados –dijo Jen–. Completamente enamorados.

–Sí, completamente –repetí–. Pero no sé nada sobre ese asunto del matrimonio. Además, Johnny ha estado casado, ¿cuántas veces? ¿Tres? ¿Cuatro? A lo mejor no quiere volver a pasar por eso. Y como no podemos tener hijos, la verdad es que no importa. Ni siquiera vivimos juntos.

–Vamos, Emm, ¿crees que está quemado porque ya ha pasado antes por eso? Déjame decirte algo, un tipo no se casa cuatro veces si no es de los que creen en el matrimonio.

–Muy profundo –bromeé–. Un pensamiento verdaderamente filosófico.

Me tiró una servilleta.

–¡Cállate! Es verdad. Me apuesto cualquier cosa a que te casas antes que yo.

–¿Pensáis casaros? –aquello sí que era una noticia, y una buena noticia.

Me incliné hacia delante. Había estado un poco preocupada, pensando que su relación con Jared no era del todo estable.

Se encogió de hombros.

–A lo mejor. Él dice que es una mierda de vida convertirse en la mujer del director de una funeraria. Pero yo digo que no entiendo por qué tiene por qué ser peor que ser su novia. Excepto por lo que se refiere a tener que vivir en un sótano lleno de cadáveres, en vez de limitarme a visitarlos de vez en cuando.

Esbocé una mueca.

–Pero no tenéis por qué vivir allí, ¿no?

–No, pero eso le facilita el trabajo –se encogió de hombros, jugueteó con su magdalena de chocolate, partió un pedacito y se lo comió–. No sé si está intentando convencerme o si es una forma de darme largas. Pero otras veces es él el que no para de hablarme de ello y dice incluso que podríamos fugarnos a Las Vegas.

–¿Tú quieres casarte con él?

Jen me miró pensativa.

–No lo sé. Pero no sé si es porque de verdad no estoy segura o porque no quiero estar segura por si no funciona.

–Es todo muy complicado –reconocí con simpatía.

–Sí –contestó Jen animada–. Pero volvamos a hablar de ti. ¿Piensas cambiarte el apellido o no?

–¿Eso qué más da si ni siquiera estoy segura de que vaya a casarme?

–Porque piensa en ello –dijo Jen mientras la mujer de pelo gris comenzaba a regresar entre las mesas–, si te casaras serías la señora Emm del jodido Dellansadro.

Me eché a reír mientras la mujer nos dirigía una altiva mirada.

–¡Ah, sí! Piensa en cómo contestaría al teléfono. «Hola, soy Emm del jodido Dellasandro, ¿en qué puedo ayudarle?».

Jen se echó a reír.

–Tienes que admitirlo, es muy sugerente. A lo mejor debería dejar de llamarle así ahora que le quieres tanto y todo eso.

–No –respondí–. No dejes de llamarle así. Continúa siendo el jodido Johnny Dellasandro incluso para mí.

Jen me miró muy seria.

–¿De verdad?

–Sí.

–Eso es genial. Y también Johnny es genial –añadió–. Aunque ya no pueda ver sus películas porque en lo único que puedo pensar es en que se acuesta con mi mejor amiga.

–¡Sí, claro! Como si ahora pudiera mirar yo a Jared a la cara después de haberte oído hablar de cómo has llamado a la puerta de atrás.

Reímos a carcajadas. Algunos clientes se volvieron para mirarnos, pero no nos importó. Para eso están las amigas, para reír a carcajadas estridentes en las cafeterías. Jen se comió la magdalena de chocolate y yo terminé el bollo de manzana.

—Estoy muy nerviosa por lo de la exposición —me confesó—. Bromas a un lado, estamos hablando de alguien tan importante como Johnny, ¿sabes lo que quiero decir?

—No deberías estar nerviosa. A Johnny le encanta tu trabajo, me lo ha dicho. No va a exponer tus fotografías porque seas amiga mía. Por mucho que me acueste con él, él se toma muy en serio todo lo relacionado con el arte. No arriesgaría su labor por ti, Jen. Seguro que todo saldrá genial.

—Mi primera exposición —señaló los espacios en blanco que habían quedado en la pared, allí donde colgaban sus obras—. Porque esta no cuenta. La exposición en la galería será de verdad, será una exposición importante. No quiero fastidiarlo todo, ¿sabes?

Asentí.

—Claro que lo sé.

—Por supuesto, no es que crea que vaya a tener una gran carrera, que vaya a hacerme famosa ni nada parecido —añadió precipitadamente—. No espero poder renunciar a mi trabajo. Lo único que quiero es que la gente vea mi obra. No se trata de una cuestión de dinero.

—Te envidio. Y también a Johnny. Yo no tengo un gramo de creatividad en todo mi cuerpo —me interrumpí, pensando en las rocambolescas historias que había creado mi cerebro—. Por lo menos ninguna que me sirva para nada.

—Bueno, yo soy incapaz de sumar o restar sin una calculadora. Y el mundo no podría funcionar si no hubiera gente a la que se le dieran bien las matemáticas.

—Y tampoco sin personas capaces de crear belleza —respondí–. La exposición va a ser un éxito. Estoy deseando que empiece.

Jen hizo una mueca que rápidamente se transformó en una sonrisa.

–Supongo que yo también.

Continuamos charlando y tomando café. Juzgamos nuestro atuendo y el de todo aquel que entraba en la cafetería. Al cabo de un buen rato, miré el reloj y suspiré.

–Debería ir marchándome. Le prometí a Johnny que prepararía la cena de esta noche y había pensado en hacer algo rico. Qué estúpida.

–Desde luego, estás completamente pillada –se burló Jen.

–Qué va –protesté sin mucha convicción.

–Al final vas a casarte con ese tipo –bromeó–. La próxima vez que te vea, estarás abriendo la puerta de tu casa con unos tacones, un collar de perlas y un delantal y horneándole una hogaza de pan con forma de corazón.

No era tan mala idea. No lo de las perlas, ni lo de los tacones, ni siquiera lo de la hogaza de pan, aunque quedaría mona. Pero sí la imagen de domesticidad que implicaba todo aquello.

–Nunca había pensado en… –comencé a decir.

Me interrumpí desconcertada al descubrirme a punto de llorar.

Jen, como la buena amiga que era, no se burló de mí.

–¿En qué no habías pensado?

–En que alguna vez podría disfrutar de… de todo esto. Yo pensaba que tendría que vivir siempre sola –tomé aire, luchando contra las lágrimas–. Lo siento.

–¡Eh, Emm, no tienes por qué disculparte! ¿Cómo va todo últimamente? –se señaló la sien girando el dedo índice.

–¿Te refieres a mi locura? –le pregunté para ponérselo

un poco difícil, porque, en realidad, sabía que ella nunca lo habría denominado de esa forma–. No he vuelto a tener una fuga desde el día que la forzamos. Pero estoy a la espera. Siempre estoy a la espera.

–Y probablemente te pases así el resto de tu vida, ¿no crees?

Había dado en el clavo.

–Sí, supongo que sí. Aunque los dos últimos años que pasé sin ninguna fuga, antes de venir aquí, creí que… Bueno, supongo que, en realidad, también estaba a la espera, aunque más esperanzada.

–Sí, me lo imagino. Aunque a lo mejor ahora también pasas una buena temporada sin sufrirlas.

–Sí, a lo mejor –por supuesto, no podía estar segura.

–Pero me gustaría que me hicieras un favor.

Sonrió, un poco avergonzada.

–No intentes provocártelas otra vez, ¿de acuerdo? Pensé que Johnny iba a matarme.

–Solo estaba preocupado. No está enfadado contigo.

Jen negó con la cabeza.

–Chica, deberías haberle visto. Se llevó un susto de muerte. No fue como la noche en la que organizaste la cena. Aquel día estaba nervioso, claro, pero fue muy dulce, muy amable. Sin embargo, el día que te provocaste tú la fuga, de verdad pensé que iba a romper algo. Y temí que fuera mi cara.

Reí incómoda.

–La verdad es que fue una estupidez hacer eso.

–¿Tú crees? –me miró con curiosidad–. Yo no estoy tan segura. Si puedes provocarte una fuga, ¿no crees que podrías aprender a salir de ella? No, olvídalo. Johnny tenía razón. Es peligroso. Y yo soy una pésima amiga por sugerirlo siquiera.

–No, no eres una mala amiga. Creo que tienes razón. Es

solo que le prometí que no volvería a hacerlo a propósito nunca más.

Y la verdad era que me daba miedo.

—Lo entiendo, de verdad. Además, yo no soy médica ni nada parecido. ¡Pero si ni siquiera veo los programas médicos que echan por la televisión! No debería haberte sugerido que enredaras en tu cabeza. Johnny tiene razón.

—La cuestión es que la mayor parte de ese tipo de ataques no pueden ser controlados. Si se pudieran controlar, la gente no necesitaría medicación, ¿sabes? Pero siempre me han sentado bien la meditación, la acupuntura y todo lo relacionado con la medicina alternativa. Me ha funcionado mejor que la medicina tradicional. Y, en realidad, nadie ha sabido diagnosticar nunca qué es lo que tengo. Cada médico ha dicho una cosa. Cuando me hacen un escáner, siempre aparece una sombra, pero ni crece ni desaparece —suspiré—. Es lamentable.

—Completamente —estuvo de acuerdo Jen—. ¿En qué estarías pensando para romperte el cerebro de esa manera?

Me gustaba poder reírme de algo que muy poca gente se habría tomado con humor.

—No sé, supongo que son tonterías de niños.

—Bueno, ¿y quién no las ha hecho? Yo una vez salté desde el rellano del segundo piso con una camisa atada al cuello como si fuera Superman porque pensaba que podía volar.

—¿Y cuándo descubriste que no podías?

Soltó un bufido burlón.

—En cuanto salté.

Volvimos a reírnos y sacudimos al cabeza ante nuestra propia estupidez. Miré el reloj.

—Bueno, ahora sí que tengo que darme prisa. Me temo que voy a tener que ir a comprar un poco de carne picada para el pastel de carne.

—No olvides el delantal y las perlas —me aconsejó Jen mientras nos levantábamos—. Y los tacones.

Pensé en lo que habíamos hablado mientras iba por los pasillos del supermercado empujando el carro y comprando comida no solo para Johnny, sino también para mí. Me aseguré de comprar el aceite de oliva que más le gustaba. Papel higiénico de su marca preferida, aunque fuera más caro. Y patatas fritas con sal y sabor a vinagre, que eran las que más le gustaban.

No me hacía sentirme mal elegir productos que no habría comprado para mí misma. No lo hacía por compromiso ni me sentía presionada. Aquel recorrido por el supermercado formaba parte de algo más importante. No se trataba solamente de comprar una marca determinada de mantequilla, ni de pensar cuántas cajas de arroz compraba. Aquello no tenía que ver con una cena de soltera, ni con las cenas de todo un mes.

Aquello formaba parte de mi vida con él.

Me quedé paralizada en medio del pasillo de los dulces, aferrada al carro. El suelo se deslizó bajo mis pies de una forma que me resultaba familiar. Creí notar la proximidad de un desmayo y el olor a naranjas. Esperé a que me arrastrara la fuga, a quedarme inconsciente, pero me di cuenta de que no era eso. No estaba deslizándome hacia una realidad imaginaria por culpa de un capricho de mi cerebro lesionado, sino por mis propios sentimientos.

No podía estar segura de si había conseguido detener una fuga o si, simplemente, había dado por sentado que aquella extraña sensación era la precursora de una, porque nunca había sentido nada tan intenso que me hiciera perder la estabilidad sin perder la conciencia. En cualquier caso, el mundo no desapareció ante mis ojos, ni terminé en medio de un campo de flores o remando en una canoa sobre las cataratas del Niágara.

–Perdón –me dijo una joven madre con un carro lleno de productos y un niño de rostro feliz en el asiento.

Me aparté para permitirle acercarse a las barritas dulces y aparté mi carro del pasillo. Volví a experimentar la misma sensación en la caja, cuando la cajera estaba pesando los tomates ecológicos y hablando por encima del hombro con el chico que iba metiendo los productos en las bolsas. Pagué y me puse la mochila al hombro para ir caminando hasta casa. El mundo continuaba deslizándose bajo mis pies y girando. Era como si lo estuviera viendo todo tras una cortina. O como si alguien estuviera llamando a la puerta.

La pregunta era, ¿quería abrir esa puerta?

Capítulo 29

Mi mente pareció arreglarse. Pasaba los días con Johnny sin ningún indicio de fuga. Cuando llegaba la hora de irme a la cama, me acurrucaba a su lado en la oscuridad bajo el peso de las mantas, que normalmente terminábamos apartando porque las noches iban siendo más cálidas, y dormía. Y soñaba.

Con Johnny.

No era como aquellas veces en las que me topaba con aquella fantasía de pelo largo, calor veraniego y piel caliente y sudorosa provocada por el deseo. Me encontraba con el Johnny del pasado, pero en mi propia casa. Y continuaba siendo aquel verano. Pero había también algo más.

Podía parecer inútil en un sueño estar pendiente del reloj o el calendario, pero yo lo intentaba cuando me acordaba de mirar. Todo transcurría un par de semanas antes de que aquella aciaga fiesta hubiera separado al grupo, y me alegré de que mi inconsciente me hubiera llevado allí. Todos parecían contentos. Consumiendo drogas, disfrutando del sexo y hablando de arte y política. Y comiendo, siempre comiendo, la deliciosa comida que Candy preparaba.

Y en medio de todo ello estaba Johnny, sosteniéndome la mano. Me besó con naturalidad, me agarró el pelo por la nuca y lo alzó para que el aire me refrescara el cuello. Me dejaba beber de su botella de cerveza y comer de su tenedor al tiempo que tenía la cabeza en mi regazo y dibujaba las líneas de mi rostro. Estábamos tumbados en la hierba del jardín, mirando hacia el cielo azul.

—Me gustaría que te quedaras para siempre —me dijo.

Le dio una profunda calada a un porro y me lo pasó.

Lo rechacé. Él sacudió la cabeza y volvió a fumar.

—No puedo, lo sabes —contesté.

—Lo único que sé es lo que dices tú —replicó Johnny.

Yo estaba contenta, disfrutando de aquel sueño tan dulce. Me eché a reír por el mero placer de reír. Giré en la hierba, miré hacia al cielo y desvié después la mirada hacia el hombre que amaba.

—¿Qué te parece tan gracioso? —quiso saber él.

—Nada. Sencillamente, estoy contenta.

Se inclinó para besarme con el aliento aromatizado por la marihuana.

—Me alegro de que seas feliz, Emm.

—¿Tú no eres feliz?

Frunció el ceño de forma un tanto exagerada.

—A veces.

Me senté.

—¡Ohh! Pobre Johnny, ¿qué te pasa?

Se encogió de hombros.

—Ya te lo he dicho, me gustaría que te quedaras.

—Seguro que si me quedara no te gustaría ni la mitad de lo que crees —respondí, embriagada por mi propia alegría y por la libertad que daban los sueños.

—Claro que me gustaría.

—No, terminarías aburriéndote de mí igual que te aburres de todas tus mujeres.

Johnny soltó una carcajada.

—Nunca me he cansado de una mujer. Las quiero demasiado a todas. Ese es mi problema.

—¿Lo ves? Yo no quiero ser una más.

Johnny sacudió lentamente la cabeza y me miró a los ojos.

—Y no lo eres, Emm. No lo eres en absoluto.

Volví a su regazo y sentí su piel desnuda contra la mejilla. Johnny llevaba unos pantalones cortos horribles, rojos y ribeteados en blanco, una prueba más de que aquello era un sueño. Mi Johnny nunca se habría puesto algo tan hortera, bueno, por lo menos, en el presente. Seguramente, en mil novecientos setenta y ocho aquellos pantalones eran lo más.

—Confía en mí, no te alegrarías de tenerme constantemente a tu lado.

—No es cierto —dejó el porro a un lado y apoyó las manos tras él para alzar la mirada hacia el cielo.

Me puse seria.

—Discutiríamos.

—¿Por qué íbamos a discutir? —preguntó, como si a él eso no le preocupara.

—Discutiríamos sobre cualquier cosa, no sé. La gente siempre termina discutiendo. Yo a veces puedo ser insoportable.

Se echó a reír.

—¿Y crees que yo no te soportaría?

—Bueno, no tendrás por qué hacerlo, eso es todo —por lo menos allí, en el sueño.

—A lo mejor quiero hacerlo —respondió Johnny con una despreocupación que no creí ni un segundo—. ¿Siempre tienes que pensar en eso?

Todo estaba revuelto, era como si estuviera todo del revés. Podía recordar las fugas, nuestras conversaciones, nuestros encuentros en la cama, pero no conseguía encontrar la manera de encajar todo aquello en el sueño. Era como si todo estuviera dividido en pedacitos.

Me senté y le miré.

–Te quiero.

Pareció complacido.

–¿Ah, sí?

Le clavé el dedo en el pecho. Aparte de los pantalones cortos, no llevaba nada más encima.

–Se supone que tú tienes que responder «yo también», idiota.

Johnny se inclinó para besarme.

–Te quiero, Emm.

Desde la piscina que teníamos enfrente, se oyó un chapoteo. Ed salió a la superficie soltando un chorro de agua por la boca. Los demás no estaban por allí. Hasta ese momento, habíamos estado completamente solos. Y deseé seguir estándolo.

–Aunque a veces puedo ser desagradable, no me dura mucho.

–¿Ah, no? –volvió a besarme otra vez posando la mano en aquella parte de mi cuello que tanto le gustaba acunar.

–No –contesté contra sus labios.

–Es bueno saberlo.

Alguien le llamó. Miró hacia la casa con el ceño fruncido. Bellina estaba en la puerta de atrás con el auricular del teléfono en la mano y tirando del cordón enroscado. Dijo un nombre.

–Es mi agente –me explicó Johnny en tono de disculpa–. Tengo que dejarte, nena.

–Vete –me estiré bajo el sol, perezosa y satisfecha.

Johnny se levantó y bajó la mirada hacia mí. Su silueta se recortaba contra el sol.

–¿Estarás aquí cuando vuelva?

–Eso espero.

Pero no estuve.

Volví otra noche. Al mismo lugar. Pero el momento era diferente. Johnny salió de la cocina y me encontró esperándole en el vestíbulo. Me recorrió de arriba abajo con la mirada.

–¿Sabes? Era Freddy. Me ha conseguido un papel en Italia. Es una película de miedo –me abrazó–. ¿Quieres venir conmigo?

¿Por qué no?

–Claro.

Sonrió y me besó. Me besó después con más fuerza.

–¿Quieres venir a mi dormitorio?

–Claro que sí –contesté, apretándole el trasero.

Un estruendo metálico nos hizo volvernos a los dos. Era Ed. Fruncí el ceño enfadada. ¿Nos estaba siguiendo?

–Lo siento –musitó Ed, tambaleándose ligeramente–. Yo pensaba… que te habías ido, Emm. Estabas aquí y me pareció que… No importa.

–Estoy aquí –le respondí enfadada.

Johnny se echó a reír.

–Será mejor que te vayas a dormir, tío. Qué tío –dijo cuando Ed entró tambaleándose en el cuarto de estar y se tiró en el sillón–. Debería dejar de beber.

Una vez en el dormitorio de Johnny, se quitó aquellos pantalones tan horribles y se plantó desnudo ante mí con el miembro erguido y maravilloso para pedirme que le hiciera una mamada. Se la hice con gusto. El dobladillo de mi camisón se arrugaba bajo mis rodillas. Johnny deslizó los dedos a lo largo de los tirantes para bajármelos y dejar los senos al descubierto.

Le acaricié el pene con la mano y metí el prepucio en la boca. Succioné. Gimió. Empujó. Yo le lamía y le mordisqueaba con delicadeza. Y Johnny me tiró del pelo hasta que alcé la mirada.

—Levántate —me pidió—. Date la vuelta.

Así lo hice. Apoyé las manos en la cómoda, extendiendo los dedos sobre la madera. Tras de mí, Johnny me levantó el camisón y buscó mi piel desnuda. Jugueteó con mi trasero y deslizó la mano entre mis piernas para alcanzar el clítoris. Me estremecí, con la cabeza inclinada y las piernas separadas. Estaba empapada.

—¿Siempre vas sin bragas? —preguntó Johnny.

Pero no parecía esperar una respuesta. Era un simple comentario cargado de admiración.

Yo dormía en camisón y sin bragas, sí, pero jamás me habría presentado en público de esa guisa, a no ser que estuviera en un sueño. Pero aquella era una explicación demasiado larga.

—Solo cuando estoy contigo.

Gruñó. Deslizó los dedos en mi interior y los sacó. Utilizó el pulgar y el índice para acariciarme el clítoris y de mi garganta salió un ronco gemido.

—¿Quieres que te folle, Emm?

—Sí.

—¿Así?

—Sí, así —contesté.

Encima de la cómoda, Johnny tenía un espejo. Cuando se hundió dentro de mí, me alzó el pelo de la nuca y tiró suavemente para que yo alzara la mirada. Vi el reflejo de ambos capturado en el espejo que el marco convertía en un cuadro, haciendo de nosotros una obra de arte.

El rostro de Johnny parecía sombrío mientras se movía dentro de mí. Estaba concentrado, con el ceño fruncido y la boca tensa. El placer me borraba la visión, pero la mano con la que Johnny me sujetaba me impedía desviar la mirada. Nuestros ojos se encontraron en el espejo.

Acercó la otra mano a mi clítoris y lo acarició en cada embestida. Apreté los dedos sobre la cómoda y me incliné sobre ella. Pero las manos se me resbalaban y era incapaz de seguir agarrándome. Nos movimos juntos. La cómoda se inclinó, golpeando la pared. El espejo temblaba y nosotros temblábamos dentro de él.

Todo se movía.

Estaba llegando al orgasmo, con rapidez y fiereza. Johnny cerró los ojos y echó la cabeza hacia atrás. Continuaba agarrándome del pelo con tanta fuerza que no podía moverme. Observé el éxtasis bañar su rostro y quise desviar la mirada de mis propias facciones. Y entonces le vi por encima del hombro de Johnny.

Era Ed. Nos estaba mirando. De alguna manera, aquello fue peor que el haber visto a Sandy entrando en la habitación. Porque en el caso de Sandy, podía decir que, incluso en medio de una fuga, quería demostrarle que había perdido a Johnny y que era mío. Pero aquel voyeurismo no despertaba en mí el menor morbo.

Jadeé, sacudida por el orgasmo. Johnny gimió. Pronuncié su nombre en un grito urgente y abrió los ojos. Parpadeó aturdido y fue disminuyendo el ritmo de sus embestidas.

Después, volvió ligeramente la cabeza y me soltó el pelo.

—¿Qué demonios...?

Ed sacudió la cabeza, alzó las manos, se disculpó en un susurro y salió de la habitación. Johnny se separó de mí mientras un húmedo calor se deslizaba por mis piernas. Jadeé ante aquella repentina retirada mientras él caminaba con paso firme hacia la puerta.

—¡Ed! ¡Eh!

—¡Johnny, no! —me subí los tirantes del camisón—. No merece la pena. No creo que pretendiera nada raro.

–Qué demonios –Johnny parecía confundido–. ¡Ese borracho hijo de perra...!

Yo no creía que Ed estuviera tan borracho como para no saber lo que estaba haciendo. Y tampoco sabía por qué mentía intentando salvarle, como no fuera porque sabía que aquello era un sueño y conocía también el futuro de Ed.

–No te preocupes. Lo único que ha hecho ha sido verte el trasero. Como otra mucha gente, por cierto.

Johnny no rio la broma. Todavía desnudo, cerró la puerta de un portazo y se volvió hacia mí con el pene medio erecto y reluciente. Puso los brazos en jarras.

–Lleva semanas comportándose de forma muy extraña.

No entendía cómo podía decir que Ed había estado comportándose de forma extraña, como si alguna vez se hubiera comportado de forma normal, ¿pero yo qué sabía?

–No te preocupes por eso.

–No me preocupo, pero me fastidia –señaló hacia la puerta con el pulgar–. Le dejo quedarse en mi casa, ¿y se dedica a hacer esas porquerías?

–A lo mejor... a lo mejor deberías impedir que todo el mundo se pasara la vida en tu casa.

Tampoco sabía qué sentido tenía decir algo así. Sabía que al final, tras el suicidio de Ed, todos se habían separado, pero, supuestamente, eso todavía no había pasado.

Bueno, había pasado. Pero no allí. No en aquel presente.

La cabeza comenzó a darme vueltas.

Bajé la mirada hacia el camisón y hacia mis manos. No quedaban en ellas marcas de la cómoda, pero todavía me cosquilleaban por la presión con la que la había agarrado. Johnny estaba hablando, pero no era capaz de entender lo que decía.

Estaba soñando. ¿O me había quedado inconsciente?

¿Aquello era una fuga? No lo sabía. Le miré. Miré su rostro, su cuerpo, su boca. Todavía podía sentirle dentro de mí. Todavía sentía las secuelas del orgasmo.

Johnny vino hacia mí en el instante en el que comenzaba a derrumbarme.

—Emm, ¿estás bien?

—Sí —conseguí decir—. Solo un poco mareada. Hace mucho calor aquí.

—Déjame traerte algo de beber.

Dejé que me llevara a la cama y apoyé la cabeza entre las piernas, que olían todavía al sexo compartido. Johnny me llevó un trapo húmedo que me colocó en el cuello y un vaso de agua del que apenas pude beber un par de sorbos antes de que se me revolviera el estómago. Aparté el vaso con un movimiento de cabeza. Tomé aire, respirando lento y profundo, como había aprendido a hacer en las meditaciones y me presioné con dos dedos un punto del interior de la muñeca, un truco que había aprendido en acupresión.

—¿Estás mareada? —me frotó la espalda—. ¿O enfadada?

—Solo un poco aturdida, eso es todo —respiré por la nariz y eché el aire por la boca.

Afortunadamente, las náuseas fueron desapareciendo lentamente, pero el trozo de suelo que podía ver entre mis piernas continuaba moviéndose.

Johnny continuó acariciándome la espalda y mantuvo el trapo en mi cuello. Respiré hondo.

—Tengo que irme.

—No deberías ir a ninguna parte. Deberías quedarte aquí —me aconsejó Johnny.

—No, tengo que marcharme.

Me levanté. Los pies me anclaron al suelo. No me fallaron.

Johnny suspiró.

—Muy bien. Adelante, vete.

No quería que se enfadara, ¿pero realmente importaba? La cabeza continuaba dándome vueltas. Todo era demasiado confuso. Eran demasiadas las cosas que tenía que entender.

–¿Adónde voy? –me quité el trapo del cuello y me presioné la cara con él.

–¡Y yo qué sé! No me lo vas a decir –parecía malhumorado, pero también resignado–. No me vas a dejar ni un número de teléfono ni una dirección. Apareces y te vas.

–Pero siempre vuelvo, ¿verdad?

–Hasta ahora, sí –contestó Johnny.

Pero no parecía creer que siempre fuera a suceder.

–¿Pero tú nunca me ves irme o volver?

–Te he visto aparecer muchas veces.

Aquel era un rompecabezas en el que faltaban muchas piezas que yo, sencillamente, era incapaz de encontrar. O a lo mejor no quería encontrarlas. De pronto, me sentía muy cansada.

Aquello era un sueño. Podía abandonarlo ya. Igual que las fugas. Lo único que tenía que hacer era... irme. Podía dejar allí la habitación, a Johnny. Podía desvanecerme como un genio. Y sabía que debía hacerlo.

Pero me dirigí hacia la puerta sin mirar atrás. No quería desvanecerme. No quería convertirme en un fantasma, en algo irreal, delante de él.

–Volveré, Johnny, te lo prometo.

Johnny se agachó para agarrar los pantalones y se los puso. Se volvió sin mirarme, con los hombros desplomados.

–De verdad –insistí.

Asintió.

Y me fui.

Capítulo 30

Me desperté sobresaltada y con el estómago todavía revuelto. Estaba en la cama, pero tan desorientada que, durante los primeros treinta segundos, no fui capaz de decir dónde estaba. Johnny roncaba suavemente a mi lado, con un brazo sobre su cabeza.

Sentí que me subía el estómago a la garganta, aparté las sábanas y corrí tambaleándome al cuarto de baño donde, de rodillas ante el inodoro, vomité todo lo que había comido durante el último año y medio. O, al menos, eso me pareció. Sudando y sintiendo el frío de las baldosas bajo los pies, cerré los ojos.

Ya lo sabía.

Pero no había querido pensar mucho en ello. La ligera presión de la cintura de los pantalones podía explicarse fácilmente por el exceso de dulces en el Mocha. La tensión de mis senos por el síndrome premenstrual. Y la regla se me estaba atrasando por culpa de los nervios.

Pero sabía que no era verdad. Me limpié la boca con un puñado de pañuelos de papel y me incliné después sobre el lavabo para lavarme la cara y enjuagarme la boca. Escupí varias veces el agua. Cerré los ojos mientras me aferraba a la fría porcelana del lavabo con la misma fuerza que me había agarrado la noche anterior a la cómoda en aquel sueño que no era en realidad un sueño.

—Emm, ¿estás bien?

Se parecía tanto a lo que me había dicho la noche anterior que temí mirarle, por miedo a que el Johnny del pasado se hubiera convertido de pronto en el Johnny del presente, como en esos antiguos anuncios de la mantequilla de cacahuete Reese's. Chocolate en la mantequilla de cacahuete. Volví a enjuagarme la boca y escupí. Me lavé la cara. Oí los pasos de Johnny en el cuarto de baño

—¿Quieres que te traiga algo?

—No —me aclaré la garganta—, estoy bien.

Me sentía mejor. Hambrienta, de hecho, a pesar de que todavía tenía el estómago revuelto. Miré mi reflejo en el espejo. El rostro pálido y ojeras bajo los ojos. Pero no tenía muy mal aspecto.

Me aparté el pelo de la frente.

—Supongo que es algo que he comido.

—Eh… —dijo Johnny—, ¿vas a ir a trabajar?

Asentí.

—Sí, me encuentro bien. Tomaré unas galletas saladas o algo así para asentar el estómago.

—¿Estás segura? —parecía dudarlo.

Estaba guapísimo incluso con los ojos adormilados, el pelo revuelto y los pantalones medio caídos.

—Sí.

Saqué el cepillo de dientes, extendí una generosa cantidad de pasta, me cepillé los dientes y escupí. Seguí cepillándomelos hasta que desapareció el mal sabor de la lengua.

Johnny me observaba. Yo le sentía mirándome, pero ninguno de los dos habló mientras abría el grifo de la ducha y me quitaba el camisón. Se agachó para recoger el camisón del suelo, un gesto muy amable, puesto que si me hubiera agachado yo, a lo mejor había terminado vomitando otra vez. Johnny lo agarró de un dedo y lo colgó del perchero.

–Me gusta este camisón. Siempre me ha gustado.

Me estremecí con la mano metida bajo el agua todavía fría. Podía tardar una eternidad en calentarse. Tenía los pezones erguidos por el frío, no por la excitación, y me llevé la mano al pecho. Sentía los latidos de mi corazón.

–Tú me lo compraste –le recordé.

Me lo había llevado a casa y me lo había ofrecido con un ceremonial normalmente reservado a las joyas. A mí también me gustó el camisón, con aquel aire retro y la tela tan suave. Era el que me ponía normalmente para ir a la cama… Y con el que había aparecido en mi sueño.

–¿Qué te llevó a elegirlo? –le pregunté.

Johnny me miró.

–Pensé que te lo pondrías, eso es todo. Me pareció que era perfecto para ti.

Tomé aire con intención de que mi estómago permaneciera en su lugar. Y también el mundo. Me metí en la ducha, bajo el agua, que ya estaba demasiado caliente a aquellas alturas. Regulé los grifos y alcé el rostro bajo el chorro, esperando no ponerme a llorar.

–¿Estás segura de que no quieres nada? –Johnny corrió las cortinas de la ducha y me miró preocupado.

–Unas tostadas. Unas tostadas sin nada me sentarían muy bien. Y una infusión de menta, cariño. Gracias.

–Muy bien.

Parecía dubitativo, pero corrió la cortina.

Esperé hasta que oí que cerraba la puerta del baño antes de dejarme caer sobre manos y pies. No tenía ganas de vomitar. Y tampoco la sensación de estar a punto de desmayarme. Pero estaba temblando y buscaba la seguridad de sentirme firmemente apoyada en el suelo. Hundí el rostro entre las manos, que presionaba contra la superficie resbaladiza de la bañera. El agua me golpeaba la espalda.

Había visto la película *Más allá del tiempo*. La protagonista, desesperada porque quería tener un hijo y enfadada con su marido, un hombre capaz de viajar en el tiempo, hacía un viaje al pasado para encontrarse con su marido antes de que se hubiera hecho la vasectomía y así quedarse embarazada, aunque su marido no quería tener más hijos. En otras palabras, se acostaba con el marido del pasado para poder tener un hijo con el del presente.

En ninguna de mis fugas o mis sueños le había hecho a Johnny ponerse un preservativo. Por supuesto, en mil novecientos setenta y ocho existían, aunque antes de la era del SIDA casi nadie los utilizara. Además, aunque de una forma un poco anárquica, yo tomaba la píldora. Habíamos tenido cuidado, pero, incluso en el caso de que no lo hubiéramos tenido, Johnny no podía haberme dejado embarazada.

–¡Mierda! –exclamé desesperada contra mis manos–. ¡Mierda, mierda!

Un hijo. Iba a tener un hijo con Johnny. Deslicé las manos por mi vientre.

¿Pero cómo podía decírselo?

Volvió a revolvérseme el estómago al pensar que tendría que enfrentarme a él y decirle que, por alguna suerte de milagro, por un hecho increíble, fantástico e imposible, íbamos a ser padres. Johnny iba a ser padre cuando ya era abuelo. Podía imaginarme perfectamente lo que iba a decir Kimmy.

Una vez en la cocina, le encontré esperándome con la infusión y las tostadas preparadas. Estaba revisando una carpeta con facturas o documentos de la galería, pero se quitó las gafas y se levantó cuando entré. Me miró con atención.

–¿Te encuentras mejor? ¿Estás segura de que no quieres quedarte en casa?

–No –negué con la cabeza y me senté a la mesa. Las tostadas olían muy bien. De pronto, me entró un hambre voraz–. Estoy bien, de verdad.

Me obligué a esbozar una sonrisa radiante mientras me metía la tostada en la boca y la acompañaba con un sorbo de infusión. Limpié con el dedo las migas que cayeron sobre la mesa.

Johnny se inclinó hacia delante y me sorprendió con un beso.

–Te quiero.

–Yo también te quiero.

Conseguí mantener la conversación con Johnny mientras me llevaba al trabajo. Si él notó que estaba más callada de lo normal, no lo señaló. Una vez en el trabajo, me senté tras el escritorio como una autómata y estuve rellenando formularios y contestando al teléfono sin prestar en realidad mucha atención.

Lo peor de todo no era pensar que podría estar loca. Eso me parecía casi… esperable, teniendo en cuenta el historial de mi lesión cerebral. Lo peor no era intentar conseguir que mi cerebro asimilara que no había soñado con mil novecientos setenta y ocho, sino que había estado allí. Aquella vez no era Alicia atravesando el espejo. Era la Reina Blanca creyendo en cosas imposibles.

Lo peor era haber pasado toda una vida cuidándome y siendo responsable de mi cuerpo para, al final, quedarme embarazada por accidente.

Enterré el rostro entre las manos y solté un grave y casi silencioso gemido. Embarazada. Un hijo. ¿Cómo iba yo a tener un hijo?

Hacía mucho tiempo que había renunciado a tener hijos. Al fin y al cabo, ¿cómo iba a tener una vida creciendo dentro de mí durante nueve meses cuando no siempre sabía dónde estaba o lo que estaba haciendo? ¿Cómo podía ser madre y, por lo tanto, responsable de otra vida, cuando en cualquier momento podía deslizarme hacia la oscuridad?

O hacia el pasado, pensé. Sentía un sabor amargo en la lengua. A naranja podrida. Pero no lo olía. Solo era el sabor.

Cuando abrí los ojos, esperaba encontrarme en un verano caluroso, cerca de la piscina, y a un joven Johnny mirándome con los ojos brillantes. Pero me encontré en cambio con el ordenador y mi rostro reflejado en él como un fantasma.

Me llevé las manos al vientre, más redondeado de lo que me habría gustado. ¿De verdad había una vida creciendo dentro de mí? ¿Una hija? ¿Un hijo? ¿Tendría los ojos de su padre y mi sonrisa?

Activé el navegador en el ordenador y busqué información sobre viajes en el tiempo. No encontré gran cosa. Había montones de páginas con un vocabulario extraño y descripciones de partículas, taquiones y conceptos relacionados con la física que nunca había sido capaz de comprender. Encontré muchos libros y reseñas, algunas incluso sobre libros o películas que había visto o leído. Leí mucho y aprendí muy poco más de lo que ya sabía.

Era imposible viajar en el tiempo.

Y, desde luego, nadie viajaba en el tiempo por haberse caído de un columpio.

No tenía sentido y, aun así, era la única respuesta que tenía. Perdía la conciencia y la recuperaba. Llevaba años teniendo fugas, pero ninguna como las que había empezado a experimentar desde la primera vez que había visto a Johnny en el Mocha.

Volví a apoyar la cabeza entre las manos. Nada de aquello tenía sentido y, al mismo tiempo, todo tenía sentido. Lo único que tenía que hacer era arrinconar mi incredulidad.

A la hora del almuerzo, fui a la farmacia y compré un paquete con cuatro pruebas de embarazo. No esperé hasta la mañana siguiente, como aconsejaban las instrucciones. Fui directamente al cuarto de baño de la oficina. Hice pis en la tira y esperé a que aparecieran las líneas. Una o dos.

Dos.

Repetí la prueba.

Dos.

Volví al escritorio y bebí una botella de agua, aunque lo que en realidad me apetecía era un Dr. Pepper bajo en calorías. Me obligué a comer una ensalada en vez de la hamburguesa doble de queso que de pronto se me antojó, aunque me permití una galleta de chocolate de postre. Podría estar comiendo para dos y quería elegir alimentos saludables.

A las tres en punto, rompí a llorar, sentada en mi escritorio y con el rostro escondido en casi todos los pañuelos de papel de una caja. Las lágrimas se transformaron en risa, en una risa un poco histérica, pero sincera. Reí, lloré y fui al cuarto de baño convencida de que iba a vomitar el almuerzo, pero no lo vomité.

A las cuatro y cinco, llegó Johnny al aparcamiento. Le vi desde la ventana de la oficina. Aquel día salía pronto, así que podría ir a la galería por la noche. Presioné la frente contra el cristal y, por primera vez en mucho, mucho tiempo, recé.

Me parecía inútil pedirle un deseo a una estrella, pero si creía en que alguien podía viajar en el tiempo, también podía creer en una conciencia superior que estuviera escuchándome y quisiera ayudarme.

Nunca había querido tener hijos. Nunca había pensado en ser madre. Nunca había sostenido entre mis brazos al hijo de una amiga deseando tener un hijo propio. No estaba hecha para ser madre. Me gustaban los niños a distancia, lo suficiente como para hacer un arrumaco a un bebé en un cochecito, pero siempre alegrándome de dejarlos después con sus padres. Los niños olían, lloraban, eran muy pequeños, eran caros y muy pesados.

Bajé la mirada hacia el coche de Johnny al tiempo que deslizaba las manos hacia mi vientre. Era demasiado pronto para notar la diferencia, pero imaginé cómo estaría en solo unos meses. Mi barriga sobresaldría ante mí como un balón de baloncesto si tenía suerte. Como una sandía si no la tenía.

Crecería dentro de mí como un parásito, me chuparía todos mis nutrientes y me haría desear cosas como pasta o caramelos. Se me hincharían los pies. Me saldrían estrías. Me pasaría meses vomitando y engordaría tanto que mi cuerpo no volvería a ser el mismo. Al final, pasaría horas agonizando para empujar a un ser del tamaño de una bola de la bolera por un orificio mucho más pequeño. Sangraría. Pasaría semanas sin ser capaz de mantener relaciones sexuales y después me saldría la leche por los pezones en los momentos más inoportunos.

Después llegarían los pañales, los llantos y todo lo que acompañaba la infancia. Sillitas para el coche, cunas, biberones, vómitos. Yo, que no podía tener mascota porque no era capaz de recoger sus excrementos, ¿cómo me las iba a arreglar con un hijo?

Embarazo, nacimiento y maternidad. Aquello era lo que me esperaba. Tendría que pasarme el resto de mi vida pensando en otro ser humano, asegurándome de que la persona que tan estúpidamente había creado fuera feliz y se sintiera amada.

—Por favor —susurré con la cabeza pegada al cristal.

Vi que Johnny salía del coche y comenzaba a caminar.

Supe que estaba deseando fumar, aunque había renunciado al tabaco. Y supe que estaría preguntándose por qué salía tan tarde.

–Por favor –repetí.

«Por favor, por favor. Sea quien sea el que me esté escuchando, por favor, ayúdame», recé en silencio.

Posé las manos sobre mi vientre y entrelacé los dedos.

–Por favor –dije–, permite que esto sea real.

Capítulo 31

Habían transformado la galería. Continuaba preciosa, como siempre, colgara lo que colgara de sus paredes. Pero los empleados de Johnny habían colocado más guirnaldas de luces de las vigas del techo y entre las columnas colgaba una mosquitera con luces dentro. Habían encerado y pulido el suelo y tuve que agarrarme a Johnny para asegurarme de que no iba a resbalar y a caerme con esos tacones tan altos. Para asegurarme de no hacer el ridículo.

O, peor aún, hacerme daño.

Me había hecho otras dos pruebas de embarazo en casa y había tenido mucho cuidado de esconderlas bajo un montón de toallas de papel en la papelera del cuarto de baño, aunque no tenía ningún motivo para sospechar que Johnny pudiera hurgar en ella. Ambas pruebas habían mostrado sin ningún género de dudas dos líneas azules que decían que estaba embarazada. Aunque un falso negativo era posible, no había muchas probabilidades de que saliera un falso positivo.

Mantuve mi secreto completamente oculto, pero no podía dejar de pensar en ello. Aquello me distrajo y estaba tan torpe que no podía culpar de mi torpeza al hecho de que el suelo estuviera resbaladizo. Johnny me agarró antes de que pudiera tirar la mesa en la que habían colocado un refrigerio.

–Ten cuidado, Emm.

–Lo siento.

Johnny, con el brazo alrededor de mi cintura y la mano descansando en mi cadera, sacudió la cabeza.

–No, no te preocupes, ¿quieres tomar algo?

–Solo un poco de agua, gracias.

Me miró atentamente.

–¿No te apetece un poco de vino o una cerveza? Me he asegurado de que hubiera esa cerveza negra que tanto te gusta.

–A lo mejor más tarde. ¡Oh, queso!

Estaba hambrienta. Las náuseas intermitentes habían cesado en aquel momento.

–Voy a revisar algunas cosas. Come un poco de queso. Ahora vuelvo.

El acento de Johnny era más marcado aquella noche y le tiré de la mano antes de que pudiera marcharse.

–¡Eh!

No intentó alejarse. Me permitió acercarle a mí. Allí, delante de todo el mundo, me colocó el pelo detrás de la oreja y me besó.

–Eh –dijo Johnny suavemente–, ¿qué te pasa?

–Te quiero –susurré–. No lo olvides.

–Nunca lo olvido –Johnny me rozó los labios y me dio un beso en la frente–. ¿Necesitas algo, Emm?

Negué con la cabeza.

–No, vete. Voy a comer algo y después iré a buscar a Jen. Seguramente estará nerviosa.

–Es muy buena y ha expuesto sus mejores trabajos. Seguro que a la gente le encantará su obra.

–Eso no significa que no esté nerviosa –respondió.

–Sí, lo sé.

Johnny volvió a besarme, me dio una palmada en el trasero y se fue a hacer lo que quiera que necesitara hacer.

Coincidí con Kimmy en la mesa del bufé. Estaba muy guapa con un vestido negro y el pelo recogido en lo alto de la cabeza. Veía en ella muchas cosas de su madre, pero también de su padre. Me saludó con la copa de vino que tenía en la mano.

–Hola, Kimmy –la saludé con suficiente dulzura como para carearle los dientes–. Me alegro de verte aquí.

–Me ha invitado mi padre. Siempre ofrece muy buen vino.

–Desde luego.

Llené mi plato de queso, galletas saladas y una pizca de mostaza.

–Veo que no estás bebiendo –señaló.

Me pilló con la boca llena, así que me limité a encogerme de hombros. Kimmy me miró con atención y bebió un sorbo de vino.

–Me gustan tus zapatos –dijo por fin.

No podía aspirar a más amabilidad por su parte, sobre todo, después de que se enterara de que iba a tener otro hermano.

Vi a Jen en el otro extremo de la habitación, con Jared al lado. Jared posaba la mano en su espalda, como si quisiera ayudarla a mantenerse donde estaba. Ella sonreía, pero parecía un poco tensa.

–¡Hola, Jen! –la saludé–. Hola, Jared.

Jared me hizo un gesto con la cabeza.

–¡Eh, Emm!

–Chica –susurró Jen–, ¿has visto a toda esa gente. ¡Dios mío! Creo que voy a vomitar.

–No, por favor –dije automáticamente–. Si vomitas tú, iré yo después.

Jared se rio y estrechó a Jen contra él para darle un beso en la boca.

—Eres muy buena, ¿cuántas veces tengo que decírtelo?

Jen no pareció tranquilizarse, aunque se permitió relajarse entre sus brazos.

—Para ti es fácil decirlo.

—Sí, pero eso no significa que no sea verdad.

Estuvimos hablando sobre la exposición. Las fotografías de Jen estaban en la sala de atrás, y ese era el motivo por el que ella no estaba allí. No quería ver a nadie mirándolas.

—¿Quieres que vaya a mirar? –le pregunté.

—¡No! –gritó–. Bueno, sí.

—Yo me he ofrecido a ir –me dijo Jared–, pero no me ha dejado.

—Tú quédate conmigo –le pidió Jen–. Emm, ¿te importaría ir a echar un vistazo? Pero si alguien está diciendo que no valen nada, no quiero saberlo.

—Si oigo a alguien diciéndolo, jamás te lo diré –le prometí.

Busqué a Johnny con la mirada mientras atravesaba la multitud para dirigirme a la sala, pero no le vi. Tiré el plato de papel y agarré un refresco de ginger ale de la barra, no estaba mareada, pero por si acaso llegaba a estarlo. Comencé a beberlo mientras cruzaba la puerta de la sala de atrás.

Vi la obra de Jen inmediatamente, expuesta en una pared blanca iluminada por pequeños focos. Había seleccionado sus trabajos favoritos después de unas semanas agonizantes y yo me había mostrado de acuerdo en su elección, aunque sabía que mi opinión solo tenía valor en tanto que era la opinión de una amiga. Estudié las fotografías, admiré la manera en la que había tomado fotografías de lugares emblemáticos de la localidad y las había editado y pintado a mano para realzarlas e incluso cambiarlas. Para mi sorpresa, yo aparecía en una de las fotografías.

Debía de haber querido mantenerlo en secreto para darme una sorpresa, porque, aunque la recordaba haciéndome esa fotografía, con el teléfono móvil nada menos, no tenía la menor idea de que la había utilizado. Era una fotografía de mi rostro mirando hacia un lado y con los labios apretados. Me la había hecho en un momento en el que estaba intentando mirar disimuladamente a Johnny. Había recortado mi rostro y lo había colocado en la ventana de un edificio de ladrillo de mi manzana, uno de los que todavía no habían sido restaurados. A su lado había añadido una fotografía de mi casa en la que aparecíamos Johnny y yo sentados en los escalones de la entrada.

–Bonita foto –dijo una ronca voz femenina tras de mí–. Pero me sorprende que Johnny haya permitido exponerla. Este es él, ¿verdad? ¡Dios mío! Se supone que yo debería saberlo.

Me volví para mirar a la mujer que había aparecido a mi lado. Llevaba un vestido negro, demasiado estrecho, y unos zapatos que habrían sido más bonitos si no hubieran tenido las marcas de los dedos. La melena, rubia teñida, la llevaba recogida en una tensa cola de caballo que estiraba la piel de su rostro. O eso, o le habían hecho un trabajo bastante malo de cirugía estética. Se volvió hacia mí en ese momento.

–¡Oh, mierda!

Parpadeé rápidamente y retrocedí. Era Sandy. Más vieja, por supuesto. Y, definitivamente, muy ajada. Pero la reconocí al instante y ella pareció reconocerme a mí.

–¡Oh, mierda! –volvió a decir, y se volvió de nuevo hacia las fotografías enmarcadas.

Tenía un cigarrillo en la mano y se lo llevó a la boca como si estuviera fumando, aunque estaba apagado.

–Tú debes de ser la madre de Kim –me tembló la voz, así que me aclaré la garganta–. Sandy, ¿verdad?

—Y tú eres la novia adolescente de Johnny.

—Me temo que hace tiempo que abandoné la adolescencia —respondí, esperando que aquello no terminara en una discusión.

Pero, por otro lado, una parte de mí estaba dispuesta a destrozarla.

—No hace mucho —me espetó Sandy con desprecio, señalándome con el cigarrillo.

—¿Y a ti qué más te da? Hace años que no estáis juntos.

Sandy esbozó una dura sonrisa, pero no carente de humor.

—Es verdad, pero eso no significa…

Sandy se interrumpió y entrecerró los ojos. Me recorrió da arriba abajo con la mirada y después fijó los ojos en mi rostro. Se dirigió hacia mí.

—¿Nos conocemos? —preguntó.

—No.

A mí misma me sabía a mentira, pero lo único con lo que contaba para decir que la había conocido era mi absurda teoría sobre la posibilidad de atravesar el espejo, nada real.

Sandy volvió a estudiarme con atención.

—¿Estás segura?

—Estoy segura.

—Me resultas conocida.

Forcé una risa, pensando en la mirada vidriosa de Sandy en el pasillo. O en su irrupción en el dormitorio cuando estábamos haciendo el amor. En sus demandas de dinero y en su falta de consideración por nuestra intimidad. Pero eso había sido hacía mucho, mucho tiempo para ella.

—Tú también.

Eso pareció satisfacerla. Se alisó el pelo y después el vestido. Sostenía el cigarrillo entre los dedos mientras apoyaba el codo en la otra mano.

–Supongo que tienes una de esas caras... –me dijo–. Evidentemente, tú me habrás visto en las fotografías de Johnny.

No tenía el acento tan marcado como en las fugas. De modo que, o bien Sandy había hecho un esfuerzo consciente por cambiar su manera de hablar o, sencillamente, yo estaba loca y no la había conocido. Continuaba teniendo una expresión un poco altiva. En eso no había cambiado.

–¡Ah! ¿Sales en alguna fotografía con él? –pregunté con un inocente parpadeo.

Por supuesto, sabía que salía con él. Había varias fotografías muy famosas en las que salían retozando desnudos sobre un campo de flores, las dos con el pelo muy largo y sosteniendo un ramo de margaritas. Y yo estaba comportándome con una gran dosis de malicia.

La sonrisa de Sandy me indicó que me había descubierto. Y quizá incluso me respetaba por ello.

–Pero eso fue hace mucho tiempo.

–Sí, hace mucho.

Sin decir una palabra más, giró sobre sus talones y allí me dejó. No me importó. Cuanto menos viera a Sandy, mejor.

Miré el resto de la obra de Jen y después me dediqué a ver la de los demás artistas. No necesitaba ser una experta en arte para decidir que la obra de Jen era la que más me gustaba. Los trabajos de los demás eran buenos, pero los de Jen tenían algo especial que los hacía destacar por encima del resto. Estuve admirándolos mientras intentaba escuchar sutilmente lo que la gente estaba diciendo. Todos los comentarios eran buenos. Sabía que Jen se alegraría al enterarse.

Estaba a punto de dirigirme a la sala principal para decírselo cuando vi algo por el rabillo del ojo que me llamó la atención. A lo largo de la pared, aparte del resto de la exposición, había una obra que no había visto nunca, pero que reconocí inmediatamente. Cuando la gente que estaba viéndola se apartó, me acerqué yo.

Espacios en blanco.

Era la obra que había convertido a Johnny en un pintor reconocido. No era un solo cuadro, sino una serie de dibujos y pinturas, todos sobre el mismo tema, pero contemplado desde diferentes ángulos. El más famoso, el más grande, estaba en el centro. Yo lo había visto decenas de veces en formato digital y con diferentes calidades.

Era una mujer con un vestido amarillo y la cabeza vuelta de tal manera que caía la melena sobre su hombro. Estaba de pie en medio de la hierba con una mano extendida. En el fondo, se insinuaba una franja de agua que yo siempre había pensado era un río o un lago, quizá el mar, pero en aquella versión de mayor tamaño, pude apreciar que era una piscina.

Los otros cuadros eran más pequeños. Algunos de ellos eran meros bocetos a lápiz, aunque los marcos los hacían más impactantes. Pude ver la progresión de algunos de ellos desde los primeros trazos a lápiz hasta la pieza final. Fascinada, los observé con atención, comprendiendo por primera vez lo que marcaba la diferencia entre una mera pintura y una obra de arte.

La mujer cambiaba de pose en cada cuadro. En algunos estaba con el rostro completamente vuelto. En otros, tenía las manos a un lado. A veces era como si un golpe de viento le hubiera echado hacia atrás la melena y la falda del vestido.

No olí a naranjas. El mundo no se movió. Yo ni siquiera parpadeé. Si un minuto antes estaba delante del cuadro más famoso de Johnny, al siguiente estaba en una cocina a oscuras, oliendo a marihuana y a alcohol, con la mirada fija en una silla vacía y en un cenicero lleno de colillas.

–No –susurré.

El calendario decía que estábamos en agosto de mil novecientos setenta y ocho. Olía a sudor y a alcohol. El cuaderno de Ed seguía en la mesa, pero él había desaparecido. Afuera, los sonidos de la fiesta parecían haber aumentado, eran más frenéticos.

Salí de la cocina para dirigirme al jardín. La gente me hablaba, pero yo la ignoraba. Sabía la fecha del calendario, conocía aquel lugar y sabía lo que iba a pasar.

Encontré a Johnny al lado de la piscina, en la hierba, en un pedazo de sombra.

–Estás aquí –dijo Johnny–, he estado buscándote.

–Johnny…

–¿Sí? –me acercó a él y dejé que me besara.

Eran muchas las cosas que quería decirle, pero no tenía palabras. Lo sabía todo y no sabía nada. Tomé su mano y la posé en mi vientre. Le besé en la boca. Le miré a los ojos.

–Tengo algo que decirte.

Algo cambió en su mirada mientras me acariciaba el vientre. No dije nada. Él sonrió.

–¿Sí?

–Sí.

–¿De verdad? –Jonny miró mi vientre sin dejar de acariciarme y volvió a mirarme a la cara–. Emm, ¿de verdad?

Me besó, tomándome completamente por sorpresa. Me rozó los labios, rio en mi boca abierta y me apartó para posar las dos manos en mi vientre.

–Voy a cuidarte, Emm –me prometió Johnny–, quiero que lo sepas, ¿de acuerdo?

Sabía que era cierto. Lo veía en sus ojos y lo percibía en su voz. Y se me rompió el corazón al saber que iba a romper el suyo.

De pronto, comenzó a elevarse la brisa, levantándome

el dobladillo del vestido y azotando mi pelo. Me aparté de él.

–Tengo algo que decirte, Johnny.

En cuestión de horas, Ed se quitaría la vida, se cortaría las venas y se desangraría hasta la muerte en la piscina. Su muerte pondría fin a El enclave y empujaría a Johnny en una espiral de drogas, alcohol, sexo y excesos. Después ingresaría en un hospital psiquiátrico, desaprovechando las oportunidades que le habían servido en bandeja de plata. Aquello cambiaría su vida para siempre.

No podía permitir que eso ocurriera. Y podía evitarlo. Podía advertir a Johnny de lo que pretendía hacer Ed. De esa forma continuaría vivo, por lo menos aquella noche. Y de esa forma, podría cambiarlo todo.

Era como tener una mariposa bajo los pies y estar a punto de pisarla y espachurrarla contra el barro.

Miré el rostro bello y perfecto de Johnny. Su rostro joven, su cuerpo. Miré al Johnny del pasado y me sentí como si tuviera su futuro en mis manos. Podía hacerlo por él. Podía darle la vida que seguramente habría disfrutado si no hubiera sido por aquella noche.

Una vida sin mí.

Lo supe con la misma certeza con la que sabía todo lo demás. Si Johnny continuaba vendiendo su rostro y su cuerpo a cambio de dinero y fama, nunca llegaría a convertirse en un artista. Él mismo me lo había dicho varias veces. Si yo intervenía en aquel momento, cambiaría todo y más de treinta años después, en el futuro, yo entraría en una cafetería y no me encontraría con él.

No podía hacerlo.

–¿Emm? –Johnny buscó mi mano.

Se levantó otro golpe de viento. La melena me tapó los ojos y la aparté, desesperada por mirarle sin que nada me impidiera su visión. Le amaba. Amaba al hombre que había sido y, sobre todo, amaba al hombre en el que se convertiría. Le quería, y quería también a aquel hijo nacido de un imposible.

–Esto es una locura –dije en voz alta.

–Ya te dije que no me importa –Johnny alargó la mano hacia la mía–. Voy a cuidar de ti, Emm. Eso también te lo dije. Nada de lo demás importa.

–Te quiero –respondí–. Ocurra lo que ocurra, prométeme que nunca lo olvidarás. Y… ¿estarás dispuesto a perdonarme?

–¿Por qué tengo que perdonarte? –preguntó Johnny.

El olor a naranjas me envolvió, dominándolo todo y luché contra él. Me volví. Nunca había desaparecido delante de Johnny y no quería que lo viera. Pero iba a ocurrir, no podía impedirlo. Y, de alguna manera, tenía la sensación de que aquella vez sería diferente. Tenía la sensación de que aquella era la última vez.

–Hay mucho más en ti que una cara bonita y un trasero épico –le dije–. Y te quiero. No lo olvides. Volveremos a vernos. Aférrate a eso, ¿de acuerdo?

Capítulo 32

–Has vuelto –dijo Johnny.

Parpadeé y me senté. El trapo húmedo que tenía en la frente cayó en mi regazo, empapándolo. Estaba en el despacho de Johnny.

–¡Oh, no!

–Shh, no te preocupes, nadie lo ha visto.

Sacudí la cabeza.

–Johnny…

–Tranquila, Emm, no pasa nada –me tomó la mano y me acarició cada dedo–. Yo cuidaré de ti.

Le apreté la mano.

–Tengo algo que decirte.

Sonrió.

–Sí, lo sé.

Esperé, por si mi mente o el mundo comenzaban a girar, pero todo permanecía firme y quieto.

–¿Cómo lo sabes?

–Me lo dijiste tú.

–¿Cuando estaba inconsciente?

–No, no me lo has dicho ahora –Johnny sacudió la cabeza–. Me lo dijiste entonces.

Solté un pequeño gemido y me froté la frente.

–No me lo puedo creer. Esto no puede estar sucediendo, ¿verdad?

–No lo sé, nena. El caso es que está pasando.

Me besó la mano y me tendió un vaso de agua con hielo.

Bebí agradecida y me volví hacia él, subiendo las piernas al sofá.

–¿Cómo es posible?

Se encogió de hombros.

–Yo tampoco lo sé, Emm.

Me sorprendí a mí misma echándome a reír.

–¿Estoy loca?

–No. Y yo tampoco, aunque durante mucho tiempo, pensé que lo estaba.

–Intenté decírtelo, quería contarte lo de Ed, quería advertirte… –le dije, devorada por la culpa–. Para que pudieras impedirlo, o al menos no permitir que…

–Emm, Emm, escucha. Todo eso que pasó con Ed, bueno, en realidad, no fue eso lo que me hizo perder la cabeza.

–¿No? Pero tú me dijiste…

–Te dije lo que pensaba que sabías –respondió Johnny–. La verdad es que perdí la cabeza cuando te perdí a ti. Estaba locamente enamorado y tú me dejabas continuamente. Cuando te vi desaparecer para siempre delante de mí y supe que no ibas a volver, enloquecí. Llegué a pensar que estabas muerta o algo así, que eras un fantasma. Pero, fueras lo que fueras, te había perdido y fue eso lo que me volvió loco. No el cretino de Ed, que en paz descanse.

–No entiendo nada de esto. No sé… –sacudí la cabeza–. Durante muchos años, he perdido la conciencia en numerosas ocasiones. Pero todo cambió cuando te conocí. Es como…

–Será cosa del destino, del karma, como quieras llamarlo –me interrumpió.

Pensé en lo que había dicho Johnny en otra ocasión. En esos dos objetos que chocaban con una gran fuerza.

–Fue una colisión. Eso fue lo que nos pasó a nosotros. Colisionamos.

–Desde luego.

–Cuéntame qué pasó de verdad –le pedí, dispuesta a creer en lo imposible.

–Ya te lo he contado casi todo. Desapareciste delante de mí. Enloquecí, pero al final, resultó ser lo mejor para mí. No dejaba de pensar en lo que me habías dicho. En lo que me habías dicho que podía llegar a ser. Creí en ti, Emm. Nadie me había dicho nunca nada de eso. Por supuesto, tenía a mucha gente arrastrándose a mi alrededor y dispuesta a hacer cosas por mí, pero no era lo mismo. No había nadie que creyera realmente en mí. Pero continuaba pensando en lo que tú me habías dicho y los médicos pensaron que el dibujo podía ayudarme. Así que empecé a hacerlo. Al principio era malísimo. Tenía talento, pero me faltaba técnica, ¿sabes?

–No me lo creo.

–Podría enseñártelo, pero no serías capaz de apreciarlo.

Reímos juntos. La risa resultaba un sentimiento extraño en medio de todo aquel caos.

–Y fue entonces cuando mi vida comenzó a encauzarse. Salí del hospital, dejé el alcohol y las drogas y comencé a centrarme. Intenté trabajar como actor porque había gente dispuesta a pagarme por ello. Pero yo sabía que eso no iba a llevarme a ninguna parte. En cualquier caso, durante algún tiempo, el trabajo de actor me sirvió para pagar las cuentas y seguir pintando.

–Y después pintaste *Espacios en blanco*.

Johnny asintió.

–Sí, eso supuso el salto definitivo. No puedo decir que

a partir de entonces todo fuera coser y cantar, pero te aseguro que salí de la miseria. Estaba haciendo algo de lo que me sentía orgulloso. Algo que se me daba bien.

Le apreté de nuevo la mano y la miré con atención. En su mano se reflejaban las huellas de la edad, al igual que en la comisura de sus ojos, pero me llevé el dorso de la mano a los labios y la besé, porque era su mano. Después, le hice posarla en mi mejilla.

–Fuiste tú –me dijo Johnny–. Sin ti, nunca lo habría conseguido.

Yo no quería otorgarme ese mérito. Curiosamente, me resultaba más fácil echarme la culpa de haberle llevado a la locura.

–Eso no es verdad.

Johnny se echó a reír.

–Es completamente cierto, ¿no lo entiendes? No, no lo comprendes. No es posible que lo entiendas.

Se levantó, se acercó a un armario, abrió la puerta y sacó una libreta de dibujo atada con unas gomas tan viejas y desgastadas que podrían romperse al primer tirón. De hecho, una de ellas se partió cuando la quitó. Johnny la dejó a un lado.

Abrió la libreta, me enseñó algunos dibujos y giró la página.

–¿Lo ves?

Los trazos duros y firmes del lápiz atravesaban el papel en algunas partes, y, aun así, creaban un delicado e intrincado diseño de grafito. Era la misma mujer de *Espacios en blanco*. La pose era similar. Pero en aquella ocasión, cuando se volvía, el pelo no ocultaba su rostro, de modo que pude ver perfectamente sus facciones.

Era yo.

Me quedé boquiabierta, pero no podía decir que estuviera sorprendida. Al fin y al cabo, ¿no lo había sabido durante todo aquel tiempo? ¿Acaso no lo había imaginado una parte de mí desde el momento en el que resbalé en el hielo y aterricé en sus brazos y en su pasado?

Hay muchas cosas que no tienen sentido. El amor es una de ellas. Enamorarse es saltar al abismo esperando que la persona a la que amas sea capaz de agarrarte. Amar es conectar.

Algo nos había unido a Johnny y a mí. No teníamos por qué comprender lo que era. Bastaba con que lo aceptáramos.

Miré la parte inferior de la fotografía. Johnny había garabateado su nombre y la fecha. Dibujé las líneas con el dedo e, incluso tantos años después, el lápiz me manchó la yema de los dedos.

—Este fue el primero que hice —me explicó Johnny—. Me senté un día y empecé a dibujar. No podía parar.

—¿Empezaste ese día?

—Sí.

Volví a trazar las líneas con el dedo y le miré.

—Ahora sé por qué.

Me miró a los ojos.

—¿Lo sabes?

—Fue el día que me caí. La primera vez que perdí la conciencia.

Miramos los dos aquel dibujo que había hecho tantos años atrás. Las líneas con las que había recreado mi rostro. Todo había empezado y terminado aquel día y nunca sabríamos por qué. ¿Pero era importante? Yo pensaba que no.

Johnny cerró el cuaderno y lo dejó a un lado. Me besó. Posó la mano en mi vientre, sobre aquel rincón de mi cuerpo en el que habíamos conseguido obrar un milagro. Le besé también, sin temer ya que el mundo comenzara a girar bajo mis pies. Sabiendo que, fuera lo que fuera lo que nos había llevado hasta allí o lo que nos pasara en el futuro, así era como tenían que ser las cosas.

Conocí plenamente a Johnny en aquel momento. Ya no temía que aquello fuera un sueño. Supe que todo era real.

Nota de la autora

Podría escribir sin escuchar música, pero me alegro mucho de no tener que hacerlo. Aquí incluyo una lista con parte de la música que he escuchado mientras escribía esta novela. Por favor, ¡apoyad a los artistas a través de las fuentes de consumo de música legales!

Breathe Me –Sia
Bulletproof Weeks –Matt Nathanson
City Lights –Mirror
Closer –Kings of Leon
Collide –Howie Day
Damn I Wish I Was Your Lover –Sophie B.Hawkins.
Don't Pull Your Love –Hamilton, Joe Frank y Reynolds.
Dream a Little Dream of Me –The Mamas and the Papas
Ghosts –Christopher Dallman
Goodbye Horses –Psyche
I Think She Knows –Kaki King
I'm Burning for You –Blue Öysters Cult
If –Bread
If You Want tu Sing Out, Sing Out –Cat Stevens
Incense and Peppermints –Strawberry Alarm Clock.
Je t'aime moi non plus –Serge Gainsbourg y Jane Birkin
Joy to the World –Three Dog Night
Kiss You All Over –Dr. Hook
Labor of Love –Michael Giacchini's, música de la película *Star Trek*
Lascia ch'io pianga Prologue –banda sonora de *Antichrist*
Life on Mars –David Bowie
Purple Haze –The Cure
Shambala –Three Dog Night